Scarlet
스칼렛

www.bbulmedia.com

메뚜기
바람에
웃다

메꽃이 바람에 웃다

1

류도하
장편
소설

목차

서막

　따뜻한 햇볕을 품은 바다의 향기가 꽃내음과 섞여 해월국 여기저기를 누비고 다녔다. 특히나 바다와 강이 만나는 나루터에는 유독 봄내가 짙었다. 강독의 버드나무 가지가 여린 잎을 드리우고 샛노란 개나리꽃과 새하얀 싸리나무 꽃이 만발하였다.

　해마다 이맘때면 해월국의 젊은 남녀는 독특한 봄바람의 정취에 취해 짝을 이뤄 나루터로 모여들곤 했다. 한껏 차려입은 색색의 비단 옷이 꽃과 함께 물결을 이뤄 너울대는 모습도 장관이었다.

　이 화려한 풍경 속에 누더기를 입은 열 살 난 여아가 허둥지둥 뛰어들었다.

　'큰일 났다. 아버지가 오시기 전에 가야 하는데…….'

　여아에게는 이만큼 난처한 일이 없었다. 누구 눈치를 볼 때가 아닌지라 흙투성이인 채로 사람들 틈을 헤집고 다녔다.

그러자 사람들은 제 비단 옷에 더러운 것이 묻기라도 할까 봐 화들짝 놀라 길을 비켜 주었다. 어떤 이들은 천하고 어린 계집이 어찌 저리 조심성이 없을까 눈살을 찌푸리며 손가락질까지 했다. 그러나 그들은 아이가 왜 바쁜지 곧 알아차렸다.

따뜻한 해풍이 서서히 물러가고 산에서부터 서늘한 바람이 불기 시작한 것이다. 어린 계집은 어서 집으로 돌아가지 않으면 혼쭐이 날 것이다. 그리고 자신들도 그리 여유롭지 않았다. 바람이 바뀐 것을 몰랐다 하더라도 해가 서산으로 넘어가고 있으니 꽃놀이도 이쯤에서 내일을 기약해야 하리라.

하나둘 아쉬운 이별을 고하고 나루터를 떠날 때였다. 소년의 낭랑한 목소리가 사람들의 발길을 멈추게 했다.

"명화황후의 능은 어디로 가야 있느냐?"

열네댓쯤 됨직한 소년이 뒷짐을 지고 당당하게 물어 왔다. 여기 모인 사람들 중에 신분이 낮은 이가 별로 없었으니 소년의 무례는 철이 없다고 보기에도 무리가 있었다.

"다시 묻겠다. 명화황후의 능은 어디로 가야 있느냐?"

"네 이놈! 네놈은 뭐하는 놈인데 예서 이리 버릇없이 구는 게냐!"

연인에게 사내다운 위엄을 보여 줄 요량이었을까. 누군가 나서서 도끼눈을 뜨고 소년을 엄히 나무랐다. 이쯤 되면 기가 죽을 만하건만, 소년은 태연하다 못해 한술 더 떴다.

"묻는 말에나 답하거라. 네놈 버릇을 가르쳐 주기 전에."

이쯤 되면 그냥 미친놈이었다. 미친놈은 상대하지 않는 편이 좋거늘 사내는 손바닥을 추켜올려 한 대 칠 기색을 보였다. 그런데도 소년은 피하지도 움찔거리지도 않고 그자를 똑바로 올려다보고 있었다. 그 눈을 마주한 사내는 어찌 된 일인지 제 손을 휘두를 수가 없었다. 사람을 압도하는 기세와 오싹할 만큼 싸늘한 눈빛에 주춤거리던 순간이었다.

"내가 알아요."

아까 그 여아가 소년의 소매를 당겼다.

소년은 의심스러운 눈으로 해지고 더러운 옷을 입은 계집아이를 내려다보았다. 좋게 봐 줘야 남의 집 종살이나 할 것 같은 어린 계집이었다. 네까짓 게 정말 알긴 하냐며 깔보듯이 고개를 돌리자 계집이 항의하듯이 외쳤다.

"진짜 알아요! 종종 다니는 길이에요!"

소년은 다시 계집아이를 쳐다보았다. 제 생각을 읽은 걸 보면 영특한 데가 있어 보였다. 게다가 종종 다닌다는 말에 생각이 바뀌고 있었다. 행색을 보니 푼돈이라도 바라고 매달리는 것 같았고 초롱초롱한 검은 눈동자가 거짓말을 하는 것처럼은 보이지 않았다. 그런데 흙이 묻은 손가락이 소매를 당기는 것은 못마땅했다.

'감히……!'

눈짓을 하며 인상을 찌푸렸더니 계집은 흠칫 놀라 소매를 놓았다.

그제야 소년은 제 소맷자락을 툭툭 치며 퉁명스럽게 말을 던졌다.

"앞장서라."

여아는 잠시 멍하게 서 있었다. 모르는 척 그냥 가려다가 구해 줬거늘, 어린 공자가 이리도 거만할 줄이야! 고맙다는 말은커녕 이런 대접을 받다니!

괜히 나섰나, 후회됐다. 저도 지금 당장 돌아가지 않으면 아버지의 불호령이 떨어질 것인데, 그냥 무르고 싶어졌다.

"모르는 것이냐?"

소년은 망설이는 계집아이에게 눈썹을 꿈틀대며 위협했다.

"따, 따라오세요……."

겁에 질린 아이가 앞장서자, 소년도 말없이 따라가기 시작했다.

어린 여자아이가 걸어서 가기에는 먼 거리였다. 나루터를 지나 번잡한 장터도 벗어나 대로를 한참을 걷다 보니 한적한 갈림길에 들어섰다. 아이는 걸음을 멈추고 손가락으로 길 끝의 능선을 가리켰다.

"저기만 넘으면 돼요."

"……."

"?"

저리로 가면 된다는데 소년은 가만히 서서 못마땅한 표정으로 아이를 쳐다보고 있었다.

"저기만 넘으면 된다니까요."

"네가 함께 가지 않는데 너를 어찌 믿으란 말이냐?"

"예?"

아이는 곤란했다. 이미 산속을 헤매고 다닌 뒤라 많이 지쳐 있었다. 지금도 벌써 돌아갈 길이 막막한데 저 능선을 넘을 엄두가 나지 않았다. 이럴 줄 알았더라면 계곡에는 들어가지 않았을 것이다. 산작약을 캐러 갔다 허탕만 치고 힘만 뺐는데, 엎친 데 덮친

격이었다.

"못 믿으면 마십시오. 저는 다리도 아프고 집에 가 봐야 해요."

피곤하기도 하고 공자의 의심에 뿔이 난 아이는 입을 삐죽거리고 퉁명스럽게 말을 뱉었다.

"너, 정말 능이 어디 있는 줄 알긴 하느냐?"

"예. 그럼요! 저기 있다니까요."

"저기라……. 저기 있는 능이 명화황후의 능인지, 내가 죽을 자리인지, 어찌 알고 나 혼자 가란 말이냐?"

소년이 갑자기 화난 얼굴로 다가오자 아이는 또 본능적으로 두려움을 느끼고 한 발 뒤로 물러났다.

"무, 무슨 말씀이세요?"

"어리다고 봐주지 않는다. 네가 거짓으로 날 이리로 유인했다면 가만두지 않겠다."

"뭐, 뭐하러 제가 거짓말을 해요? 저기가 맞아요. 진짜예요! 저기로 가면 명화황후의 능이란 말이에요!"

"그럼 걸어."

"!"

"뭐하고 있느냐? 어서 걸어."

"다리 아픈데……. 집에 가야 하는데……."

아이는 눈물을 그렁그렁 매달고 금방이라도 울음을 터트릴 것처럼 울먹거렸다.

그러자 소년은 귀찮다는 듯이 혀를 차고 아이를 번쩍 안아 올려 짐짝처럼 어깨에 둘러메고 덤덤하게 걸었다.

"헉!"

"저곳에 능이 없으면 영원히 집에 못 갈 줄 알아."

"!"

아이는 겁나기도 하고 제 모습이 우스꽝스럽기도 해서 사과처럼 얼굴이 빨개지고 말았다. 땅을 향해 얼굴을 푹 숙이고 한동안 숨죽인 채 가만히 있노라니 땅 위에 두 사람의 그림자가 길게 늘어지고 있었다.

"아, 안 무거워요?"

"……."

뭐라 말을 해야 하나 우물쭈물하다가 기껏 입을 열었는데 소년은 묵묵부답이었다.

"안…… 힘드세요?"

"……."

침묵 속에 이리저리 흔들리는 꼴이 불편했던 것인데, 답이 돌아오지 않으니 더 무안했다. 어쩔 수 없이 아이도 말을 걸지 않았고, 꽤 지루하고 무거운 시간이 흘러갔다.

얼마나 지났을까. 대로를 지나 길이 좁아지기 시작했다. 나무가 무성한 오솔길에 이르러 결국 아이가 참지 못하고 말을 걸었다.

"저기……."

"……."

"저……."

"말 걸지 마."

"……."

그의 싸늘한 말에 아이는 놀라서 입을 다물었지만 실은 더 이상 참기가 괴로웠다. 거꾸로 매달려 온 지 한참이었다. 머리가 핑글핑글 돌고 속이 메스꺼웠다.

"읍."

"!"

"우읍!"

"뭐야!"

아이가 입을 틀어먹고 괴로워하자, 그제야 화들짝 놀란 소년이 그녀를 땅에 내려놓았다.

"토, 토할 것 같아요."

아이는 제대로 서지도 못하고 땅에 털썩 주저앉았다.

"그럼 진작 말을 했어야지!"

"말 걸지 말라고 해서⋯⋯."

소년은 창백한 아이의 낯빛을 보고 눈살을 찌푸리면서도 한숨을 푹 쉬었다.

"토해."

"⋯⋯."

탁. 탁.

소년이 등을 두드리며 쓸어 주자 아이는 토하지 않아도 속이 점점 편해졌다. 말하는 것과 달리 손이 참 따스하다 느껴서일지도 몰랐다.

"이제⋯⋯ 괜찮아요."

"그럼 걸어."

다시 차가워진 말투에 붉어지던 얼굴도 한순간에 식어 버렸다.

다리에 힘을 주고 일어나는데 아이는 저도 모르게 비틀거렸다.

"계집들이란······."

못마땅하다는 투덜거림이 들린 직후였다.

"억!"

둥실 떠오른 아이의 몸은 소년의 등에 찰싹 붙어 있었다. 아까처럼 어깨에 둘러멘 것이 아니라 업어 준 것이다.

아직 어린아이였지만 사내의 등에 업히는 것이 얼마나 부끄러운 일인지는 잘 알고 있었다. 부모님이 아시면 크게 호통치실 것이고, 누군가 이 모습을 보게 된다면 손가락질할까 봐 사방을 두리번거렸다. 사방이 어두운 숲길에서 말이다.

소년은 등 위에서 꼼지락거리는 계집의 움직임이 신경 쓰였다. 고개를 이리저리 돌릴 때마다 보드라운 머리카락과 따뜻한 숨결이 목덜미를 간지럽혔다.

신경 쓰였다.

그냥 혼자 올걸. 괜한 혹을 달고 왔다며 후회하면서도, 제 등에 짊어진 사람의 온기가 식기라도 할까 봐 신경 쓰였다.

"가만히 있거라. 귀찮게 하지 말고."

"······."

말도 하지 말고 움직이지도 말고, 그렇게 가만히 있으라고 했더니, 계집은 결국 토라진 목소리를 냈다.

"내려 주세요."

"······."

"이제 걸을 수 있어요."

"······."

14

아이를 무시하던 소년이 갑자기 우뚝 멈춰 섰다.

"저는 날마다 산을 올라요. 걸을 수 있다고요!"

"입 다물어."

"예? 아악!"

소년은 계집을 거칠게 땅에 팽개쳤다.

"아야…… 헉!"

땅을 구른 아이는 날카로운 풀과 가지에 쓸려 따끔거렸지만, 황당해할 틈조차 없었다. 어둠 속에서 갑자기 나타난 두 사내가 소년을 향해 칼을 휘두르기 시작했기 때문이다.

"꺄악! 엄마야!"

아이는 공포에 휩싸여 눈을 질끈 감았다. 챙챙거리며 칼이 부딪치는 소리와 얼굴을 스쳐 지나가는 누군가의 옷자락. 까무러칠 만큼 무시무시한 상황 속에서 부들부들 떨며 숨죽이는 것밖에 할 수 없었다.

"끅!"

타악. 챙.

단말마의 비명에 가슴이 철렁한데, 싸우는 소리는 계속 나고 있었다. 그렇다는 건 지금 쓰러진 건 그가 아니라는 뜻이다.

"컥!"

두 번째로 숨넘어가는 소리가 들렸다. 주위가 잠잠해졌지만 아이는 눈을 뜨기 두려웠다. 죽은 사람이 소년이라면 이제 저도 죽을 테니까.

"어린놈 하나 잡겠다고 세 사람이나 보내다니, 매정한 처사로군."

섬뜩한 소년의 목소리가 들렸다. 아직 그가 살아 있다는 반가움보다 세 사람이라는 말이 신경 쓰였다. 분명 두 사람밖에 없지 않았나.

아이는 침을 꿀꺽 삼키고 얼굴을 감싼 손을 천천히 치웠다. 어렵게 뜬 눈동자에 피를 뒤집어쓴 소년의 모습이 보였다. 꽉 쥔 주먹에는 시뻘건 피로 물든 단검이 들려 있었다. 앳된 얼굴은 분노와 조롱 그리고 싸늘함뿐, 어디에도 두려움은 보이지 않았다. 하지만 그가 어디를 바라보고 있는지 안 순간 아이는 찬물을 뒤집어쓴 듯 소름이 돋았다.

'내 뒤!'

등에 날카롭고 차가운 것이 쿡 하고 닿았다. 너무 무서워 살려 달라는 목소리조차 나오지 않았다. 바들바들 떨며 소년을 바라보자 소년은 한쪽 입술을 말아 올리며 눈을 빛냈다.

"세 사람이서 나 하나 죽이겠다고 그깟 계집까지 붙잡았느냐? 내가 그리 인정이 많은 놈으로 보였던가?"

"!"

저를 죽이든 살리든 신경 쓰지 않겠다는 말에 아이는 부들부들 떨며 닭똥 같은 눈물을 주룩 흘렸다.

"사, 사, 사……."

살려 달라는 소리가 잘 나오지 않았다. 누구에게 살려 달라고 해야 할지 몰라서였다. 제 등 뒤에서 커다란 칼을 겨누고 있을 사내에게? 아니면 저를 구해 주지 않겠다는 소년에게?

그때였다. 소년의 눈빛이 어딘가 변했다. 아이를 보며 움직이라는 눈짓을 보낸 것이다.

아이의 등을 겨누었던 날카로운 칼이 아이를 찌르기 위해 위로 한껏 올려졌다. 찰나의 순간 아이는 소년의 눈빛을 알아차렸고 온 힘을 다해 왼쪽으로 몸을 굴렸다.

"꺄악!"

쐐액. 콰직.

"끄……윽."

"!"

끔찍한 소리들이 연이어 들렸다.

털썩.

누군가의 몸뚱이가 쓰러지는 소리를 마지막으로 다시 한 번 쥐 죽은 듯이 조용해졌다.

저벅. 저벅.

아이에게 다가오는 소리 빼고는.

"일어나라."

"!"

아이는 소년의 목소리에 깜짝 놀라 눈을 떴다. 저를 내려다보는 소년의 태연한 얼굴! 안도와 함께 서러움이 폭발해 펑펑 눈물을 쏟았다.

"흐엉!"

소년은 아이의 울음소리가 거슬렸다. 계집이란 걸핏하면 울고 그러다 원하는 것을 얻으면 금세 눈웃음치는 가증스러운 존재였 다.

피로가 몰려왔다. 어깨는 빠질 듯이 무거웠고 그냥 다 집어치우 고 앉아서 쉬고 싶었다. 그런데 가야 한다. 가야 하는데, 얼마 남

지 않았는데, 이 아이는 어찌해 달라고 울고만 있는 걸까? 달래
주기라도 하라는 걸까?

"당장 그치고 일어나!"

소년의 쩌렁쩌렁한 호통 소리가 숲을 울렸다.

"끅!"

놀란 아이는 딸꾹질과 함께 울음을 멈췄다.

"명화황후의 능! 잊었느냐? 날 그리로 데려가라. 어서!"

"흑."

아이는 무사 셋을 쓰러트린 소년의 무서움을 충분히 알고 있었
다. 그래서 일어나려고 나무를 붙잡으려 했지만 다리는 후들거릴
뿐 힘이 들어가지 않았다.

소년은 더 이상 말하고 싶지 않을 만큼 지쳤다. 여기까지 왔는
데 이 아이를 버려두고 갈 수도 없었다. 그래서 다시 소녀를 들쳐
업고 걷기 시작했다.

계집아이는 그의 등에서 훌쩍거리다가 그만 기절하듯이 잠이
들고 말았다.

눈물에 젖은 등으로 쌕쌕거리는 숨결이 닿았다. 조금 전까지 힘
들어서 죽을 것 같았던 소년은 계집을 업고는 어쩐지 다리에 힘이
생겼다.

'함께 있다.'

누군가와 함께한다는 것이 태어나 처음일지도 모른다. 같은 길
을 걸어 줄 사람이 없어서 기어이 계집아이를 끌고 온 건지도 모
른다.

처음 걸어 보는 바깥세상. 모든 것이 낯설고 광활해서, 천지가

제 것인 양 안다고 자신하는 계집에게 기대고 싶어진 건지도 모른다.

팔에 힘이 빠져갔다. 등은 땀으로 젖고 땀은 소년의 몸을 더 무겁게 짓눌렀다. 소년은 흘러내리는 아이의 몸을 추켜 올렸다. 아니, 추켜 올리려고 했으나 더 주욱 내려갔다.

그 바람에 아이가 눈을 떴다. 게슴츠레 뜬 눈에 노을이 내려앉는 것이 보였다.

그리고 그녀가 다시 눈을 떴을 때는 노을이 지고 어둠이 내려앉아 있었다.

"어……? 밤이네."

아이는 소년이 여태 저를 업고 와 준 것이 고맙고 미안했다. 제 옷까지 축축해질 정도로 소년은 땀에 흠뻑 젖어 있었으니까. 그런데 이때 소년의 팔까지 흠뻑 젖은 걸 발견했다.

"!"

아니, 그것은 땀이 아니었다. 청색 옷을 검게 물들인 그것은,

"피, 피!"

그것은 피였다.

"아악!"

아이가 소리 지르며 몸을 벌떡 일으키자 이미 눈동자가 반쯤 풀린 소년은 풀썩 무릎을 꺾고 말았다. 두 사람이 함께 땅을 나뒹굴었지만 살짝 부딪친 것 외에 아이는 아무 이상이 없었다. 하지만 소년은 완전히 뻗어 버리고 말았다.

"피, 피가 나요! 피가!"

"안다……."

아이가 몸을 흔들자 소년은 눈도 뜨지 않고 단내를 풍기며 말했다.

"알면서 왜 그러고 있어요!"

"설쳐 대지…… 말라고 했지."

소년의 말은 더 이상 날카롭게 들리지 않았다.

"다쳤으면 응당 치료를 해야지요! 이러고 가면 어쩐단 말입니까!"

"!"

아이의 어른스러운 말투와 기세에 소년은 움찔 놀라 눈을 떴다. 걱정스러워하는 아이의 얼굴이 눈에 들어왔다. 놀라서 동그래진 눈동자에 근심이 차오르고, 그 속에는 숨을 헐떡이는 제가 보였다. 이런 눈을 딱 한 번 본 적이 있다. 제게 진심 어린 걱정을 해 준 단 한 사람의 여인. 그러나 그녀도 저를 끝까지 비호해 주지 못하고 떠났다.

'어머니……'

차라리 저를 함께 데려가셨어야 했다. 굴욕과 두려움이 승냥이처럼 달려드는 삭막한 궁에 저 혼자 남기고 가시는 건 너무 잔인한 일 아닌가.

"여기 가만히 계셔 보세요. 내 금방 다녀올 테니."

소년은 벌떡 일어서는 아이의 치맛자락을 잡았다.

'어, 어딜 간다는 게냐! 나는 명화황후의 능에 가야 한다!'

아이는 그의 속마음을 읽기라도 한 듯이 치맛자락을 잡은 그의 손을 잡아 주며 부드럽게 미소 지었다.

"저는 아무 데도 안 가요. 금방 다녀올 테니 기다리세요. 설마 귀신이 무서워서 혼자 못 있는 건 아니죠?"

'뭐?'

"그런 게 아니면 얌전히 기다리고 있어요."

소년은 어두운 숲으로 사라지는 계집의 뒷모습을 보며 스르륵 눈을 감았다. 아이가 잡았던 손등에서 옅은 온기가 감돌았다. 마치 저를 다독여 주는 듯이.

나뭇잎에 맺혀 있던 차가운 이슬방울이 아래로 뚝 떨어졌다. 죽은 사람처럼 창백한 얼굴로 잠들었던 소년은 찬 기운에 눈썹을 꿈틀거리며 깨어났다. 눈을 떴지만 온몸이 천근만근 무거웠다. 칼에 베인 팔은 불에 타는 것처럼 끔찍하게 아팠다. 어쩌면 이슬 때문이 아니라 지독한 고통에 깬 것인지도 몰랐다.

간신히 일어나 앉은 그가 주위를 둘러보았다. 아직 푸른빛이 감도는 새벽이었다. 하룻밤을 밖에서 보낸 것이다.

'갔나 보군.'

믿으라며 말하던 아이의 선한 미소를 진짜로 믿은 건 아니었다. 계집들이 하는 말은 다 그런 것이다. 다만 아직도 손등에 달라붙은 것 같은 온기가 불쾌했다. 하루가 지났는데 왜 사라지지 않는가. 그 따뜻하고 부드러운 촉감이 전부 거짓인데도.

털썩.

"!"

무언가 쓰러지는 소리에 소년은 재빠르게 검을 잡고 뒤를 돌아보았다.

그리고 그는 한 번 더 놀랐다.

당연히 떠났을 거라 여겼던 계집아이가 어제보다 더 지저분한 몰골로 자고 있었던 것이다.

치마도 손도 흙과 풀 즙으로 엉망이 된 채, 추워서 웅크리고 있었다.

'많이 추운가……'

소년은 덮을 것을 찾다가 무심코 제 겉옷을 벗어 주려 했다. 그러다 그는 제 팔을 동여맨 손수건을 발견했다. 가만 보니, 약초 같은 것을 상처에 얹고 상처를 감싼 것이었다.

상처와 아이를 번갈아 보던 소년은 그제야 아이가 더러워진 이유를 알았다.

그의 눈길을 느꼈는지, 마침 아이가 눈을 비비며 깨어났다.

"엇! 일어났어요?"

"……이거, 네가 한 짓이냐?"

"네. 지혈도 했고, 곧 염증도 가라앉혀 줄 거예요."

"약초를 알아?"

"네! 그럼요!"

"……아버지가 약초꾼이냐?"

"그건 아닌데요……. 그냥 알아요."

수상한 대답이었지만 소년은 탓하지 않았다. 그보다 다른 것이 더 궁금했다.

"왜 도망가지 않았느냐?"

"네? 왜 도망가야 해요?"

"……"

어리둥절해하는 소녀의 표정을 보니 말문이 막혔다. 도망가는 게 당연한 게 아닌가. 지금이라면 도망갈 수 있는 기회가 아닌가.

"내가 무섭지 않아?"

"무섭지만, 저를 구해 줬잖아요. 그리고……."

아이는 갑자기 말을 흐리며 뺨을 붉혔다.

"?"

"저, 저는…… 의, 의원이 될 거예요. 그러니까……. 그러니까 아픈 사람을 그냥 내버려 둘 수 없어요."

"풉."

소년은 저도 모르게 웃음이 새어 나오고 말았다.

"왜, 왜 웃어요?"

"그러니까 내가 네 의원 놀이에 장난감이 된 것이냐?"

"아, 아니 그런 게 아니라……. 진짜 의원은 아픈 사람을 그냥 두면 안 되니까……."

"그래 놓고 왜 부끄러워하는 게냐?"

"……난 진짜 의원이 못 될지도 모르니까요."

"왜?"

"아버지가 저는 절대 의원이 될 수 없다 했어요."

아이는 금세 시무룩해졌고 소년도 더 묻지 않았다.

"가자."

"어? 벌써요? 움직일 수 있겠어요?"

"내가 다리를 다쳤더냐?"

"……."

두 사람은 다시 처음처럼 말없이 걸었다. 처음보다 많이 느려지고 처음보다 보폭이 작아졌지만.

얼마 안 가 붉은 해가 푸른 하늘을 태우며 떠올랐다. 그들이 가는 길에 긴 그림자를 남기고 그들의 머리 위로 해가 걸릴 때까지 걸었을 때였다.

마치 그들이 오기를 기다렸다는 듯이 명화황후의 능은 햇볕에 따사롭게 빛나고 있었다. 아이는 길을 찾은 자신을 뿌듯해하며 소년을 돌아보았다.

"제 말이 맞……."

우쭐대던 아이의 목소리가 흐려졌다. 소년의 모습이 아까와는 너무나 달랐다.

능을 향해 한없이 그리운 표정을 짓던 소년은 연신 목울대를 삼키며 울음을 참고 있었다. 고집스럽게 입술을 다물고 있었지만 파르르 떨리는 진한 속눈썹은 슬픔과 그리움을 숨길 수 없었다. 견디다 못한 소년은 이내 풀썩 주저앉아 버렸다.

소리는 나지 않았지만 땅 위로 눈물이 뚝뚝 떨어지는 것이 보였다. 저보다 큰 사내아이가 닭똥 같은 눈물을 뚝뚝 흘리고 있으니 아이는 어쩔 줄 몰라 했다. 이럴 때는 못 본 척해 주는 것이 상책이었건만 아직 그런 배려가 없을 때라 그 앞에 쪼그려 앉았다.

"?"

소년은 놀란 표정으로 고개를 들었다. 조그만 계집이 제 얼굴에 바짝 다가와 다 떨어지고 지저분한 소매를 들어 눈물을 찍어 주고 있었다. 마치 어린아이를 달래 주는 듯이.

"하……!"

기막힌 헛웃음이 새어 나왔지만 계집은 아무것도 못 들었는지 고개를 아래로 기울여 눈물을 꼼꼼하게 닦고 있었다. 입술을 삐

죽거리며 눈가의 물기까지 닦는 모습이 우습고 가소로운데, 티끌 하나 없는 까만 눈동자는 뭘 안다고 남의 슬픔까지 담고 있을까.

묘한 감정이 꿈틀거렸다. 화가 나는 것 같기도 하고 부끄럽기도 하고, 그리고…….

"아, 아파요!"

아이가 비명을 질렀다. 눈물을 닦아 준 것이 무슨 죄라고 소년은 제 손을 비틀 듯이 잡아챘다.

"아! 이거 좀……."

아이는 벗어나려고 안간힘을 썼지만 그는 놓아주기는커녕 아이의 손목을 제게로 당겼다.

"앗!"

뭐였을까. 소년의 가슴에 툭 하고 부딪친 직후, 갑자기 그의 얼굴이 가까이 다가왔다. 그리고 차갑고 매끄러운 감촉이 아이의 입술로 부딪쳐 왔다.

순간 아이의 눈은 더 커질 수 없을 만큼 커졌다.

그건 뭐였을까.

짧다고 하기엔 긴 시간이었다. 눈을 몇 번이나 깜빡이며 그의 숨결을 느낄 만큼……. 날카롭게 다가온 그의 입술이 의외로 부드러워서 무섭지 않다고 느낄 만큼.

그러나 입술을 뗀 소년의 첫 마디는 가시가 촘촘하게 박혀 있었다.

"까불지 마."

"……."

머릿속이 텅 비어 버린 아이를 두고 소년은 벌떡 일어났다. 그리고는 능 가까이 성큼성큼 다가가더니 절을 올리기 시작했다.

계속 쪼그려 앉아 있던 아이는 해가 넘어가는 것을 보고 슬그머니 말을 꺼냈다.

"집에 가야 하는데요……."

이러다가 또 하루를 꼬박 넘길 것 같았다. 지금이라도 부지런히 걸으면 새벽에는 집에 들어갈 수 있을 것이다.

"……."

소년은 쳐다보지도 않고 아이를 무시했다.

"저…… 황자님도 돌아가셔야 하지 않아요?"

"!"

막 절을 끝내고 일어서던 소년이 그대로 굳어 버렸다. 황자. 저의 저주받은 신분. 그것을 이 아이가 어찌 알고 있는 것일까! 언제부터 알고 있었을까! 왜 알면서도 모르는 척한 것일까! 설마 계획적으로 접근한 것인가!

"이후 황자님 맞으시죠?"

"……."

황후께서 승하하시자마자 천덕꾸러기가 된 삼황자 이후에게 아무도 관심을 갖지 않았다. 후궁들과 배다른 황자들의 작당에 괴롭힘을 당해도 그를 감싸 줄 이가 궁에는 단 한 명도 없었다. 심지어 모함인 줄도 모르고 삼황자에 대한 황제의 오해는 깊어 갔다. 그들의 비웃음에 분노하면서도 언제 그들에게 죽임을 당할지 모른다는 두려움 때문에 하루하루가 힘겨운 싸움이었다.

늘 혼자 울분을 삼킬 수밖에 없었던 이후는 이 원망을 어머니에게 퍼붓고 싶어졌다. 그리고 어머니가 보고 싶었다. 미치도록 그리워서, 도저히 견딜 수 없어서 몰래 궁 밖으로 뛰쳐나온 터였다. 꽤 오랜 시간 밖에서 방황하는데도 궁에서 자신을 찾으러 나온 이는 살수들밖에 없었다. 헌데 이 아이는 저를 찾아냈다. 앙큼하게 알면서도 모르는 척 저를 이리로 끌고 왔다.

"우리 빨리 돌아가요."

그리고 어느새 '우리'라고 묶어 버렸다.

"날…… 알아?"

아이는 고개를 끄덕였다.

"한 번, 아버지를 따라 궁에 갔다가 멀리서 뵌 적이 있어요."

"나를…… 알고 있었다?"

이후는 스산한 목소리로 재차 물었다.

"네……."

무슨 실수를 했는지 알 리 없는 아이는, 경계에 찬 그의 무거운 목소리에 불안함을 느끼고 손가락을 꼼지락거렸다.

"가라."

한동안 말이 없던 그가 갑자기 눈을 빛내며 단호하게 말했다.

"예? 같이 가야죠……."

"당장 내 눈앞에서 사라져. 그리고 어디서든 누구에게든 날 만났다는 소리는 꺼내지도 마."

"예? 왜요?"

"그리고 다시 날 보게 되거든 알은척하지 않는 게 좋을 거야."

"?"

"그랬다간 죽여 버릴 테니까."

"!"

눈동자에 서린 비수 같은 살기는, 열네 살의 소년이 뿜어내는 기도라고 믿기 힘들 정도였다. 그 살기등등한 눈빛은 어린 계집이 감당할 수 있는 게 아니었다. 아이는 눈을 크게 뜬 채로 얼어 버렸다.

"죽고 싶지 않으면 내 이름을 입 밖에 내고 다니지 마라! 알아들었으면 꺼져!"

"!"

벌벌 떨며 웅크렸던 아이는 소년의 살기가 거둬지자마자 있는 힘껏 뛰어 도망쳐야 했다.

'가 버려! 제길!'

이후는 그렇게 무기력하게 어머니의 무덤 앞에 쓰러졌다. 하늘이 일그러졌다. 어쩐지 시야가 어두워졌고 온몸이 뜨거웠다. 다리는 사라져 버린 듯 느낌이 없고, 아이가 치료해 준 팔은 떨어져나갈 것처럼 지독하게 아팠다.

모든 것이 다 절망적이기만 한 그 순간이었다.

이후의 얼굴에 그늘이 드리워졌다.

"!"

아이의 얼굴이 그를 내려다보고 있었다.

"죽여…… 버린다고 했지!"

온 힘을 짜내 외쳤지만 아이는 갑자기 고사리 같은 손을 그의 이마에 얹었다. 어지러웠던 머리가 그 손이 닿는 순간 묘하게 맑아지는 기분이 들었다.

"어, 어떡하죠? 내, 내가 뭘 잘못했나 봐요. 여, 열이 나요. 이,

이럼 안 되는 건데……."

아이의 울먹임이 그를 두려워해서가 아니라는 걸 이후도 느낄
수 있었다.

"내가……. 내가 잘못했나 봐요. 어떡해요. 어떡해……. 손
이……. 파랗게 부었어요……."

"……."

가라고 했는데, 또 가라고 해야 하는데, 이후는 그럴 수가 없었
다. 아이가 잡아 주는 손길이 어쩌면 제 마지막을 지켜 주는 손이
될지도 몰랐다.

"아, 안 되겠어요! 제가 사람을 불러올게요! 여기 가까이에 마
을이 있어요."

'아니……. 가지 마.'

"의원을 데려올 거예요. 그러니까 조금만 기다리세요. 조금만!"

'가지 마. 제발……. 제발…….'

아이는 이후의 간절한 목소리를 듣지 못했다. 그래서 그녀는 그
의 손을 놓아 버리고 멀리 달려갔다.

이후는 멀어지는 아이를 향해 안타까운 손을 들고, 그 뒷모습을
쓰다듬듯이 손을 움직였다.

'네 잘못이 아니다.'

그 말이라도 해 주고 싶었는데……. 입가에 옅은 미소가 걸리고
스르륵 눈이 감기더니, 허공을 쓰다듬던 손이 '툭' 하고 떨어졌
다.

'내게 만약 다시 살 수 있는 기회가 생긴다면…… 나는 지금과
는 다르게 살 것이다. 그리된다면 그것은 네 공이다. 진심으로 나

를 살려 보려 했던 너의 마음. 그것을 잊지 않을 테니까.'

이후의 각오가 하늘에 전해졌을지도 모른다. 저 멀리서 한 무리의 군사들이 간절한 목소리로 그를 부르며 달려오고 있었으니까.

1.

바람이 일으킨 먹구름 아래에

바늘 끝에서 꽃가지가 자라났다. 그 꽃가지에 막 분홍 꽃잎 하나가 피어오르려던 때였다. 공교롭게도 바람에 실려 온 벚꽃 잎이 자수 가지에 앉았다.

"앗!"

그 바람에 생전 실수가 없던 여경은 바늘에 손가락을 찔리고 말았다. 붉은 피가 몽글몽글 흘러나오자 나인 소화가 부산을 떨며 피를 닦아 주었다.

"마마! 괜찮으십니까! 약을 가져오겠습니다."

"두어라. 그리 아프지도 않다."

"아휴. 귀하신 몸입니다. 아프지 않다니요!"

여경은 소리 없이 웃고 말았다. 귀한 몸이라니, 우스울 따름이었다. 고작 바늘에 뚫린 상처가 무에 그리 아플까. 이런 걸로 아프다면 제 마음에 꽂힌 수천 개의 바늘은 어찌할까. 그러나 거어이 약을 가져오겠노라 뛰어나간 소화를 불러 세우지 않고 다시 자수를 잡았다.

"폐, 폐하!"

밖에서 소화의 소스라치는 소리가 크게 들려왔다. 순간, 여경의 손이 주춤 멈췄다. 뚜벅뚜벅 걸어오는 소리에 손이 떨리기 시작했다. 소리가 점점 가까워지자 그녀는 황급히 자수를 내려놓고 일어서서 아슬아슬하게 황제를 맞이할 수 있었다.

"폐하를 뵙습니다."

"……."

고개를 들진 않았지만 여경은 황제의 시선에 머리꼭지가 따가웠다. 분명 오만하고 냉담한 눈으로 저를 내려다보고 있을 것이다. 황제의 뒤로 소화가 헐레벌떡 따라오는 소리가 들렸다.

"폐, 폐하. 차, 차를 오, 올릴……."

"백 보 안에 개미 새끼 한 마리 들이지 말라."

화기라고는 없는 건조하고 서늘한 목소린데, 그래서 더 사람을 두렵게 만들곤 했다.

"예, 예……. 폐하."

황제의 칼 같은 성정을 한두 번 겪은 게 아닌지라 소화는 더 묻지 않고 문을 닫고 나가 버렸다.

그제야 여경은 천천히 고개를 들어 황제와 눈을 마주했다.

경멸을 담은 눈동자는 볼 때마다 그녀를 아프게 했고 옥을 깎은 것처럼 반듯한 용안에서는 사람의 온기가 느껴지지 않았다.

이후. 그가 황제가 될 수 있었던 것은 이 사람 같지 않은 냉철함 덕분이었다.

"왜 그러고 서 있는가? 앉지."

"저를 야단하러 오신 것이 아니옵니까."

"어차피 무릎을 꿇을 것도 아닌데, 서 있을 이유가 있는가?"

"폐하께서 노하신 연유를 모르겠나이다."

이후는 여경을 스윽 훑어보았다.

"삼 년이라……. 황후 자리에 너무 오래 있었는가?"

애써 침착한 척하고는 있으나 여경의 눈꺼풀이 파르르 떨리고 있었다. 그의 앞에선 그 누구도 말 한 마디조차 함부로 할 수 없었다. 그런데 저는 사사건건 그의 심기를 거스르곤 했다.

"저는 폐하께 탕제를 올렸을 뿐이옵니다."

"내가 분명 그만두라 했네만 끊임없이 올리는 저의가 무엇인가?"

"폐하의 상한 원기를 회복시켜 줄 뿐만 아니라 눈을 맑게 하여 정무를 보시는 데 어려움이 없도록 해 줄……."

"헛소리."

황제는 낮은 음성으로 그녀의 말을 잘랐다.

"……."

"사내의 원기를 회복시켜 무엇에 쓰려고?"

"예. 폐하께 그 탕제가 필요 없다는 것은 알고 있사옵니다. 그저 신첩의 투정이었습니다. 그것이 그리도 노여우십니까?"

"내가 그대의 투정을 받아 줘야 할 만큼 한가로워 보이던가?"

"저는 황후이옵니다. 황후인 제가 폐하께 그 정도 투정도 부려선 아니 되옵니까? 폐하께서 신첩을 이리 홀대하시는데 이렇게라도 하지 않으면 어찌 폐하를 뵐 수 있겠나이까?"

여경이 태의에게 일러 사내의 정기에 좋다는 약을 달이게 한 것은 그 약의 효험을 바라고 한 일이 아니었다. 쓸데없는 짓 하지 말라고 이리 찾아오실 것을 알았기 때문이었다.

오늘 이렇게 황제를 만난 것이 두 달 만이었다. 제가 찾아가도 문전박대하시니 그가 싫어하는 짓을 해서라도 뵙고 싶었다. 아니, 궁궐의 여인이 황제의 마음을 얻기 위해 무슨 짓인들 못 한단 말인가.

향낭을 차고, 미약을 타고, 부적을 숨기고, 별의별 고약한 짓을 다 하는 것이 황궁에서 살아남기 위한 여인들의 몸부림이 아닌가. 그러니 제가 한 짓은 그것들에 비하면 아무것도 아니었다.

허나, 황제는 어린 시절 선황의 후궁들, 그리고 배다른 공주들로부터 질리도록 당해 온지라, 여인들의 암투를 지독히도 싫어했다. 그래서 후궁도 들이지 않았는데, 문제는 저에게 마저 정이라곤 티끌만큼도 내주지 않는다는 것이었다.

정. 정도 정 나름이거늘 인정조차 베풀지 않았다. 부부의 연을 맺은 지 올해로 사 년째, 황후에 오른 지는 삼 년째, 하지만 합궁은 손에 꼽을 정도였다. 저를 가엾게라도 여긴다면 이럴 수가 없었다.

"그렇게도 용종을 품고 싶은가?"

이렇게 빈정거릴 때조차도 그는 빈틈이 없었다. 어찌 이리 한결같은 표정과 음성일 수 있을까. 화내는 법도 비웃는 법도 모르는 사람처럼.

"폐하의 용종을 품는 것이 신첩의 의무이자 책임이옵니다. 폐하께오선 신첩의 어디가 그리 마음에 들지 않으시기에 만백성이 간

절히 바라는 폐하의 아드님을 바라지 않으시옵니까? 용종을 품기
엔 제가 그리도 부족하다 여기시옵니까?"

"부족하다 여긴 적이 없네."

"허면 왜……."

"다만 그대에게 관심이 가지 않을 뿐일세."

"!"

"하루빨리 후사를 이어 황실을 굳건히 해야 한다는 사실을 내
어찌 모르겠는가. 헌데, 정사를 보고 있노라면 황후의 존재를 종
종 잊는단 말이지."

여경은 긴 소맷자락에 감춘 주먹을 꼭 쥐고 그의 굴욕적인 언사
를 참아 냈다. 이것이 그가 화를 내는 방법임을 잘 알고 있었다.
큰 소리를 내지 않아도 사람에게 상처를 주고 두렵게 만들며 말이
다.

"관심을…… 가져 주시옵소서. 이도 폐하께서 해결하셔야 할
시급한…… 국사이옵니다."

"그래서 아무도 들이지 말라 했네."

이후는 여경이 굴하지 않기를 기다렸다는 듯이 말을 받았고, 그
녀는 그의 뜻을 이해할 수가 없었다.

"?"

"여기까지 왔으니 그대 한을 풀어 주고 가야 하지 않겠나."

"폐하……. 설마……."

"황후의 책임과 의무를 다할 기회를 주는 것이니 사양치 말고
저리로 가지."

이후가 침상을 가리키며 자리에서 일어서려 하자 여경은 깜짝

놀라 그를 막았다.

"하, 하오나, 지금은 한낮이옵니다."

"급하지 않은 모양이군. 때를 가릴 처지가 아닌 것으로 아는
데."

"폐하!"

"싫다면 난 이만 돌아가겠네."

그녀가 원하는 것은 이런 게 아니었다. 첫날 밤, 그리고 그 후
에도 몇 번, 길한 날을 골라 합궁을 했었으나 애정 없는 의식은
건조하기만 했다. 생각만으로도 살이 떨리는 무정한 그 밤들을 원
할 리가 없었다. 그냥 따뜻하게 안아만 주어도 저는 족했다. 여경
은 몰래 입술을 깨물었다.

그의 아들을 낳고 싶었다. 그렇게라도 해서 그의 관심을 조금이
라도 얻을 수 있다면, 박정한 눈길에 연민이라도 깃들게 할 수 있
다면…….

황제는 벌써 문 앞까지 걸어갔고 여경은 이번 기회를 놓치면 영
원히 기회가 안 오는 것이 아닐까 불안해졌다.

"폐하!"

"……."

여경의 발밑으로 그녀의 겉옷이 흘러내려 소리 없이 떨어졌다.
겹겹이 입고 있던 황후의 옷들은 이제 전부 바닥에 쌓였다. 속이
비치는 그 하얀 치마 아래 그녀의 뽀얀 살결과 부드러운 곡선이
드러났다.

그의 앞에서 그녀는 더 이상 정숙하고 위엄 있는 황후가 아니었
다. 얇은 속의 치마 한 장만을 걸치고 사내를 유혹하는 기녀와 다

를 바 없는 모습이었다. 허나, 저는 기녀들처럼 색기로 사내들을 휘어잡는 법을 몰랐다. 물끄러미 바라보는 황제의 눈길에 몸 둘 바 몰라 하며 몸을 숨기기에 급급할 뿐이었다.

그리고 황제는 이런 때마저도 무심하게 바라보고만 있었다.

얼굴을 붉힌 여경은 고개를 푹 숙였다. 황제가 바라는 것은 제가 좀 더 비굴하게 매달리는 모습일 것이다. 황제의 마음을 얻기 위해서는 무엇이든 해야 한다며 저를 다독이고는 떨리는 입술을 간신히 열었다.

"제가 할 수 있는 것은 여기까지입니다. 이다음부터는 폐하께서 해 주시옵소서."

문 앞에서 뒷짐을 지고 있던 황제가 천천히 다가왔다. 그 짧은 순간에 여경의 심정은 터질 듯이 두근거려서 주먹을 가슴에 모아 쥔 채 숨을 죽이고 있었다.

그가 여경의 코앞까지 바짝 다가오자 태산 같은 기운이 그녀를 덮쳐 꼼짝 못 하게 만드는 것 같았다. 그에게서 풍기는 짙은 향기에 여경은 마른침을 삼켰다.

비스듬히 고개를 숙인 황제의 코끝이 그녀의 귓가를 스쳤다. 규칙적인 숨결이 그녀의 목덜미를 간질였다.

그리고 황제는 망설임 없이 그녀의 몸에 걸쳐진 천 조각을 모조리 벗겨 냈다.

나신을 드러낸 여경은 눈을 질끈 감았다. 이제 황제께서 저를 침상으로 데려다 주시기만을 기다리며.

"!"

감았던 눈이 크게 떠졌다. 여경의 생각과 달리 황제는 그 자리에서 단정한 의관을 하나도 벗어 놓지 않은 채, 그녀의 허리를 감싸 당기고 입을 맞추기 시작했다.

상관없지 않을까. 이렇게 시작할 수도 있는 게 아닐까. 마음을 달래 보지만 그럴 수가 없었다. 그의 다른 한 손이 그녀의 가슴을 쥐었다. 당혹함으로 물든 여경의 눈빛은 이내 착잡하게 가라앉았다.

허리를 감은 손은 그녀의 피부 결을 탐내지 않았고, 젖가슴을 움켜쥔 손은 억세기만 할 뿐이었다. 입맞춤은 또 어떤가. 서둘러 이 귀찮은 일을 끝내겠다는 듯이 감정이라고는 없이 입술을 부딪칠 뿐이었다.

그토록 원하던 순간이었건만 설레기는커녕 그의 입술에 응할 수가 없었다. 여경은 그만 싸늘하게 식어 버리고 말았다.

그녀가 미동조차 없이 입술을 굳게 닫고 있자 황제는 미련 없이 그녀의 입술을 떠나고 손을 놓아 버렸다.

"내가 할 수 있는 것도 여기까지. 뜻은 있으나 몸이 그대를 찾지 않으니 어쩌겠는가. 의지만으로 할 수 없는 일도 있다네."

"……."

자존심이 크게 짓밟힌 여경은 한 마디도 하지 못하고 꿀꺽 울음을 삼켰다. 황제 앞에서 차마 입술을 깨물 수는 없는 노릇이라 떨리는 입술을 꾹 다무는 것으로 치욕스러움을 견뎌야 했다.

"그래서 귀비를 들일까 하네."

"?"

"신하들을 비롯하여 백성들, 거기다 황후까지 후사를 이으라 닦달하는데, 그대와는 그것을 이룰 수 없을 듯하니 다른 방도를 찾아야지. 해서 도성 제일의 미녀라는 대사도의 여식을 귀비로 맞이할까 하네."

"!"

여경은 그가 그저 겁을 주느라 하는 말이길 바랐다. 후궁을 들일 수는 있지만 이렇게는 싫었다. 제가 싫어서 다른 여인을 품겠다는 것은 제게 여인으로서의 가망은 없다는 뜻이니 말이다.

"왜 벙어리가 되셨는가?"

"폐하……. 귀, 귀비라니요? 후궁을 들이신단 말이옵니까?"

"후사를 잇기 위해선 무슨 일이든 해야 하는 게 아닌가? 황후가 바라던 것일세. 아니면 그 대의를 명분 삼아 그저 황제의 총애를 받고자 함이었는가?"

"폐하의 총애를 욕심내는 것이 그리도 죄가 되옵니까? 은애하고 은애받고 싶은 욕심을 나무라지 마시옵소서. 신첩은 그저 그런 작은 계집일 뿐이옵니다. 왜 그마저도 곡해하려 하시옵니까?"

"왜일까? 아마도 사사건건 내게 반기를 드는 그대의 부친 때문이겠지."

"그건……! 그건…… 신첩은 나랏일은 잘 모르옵니다."

"그렇겠지. 그러니 이리 어리석은 방법으로 나를 불러들였겠지."

오늘 황제가 저를 구석까지 몰아세운 데는 그럴 만한 이유가 있었던 것이다. 저를 욕보이는 것으로 아비인 승상과의 정쟁을 이어갈 셈인 것이다. 탕제를 올린 것이 때마침 좋은 구실이 되었으리라.

여경은 짧은 한숨을 뱉어 내고 조심스럽게 중얼거렸다.

"허나…… 제 아버지는…… 현명하신 분이옵니다."

"……."

"아버지께서 안 된다고 하신 일이라면, 그럴 만한 연유가……."

"그대의 아비는 현명하고, 나는 그보다 모자란 위인이라 충언을 새겨듣지 못하는 아둔한 황제로군. 허면 승상이 나라를 통치하면 되겠군. 내 머리 위에서 말일세!"

"그, 그런 뜻이 아니오라……. 폐하, 어찌 그리 무서운 말씀을 하시옵니까. 아버지는 그럴 분이 아니시옵니다. 게다가, 게다가 제가 황후로 있사온데, 어찌 제 아비가 역심 따위를 품을 수 있단 말이옵니까?"

"그러니 말일세. 안타깝게도 그대가 황후라는 것이 그대의 아비를 역도로 만들 수도 있다네."

"폐하!"

"황위에 오르는 것만이 역심이 아닐세. 황제를 제 아래 놓고 나라를 주무르겠다는 것 또한 역심일세. 알겠는가? 내가 그대를 품지 않는 이유를?"

"폐하……."

최근 황제는 해적 소탕을 명분으로 내세워 강한 군대를 갖고자 했다. 훨씬 더 강한 황권, 강한 나라를 만드는 것이 그의 야망이었다. 황실이 긴 시간 혼란스러웠던 틈을 타 해적들이 들끓어 백성들이 곤욕을 치르고 있었으니 명분도 확실했다. 하지만 승상은 궁핍한 백성들을 전장으로 내몰 수 없다며 반대하고 있었다.

"아무것도 모른다며 순진한 얼굴로 나를 현혹할 생각 말게. 그대의 아비가 황후인 그대의 세를 업고 조정을 좌지우지하는데 언제까지 나와는 상관없는 일이라 우길 셈인가? 내 앞에서 옷을 벗는 어리석은 짓을 할 바에야, 그대의 아비를 찾아가 사정해 보는 것이 훨씬 나을 거란 생각은 왜 못 하는 것인가?"

그것은 황제의 말이 옳았다. 황실에 들어온 이상 그녀가 감당해야 할 일이었다. 그러나 여경은 억울했다. 그녀는 부친께서 하시는 일을 막을 수 없었다. 그녀의 부친 사희담은 여식이 황후라 해서 함부로 권력을 휘두르는 인물이 아니었고, 옳다 여기는 일에는 쉬이 뜻을 꺾지 않는 위인이었기 때문이다.

그녀가 말이 없자 이후가 거침없이 말을 이어 갔다.

"내게 있어 여인이란 존재는 나의 황위를 위한 양날의 검일 뿐일세."

여경은 벌어진 입을 다물지 못했다. 양날의 검에 비유한 데는 저를 도구로만 여긴다는 것 외에도 저를 믿지 못한다는 뜻도 담겨 있었다.

"몰랐다는 표정이군. 그거야말로 가식 아닌가."

"저는……."

"후사를 잇는 일도 마찬가지. 나와 뜻이 다른 여인의 배에서 용종을 기르게 할 생각이 없네. 그 검이 언제고 나를 칠지도 모르니 말일세."

속고 속이는 치열한 암투 속에서 이 자리에 오르기까지, 그가 무엇을 버리고 잃었는지는 짐작하기 어렵지 않았다. 아무도 믿지 못하고 그 누구도 사랑할 수 없게 된 가엾은 사람이었다.

"만약…… 만약, 제가 승상 사희담의 여식이 아니라…… 한미한 가문의 여식이었다면, 은애한다는 제 말을 믿어 주셨을까요?

저를 여인으로 여겨 주셨을까요? 늦은 밤 신첩에게 찾아오셔서 고단한 몸을 누이고 잠시나마 국사를 잊고 쉬었다 가셨을까요?"

여경은 꿈같은, 아니, 제가 늘 그리고 꿈꿔 온 순간들을 읊어 나갔다. 황후가 아니라 한 사내의 아내이고 싶은 소박한 꿈이었다. 그러나 황제는 그런 여경의 진심 어린 호소에도 냉담하기만 했다.

"한미한 가문의 여식이라면 애초에 황후가 되지도 못했겠지. 반대로 말하자면 그대가 황후가 될 수 있었던 것은 승상의 여식이기 때문이었네. 단지 그뿐인 것을 그대도 알고 나도 알지 않은가?"

"저는…… 모릅니다. 저는 황후가 되고자 폐하의 아내가 된 것이 아닙니다."

"누구나 말은 그리한다네."

"폐하!"

참았던 눈물이 소리 없이 뺨을 타고 내려왔으나 그는 그 애절한 눈물에도 흔들림이 없었다.

"황후를 위해 한마디 하자면, 이제 그만 옷을 입는 것이 좋겠네. 적어도 그 껍데기를 입고 있는 동안은 그대가 황후라는 것을 모두가 알아줄 테니까."

그가 쌀쌀맞게 등을 돌려 나가 버리는 것을 보았는데도 여경은 한 발자국도 움직이지 못하고 넋이 나간 사람처럼 눈물만 흘리고 서 있었다.

'사람이 어찌 사람을 도구로만 여기겠나이까? 누군가 폐하의 마음을 빼앗는 날이 올 것입니다. 그래서 그 여인 때문에 폐하가 아파하고 힘들어하실 날이 반드시 올 것입니다. 예. 그것이 저는

아닌 줄 알기에 폐하께서 그 여인과 함께 웃는 것만큼은 상상하고 싶지 않사옵니다.'

실은 이런 생각마저도 가식이었다. 이렇게 모진 말을 듣고도 여경은 그를 놓을 수 없었다. 허울뿐이어도 좋으니 저만의 황제이길 바랐다. 그 누구도 황제의 마음을 뺏는 일이 오지 않기를 바랐다. 이대로 아무에게도 정을 주지 않으시길, 그를 연모할 수 있는 여인은 오로지 저뿐이길. 지금까지는 그것만으로도 슬프지만 행복했던 여경이었다.

황후의 처소 백 보 안에는 정말로 얼씬 하는 이가 없었다. 단지, 저만큼 물러서 안절부절못하는 사람들만 있을 뿐.

그 사람들 틈에서 황룡장 고선무가 언제부터였는지 기다리고 있었다.

"왜 이리로 왔느냐."

선무는 한쪽 눈썹을 찡그리며 질문과 관계없는 대답을 내놓았다.

"심하셨사옵니다."

"……"

황제의 찌릿한 눈초리를 받은 소화가 핏기 없는 얼굴로 쩔쩔맸다. 어째서 선무가 안에서 일어난 일을 알 수 있느냐는 물음이었다. 아무도 들이지 말라는 명을 어겼으니 소화는 죽은 목숨이었다.

"급히 전할 일이 있어 어쩔 수가 없었사옵니다. 헌데, 안의 분위기가 더욱 살벌하여……. 크흠."

선무가 대신 나서서 변명을 해 준 덕에 황제의 눈초리가 거둬졌다. 소화는 그 틈에 쏜살같이 황후에게로 달려갔다. 아니, 그리하려고 막 걸음을 옮긴 찰나였다.

"멈춰라."

"예? 무, 무슨 분부라도……."

역시나 황룡장을 들여보낸 일로 벌을 내리실 모양인가 소화는 벌벌 떨었다.

"황후가 아랫것들을 겁 없이 키웠군."

"폐, 폐하. 그런 것이 아니오라…… 하, 한 번만 용서해 주시옵소서!"

"아직 백 보 안에 얼씬 말라는 내 명을 거둔 적이 없거늘 어딜 들어가는 게냐?"

"예? 그, 그런……. 저는 폐하께서 나오시기에 이제 들어가도 되는 줄 알고……."

"또 내 명을 우습게 여기는지 보겠다."

황제가 그냥 돌아서자 소화는 황급히 여쭈었다.

"폐하. 허면 어, 언제까지……."

이후는 대답 대신 그녀를 한심하게 쏘아보고는 찬바람을 일으키며 걸어 나갔다.

선무가 그 뒤를 바짝 쫓아와 중얼거렸다.

"지금 들어가지 말란 말을 참 어렵게 하시옵니다. 저것들이 무슨 죄가 있다고……."

이후는 선무의 깐죽거림을 상대하지 않고 그가 왜 이곳에 와 있는지를 상기시켰다.

"네놈을 잡아 오라 명하였는데 제 발로 걸어 들어온 모양이군. 운이 좋았다. 붙잡혀 왔다면 다리를 부러트려 놓을 생각이었다."

"또 무슨 트집을 잡아 저를 핍박하시려는지 도통 감도 잡히지 않사옵니다."

이후는 능청스럽게 불만을 토로하는 황룡장 고선무를 쏘아보았다. 황궁을 지켜야 할 황룡장이 지금껏 기루에 너부러져 등청하지 않은 주제에, 아직 술이 덜 깬 소리나 지껄이고 있었다.

"예, 예. 좀 마셨습니다! 죽을죄를 지었나이다."

그 눈빛을 이기지 못한 선무가 사죄 같지 않은 사죄를 올렸다.

두 사람의 이런 모습은 새삼스러울 게 없었다. 황제에게 이처럼 무도하게 굴 수 있는 유일한 자가 바로 고선무였다.

선무의 나이 열여섯, 이후의 나이 열넷. 역적의 아들로 낙인찍혀 죽을 날만을 기다리던 선무를 살려 황룡장까지 키워 낸 것이 황제 이후였다.

그 당시 이후는 몰래 궁을 빠져나가 명화황후의 능에 간 죄로, 별궁에 갇힌 불쌍하고 힘없는 삼황자였다. 사실 그것은 죽다 살아난 이후가 스스로 원해 그리된 것이었다. 별궁에 버려져 사람들의 이목이 거두어지길 기다렸다가 은밀히 사람을 모으기 위함이었다.

그 와중에 때마침 우연히 노비로 살게 된 선무를 만나게 되었다. 어린 나이에도 뜻을 꺾지 않고 노비로 살 바에 죽겠다는 선무의 고집이 마음에 들었다. 그러나 위험을 감수하고 그를 빼내 제 사람으로 만들려고 보니, 문인의 아들이었던 선무를 단기간에 장수로 키워 내기란 쉽지 않았다. 해서 선무가 차라리 죽기를 바랄 만큼 잔인하고 혹독하게 훈련시켰던 것이다.

덕분에 선무는 죽는 것이 대수롭지 않을 만큼 이후에 대한 삐뚤어진 반항심이 생겨 버렸다. 지난 십 년 동안 생명의 은인으로 황제를 따르고는 있으나 그에 대한 인간적인 앙금만큼은 여전히 깊은 상태였다.

"급히 전할 것이란 건 무엇이냐?"

"그런 게 있겠사옵니까? 개미 새끼 한 마리 들이지 말라시니 호기심이 발동할 수밖에요."

"……."

이후는 걸음을 멈추고 말없이 그를 쳐다보았다. 위험을 감수하고 이만큼 키웠으니 차마 아까워 버리지는 못하겠다는 눈빛이었다.

그 심사를 읽어 낸 선무는 제가 지나쳤던 걸 아는지라 고개를 돌리고 딴청을 부렸다.

"비가 올 것 같지 않사옵니까?"

"이번엔 아슬아슬했다는 것만 알아 두어라."

선무의 귓가에 삐질 식은땀이 흘러내렸다.

"그리고, 심하지 않았다."

"……분풀이를 엉뚱한 데다 하신 것 같아서 말이옵니다."

"모르는 소리. 누가 부녀가 아니랄까 봐 똑같은 소리나 해 대는데, 그 기고만장함을 꺾어 놓아야지."

"귀비를 들이는 것으로 승상의 권세는 충분히 견제가 가능할 것 아니옵니까. 굳이 관심도 안 간다는 황후를 찾아가 선전포고를 하실 필요는 없었다 이 말이옵니다. 폐하답지 않게……."

번거로운 일로 힘을 쓰지 않고 쓸데없는 감정싸움도 하지 않는 것이 황제 이후의 철칙이었다. 귀비를 들이기로 했으면 이를 통보만 했어도 충분했다. 아니, 굳이 통보하지 않아도 황후의 귀에 들어갔을 것을 뭐 하러 걸음 하여 그녀의 속을 뒤집어 놓는단 말인가.

"나답지 않다……?"

"예. 이번 일이 아니어도 유독 황후마마께만 감정적이신 것 아십니까? 관심 없다던 말씀과는 영 다르게 말이지요."

"글쎄? 무슨 뜻으로 하는 말인진 모르겠다만, 그것이 그리 이상해 보였다면 사 년이나 부부로 지낸 의리였다 해 두지."

선무는 기가 막혔다. 방금 황제가 황후께 하신 일은 의리가 아니라 패악이나 다름이 없었다고 일깨워 주고 싶었으나 그 말은 하지 않기로 했다. 황제도 인간인데 화가 나면 화풀이를 할 수도 있는 게 아닌가. 게다가 어차피 황후는 황제가 버려야 할 패인데 그녀를 자꾸 거론할 이유가 없었다.

"헌데 말이옵니다. 앞으로 심심치는 않겠습니다. 황후와 귀비라. 여인들의 암투만큼 재미난 일이 어디 있겠습니까? 그리도 질색하시더니, 쉬운 길로 가시기로 하셨사옵니까? 승상의 여식을 부인으로 삼아 황제가 되시고, 대사도의 여식을 귀비로 삼아 황권을 거머쥐시고, 그다음엔 또 누구를 데려와 무엇을 얻으실지 궁금하옵니다. 아, 천하절색의 미인을 향비로 삼고 태자를 얻으시면 되겠습니다! 폐하의 남심을 사로잡으려면 그 정도는 돼야지요. 아니 그렇사옵니까?"

이후는 선무의 방자한 도발에도 침묵을 지켰다.

후궁을 들여 정국을 어지럽게 만드는 것만큼은 피하고 싶었다.

하루빨리 황자를 얻어 황실을 굳건히 해야 한다는 것도 잘 알고 있었지만 굳이 서두를 이유가 없었다.

황위에 오른 지 올해로 고작 삼 년밖에 되지 않았다. 아직 정국은 불안했고 남아 있는 제 배다른 형제들도 호시탐탐 이 자리를 노리고 있는 실정이었다. 이러한 판국에 혈육을 얻는다 해도 그 혈육을 보호할 만큼 강한 힘과 여유가 아직은 없는 터였다.

조금만 더, 제가 보다 더 강한 힘을 갖고 모든 신하들 위에 군림할 수 있을 때, 아무도 황위를 노리지 못할 때, 저와 뜻이 맞는 단 한 명의 여인에게서 황자를 낳는 것이 이상적이었다. 간사한 정적의 음모에 휘말려 언제 어미를 잃을지 모를 그런…….

'내가 겪은 괴로움을 물려주고 싶진 않다.'

부친인 선황은 여색에 빠져 수많은 후궁들의 치마폭에서 놀아났다. 덕분에 황제의 방치 속에서 모친인 황후가 갑작스럽고 의뭉스러운 죽음을 맞이했으며, 저의 배다른 형제들 역시 태자의 자리를 놓고 벌인 싸움에서 하나둘 죽거나 쫓겨 나갔다. 그러는 동안 황권은 추락하고 간신들의 횡포 속에서 백성들은 도탄에 빠졌다.

어린 시절 이후는 황후의 무덤가에서 다짐한 것이 있었다. 기필코 살아남아 해월국 최고의 통치자가 되겠노라 말이다. 나약했던 저를 버리고 오직 황위를 위해 살겠다 어머니께 약조했다. 그래서 분노를 죽이고 외로움도 복수심도 잊은 척하며 형제들의 다툼에서 물러나 숨죽이며 살지 않았는가.

저는 선황처럼 되지는 않을 것이다. 몰인정하고 잔인할지언정, 계집들의 말에 놀아나 이리저리 휘둘리는 그런 추하고 어리석은 황제만은 되지 않을 것이다. 어쩔 수 없이 후궁을 들일 테지만, 누구도 곁에 두지는 않을 생각이었다.

「만약, 제가 승상 사희담의 여식이 아니라…… 한미한 가문의 여식이었다면, 은애한다는 제 말을 믿어 주셨을까요?」

그는 황후가 하는 달콤한 말을 전부 믿을 수가 없었다. 계집들의 입에서 나오는 향기로운 말 속에 독사의 이빨이 숨겨져 있음을 수없이 겪어보지 않았던가.

'한미한 가문의 여식이라…….'

하지만 어쩌면 그랬을지도 모른다. 그러나 그때는 저 역시 황제 이후가 아니라 보통의 사내였을 것이다.

이후에게도 촌부로 살아갈 기회가 있었다.

십 년 전, 제 눈물을 닦아 주던 괘씸한 꼬마 계집 역시 저를 평범한 소년으로 보고 있다 생각했었다. 그 스스럼없이 다가서던 순수한 모습에 마치 황후께서 곁에 계신 듯한 착각마저 들었었다.

더럽고 천한 계집의 얼굴이 뜻밖에도 매우 고왔다. 그 아이에게 기대서 위로받고 싶어졌을 때, 그 아이가 알게 해 줬다.

「황자님도 돌아가셔야 하지 않아요?」

저는 삼황자였다. 누가 뭐래도 그 운명의 굴레를 벗을 수는 없었던 것이다. 죽어도 궁에서 삼황자로 죽어야 한다는 것을. 그 사실을 깨달았을 때 도망치려 한 제 모습을 그 아이에게 들킨 것 같아 얼굴이 달아올랐다.

수치는 분노로 바뀌어, 알면서도 모르는 척 다가온 영악한 계집에게 불같이 화를 냈다. 그러나 아이는 끝까지 제 곁을 지켜 주었다. 저를 위해 떠났지만 분명 그 자리로 돌아왔을 것이다.

이후는 그렇게 믿었다. 누군가를 믿는다는 건 그 아이로 끝이었다.

　가끔 흐릿한 형상을 한 그 아이가 생각이 났다. 가난한 행색에도 울고 있는 자신을 안쓰럽게 돌봐 주던 선한 저의 백성이.

　「저, 저는…… 의, 의원이 될 거예요.」

　아직도 그때를 생각하면 피식 웃음이 났다.

　서툴렀던 아이의 치료 때문에 목숨을 잃을 뻔한 것은 물론, 독이 오른팔을 잘라 낼 뻔했었다. 아마 나량이 저를 조금만 늦게 찾아냈더라면 저는 지금 이렇게 살아 있을 수가 없었을 것이다. 그런데도 그 아이를 원망하는 마음이 들지 않았다. 지독하게 아팠던 그 순간에도 말이다.

　아버지를 따라 궁에 온 적이 있다니 아마도 궁에 물건을 대러 온 장사치의 노비였던 것 같았다. 그 후로 몇 번 궁에 드나드는 노비들의 면면을 살피기도 했지만 귀염성 있던 아이의 이목구비마저도 점점 기억에서 잊혀져 갔다. 의원이 되고 싶다던 소원이라도 들어주고 싶어 만나면 꼭 면천을 해 주고 싶었는데 말이다.

　'지금쯤 누군가의 아내가 되어 살고 있겠지.'

　여전히 그렇게 선하고 밝은 모습으로 자라났을까? 사심 없이 저를 올려다보던 아이가 어떤 모습으로 자랐을까?

　어쩌면 그 아이 때문일지도 모른다.

　그 아이만큼 순수하고 선한 여인을 본 적이 없기에, 누구에게도 마음을 줄 수 없게 된 건지도 몰랐다.

　입술에 온기가 느껴졌다. 생김새가 잘 기억나지 않지만 계집을 예쁘다고 생각한 건 아마도 그 아이가 처음이자 마지막일 것이다.

　"천하절색의 미인이라……."

"호! 폐하께서도 사내는 맞으시옵니다. 천하절색이란 말에 끌리시는 걸 보면 말이지요."

"선무, 나는 그 천하절색에게서 남편을 빼앗아 전장으로 내보내게 될지도 모른다."

"예?"

"허면 그 아이는 나를 원망하겠지. 어디 그 아이뿐일까. 남편과 아비 또는 아들을 잃은 여인들의 원한이 나를 향하겠지."

"천하절색…… 그 아이가 누굽니까?"

"그래도 나는 해야겠다. 희생을 치르지 않고서 대업을 이룰 수 없다. 그렇지 않느냐?"

선무가 당최 알아들을 수 없는 소리를 듣고 당황하는 사이, 황제는 대답을 바라지 않았다는 듯이 너른 보폭을 밟아 걸어 나갔다.

그로부터 나흘간 추적추적 비가 내렸는데 사람들은 그 비가 황후의 눈물일 거라 수군거렸다. 그즈음 대사도 장예모의 여식을 귀비로 들인다는 소문이 퍼져 나갔기 때문이었다.

※

며칠 후, 저녁 무렵 퇴궐하는 승상 사희담의 앞으로 조롱이를 쓴 하인이 뛰어와 우산을 씌워 주었다. 그러나 사희담의 그늘은 비 때문이 아니었는지 조금도 나아지지 않았다.

"나리, 소문이 사실이옵니까? 참말로 황제께서 귀비마마를 들인다고 합니까요?"

"……."

벌써부터 백성들에게까지 소문이 퍼졌으니, 피해 갈 수 없는 일이지 싶었다.

황제가 후궁을 맞이하는 것이 무슨 허물이 되어 반대하겠는가마는 이번 일은 그럴 수가 없었다.

제 여식이 황후여서가 아니었다. 황제께서 귀비를 들이시려는 뜻을 알기에 그러는 것이었다. 대사도 장예모, 그자가 황제의 무리한 출전 명에 동조하고 있는 것이 문제였다.

지금 해월국은 아무리 작은 전쟁이라도 피할 수 있으면 피하는 게 상책이었다. 선황께서 나라의 국고를 탕진하시고 백성들이 도탄에 빠져 지금은 모두가 살기에 바쁜 실정이었다. 헌데 이런 때에 해적질을 일삼는 이민족들과의 전쟁은 위험했다. 그들이 다 같이 규합하여 전선을 이루기라도 한다면 그야말로 국운을 건 대규모 전쟁이 되지 않겠는가.

그렇다고 해서 해적들로 인한 피해를 두고 볼 수는 없으니, 그들을 회유하여 해월국의 백성이 되도록 하는 것이 좋을 것이라 청하였던 것이다. 상주국과 구하국, 이 두 나라가 지금은 조용하다지만 해월국이 위태로운 지경에 이르면 그들이 탐욕을 드러내지 않는다고 어찌 장담할까.

조금 전 황제를 독대하여 진심 어린 충언을 간했으나 황제는 요지부동이었다.

황제는 이번 기회에 군권을 장악할 욕심을 보이고 있었다. 게다가 전쟁에서 승리한다면 백성들의 민심을 모으고 황제의 권위가 더욱 강력해질 것이니 일거양득이라 여기는 것이다.

"승상. 그대의 어진 성품을 이해 못 하는 바는 아니나, 국사는 인정으로 처리하는 것이 아니라 보오. 지금 백성들은 해적에 대한 반감이 증오에 가까울 만큼 커졌소. 그것이 민심이오. 민심이라는 잘 벼린 칼이 있는데 그것을 버리란 말이오?"

"폐하, 인정에 호소하는 것이 아니옵니다. 또한 민심은 이용하는 것이 아니라 다독이는 것이옵니다. 지금의 백성들은 전쟁을 치를 만한 경제력도 의지도 없다는 것이 현실이기에 반대하는 것이옵니다. 백성들의 증오심은 비단 해적에게만 있는 것이 아니라, 고단한 현실에 있음을 유념하여 주시어 부디 뜻을 거두어 주시길 청하는 바이옵니다."

"다독인다? 내가 바라는 것도 그것이오. 백성들을 다독여 민심을 모아 전쟁에 임하도록 하는 것이 그대가 해야 할 일이 아니오? 대사도는 된다 하는 일을 승상은 안 된다고 하니, 내가 그대의 능력을 의심할 수밖에 없지 않겠소? 고단한 현실에 대한 증오를 해적들에게 돌리도록 하는 것이야말로 두 마리 토끼를 잡을 수 있는 기회가 아니겠소."

"폐하, 신 승상의 자리에 아무런 미련이 없사옵니다. 신의 무능함을 탓하시어 물러가라 하시면 두말 않고 물러갈 것이옵니다. 하오나 전쟁만은 할 수 없다 여겨지옵니다."

"그대를 따르는 신하들이 나를 따르는 신하보다 많은데 내가 어찌 그대의 사직서를 받을 수 있겠소? 이 나라 황후의 부친, 나의 국구(國舅:임금의 장인)를 나와 뜻이 다르다 해서 쫓아낼 수야 없는 일. 이를 알고 하는 말이오?"

돌려 말하는 법이 없는 황제의 날카로운 질문에 사희담은 펄쩍 뛰며 진땀을 흘려야 했다. 황제가 아니라 자신을 따르는 신하라니, 그것은 역모나 다름없었다.

"신을 따르는 신하들이라니요! 결코 그런 것은 없사옵니다. 다만, 그들도 저와 같은 생각일 뿐이옵니다. 폐하! 부디 조금만 더 시간을 가져 주시옵소서. 폐하께서 쉬지도 않으시고 국사를 돌보는 데 여념이 없다는 것을 신이 어찌 모르겠나이까. 허나 시간을 들여야 할 수 있는 일도 있사옵니다."

"그 시간을 기다리다 내가 황권을 빼앗길 수도 있겠군."

"폐하! 그런 일은……!"

"없다 어찌 장담하시오? 그대는 불과 몇 년 전, 내가 황제가 될 거라고 생각해 본 적이 있소?"

"……."

사희담은 대답하지 않는 것으로 황제의 말에 수긍했다.

삼황자가 황제가 될 거라 여긴 적이 단 한 번도 없었다. 그를 돌봐 줄 뒷배도 없거니와 정치에 관여한 적도 없었기 때문이다. 그래서 여경이 삼황자에게 시집가겠다 했을 때 크게 반대하지 않았던 것이다.

물론 황자들의 다툼에 혹 잘못되기라도 할까 봐 반대하긴 했었으나 여경의 고집을 꺾을 수가 없었다. 그래서 그가 한 일은 여경이 다치지 않게 삼황자 부부를 보호했을 뿐이었다. 그 결과, 우습게도 제가 삼황자를 황제로 만든 꼴이 되고 말았다.

그것이 지금 이렇게 후회될 줄이야. 차라리 비구니로 살게 하는 편이 좋았을지도 모른다. 살벌한 황궁에 여경을 들여놓게 될 줄 알았다면 제가 나서 이 혼인을 성사시켰을 리가 없었다.

설마 여경은 삼황자가 결국 황제가 될 걸 알고 있었던 것일까? 황후가 될 욕심을 품고 있었던 것일까? 제 딸이지만 어릴 적부터 그 속을 알 수가 없었다. 계집으로 태어난 것이 아쉬울 만큼 영특한 녀석이었으나 해괴한 행동을 일삼아 골머리를 앓게 하곤 했었다.

그러던 어느 날 여경은 눈에 띄게 달라졌다. 멍한 눈으로 넋을 놓고 있기도 했지만 걱정할 정도는 아니었고, 몰래 밖에 나다니는 것보다 수를 놓거나 글을 읽는 시간이 더 많아진 것이다.

그러다 혼기에 찬 여경의 적당한 혼처를 물색하려는데, 갑자기 이후 황자에게 시집을 가게 해 달라며 조르기 시작했다.

아비인 제가 보기에도 마치 황실에 들어가기 위해 오랫동안 준비한 것처럼 보일 정도였으니, 황제의 눈에는 오죽했을까.

"아니면 그대가 내 뒷배가 되어 나를 황제로 올릴 야심을 갖고 있었던가."

"폐하!"

사희담은 망극해하며 납작 허리를 숙였다. 그 역시 우려하던 일이 아닌가. 여경이 황후가 되고 난 후부터 부쩍 늘어난 자신의 권세를 그도 느끼고 있었기 때문이다.

"그대의 세가 나의 세를 누르고 있소. 나는 어쩔 수 없이 대사도의 가문에서 귀비를 들여야 하오. 나와 뜻을 같이하는 대사도에게 힘을 실어 주어야 하지 않겠소? 서운하다 여기지 마시오. 사사로운 감정으로 국사를 이끌 수는 없는 일이니."

"폐하. 귀비를 맞으시는 일을 신이 어찌 왈가왈부할 수 있겠사옵니까. 다만, 신이 승상이 아니라 딸을 가진 아비로서 한 가지만 여쭈어도 되겠사옵니까?"

"내 방금 사사로운 감정을 국사에 개입하지 않겠다 했소만."

"그저 궁금한 것이 있어 그렇사옵니다. 폐하, 감히 여쭙나니 신의 여식이 폐하의 사사로운 감정에 조금도 차지 않으시옵니까? 그저 여인으로 말이옵니다."

"……."

"신이 너무 무리한 것을 여쭈었사온지요?"

"생각 중이었소. 그대가 신중히 물으니 나도 신중히 대답해 주는 것이 예의니. 헌데, 그대가 원하는 답은 아닐 듯싶소. 위로가 될진 모르겠으나 아마도 귀비에게도 마찬가지겠지. 한 가지 알려 드리자면, 그대가 뜻을 꺾기만 하면 나도 황후를 여인으로 보려는 노력을 해 볼 수 있겠소."

무거운 대화를 나누고 돌아가는 길이니, 사희담의 다리도 납덩이를 매단 듯이 무거웠다.

'미안하구나, 여경아.'

어쩔 수 없었다. 백성을 위한다는 저의 신념이 황제에게도 여경에게도 그저 권세를 지키기 위한 명분으로 보일지도 모른다. 그러나 나라의 녹을 먹는 신하된 도리로서 제가 해야 할 일은 해야 하는 것이다.

황실의 외척이 된 대사도의 세가 불어난다면 전쟁은 막을 수가 없을 것이다. 얼마나 많은 백성들의 원망과 울음이 바다를 뒤덮을 것인가.

대사도를 막아 정세를 지금처럼 유지하자면, 야심이라 오해를 받더라도 지금은 제 권세를 내세워야 했다. 그로 인해 황후와 귀비의 갈등 또한 커질 것이니 앞으로 황후에게 얼마나 큰 파란이 일어날지 가늠할 수조차 없었다.

먹구름 사이로 햇살이 비추기 시작하더니, 구름은 곧 햇볕에 녹아나듯이 점점이 사라졌다. 한 차례 비가 오고 난 뒤라 그런지 산이며 들이며 파릇파릇 생기가 돌았다. 아직 마르지 않은 나뭇잎에 영롱한 물방울이 매달려 여경의 처소가 반짝반짝 빛이 나는 것 같았다.

"어머니, 여기 참 경관이 좋지 않습니까?"

"예, 마마. 나무들이 우거져 철마다 창에 그림을 걸어 둔 줄 알겠습니다."

기품이 넘치는 중년의 미부가 타들어 가는 속마음을 감추느라 억지로 쓴웃음을 지으며 맞장구를 쳤다.

"헌데 어머니 얼굴이 어찌 그리 어두우십니까?"

고운 아미에 언제부턴가 새겨진 주름이 제 탓인 것만 같아 여경은 마음이 무거웠다.

"그럴 리가요. 오랜만에 마마를 뵈올 생각에 밤잠을 설쳐 그런가 봅니다."

사 부인은 아니라며 손사래를 쳤으나 어머니의 마음을 모를 리 없는 여경이었다.

"왜요? 제 처지가 가여워서요?"

"가엽다니요! 들리는 소문 따위……. 아, 아닙니다."

부인은 손을 들어 입을 막았다. 모르는 척하려던 것이 그만 저도 모르게 입 밖으로 튀어나와 버린 것이다.

여경이 멋쩍게 웃으며 말했다.

"괜찮습니다. 역시 제 소문이 궁 밖에까지 퍼진 모양이지요. 밖에서는 뭐라 합니까? 제가 부덕한 탓에 폐하의 용종을 품을 수 없다 합니까?"

"마마……."

"한탄이나 하자고 하는 말이 아닙니다. 저도 궁금해서 그렇습니다. 저도 폐하의 뜻을 도무지 이해할 수 없어서요."

사 부인은 그러게 왜 기어이 황제에게 시집을 갔느냐고 나무라고 싶은 마음이 굴뚝같았다. 하지만 돌이킬 수 없는 일로 가뜩이나 힘든 딸을 다그치고 싶지 않았고, 이제는 제가 나무랄 수 있는 신분도 아니었다. 그래서 그녀는 따뜻하게 딸의 손을 어루만져 주었다.

"마마께서는 제 젊은 시절을 쏙 빼닮아 아주 어여쁘십니다. 그뿐입니까. 아버지를 닮아 현명하고 재주도 많지 않습니까. 전하께서 마마의 진면목을 아직 잘 몰라 그러시는 겁니다. 곧 푹 빠져들 테니, 아무 염려 마십시오."

여경은 씁쓸한 웃음을 감출 수가 없었다.

열여섯에 시집와 올해 스물을 맞았다. 명실상부 해월국 여인으로서는 최고의 자리인 황후에 올랐으나 제 입지는 그리 크지 않았다. 황제는 국사에 바쁘다는 핑계로 한 달에 한 번 뵙기도 힘들었다. 또한 밤을 같이 보낸 날은 손에 꼽을 정도였으니, 십 년이 지난들 이 외로운 생활이 나아질까. 게다가 이제 귀비까지 들이면 제 신세가 얼마나 초라해질지 예견하기 어렵지 않았다.

사람들은 여태 용종을 품지 못한 저를 향해 손가락질했다. 정말로 제 몸에 이상이 있다면 차라리 덜 비참했으리라. 황제가 황후를 멀리하는 데는 그만한 이유가 있다며, 여인으로서 듣기 괴로운 수치스러운 말들을 얼마나 참아 왔는가.

헌데 이제 한술 더 떠 새로운 입방아에 오르내리려야 했다. 황제께서 새로 맞이하시는 귀비를 얼마나 아끼실지, 황후와 귀비의 다툼이 얼마나 흥미진진할지가 세간의 이야깃거리가 되고 있으니 말이다.

황제는 철저하게 계산으로 움직이는 분이셨으니 대사도의 여식을 귀비로 들이는 것도 그런 의도일 뿐일 것이다. 그것뿐인 줄 알면서도 여경은 벌써부터 그녀를 시기하고 있었다.

'열여덟. 한창 어여쁠 때지.'

그렇지 않아도 어릴 때부터 그 미모가 대단하다며 칭송이 끊이지 않던 아이였다. 여태 혼례를 치르지 않았던 것도 그녀에게 어울릴 만한 짝을 찾기 힘들어서라고 했다.

황후가 되기에도 모자람이 없다는데, 아무리 여색을 멀리하시는 폐하라 해도 호기심에 안지 않으실까. 한 번, 두 번, 자꾸만 곁에 두고 싶지 않으실까. 그러다 덜컥 아이라도 생기면…… 그녀를 더 돌아보지 않으실까, 정이 생기지 않으실까. 그런 못난 마음이 자꾸만 저를 괴롭혔다.

"차도 다 마셨으니, 저는 이만 가 보겠습니다."

"어머니, 벌써 가시려고요? 허면 배웅해 드리겠습니다."

우울한 얘기만 하다가 보내 드리려니, 여경은 안타까운 마음에 어머니를 따라 처소 밖을 나왔다.

나흘 만에 갠 하늘은 청명한 기운이 가득해서 잠시나마 시름을 잊을 수가 있었다. 어머니가 가시고 나니 쓸쓸함이 더 커진 듯해, 삭막한 제 처소로 들어가고 싶지가 않았다.

"소화야, 일찍 돌아가 봐야 뭘 하겠느냐? 조금 더 걷다 가자꾸나."

이리저리 걷다 보니 향원정이 보였다. 비를 머금은 상쾌하고 쌉쌀한 풀 냄새가 진하게 퍼져 나오고 있었다. 향원정이라면 폐하의 모후이신 명화황후께서 무척 아끼셨다던 화원이었다. 호기심이 인 여경의 발길이 그리로 향했다.

황제께서 향원정의 풀 한 포기도 건드리지 말라 하셨기 때문에 버려진 것이나 다름없는 향원정은 작은 숲처럼 우거져 있었다. 게다가 오늘은 비 온 뒤라 그런지 길게 자란 풀이 무릎까지 닿았다. 촉촉한 풀에 스칠 때마다 옷이 젖는 느낌이 소싯적 기분에 젖게 했다.

"마마, 옷이 다 젖겠습니다. 그만 돌아가시는 게……."

"이것 보렴. 설견초가 있구나."

"예? 설견초요? 이 잡초 말입니까?"

길게 자란 풀 사이로 땅에 바짝 붙은 한 다발의 푸른 잡초가 보였다. 넓고 주름진 잎이 무성하게 포개져 한 뿌리에서 자라났는데, 비 온 뒤라 그런지 푸른색이 무척 짙었다.

"네가 요즘 기침이 잦더구나. 가져가서 달여 먹으렴."

"이 잡초를요?"

소화는 재차 확인을 했다. 어디서나 종종 눈에 띄던 잡초 따위에 훌륭한 이름이 있는 것도 의아한데 기침을 낫게 한다는 소리는 금시초문이었다.

"잡초이긴 하나 약으로 쓰인다. 그냥 데쳐 먹어도 되는 풀이다."

"설마요……. 절 놀리시는 것이지요? 냄새도 독한데요? 정말 먹어도 되는 것이옵니까?"

소화가 의심스럽다는 듯이 설견초 잎을 살짝 뜯어다 냄새를 맡더니 질색한 표정을 지었다. 믿어야 할지, 속아 주어야 할지 모르겠다는 소화의 태도에 여경은 웃음이 났다.

황후가 웃자 나인들도 따라 웃었다. 웃을 일이 없던 황후전 나인들은 간만에 숨이 트이는 기분이었다.

"폐하께서 여길 그냥 두라 하시는 바람에 설견초가 아니어도 약이 되는 풀들이 꽤 보이는구나."

오랜만에 정겨운 풀들을 가까이해서일까, 조금 들뜬 여경이 전에 없이 말이 많아졌다.

"어찌 그리 잘 아시옵니까?"

"어릴 적 독초를 뜯어먹고 죽을 뻔한 일이 있었다. 헌데 나와 동행한 하인이 급히 해독초를 찾아내 목숨을 건졌지. 이 힘없고 작은 풀들이 사람을 죽이기도 하고 살리기도 한다는데, 이보다 신비한 일이 어디 있겠느냐?"

여경은 문득 떠오른 기억을 곱씹다가 입가에 잔잔한 미소를 피웠다.

내관 나량은 한참이나 가만히 서 있는 황제의 눈치를 살폈다.

"폐하, 제가 가서 아뢰겠나이다."

"……."

이후는 묘한 기분을 느끼고 있었다. 찾는 이 없는 모후의 정원에서 황후가 화기애애한 시간을 보내고 있었다. 이곳을 지날 때면 쓸쓸함이 사무쳐 숙연해지곤 했었는데 모후가 살아 계셨던 그때처럼 황후가 웃고 있었다.

'무엇이 그리 즐거운가?'

그 속마음을 듣기라도 한 듯이 갑자기 황후는 웃음을 뚝 그치고 한숨을 쉬었다. 무엇 때문일까? 처음 보는 모습이 의아해서인지, 짧은 순간 여러 번 변하는 모습 때문인지 이후는 저도 모르게 빠져들고 있었다. 그녀가 눈살을 찌푸리면 저도 눈살을 찌푸리고 그녀가 피식 웃음을 흘리면 저도 고개를 갸웃했다.

그러다 뒷짐을 진 이후의 손가락이 움찔거렸다. 황후가 젖은 풀잎들을 쓰다듬으며 물방울들을 털어 내며 걷기 시작했기 때문이다. 마침 풀과 나무를 사랑스럽게 바라보던 황후의 눈길이 스윽 반대편으로 건너갔다.

그 순간 그녀의 안색이 새파래졌다. 그런 그녀와 눈이 마주친 이후 역시 움찔거리던 손가락을 꽉 쥐고 향원정 쪽으로 걷기 시작했다.

황제의 눈치를 살피던 나량이 냉큼 달려 나가갔다. 그제야 나인들은 황제가 다가오고 계신 것을 발견하고 허둥지둥 허리를 숙이며 길을 만들어 주었다.

"폐하께서 여긴……."

"부부인께서 오셨다는 소리가 들리기에."

사 부인이 왔다는 소리는 들었으나 굳이 만날 생각은 없었다. 며칠 내린 비에 마음이 갑갑해 비가 그치자 산책을 나왔던 것이다. 하필이면 왜 이곳 향원정에 왔는가를 말하자면 아직도 어머니를 그리는 속마음을 내보여야 하니, 궁색한 대답을 내놓았다. 다행히 황후는 그런 것을 모르는 듯했다.

"아, 소, 송구하옵니다. 어머니께서 폐하께 인사를 올리겠다 하셨는데 바쁘실까 저어되어……. 알리지 못한 점 용서해 주시옵소서."

"그랬군. 귀비를 들이는 일로 황후를 위로차 오신 듯하여 내 직접 설명을 드릴까 했더니."

"어찌 설명을 하실 생각이셨나이까?"

"그대에게 했던 말 그대로 드리면 되는 게 아닌가? 황실의 후사가 급하니 그것밖에 방도가 없었노라."

"……."

황제가 그냥 해 본 소리인지 아닌지 여경은 가늠할 여유가 없었다. 며칠 전의 굴욕을 어머니께까지 전하겠다니, 울컥 심사가 뒤틀리기 시작했다.

"헌데, 그러는 황후께선 이곳엔 웬일이신가? 화원이라면 여기가 아니어도 있을 터."

"운치가 있어 와 보고 싶었사옵니다. 명화황후께서 아끼시던 곳에 저 같은 것이 들어와선 안 되는 것이었습니까?"

이후는 그녀의 말에서 원망을 읽었으나 굳이 그것을 꼬투리 잡아 길게 상대하고 싶지 않았다.

"누가 들어오든 상관없네. 운치 있는 곳을 찾았다니 적적하지 않아서 좋겠군. 허면 즐기다 가시게."

여경은 빈정거림조차 그에게 무시당하자 순간 머릿속이 깜깜해졌다. 차라리 제게 화를 내고 언쟁이라도 벌인다면 속이 시원할 것 같았다. 관심 없다던 그의 말처럼 철저하게 외면당하는 것이 참을 수가 없었다.

"폐하!"

"?"

전에 없이 황후가 목소리를 높이자 이후는 가던 걸음을 멈추고 돌아보았다.

"귀비를 들이는 것은 저도 동의하였나이다."

"알고 있네."

"그게…… 다이옵니까? 제게 하실 말씀이 없으십니까?"

여경은 터질 듯한 울분을 삼키고 그의 대답을 기다렸다. 황후인 제가 동의하지 않으면 아무리 황제라 해도 마음대로 후궁을 들일 수가 없었다. 그러나 그것은 황후가 약자일 때는 아무 소용 없는 법도였다. 지금처럼 고맙다는 말 한마디, 아니, 애썼다는 위로조차 들을 수가 없었다.

"할 말이라……. 아랫사람을 들였다 해서 나댈 처지가 아니니 부디 나대지 않는 것이 좋을 거란 충고라도 필요한가?"

황제가 정말로 몰라서 이리 말하는 것인가, 제 맘을 알면서도 부러 고약하게 구는 것인가, 뭐가 되었든 이번만큼은 황제에게 저를 함부로 대할 수 없다는 것을 보여 주고 싶어졌다. 처음으로 황제가 제게 부탁해야 할 일이 생겼는데 왜 쩔쩔매야 한단 말인가.

"폐하, 신첩은 폐하의 조언에도 불구하고 그럴 준비가 되어 있지 않습니다."

"준비라니?"

"귀비와 사이좋게 아무 문제 일으키지 않고 지내기에는 폐하께서 너무 잘못하고 계시지 않사옵니까?"

"내가 잘못하고 있다?"

"폐하께서 저를 냉대하시고 귀비를 총애하신다면 저는 분명히 질투를 할 것이고 그런 마음을 다스릴 준비가 되어 있지 않사옵니다."

"……."

사실 이후는 그녀의 반격이 놀랍지 않았다. 오히려 이렇게 덤벼주길 기다리고 있었다. 너무나 계산대로라 한심할 지경이었다.

귀비와 황후의 싸움은 곧 대사도와 승상의 싸움이니, 지금 제게는 오히려 득이 될 것이다. 한쪽이 물어 뜯겨 떨어져 나갈 정도라면 다른 쪽 역시 그만큼 무리수를 두게 되는 법이다. 그 점을 파고든다면 그들의 약점을 쥐고 있는 자신에게 자연히 무릎을 꿇게 될 터이니, 저는 그저 싸움을 부추기면 되는 것이다.

"그리 보시기만 하실 것입니까? 저를 나무라시든 제게 사정하시든, 아니면 협박이라도 하셔야 하는 것 아니옵니까? 제가 이리 나오면 응당 무슨 반응이 있어야 할 게 아니옵니까!"

마침내 흥분한 여경의 목소리가 높아지자 황제는 조용히 내관을 불렀다.

"나량, 둘이서 얘기를 해야겠으니 모두 뒤로 물러나라 해라."

"예, 폐하."

모두가 물러나자 여경의 독기 품은 눈에 물이 차올랐다. 독한 척을 하기엔 그녀는 너무 여렸다. 이렇게까지 하게 된 자신이 비참하고 억울해서 눈물을 그렁그렁 매단 채로 또다시 해선 안 될 말들을 퍼부었다.

"제가 못 할까 봐 그러십니까? 폐하께 신첩은 어차피 권력이나 탐하고 폐하의 용종을 갈망하는 음탕한 계집이 아니옵니까? 그럼 정말로 그리해 보겠사옵니다. 신첩을 품어 주시지 않는다면 귀비도 안 됩니다. 그렇게 만들겠습니다. 그리하면 폐하께서는 제게 관심이라도 가지시겠지요. 어리석은 제가 또 무슨 간계를 꾸미는지 감시라도 하시겠지요!"

"그리하시게."

"폐하!"

"덕분에 심심하진 않겠군. 단, 그로 인한 책임은 그대가 져야 할 것이네. 나는 선황처럼 부인들에게 관대하지 못하다는 것을 잘 알 테니."

홧김에 한 말이라는 것을 정녕 모르시는 것일까. 저를 정말 그런 옹졸하고 사특한 계집이라 여기고 계셨던가. 달래 주기는커녕, 그는 조금도 놀라지 않았다. 새삼스러울 게 없다는 듯이.

"협박이라도 해 주시니 몸 둘 바를 모르겠나이다."

"협박이 아니라 당연한 것을 일깨워 준 것뿐일세. 그대 한 몸, 그리고 그대의 가문을 버리고자 한다면 안타까운 것은 내가 아닐세."

"!"

죽을지도 모른다는 뜻이었다. 멸문까지 감당해야 한다는 가슴 철렁한 경고였다. 정말로 저는 황제에게 그것밖에 안 되는 존재였 단 말인가. 승상의 뒷배가 필요해서 저를 부인으로 삼았고 황제의 권력이 필요해 저를 버리시겠다니. 부부의 연이란 것이 그렇게 쉽 게 끊어 낼 수 있는 것일까.

"참으로…… 무서운 분이시옵니다. 이제 알겠나이다. 폐하께서 어떤 분이신지 이제야 알겠나이다. 아니, 이 궁이 무섭습니다. 혈 연도 중하지 않은데 쓰고 버릴 부인의 연이야 얼마나 가볍겠습니 까?"

황제의 눈동자에 차가운 돌풍이 이는 듯했다. 소름 끼치는 차가 운 눈빛이 이 봄을 얼어붙게 만드는 것 같았다. 혈연. 방금 여경의 말은 좀처럼 감정을 드러내지 않는 황제를 이토록 요동치게 만들 만큼 거슬리는 것이었다. 결코 해선 안 되는 말. 황제의 형제들을 거론하는 것은 암묵적인 금기였다.

처절했던 황위 다툼은 황자들을 탐욕스러운 괴물로 만들었고, 그 때문에 백성들은 황실에 등을 돌렸다. 지난 시간들은 황실의 오점이었고, 그 과오 속에서 승자가 된 이가 황제였다. 곧 이는 황 제의 죄이기도 한 것이니, 누구 하나 그의 앞에서 그 일을 입에 담을 수 없었다.

백성들에게 그 죗값을 치르기 위해서라도 온정을 베풀어야 할 황제가 이제는 부인마저 버리려 하느냐, 여경은 감히 그렇게 말한 것이다.

"방금 그대가 한 말은 혀를 뽑아도 무방한 죄였네."

"제 세 치 혀가 두려우시옵니까? 폐하께서 두려우신 것은 그런 게 아니옵니다. 폐하는 처음부터 저를 모질게 대하셨나이다. 왜인 줄 아시옵니까? 신첩에게 조금이라도 인정을 베풀게 될까, 약한 마음을 품게 될까, 스스로의 마음을 닫아 버리셨기 때문이옵니다. 그래서 억지로 눈과 귀를 닫으시고 신첩에게서 도망치신 것이옵니다."

"생각하는 것은 제 맘이겠으나 말로 뱉는 것은 그렇지 않지. 주제넘는 소리를 한 마디라도 더 한다면 혀를 뽑는 것으로 끝날 것 같진 않군."

강경한 태도에서 진심이 느껴졌다. 여기서 더 내질렀다가는 정말로 경솔한 죽음을 맞이할 것 같았다.

여경은 자신이 너무 한심하고 어리석다 생각했다. 그에게 좋은 모습을 보이고 어여쁜 말만 해도 모자랄 판국에 이렇듯 화만 돋우니 말이다.

황제에게 사랑받지 못하게 된 것은 제가 이것밖에 안 되는 계집이라 그런 게 분명했다. 황제의 눈과 귀를, 마음을 열게 할 만큼 아름답고 후덕하고 현명하지 못한 것이다.

"……황공하옵니다."

"목숨을 소중히 하시게. 형제들의 골육을 밟고 여기까지 올라온 내가 죄 없는 황후를 핍박하여 억울한 누명을 씌워 죽였다는 소리까지 들어서야 되겠는가."

한 발 뒤로 물러나 힘없는 목소리로 중얼거렸지만 황제는 여전히 살기등등한 눈으로 쏘아보고 있었다.

"용서를…… 바라지는 않겠사옵니다. 다만, 간계라도 부려 투기할까 한다는 것은 진심이 아니었나이다. 이 나라 황후가 된 신첩이 황실을 어지럽힐 수야 없지요. 그런 일은 없을 것이옵니다."

"실망이군. 드디어 가증스러움을 벗고 솔직해지는가 했더니, 승상의 덕망 높은 처세술을 빼다 박으셨군."

황제의 노기는 좀처럼 풀어지지 않았다. 무슨 말로도 돌이킬 수 없는 지경에 이르고 만 것이다. 허나 여경은 황제의 말이 들리지 않는 것처럼 담담하게 말을 이어 갔다.

"해서, 제 결정을 정정하겠나이다. 귀비를 들이는 일, 애초에 동의하는 게 아니었다 여겨지옵니다."

"!"

"동의하지 않겠사옵니다."

이후의 눈에 오늘 처음으로 이채가 서렸다. 이것은 그가 예상치 못한 반응이었다.

"차라리 제가 좀 더 힘써 보겠나이다. 폐하의 마음에 들 수 있도록 노력하겠사옵니다. 폐하께서 겨우 만들어 놓으신 황실의 질서를 신첩이 다시 망쳐 놓는 불경만큼은 저지를 수 없지 않겠사옵니까?"

황제의 대답을 듣기도 전에 여경은 허리를 숙이고 돌아섰다.

"먼저 자리를 뜨는 법도는 어디서 배웠는가?"

이번엔 이후가 돌아서던 여경을 불러 세웠다. 비록 고운 말로 세운 것은 아니었으나 여경은 이런 적이 처음이라 쓴웃음을 지었다.

"이런 저를 지금 폐하께서 어찌 어여삐 봐 주시겠사옵니까? 징그럽고 꼴도 보기 싫으실 것 같아 사라져 드리려 한 것뿐이옵니다."

"나를 거역하지 않는 것이 그대가 황후의 자리만이라도 보존할 수 있는 길임을 잊지 말아야 할 걸세."

"폐하께서는 한참을 잘못 알고 계시옵니다. 신첩은 더 욕심이 많사옵니다. 황후의 자리보다 제가 더 탐내는 것은 폐하의 곁이옵니다. 그 욕망이 채워지지 않는다면 신첩은 갈수록 방자해지겠지요. 폐하의 곁을 내주실 수 없다면 귀비와 저를 똑같이 대해 주시옵소서. 아니, 억지로라도 좋사옵니다. 귀비를 찾으시기 전에 저를 먼저 찾아 주시옵소서. 그리만 해 주신다면 용종을 품지 못한 제가 무슨 낯으로 폐하께 후궁을 들이지 말라 하겠나이까?"

"……."

황제는 이렇다 할 말도 없이 그녀의 눈을 빤히 쳐다보고 있었다.

바람이 풀잎에 맺힌 빗방울을 여경의 치마로 흩뿌리고 지나갔다.

당돌하게 말했던 여경은 침묵의 시간이 길어질수록 작아져 갔다. 생각을 읽을 수 없는 그의 눈을 오래 마주 보고 있기가 괴로웠다. 시선을 피하고 눈을 깜빡이고 가슴의 두근거림을 견디지 못해 결국 고개를 숙여야 했다.

"안…… 되겠지요……."

"……."

"신첩이 잠시 제정신이 아니었나 보옵니다. 잊어 주시옵소서."

풀 죽은 여경의 작은 목소리에는 민망함과 후회가 묻어 나왔다.

이후는 떠나는 여경을 붙잡지 않고, 그녀가 사라지고 나서야 중얼거렸다.

"……계집들이란 하나같이 같은 소리를 지껄이는군. 어리석은 것."

　벌써 몇 년째인가. 저를 달콤한 말로, 가련한 눈빛으로 유혹하는 것은 쓸모없는 짓이었다. 누군가에게 정을 주고, 그 여인에게 흔들려, 선황처럼 여인의 치마폭에서 놀아나는 일은 결코 없을 테니까.

2.

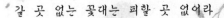

갈 곳 없는 꽃대는 피할 곳 없어라

지긋지긋한 비가 해월국을 우중충하게 만들었다. 어쩌다 한 번씩 해님이 반짝 얼굴을 보이긴 했지만 대부분은 어두컴컴한 구름이 하늘을 덮고 있었다. 거의 한 달째 내린 장대비에 해월국의 바다는 위태롭게 넘실거리며 사람들은 불안에 떨었다.

바다의 나라 해월국은 파도가 높아지는 것을 두려워했다. 파도의 높이는 용왕의 분노라고 생각했기 때문이다. 그리고 올해는 그 용왕님의 분노가 해안가 마을을 덮쳐 민심은 어느 때보다도 뒤숭숭했다.

이런 시국이었으나 황제 이후는 귀비의 입궁을 예정대로 거행하라 명했다. 가례를 간소화했으니 비는 상관이 없다는 것이 황제의 생각이었다.

어쩔 수 없이 대사도 장예모의 여식 장화영은 이 장대비를 뚫고 입궁해야 했다.

그녀의 눈부신 아름다움과 화려한 장신구를 조금도 뽐내지 못한 것은 물론이거니와, 거나한 환대조차 없었다. 본래 허영심이 많은 화영은 불만이 극에 달했다.

황제와 황후 두 사람이 나란히 앉아 제게 형식적인 인사만 건넨 것이 가장 불만스러웠다. 황제는 자신의 아름다운 모습을 보고도 놀라거나 동요하는 표정이 아니었고 황후는 저를 아랫사람으로밖에 보지 않는 듯했다.

제가 생각했던 것은 이런 게 아니었다. 여색을 멀리하는 황제야 어쩔 수 없다지만 황후는 저를 두려워해야 했다. 그런데 못났다고 소문난 황후는 의외로 곱고 기품이 넘쳐 오히려 저를 긴장하게 만들었다. 그 사실을 인정하기 싫은 귀비는 애꿎은 황후에게 분노를 품었다.

"폐하께서는 왜 아직도 오시지 않느냐!"

"마마, 폐하께서는 밤이나 되어야 오실 것입니다."

나인은 성급하게 발끈하는 귀비 앞에서 당황하여 진땀을 빼고 있었다.

"나더러 그럼 여기서 밤까지 이러고 있으란 말이냐! 누구 하나 와서 반겨 주는 이도 없어?"

"그것이……. 마마께서 직접 인사를 올리러 다니셔야 하옵니다. 오늘은 폐하와 보내시고 내일 아침부터 문안을……."

황제에게 다른 후궁이 없으니 황후의 다음이라는 귀비의 높은 품계가 소용이 없었다. 그러나 귀비는 이를 인정하고 싶지 않았다.

"흥! 폐하의 안중에도 없는 황후 따위에게 내가 굳이 인사를 올릴 이유가 없지."

"마, 마마. 아무리 그래도……."

"그만하세요! 대체 그쪽은 누구의 나인입니까! 주인께서 이런 대접을 받고 계신데 오히려 주인을 나무라다니요!"

장화영이 사가에서 데려온 몸종 기혜가 펄쩍 뛰었다. 그러자 나인은 속으로 한숨을 쉬었다.

열여덟이면 사리 분별을 못 할 정도로 철없는 나이가 아니지 않은가.

몸종 기혜가 득의양양하게 저를 거들어 주자 장화영의 콧대가 더 높아졌다.

"듣거라. 다시 한 번 나를 황후의 아래로 생각할 시에는 너를 용서하지 않겠다. 황제의 총애가 없다면 품계 따위가 무엇이 중요하겠느냐?"

이 나라 최고의 여인은 황후가 아니라 자신이다. 어릴 때부터 황후를 시기하고 무시했던 장화영은 황후에게 고개를 조아릴 맘이 조금도 없었다.

"예, 예. 마마……."

"승상의 여식이 아니었다면 황후 자리를 어찌 넘볼 수 있었겠어? 나를 불러들이신 것은 아무래도 내게 바라시는 것이 있으신 게다."

귀비가 이리 자만에 차 있는 것은 어릴 때부터 떠받들어진 데다, 사내의 마음을 사로잡지 못한 황후를 깔보고 있었기 때문이다.

황후를 밀어내고 제가 그 자리에 올라 황제의 용종을 품는다.

그리고 저는 다음 황제의 어미가 되는 것이다. 장화영은 야망에 이글거리는 눈빛을 숨기지 않았다. 제가 궁에 온 이상 황제의 총애를 얻는 건 일도 아니리라. 비록 첫인상이 쌀쌀맞긴 했으나 황제는 곧 제게 반하게 될 것이라 자신했다.

"마, 마마, 그렇다 하더라도 너무 섣부른 생각은 거두시옵소서."

나인은 진심으로 귀비를 걱정했다. 평범한 사가가 아니라 황궁이 아닌가. 신중하고 또 신중해야 목숨을 부지하는 곳이다. 더군다나 여인을 혐오스럽게 생각하는 황제께서 이런 귀비의 모습을 보게 된다면 황후 못지않게 경멸하실 게 분명했다.

하지만 나인의 조언은 귀비에게 통하지 않았다.

"내 방금 주의를 주었거늘! 내가 황후가 아니라 귀비라서 나를 우습게 보는 것이냐!"

"마마……. 저는 마마를 위해……."

이미 이곳에 오는 동안 마음이 상할 대로 상해 있던 귀비는 자존심도 찾고 화풀이를 할 상대가 필요했다.

"하! 나를 위해? 오냐! 나를 위한다면 당장 황후에게 다녀오너라!"

"예?"

"서찰을 줄 터이니 가서 내 말을 전하고 오너라."

"마마……."

"마마. 어쩌시려고요?"

제 주인의 성정을 잘 아는 기혜도 혹 그녀가 첫날부터 무리수를 둘까 염려되었다.

"인사를 드려야 하지 않겠느냐?"

귀비의 오만한 표정에 비웃음이 서렸다. 이곳에서 누가 가장 우위에 있는지 똑똑히 알려 주겠노라 자신에 찬 모습이었다.

그즈음 여경은 마치 창살처럼 내리는 빗살에 스스로를 가두고 침울해하고 있었다. 동의하지 않겠다, 그렇게 말해 놓고선 결국 귀비를 승인했다. 끝까지 독하지 못할 것을, 금세 꼬리를 내릴 것을 뭐 하러 대들긴 대들었을까.

지금쯤 황제는 무슨 생각을 하고 계실까? 귀비와 함께 밤을 보낼 일을 기대하고 계실까?

여경은 그런 생각이 떨쳐지지 않아서 속을 끓이고 있었다.

귀비는 생기 넘치고 어여뻤다. 황제를 가질 수 있다는 도발적인 눈빛마저 교만한 매력이 있었으니, 그녀 앞에서 빛을 잃고 만 기분이었다.

"마마, 귀비가 사람을 보내왔습니다."

그렇지 않아도 귀비를 생각하고 있던 여경은 소화가 아뢰는 소리에 뜨끔했다.

"뭐? 귀비가? 무슨 일로?"

"글쎄요. 저도 잘······."

"일단 들어오라 해라."

소화가 데려온 나인은 겁을 잔뜩 집어먹은 얼굴이라 좋은 일로 온 것 같지 않았다.

"어쩐 일이냐······."

"저, 마마······."

"말해 보거라. 귀비가 무슨 일로 내게 너를 보냈느냐?"

"저, 귀비께서 서찰을 전하라 하셨나이다……."

여경은 소화로부터 서찰을 넘겨받았다. 담담하게 글을 읽어 내려가던 여경의 표정이 눈에 띄게 딱딱하게 굳어 갔다.

[……비록 오늘 덕담을 내려 주셨고 인사를 올리긴 하였으나 독대하여 인사를 나누지는 못하였사온데, 이렇게 서찰로 먼저 뵙게 되어 송구하옵니다. 먼저 찾아뵈어야 마땅하나 황실의 법도로 인해 오늘은 온전히 폐하께 매인 몸이 되었나이다. 헌데도 무례를 무릅쓰고 이리 서찰을 보내는 것은 마마께 부탁이 있기 때문이옵니다.]

오늘 밤 황제와 함께한다는 것을 강조하는 것만으로도 황후에게 올리는 인사라 할 수는 없었다. 여경은 애써 마음을 차분히 가라앉혀 보지만 읽어 갈수록 그 내용이 가관이라 당혹스러운 표정을 감추기 어려웠다.

[저의 사가가 황실보다 부유하다 하긴 어려우나 그 구색은 다 갖추고 있었나이다. 헌데 어찌 된 일인지 지금 귀비의 처소에는 그 흔한 그림 족자 하나 걸려 있지 않사옵니다. 귀비의 처소가 본래 이리 검소한 것인지는 알 수 없으나, 빈궁한 모양새로 폐하를 맞이할 생각을 하니 낯을 들 수가 없나이다. 어찌 이리 초라한 곳에서 폐하를 맞이할 수가 있겠는지요? 부디 마마의 처소에 걸린 그림 족자 하나만 내려 주시옵소서. 허면 오늘 밤 성심을 다해 폐하를 모시겠나이다.]

손을 떨지 않은 것만으로도 다행이었다. 가슴이 지끈거리고 얼굴이 화끈거렸다. 노골적으로 저를 우습게 여기는 글귀에서 귀비의 거만하고 경박한 성정이 드러나 앞으로의 일도 걱정스러웠다.

'내 기를 꺾어 놓겠다는 뜻이구나.'

괘씸한 일이지만 흥분한 모습을 보이고 싶지 않았다. 이만한 일로 소란을 피워 아랫것들의 입에 오르내리는 것도 부끄러웠고, 귀비도 낯선 곳에 와서 아직 분위기를 잘 모르는 듯하여 조용히 타이르기로 했다.

여경은 서찰을 접어 놓고 최대한 담담한 목소리로 입을 열었다.

"전하거라."

"예, 예. 마마."

"폐하께서는 그런 사소한 것을 신경 쓰실 분이 아니시니 내가 그림 족자를 빌려 줄 필요는 없을 것 같구나. 부끄러워 말고 폐하를 잘 모시면 될 것이다."

"예, 마마!"

황후가 격분하지 않은 것에 가슴을 쓸어내린 귀비의 나인이 크게 대답을 했다.

"또한 귀비가 오늘 내게 이런 서찰을 보낸 것은 경솔하고 격에 맞지 않는 행동이었다. 황후전의 것을 감히 오늘 처음 입궁한 귀비가 서면으로 내어 달라 하는 것이 어찌 바른 도리라 하겠느냐? 게다가 사가의 부유함을 자랑하여 황실의 체면을 깎지 말라 똑똑히 전하거라. 알겠느냐?"

"예. 예! 마, 마마! 그리 전하겠나이다."

귀비의 나인은 황후가 큰 소리를 내기 전에 서둘러 대답하고 떠났다. 그녀가 나가고 나자 소화가 발을 동동거리며 울분을 토했다.

"귀비가 어떻게 마마께 이럴 수가 있단 말입니까! 왜 그냥 보내셨습니까! 크게 혼쭐을 내셨어야지요!"

여경은 머리를 짚으며 힘겹게 대답했다.

"두어라. 잘 몰라서 그러겠지. 오늘은 초야를 치르는 날이다. 시끄럽게 만들어 두 사람의 합궁을 망쳤다가 폐하께 괜한 오해를 사고 싶지 않구나."

그보다는 앞으로 귀비를 어찌해야 할지가 문제였다. 오늘 태도를 봐선 끊임없이 저를 견제하고 도발하려 할 것인데, 저는 이런 싸움에 익숙하지 않았다.

여경의 우려는 그녀가 생각한 것보다 더 빨리 닥쳐오고 있었다.

심부름 온 나인이 돌아가자마자 귀비의 처소에서는 끔찍한 일이 벌어졌다. 황제가 오시기 전에 경건한 마음과 정갈한 몸가짐으로 기다리고 있어야 하거늘 귀비 장화영은 악독한 짓을 서슴지 않았다. 그녀는 그 누구도 저를 우습게 보지 않게 하겠노라, 오늘 당한 서운함을 풀어내고 기강을 잡을 생각이었다.

"아악! 마마! 요, 용서를……."

휘익. 짜악.

"꺄아아악! 마마!"

그녀의 처소에서는 방금 황후전에 심부름을 다녀왔던 나인이 심한 매질을 당하고 있었다.

휘익. 짜악.

"으아악! 사, 살려 주……!"

채찍이 지나간 자리에서 옷이 찢어지고 살점이 뜯겨져 나왔다.

쉴 틈 없이 내려치는 잔인한 매질로 인해 나인의 목에서는 찢어지는 비명과 짐승 같은 울음소리가 터져 나왔다.

가엾은 그녀의 몸은 이미 피투성이로 갈기갈기 찢어졌으나 직접 채찍을 휘두르는 장화영의 손에는 한 점의 인정도 보이지 않았다. 황후를 누르고 아랫것들에게 위엄을 보일 방도로 이런 짓을 벌인 것이다.

휘익. 짜악.

"커억!"

결국 나인은 소리 지를 힘조차 남지 않을 만큼 초주검이 되어 죽어 가고 있었다.

"마마!"

밖에서 망을 보던 기혜가 허둥지둥 안으로 달려오지 않았더라면 나인의 목숨은 이번 참에 끊어졌을지도 모를 일이었다.

"폐하께서 오십니다."

기혜와 다른 나인들이 서둘러 피가 튄 곳을 닦았다. 장화영은 기다렸다는 듯이 채찍을 숨기고 방금 제가 죽어라 매질한 나인의 몸을 꼭 끌어안았다.

"끄……윽!"

상처에서 다시 한 번 피가 배어 나와 장화영의 몸을 피투성이로 만들었다. 그녀는 나인의 귀에 나긋한 목소리로 속삭였다.

"허튼소리 지껄이면 네년의 혀를 뽑고 눈알을 짓이길 것이다."

어차피 대답할 힘도 없었던 나인은 부르르 떨며 장화영이 품에서 의식을 잃었다.

때마침 황제가 안으로 들어왔다.

"흑. 흐윽……."

귀비는 황제가 오는 것을 보지 못했다는 듯이 나인의 축 처진 몸을 끌어안고 흐느꼈다.

그러나 황제는 눈썹 하나 찌푸리지 않고 싸늘하게 물었다.

"내가 온다는 기별을 받지 못했는가?"

귀비는 그제야 놀란 눈으로 황제를 올려다보더니 그의 옷자락을 붙잡으며 눈물을 흘렸다.

"폐하, 황후께서…… 황후께서……. 흑."

두렵고 서러워 차마 말을 잇지 못하겠다는 듯이 울먹였지만 황제는 그녀를 일으켜 주지도 왜 그러느냐 달래 주지도 않았다. 어쩔 수 없이 귀비는 그가 묻기 전에 억울함을 주절주절 호소하기 시작했다.

"신첩, 폐하를 맞이할 일이 너무 떨리고 겁이 나 큰 실수를 하였나이다. 해서 저 아이가 저를 대신하여 벌을 받았사옵니다. 마마께서 크게 노하셨으니 이 일을 어찌해야 하올지 모르겠나이다."

"황후가 저리 만들었다?"

"예, 폐하. 모두가 다 신첩의 경솔함 때문이었나이다. 뒤늦게 깨달았으나 온몸이 떨리고 정신을 차릴 수가 없어서 폐하께서 오시는 것도 잊고 말았나이다. 못난 저를 한 번만 용서해 주시옵소서. 흑."

"재밌군."

"……."

엎드려 울던 귀비의 어깨가 흠칫거렸다. 황제는 듣던 것보다 더 차가운 사람이었다. 애처롭게 눈물을 보이는데도 이를 안쓰럽게 여기긴커녕 화조차도 내지 않았다.

귀비는 순간 소름이 돋았다. 어쩌면 제가 꾸민 일을 모두 들여다보고 있는 게 아닌가, 제 꼴만 우습게 되는 것이 아닌가 걱정이 되기 시작했다.

"폐, 폐하를 모시는 일에 소홀함이 없도록 철저히 준비하던 차에 부족한 것이 있어 황후마마께 청을 하였나이다. 방이 너무 누추하여 그, 그림 족자를 빌려 달라 청을 하였사온데……."

"심부름 보냈던 아이를 무엄하다 본때를 보여 저 지경을 만들어 놓았다?"

"!"

그녀의 변명이 지루하였던 이후가 저의 짐작으로 이어 갔다.

귀비는 황제의 높낮이 없는 음성이 점점 두려워지고 있었다. 모든 것을 꿰뚫어 보고 있는 듯한 빈정거리는 말투.

"처음 벌인 일치곤 대범하였다 칭찬해 주고 싶군."

"폐, 폐하……!"

이후는 귀비의 동공이 크게 벌어지는 것을 보다가 뚜벅뚜벅 의자로 가 앉았다. 차를 마시고 싶었으나 초야를 준비한 터라 술로 목을 적셔야 했다.

또르르. 술을 따르는 소리가 장화영에게는 폭포처럼 크게 들렸다. 황제의 말 한마디에 이 자리에서 죽거나 쫓겨날지도 모른다는 생각이 들자 함부로 입을 놀릴 수가 없었다. 제가 얼마나 안하무인으로 날뛰었는지, 여기가 어딘지, 이제야 깨닫게 되는 것이다.

"황후전에서부터 여기까지 저 피투성이를 데려왔다면 내가 먼저 알았을 것이다."

"!"

"더군다나 피가 흐른 흔적은 여기밖에 없다. 비가 이렇게 오는
데도 말이지."

"폐, 폐하. 신첩은……."

"일단 치워라."

황제의 그 차가운 말 한마디에 죽어 가던 나인은 다행히 목숨을
건질 수 있었다.

귀비는 나인이 끌려 나가는 동안 빠르게 머리를 굴렸다.

"폐하, 용서해 주시옵소서. 실은 아직 황실의 분위기를 알지 못
하여 제가 크나큰 실수를 범한 것은 사실이옵니다. 허나, 저는 오
직 폐하를 모시는 데 최선을 다할 욕심에 황후마마의 마음을 미처
헤아리지 못하였던 것뿐이옵니다. 황후께서 그림 족자를 빌려 달
라는 저의 청을 곡해하시고 크게 나무라시었는데, 억울하옵니다.
아랫것들이 제게 그런 것을 알려 주지 않은 것에 울컥 화가 나 그
만……."

"허술했다."

"예?"

"아니면 이 정도 계략에 넘어갈 정도로 나를 아둔하게 보았던
가."

귀비는 고개를 푹 숙인 채 부들부들 떨며 입술을 깨물었다.

"예, 예. 폐하……. 신첩의 아둔하고 어리석은 계략으로 황후마
마께 감히 씻을 수 없는 죄를 지을 뻔했나이다. 하오나, 폐하."

그녀는 갑자기 고개를 들고 황제를 똑바로 쳐다보았다.

"폐하께서 원하시는 것이 그런 게 아니옵니까! 저는 그것이 폐하를 위하는 길이라 여겨 그리했습니다."

성질을 억누르지 못한 장화영은 소리를 지르고 나서야 후회했다.

"눈치는 있군."

황제의 진노를 기다렸던 귀비는 담담한 말에 귀를 의심했다가 더욱 몸을 숙였다. 그의 목소리가 마치 커다란 파도를 준비하는 바다의 웅웅거림 같았기 때문에, 언제 큰 호통이 저를 덮칠까 긴장할 수밖에 없었다.

"조금 더 영리하게 굴거라. 허면 나도 네 장단에 놀아 주지."

귀비는 눈을 깜빡거렸다.

"폐, 폐하…… . 무슨 말씀이신지……?"

황제의 묵직한 음성은 잘못 들었다 하기에는 너무나 똑똑히 귀에 들어와 박혔다. 허나 그냥 용서해 주신다는 것도 아니고, 다음부터 더 잘 하라는 말은 쉽게 대답할 수 있는 문제가 아니었다. 제대로 들은 것이 맞는가, 그의 다음 말을 기다리며 눈치를 살폈다.

황제는 잘 알아듣지도 못하는 귀비가 답답해 술을 따랐다. 두 번째 잔을 비운 황제가 세 번째 잔을 따라 그것을 들고 귀비에게 다가갔다. 그리고 바닥에 꿇어앉은 귀비의 앞에 다리를 세우고 앉아 잔을 그녀의 입가에 들이밀었다.

"마셔라."

"폐하…… ."

"합환주라 치자. 흥이 나질 않으니, 오늘은 돌아가지."

"소, 송구하옵니다. 폐하."

"합환주라 친다 했다. 무슨 말인지는 알 터."

"!"

"허술한 간계에 눈을 감아 주는 것은 오늘뿐이다. 네 치마폭에 놀아나 눈과 귀를 막아 버린 어리석은 황제가 될 수는 없으니, 다음부터는 깊이 생각하고 행동하란 말이다."

"폐하……."

확실했다. 황제는 지금 제게 황후를 모함해도 좋다고 말하고 있었다. 아니, 심지어 오늘 일도 속아 주겠다는 뜻이었다. 비록 제게 하시는 언사가 매우 야박해 모멸감마저 들었으나 그것은 차차 나아질 수 있는 문제였다.

귀비는 눈물을 닦고 황제가 내민 술잔을 공손히 받아 마셨다.

이를 지켜보던 황제가 몸을 일으켜 돌아서자 귀비는 황급히 일어나 그를 막아섰다.

"폐하!"

"할 말이 남았느냐?"

"폐하, 신첩은 내내 폐하를 기다렸나이다."

"……."

가냘프고 촉촉한 목소리가 유혹하듯 달라붙어 그를 붙잡았지만 그는 다음 말이나 해 보라는 듯이 물러서 있었다.

"잠시만 더 있다 가 주시면……. 제가 믿을 분은 오로지 폐하뿐이십니다."

"믿음을 운운하기엔 너는 아직 멀었다."

"예?"

"지켜보지. 네가 황후보다 더 쓸 만한지 아닌지 말이다."

"!"

귀비는 큰 충격을 받은 양 눈을 크게 뜨고 얼어 버려서 황제가 그녀를 스쳐 지나가도 인사조차 올리지 못했다.

문 밖의 나인들은 초조한 기색으로 황제의 눈치를 보고 서 있었다.

"나는 아침까지 여기 있었다."

이후는 나인들에게 한마디를 던지고 조용히 이곳을 빠져나갔다.

여경은 소화가 깨우는 소리에 간신히 눈을 떴다. 비구름이 해를 가린 지가 벌써 며칠째인지, 밤을 새운 여경은 어두컴컴한 아침에 눈을 뜨기가 곤혹스러웠다.

"마마, 귀비가 곧 인사를 드리러 오실 것입니다."

"그랬지…… 알았다."

해를 가린 비구름이 여경의 굳은 안색도 가려 주었다. 태연한 척 일어나 몸단장을 하지만 실은 그녀의 마음에도 먹구름이 새까맣게 몰려오고 있었다.

황제와 밤을 보낸 귀비의 얼굴은 어쩌면 도자기처럼 환하게 빛이 날지도 몰랐다. 아니, 그녀라면 부러 그렇게 보이려고 애쓸 것이다. 그렇게 제 앞에 다가와 생글생글 웃는 낯으로 공손한 듯, 그러나 기쁨에 도취된 목소리로 인사를 올릴 것이다.

「마마, 전날 밤 비가 무척이나 많이 쏟아졌다 들었사옵니다. 저야 정신이 없어 몰랐다지만 마마께서는 편히 주무셨는지요?」

그러면 저는 어찌 대답해 주어야 할까? 빗소리가 어지러워 잠을 설쳤다고 해야 할까? 깊이 잠이 들어 아무것도 못 들었다고 해야 할까? 뭐라 해도 귀비는 비웃을 것이다.

마음을 어지럽힌 것이 빗소리일까? 미련스럽게 잠이나 자고 있을 처지일까? 그녀의 비웃음을 피해 갈 수가 없으리라.

"화장을 좀 더 진하게 해 볼까……."

오늘따라 경대에 비친 제 모습이 초라해 주눅이 들었다.

"예? 지금도 충분한 것 같사온데……."

"그래? 한데 왜 이리 못났을까?"

"마마, 그렇지 않사옵니다. 제 눈에는 마마가 귀비보다 훨씬 더 아름다우십니다! 그런 생각 마시옵소서."

소화의 위로는 그다지 도움이 되지 않았다. 막 단장을 끝내고 일어서는데 나인 하나가 황급히 뛰어 들어왔다.

"마마. 폐, 폐하께서……."

"응?"

"귀, 귀비와 함께 방금 당도하셨나이다."

"뭐? 폐하께서 귀비와 함께 이곳에 오셨단 말이냐?"

"예, 마마."

두 사람이 지난밤을 함께 보낸 것을 자랑이라도 하듯이 사이좋게 황후전으로 들어온다니, 속상함이 더욱 커졌다.

"알았다. 어서 뫼시거라."

여경은 억지 미소를 지으며 황후의 담대함을 잃지 않으려 애썼다. 안으로 들어서는 황제와 귀비는 한 쌍의 아름다운 원앙처럼 어울렸다.

"폐하, 폐하께서 이리로 직접 오시게 하다니 송구하옵니다."

마치 황제가 황후에게 인사를 올리러 온 것이나 다름없는 모양새를 돌려 말해 서운함을 내비친 것이다. 이후는 그 뜻을 이해한다는 듯이 가볍게 고개를 끄덕이고 말했다.

"일단은 앉지."

귀비는 전날의 도도함은 온데간데없이 순한 양처럼 공손하게 허리를 조아리고 가장 나중에야 자리에 앉았다.

세 사람이 착석하고 찻잔이 놓이자 황제는 찻물을 머금고 차분하게 말을 이었다.

"전날 밤 귀비의 나인이 그대에게 큰 무례를 범하였다 들었네."

여경은 당황했다. 그 일을 들춰서 좋을 게 없는 쪽은 귀비인데 어째서 이를 고하였을까.

"아, 아니옵니다. 무례라니요. 곤란한 청을 해 와 돌려보냈을 뿐이옵니다."

"잘못이 없는데 귀비의 사람을 죽을 만큼 매질하지 않았겠지."

"네? 매질이라니요? 그게 무슨⋯⋯!"

잘못 전해졌음이다. 귀비의 모략임을 알아차리고 가슴이 철렁해졌다. 결백함을 주장하려 하는데 귀비는 한술 더 떠 두렵다는 듯이 울먹거렸다.

"마마, 소첩 죽을죄를 지었나이다. 여기가 어떤 곳인 줄 모르고 그만⋯⋯. 용서하여 주시옵소서. 다시는 그런 일 없을 것이옵니다."

"귀비⋯⋯!"

"귀비가 크게 놀라 그대에게 어찌 사죄를 올려야 하나 겁을 먹고 있기에 함께 왔네. 내 황후가 그리 엄한 사람인 줄 몰랐네."

"폐하……. 저는……."

"아, 나무라는 것이 아닐세. 내명부의 기강을 잡는 것은 황후가 할 일이지, 내가 간섭할 것은 아니지 않는가. 다만, 이 사람이 겁을 먹은 것 같기에 함께 와 주었을 뿐일세. 헌데…… 그대 표정을 보니 어째 함께 온 것을 달가워하지 않는 듯하군. 내가 실수하였는가?"

두 사람이 함께 여경을 악독하게 몰아가자 여경은 물러서지 않고 단호하게 사실을 말했다.

"폐하, 신첩은 지금 두 분이서 무슨 말씀을 하시는지 전혀 이해하지 못하고 있사옵니다. 저는 어제 귀비의 나인을 그냥 돌려보냈사옵니다. 매질이라니요? 어디서부터 생긴 오해인지 모르겠사오나 그런 일은 없었사옵니다."

"내가 그대를 그동안 너무 몰랐지 싶어. 나더러 무서운 자라더니, 그대야말로 이렇듯 선하고 여린 얼굴 아래에 실은 그리 매서운 성정을 숨겨 놓고 있을 줄이야. 아니면 해 보겠다던 것이 이런 것인가?"

"!"

지난번 여경이 울분을 참지 못하고 했던 말들이 이제 그녀를 향해 쏘아지고 있었다. 변명의 여지가 없었다. 제가 했던 말이었다.

「제가 못 할까 봐 그러십니까? 폐하께 신첩은 어차피 권력이나 탐하고 폐하의 용종을 갈망하는 음탕한 계집이 아니옵니까? 그럼 정말로 그리해 보겠사옵니다. 신첩을 품어 주시지 않는다면 귀비도 안 됩니다. 그렇게 만들겠습니다. 그리하면 폐하께서는 제게 관심이라도 가지시겠지요.」

상황이 이러니 변명이 통할 리 만무했다. 황제는 이런 일이 생기길 기다리고 있었던 것이다. 귀비의 말만 듣고 찾아오신 것만 봐도 알 수 있었다. 억울했으나 여기서 더 아니라고 주장한다면 황제의 의심과 경멸은 더욱 짙어질 것 같았다.

　"송구하옵니다. 귀비가 감히 황후를 업신여긴다 곡해하여 엄히 다스리려 한 것이 그만 폐하께 심려를 끼치게 되었나이다. 처음에 기강을 잡아 두지 않으면 나중에 하극상이 일어나도 저의 불찰이 아니겠나이까. 해서 마음을 단단히 먹고 버릇을 가르치려 한 것인데, 신첩이 아랫것들을 엄히 다뤄 본 바가 없어 너무 과하였나 봅니다."

　이번엔 제가 당한 것이라 체념하였건만 마음은 인정할 수 없었는지, 여경의 음성은 불손하다 싶을 만큼 딱딱했다.

　"알고 있네. 황후의 인자한 성정 덕에 궁 안에 큰 소리 한 번 날 일이 없었지. 오죽 화가 났으면 그리했을까."

　"……."

　"해서 그대의 마음을 풀어 줄 게 없을까 고민을 해 보았지. 듣자 하니, 귀비에게 내어 줄 그림 족자가 하나도 없다지."

　"폐하……."

　그녀의 방에 걸린 그림 족자가 지금도 그들의 눈에 뻔히 보이고 있으니, 그것은 황제가 비꼬는 것이었다.

　"이번 기회에 내가 황후에게 선물을 할까 하고 가져왔네."

　"예?"

　황제가 손짓하자 나량이 다가와 족자를 건넸다.

　"내가 직접 그린 것이니 마음에 들었으면 좋겠군."

여경은 어안이 벙벙해져 입을 다물지 못했다. 이제껏 빈정거림으로 저를 나무라던 황제가 갑자기 직접 그린 그림을 하사하시겠다니, 웃어야 할지 울어야 할지 갈피를 잡을 수가 없었다.

그들이 떠나고 나서 떨리는 손으로 그림을 펼쳐 본 여경은 더욱 그의 뜻을 이해할 수 없었는데, 잔뜩 겁을 먹고 펼쳐 본 뒤라 더욱 그랬다.

얼마나 무서운 협박과 절망적인 암시가 있을까 두려워했더니, 의외로 그림은 평범했다. 아니, 황제께서 언제 이런 솜씨를 갈고 닦으셨는지, 강인한 필력과 유려한 묘사에 저도 모르게 낮은 탄성을 뱉었다.

아래에는 숲과 계곡, 절벽 위에는 높은 누각이 하늘을 찌를 듯 세워져 있었다.

"마마, 정말 좋은 그림이지 않사옵니까? 폐하께서 마마께 그래도 조금 미안한 마음이 있으셨나 봅니다. 제가 그림에 식견이 있는 것은 아니오나, 그래도 이렇듯 높은 누각을 그려 주신 것을 보면 마마께서 이리 고귀하신 분이란 뜻이 아니겠습니까? 이런 누각은 세상에 없으니 이곳 황궁을 뜻하는 게 분명합니다."

소화는 그림을 보고 성급하게 박수를 쳤다. 여경은 소화의 말에 솔깃하면서도 어쩐지 찜찜한 기분을 떨칠 수가 없었다.

"정말 그럴까? 아까 말씀하시는 것과 너무 다르시지 않느냐?"

"마마께서 그럴 분이 아니시라는 걸 폐하께서도 알고 있다는 답이 아닐까요? 조금만 조사해 보셔도 금방 아실 텐데, 귀비 편을 들어주시는 척하는 것뿐일 겁니다. 지금으로서는 폐하께서 대사도의 힘이 필요하시니까요. 이런 멋들어진 풍경화를 직접 그려서 주셨는데 무엇을 근심하시옵니까? 이리 주십시오. 제가 잘 보이는 곳에 걸어 두겠나이다."

소화가 하도 팔짝 뛰며 좋아해서 여경은 희미하게 웃으며 그러라고 했다.

'그래. 폐하께서도 인간적으로는 내게 미안하셨던 모양이다. 귀비 앞에서 선물을 주셨으니 조금은 내 체면을 생각해 주신 걸 거야.'

어차피 폐하께서 걸어 두라 하사하신 것을 고이 넣어 둘 수도 없었고, 소화까지 나서서 성화인지라 좋은 쪽으로 생각하고 싶었다.

긴 시간 마음고생으로 지친 여경은 황제가 이렇게라도 관심을 가져 주니 지푸라기라도 붙잡고 싶은 심정이었다.

그래서 그 그림은 며칠간 여경의 마음을 푸근하게 해 주었다.

시간이 지날수록 선물의 의미가 무엇인지는 접어 두고, 황제가 주신 선물이라는 것이 그녀를 기쁘게 해 주고 있었다.

조금만 더 참고 기다리면 저 높은 누각처럼 진정한 황후의 자리에 올라 영광을 누릴 수 있을까.

때로는 그림을 보다 상상에 잠기곤 했다. 황제가 붓을 들고 이 그림을 그릴 때에 어떤 표정이셨을지.

제게는 한 번도 보여 주지 않았던 온갖 표정들을 상상해 보았다. 골똘히 생각에 잠겨 미간을 좁히고 계시거나, 어려운 묘사에 곤욕스러워하시거나, 뿌듯하게 미소 지으시거나……

모든 것이 저의 망상일 뿐이었다는 것을 깨닫는 데는 그리 오래 걸리지 않았다.

며칠 후, 먹구름 사이로 잠시 해가 비추었다. 궂은 날이 지나길 기다리기라도 한 듯이 대사도 장예모가 귀비를 찾아왔다.

"마마, 궁 생활이 평안하시온지요?"

"아버지, 소문을 듣고도 그런 말씀을 하십니까?"

귀비의 볼멘 목소리를 들은 장예모가 그럴 줄 알았다는 듯이 고개를 끄덕이며 말했다.

"마마, 너른 아량으로 멀리 보셔야 하옵니다."

"무엇을요? 황후께서 저의 나인을 죽도록 매를 쳐 이년에게 모욕을 주었는데, 폐하께서는 도리어 황후께 선물을 하셨어요. 제게 너른 아량이 없었다면 이 일을 끝까지 파헤쳐 물고 늘어졌을 것이에요!"

물론 장예모도 그 일이 장화영이 꾸민 짓이란 걸 알고 있었다. 하지만 그것은 중요하지 않았다.

"폐하께서 모두 마마를 위해 하신 일이십니다. 황후마마의 비틀어진 마음을 달래 주지 않는다면 자칫 마마께서 고립될 수도 있으니 이를 생각하신 겁니다."

"허나, 지금 궁 안의 분위기는 황후가 귀비의 기세를 꺾었다고 여겨지고 있지 않습니까? 더 이상은 제 자존심이 허락 못 합니다."

궁에 오자마자 모두 휘어잡을 줄 알았건만, 단번에 황제에게 들켜 버린 것도 황후가 기고만장한 것도 귀비는 분하기만 했다.

게다가 황제는 그날 이후로 제게 얼굴 한 번 비추지 않고 있었다.

"이러실 줄 알고 제가 오지 않았습니까. 이제 때가 되어 준비한 것을 실행에 옮길까 합니다."

대사도의 음흉한 목소리에 귀비의 귀가 번쩍 뜨였다.

"준비한 것이라니요?"

혹여 누가 들을까 봐 대사도는 한층 목소리를 낮추고 조심스럽게 말을 꺼냈다.

"오늘 당장 죽어도 문제없는 자들을 이 애비가 여럿 길러 두고 있었답니다. 이럴 때를 위해 쓰려던 자들이니, 오늘 밤 무슨 일이 생겨도 놀랄 것 하나 없나이다. 마마께서는 아무 걱정 마시고 편히 주무시옵소서."

"아버지……!"

귀비가 감탄하며 대사도의 손을 잡았다.

"시작일 뿐이옵니다. 곧 천하는 마마의 것이 될 것이에요. 황후께서 가장 득의양양하신 이때에 누가 더 우위에 있는지 보여 줄 것입니다. 마마께서는 폐하의 마음을 어찌 붙들어 둘 것인가만 신경 쓰시면 됩니다."

대사도는 귀비의 손을 토닥거리며 아버지의 푸근한 웃음을 지어 보였으나, 황후에게는 잔인한 웃음이 될 뿐이었다.

그날 밤. 비가 그친 밤하늘에 불길한 달무리가 졌다. 땅에 고인 빗물 위로 핏빛 달빛을 등진 검은 인영들이 바람처럼 뛰어갔다.

깊이 잠들었던 여경의 눈이 번쩍 떠졌다. 어두워야 할 밖이 횃불로 붉게 일렁거리고 있었다. 소란스러운 발자국 소리가 처소를 에워싸는 듯했다. 여경은 눈썹을 찡그리며 이불을 들추고 일어났다.

"마마, 큰일 났사옵니다!"

소화는 예를 갖출 생각도 못 하고 황후의 침소로 뛰어 들어왔다. 이미 이상한 낌새에 일어나 있던 여경은 소화의 두려운 음성에 불길함을 느꼈다.

"무슨 일이냐?"

"밖에 병사들이……."

소화가 말을 다 잇기 전에 은색 갑옷으로 무장한 황룡장이 그녀의 어깨를 스치고 나타났다.

"황후마마. 신 황룡장 고선무, 황후마마를 지켜 드리라는 폐하의 명을 받고 왔나이다."

"무슨 일입니까?"

한밤중의 소란에 가슴이 떨렸으나 여경은 애써 목소리를 가다듬었다.

"귀비마마의 처소에 자객들이 침입하였는데, 혹 남은 잔당이 있을지 몰라 이곳을 엄중히 지키라는 명이 있었나이다."

"자객이라니요? 어찌 황궁 안에서 그런 일이 일어날 수 있단 말입니까? 황룡군의 경비가 그리도 허술했습니까."

"송구하옵니다."

"아닙니다. 그대의 노고를 모르는 바가 아니나, 폐하의 안위가 걱정되어 내가 흥분했습니다. 폐하께서는 무탈하십니까?"

"물론이옵니다."

"귀비는 어떻고요?"

"놀라신 듯하나 다행히 무사하시옵니다."

여경은 한숨을 쉬었다. 귀비를 좋아한다 할 수는 없으나 이미 한 식구가 되었는데 폐하의 후궁이 망극한 일을 당한다면 참담한 일이라 생각했다.

"다행입니다. 대체 그들은 무슨 목적으로 귀비의 처소를……! 황룡장. 헌데 그대는 왜 여기에 있습니까? 이럴 때일수록 폐하를 가장 가까이에서 뫼셔야 할 사람이! 나는 괜찮으니, 어서 폐하 곁에 있어 드리세요."

"허면, 폐하께 그리 전하겠나이다."

선무는 황후에게 놀라지 마시라거나, 조심하시라는 흔한 안부조차 없이 고개를 숙였다. 그런데, 나가려던 선무가 그 자리에서 멈칫하고 벽을 바라보았다.

여경도 소화도 의아한 표정으로 그의 시선을 따라갔다. 그가 보던 것이 황제가 주신 그림인 것을 알고 여경은 옅은 미소를 띠며 말했다.

"황룡장이 그림에 관심이 있을 줄은 몰랐습니다."

"관심이라기보다…… 벽에 걸어 둘 그림은 아닌 듯하여 보았나이다."

여경의 안색이 살짝 굳어 버렸다.

"걸어 둘 그림이 아니라니……?"

"이곳은 황후마마의 처소가 아니옵니까? 누각이 저렇듯 위태롭고 높은 절벽 위에 있는 것은 고독하고 고립된 자리란 뜻을 내비친 것이니, 감히 황후마마의 처소에 어울릴 그림이 아니지요. 게

다가, 누각이라……."

"뭐라고요? 이 그림을 누가 보내신 줄 아시고……!"

"소화야!"

여경의 다급한 부름이 흥분한 소화의 말을 막았다. 입술을 꽉 깨문 소화는 주먹을 불끈 쥐고 다음 말을 삼켜야 했다.

"어서 가 보세요. 너무 오래 지체하였습니다."

황룡장이 나가는 것을 확인한 여경이 그림 앞에 다가가 섰다.

"마마, 저 무엄한 자를 왜 그냥 보내셨나이까! 이 그림을 폐하께서 직접 그리셨다고 말씀하셨어야지요!"

발을 동동 구르며 분해하는 소화를 향해 여경은 나지막한 목소리로 말했다.

"소화야, 누각이란 말이다."

"예?"

"신분이 높고 고귀한 자들이 누리는 곳이다."

"예. 그렇고말고요. 왜 아니겠습니까. 그러니 이는 황후마마의 고귀함을 빗댄 것이 아닙니까요."

"누각이 바라보는 곳에 뭐가 있는지 이제야 보인다."

"예?"

소화는 도무지 이해할 수 없는 말에 답답해하기만 했다. 하지만 여경의 눈에는 이제야 황제가 하고자 한 말이 들렸다.

청룡이 굽이치는 듯한 산세. 청룡의 머리가 우거진 계곡의 숲을 감싸고, 그 아래 흐르는 물은 또 청룡을 휘감으며 흘러갔다. 허나 절벽 위의 누각은 무엇과도 어울릴 수 없었다. 흐르는 물마저 절벽의 허리를 때리고 지나갈지언정 누각을 올려다보려 하지 않았다.

저 멀리 보이는 바위가 청룡의 부릅뜬 눈마냥 세상을 내려다보고 있었다. 풀 한 포기 자라지 않는 곳에 누각 홀로 하늘을 향해 지붕을 세우고 청룡을 향해 창을 내고 있었다.

이렇듯 확연한 그림을 보고 저는 설레고 기뻤었다. 마치 물거품처럼 사르륵 사라져 버린 기쁨 뒤에 부끄러움과 절망이 밀려 들어왔다. 보고 싶은 것만 보고 듣고 싶은 것만 듣고자 했기에 오늘 같은 망신을 당했을까.

"마마, 대체 무엇이 보인단 말씀이십니까?"

"소화야, 황룡장은 폐하의 오랜 지기나 다름이 없다. 헌데, 이 그림을 누가 그렸는지 모를까?"

"!"

모자란 저를 깨우쳐 주라 황룡장을 이리로 보내신 것이다. 가슴이 욱신거리는데도 그림에서 눈을 뗄 수가 없었다. 마치 누각이 바라보는 청룡처럼.

"마, 마마. 그만 보십시오."

"내 처지와 다를 게 하나도 없는데, 내가 나를 몰랐구나. 폐하의 마음을 몰랐어……."

그동안 얼마나 저를 비웃으셨을까. 얼마나 한심하게 여기셨을까.

"마마, 제가 치워 놓겠습니다. 이제 그만 보시옵소서."

"두어라. 폐하께서 걸어 두라 하신 것이다. 잘 보이는 곳에 걸어 두고두고 내 처지를 잊지 말라 하신 것이다."

"마마……."

"그러니 그냥 두어라. 그냥……."

말을 잇지 못했으나 여경은 울지 않았다. 그녀의 목소리는 무서울 만큼 침착하고 건조했다. 소화는 황후의 가슴에 얼마나 큰 폭풍이 일고 있을지 짐작조차 할 수 없었다.

황룡장 고선무의 걸음은 느긋했다. 이 긴박한 판국에 마치 나들이라도 다니는 듯한 걸음이었으나 긴장한 병사들에게는 장수의 그런 모습을 이상하게 여길 겨를이 없었다.

그나마 천천히라도 걷던 선무가 걸음을 멈추었다. 뒤가 찜찜한 기분에 눈살이 찌푸려졌다. 무엇 때문일까 생각해 보니, 황후의 마지막 얼굴이 아른거린다. 치욕으로 새빨갛게 물든 얼굴을 하고서도 흐트러짐 없이 저를 돌려보내던 모습이.

'더러운 일을 시키시는군.'

황후도 제가 만나던 계집들과 별반 다를 게 없는 여인일 뿐이라 생각했다. 천한 계집종이나 기녀나 명문가의 소저나, 선무에게는 다 똑같았다. 사내를 유혹하고 사내의 앞에서 옷을 벗는 데는 그녀들이 바라는 것이 있기 때문이었다. 그것이 돈이거나 권력이거나…….

저도 한때는 정혼녀가 있었다. 헌데, 역적으로 몰려 죽어 갈 때, 사랑을 속삭이던 그녀가 제게 돌을 던졌다. 독사보다 독하고 간사한 것이 여인임을 일찍이 깨달았건만 황후의 눈빛은 어딘가 달랐다.

수많은 계집의 눈물을 뿌리쳐 왔지만 한 번도 마음에 남은 적이 없거늘, 울지도 않는 황후의 눈빛이 저를 죄인으로 만들고 있었다.

"이보시오, 황룡장. 어찌 되었소?"

나량이 뛰어나와 멍청하게 서 있던 선무를 재촉하지 않았다면 언제까지 그러고 있을지 모를 일이었다.

"궁 안 전체를 샅샅이 뒤졌으나 역적들의 잔당은 보이지 않네. 아무래도 더는 없는 듯해."

"우선은 폐하께서 기다리고 계시니 어서 가 보시오."

황제의 침소는 이 소란에도 깜깜했는데, 딱 한 곳만 타오르듯이 밝았다. 선무는 그곳으로 걸음을 옮겼다.

"늦었군."

아직도 집무실에 있던 황제야말로 지금 이 황궁에서 가장 느긋해 보였다.

"황후께서 저를 돌려보내실 줄 어찌 아셨나이까?"

선무는 불만이 가득한 목소리로 퉁퉁거렸다.

"……글쎄?"

이후는 고개를 갸웃했다. 그냥 그녀라면 그리할 것이라 여겼을 뿐이다. 당연하게 말이다.

"대답할 필요가 있느냐?"

"굳이 저를 그리로 보내신 폐하의 뜻을 헤아렸사온데, 폐하께서 여기까지 계산하셨으리라고는 짐작 못 해서 말입니다."

"내가 보낸 뜻?"

"저도 가서야 알았습니다만, 그 그림. 꼭 그렇게까지 하셨어야 했는지 의문입니다."

"그러면서도 알려 줄 건 똑똑히 알려 준 모양이군."

"전에 제가 드렸던 말 다시 드리겠습니다. 뭐 하러 그림까지 그리시는 수고를 하시며 굳이 마마를 괴롭히시는지 이해가 가지 않사옵니다. 게다가 오늘 같은 날, 그걸 꼭 밝히셔야 했습니까?"

황제는 읽던 것들을 내려놓고 일어나 창가로 다가갔다. 붉은 횃불을 든 병사들이 빼곡하게 전각을 둘러싸 대낮처럼 밝았다.

"오늘 밤 귀비가 내게 선물을 보냈으니, 그 보답을 해 주어야지."

선무는 황제의 싸늘한 등이 황후의 눈빛보다 거슬렸다.

"많이 낙담하신 듯했습니다."

왜 그래야 했느냐, 자꾸만 캐묻는 것이 불쾌하셨을까. 황제는 똑똑히 들으라는 듯이 힘주어 말했다.

"오늘 황후가 낙담할 일이 있다면 귀비가 죽지 않은 일이겠지."

그렇게 몰아가야 했다. 귀비가, 아니, 대사도가 저지르고 황제가 이를 눈감아 주었다. 저는 그들의 장단에 놀아 주면 그뿐이다. 그런데 이게 다가 아니라는 생각을 지울 수 없었다.

"그러니 말입니다. 폐하께서 거들지 않으셔도 될 일이었습니다."

"전에 없이 감상적이군. 황후가 뭐라 했기에 네가 나를 비난하는가 궁금하군."

"아무 말씀도 없으셨습니다. 폐하 곁을 지키라는 말밖에는."

"하고 싶은 말이 무엇이냐?"

"모르시겠습니까?"

"어울리지 않게 충언을 하겠다니 들어 보겠다."

"폐하께서는 황후마마를 두려워하고 계십니다."

황제는 대답 대신 미간을 좁혔다.

"혹시라도 마음이 가게 될까 두려워 더욱 모질게 대하시는 것입니다."

황제는 피식 비웃었다.

"네 말이 맞다 치자. 결론은 무엇이냐? 황후에게 마음이 가면 당장 이 우스꽝스러운 모략을 집어치우란 말이더냐?"

그러자 선무도 비릿하게 실소를 흘렸다.

"저는 폐하의 벗이 아니옵니다. 폐하께서 만드신 충견일 뿐이지요. 허니 제가 드릴 수 있는 말은 이것입니다. 황후를 버리실 것이면 황후께 어떤 것도 주지 마시옵소서. 미움도 상처도. 아무것도 주지 않으셔야 버려도 후회가 남지 않으실 테니 말이옵니다."

선무의 마지막 말은 마치 불길한 예언처럼, 그렇게 되길 바라는 저주처럼 들렸다.

"후회라……?"

이후는 고개를 갸웃했다.

정말 그러한가? 제가 황후를 그리 생각하고 있었을까? 잠시 생각에 잠겼던 이후는 금세 이를 떨쳐 버렸다.

"내게 반기를 드는 자들은 역도들일 뿐이다."

만약 후회한다 해도 그게 어떻단 말인가?

"억측은 그만두고 이제 슬슬 시작해야 하지 않겠느냐? 나는 오늘 밤 안에 저들의 답을 들어야겠다."

사로잡힌 자객들로부터 들을 답은 정해져 있었다.

그럼에도 불구하고 금방 끝날 줄 알았던 추국이 길어졌다. 빗물이 고였던 땅에 피가 고였고, 고통에 찬 비명 소리가 밤새 사람들을 지치게 했다.

「너무 쉽게 입을 열어선 안 된다.」

죽어 가는 자객들의 머릿속에는 장예모의 밀명만이 남아 있었다. 그리고 동이 틀 무렵, 마침내 황제는 원하는 답을 들을 수 있었다.

밤사이 궁내에 벌어진 참극은 이미 널리 알려져 있었다. 일부 대신들은 추국에도 직접 참관하였고, 그렇지 않은 자들도 등이 트기 전에 입궁을 마친 참이었다. 그러나 황제는 대신들을 모두 물리고 승상 사희담만을 불러 독대했다.

"국구께서는 어찌 생각하시오?"

"⋯⋯."

현기가 가득했던 사희담의 눈동자가 오늘은 탁해 보였다. 억누르고 있는 분기와 헤어 나올 수 없는 암담함이 검은 안개처럼 자욱한 탓이었다.

"그대가 귀비를 암살하라 사주했다 하나 저들의 말만 듣고 나의 국구이자, 이 나라 충신을 내칠 수는 없지 않겠소? 간계에 빠졌다면 필시 배후가 있을 터. 억울한 것이 있으면 말해 보시오."

얼핏 황제의 어르는 말투가 관대하게 들렸으나, 그렇지 않다는 것을 사희담은 잘 알고 있었다. 지금 저를 이리로 데려와 독대를 하는 것도 그런 연유임을 모르지 않았다. 제가 그런 적이 없다 하면, 수많은 신하들이 끌려와 피를 흘리게 될 것이다. 증

좌가 나오지 않으니 고신으로밖에 해답을 찾을 길이 없으니 말이다.

없는 말도 하게 만드는 고신 끝에 최후에는 제가 그 추국장에 앉지 않겠는가. 허니, 이는 협박이다. 이쯤에서 인정하고 물러난다면 그간의 정을 생각해 예우를 해 줄 수 있다는 뜻이었다.

"왜 말이 없소?"

"신이…… 한 가지 궁금한 것을 여쭈어도 되겠나이까?"

그러나 사희담은 마지막 희망을 놓고 싶지 않았다. 적어도 황제가 저를 버린 것은 아니라 믿고 싶었다. 그저 장예모 일당의 작당이 황제를 속일 만큼 간교하였다 여기고 싶었다. 그렇다면 저는 어떤 것도 감내할 수 있으리라. 늙어 죽을 몸이 무에 아깝단 말인가.

허나 이 모든 일이 황제의 묵인 아래 이루어진 것이라면 저의 희생은 그저 개죽음에 지나지 않았다. 그것이야말로 그들이 가장 원하는 일일 것이다.

"하시오."

"폐하께서는 신에게 듣고 싶은 것을 물으셨사옵니까? 아니면 진실을 알고자 물으셨나이까?"

"승상, 그대가 녹을 먹은 지도 꽤 오래되지 않았소? 원래 진실이란 강자가 만들어 낸 것임을 모르오?"

사희담은 소리 없는 신음을 흘렸다.

황제의 다음이라는 권력을 쥐고서도, 여식을 황후로 만들고서도 이길 수 없는 싸움이 있었다. 그것은 바로 제가 모시는 황제와 싸우는 것이었다. 저의 패인은 대사도 장예모의 간계 때문이 아니라 황제의 뜻을 제대로 받들지 못했기 때문이리라.

뜻이 다르면 적이 되는 것이 정치이거늘 진실 따위를 운운해 정에 호소하려 한 것이 부끄러운 일이었다.

"황후마마에게는 아무런 죄가 없사옵니다. 마마의 억울함을 풀어 주시옵소서. 그리만 해 주신다면 더는 바랄 게 없사오니, 부디 아량을 베풀어 주시기 바라옵나이다."

"……."

"폐하, 황후마마의 어진 마음만은 저버리지 말아 주시옵소서. 귀비는 황후의 그릇이 아니옵니다. 신의 권력을 모두 벗겨 내시면 황후마마께 더 이상 무슨 힘이 있겠나이까."

"승상, 그것은 내가 듣고 싶은 답이 아니었소."

아비로서의 간곡한 청이자, 신하로서의 마지막 충언이었다. 그러나 황제는 이마저도 냉담하게 뿌리쳤다.

"폐하!"

"허나, 그대의 성의를 보아 이번엔 그리하겠소."

"폐하……."

사희담은 그것으로 만족해야만 했다. 이후에 일어날 일은 더 이상 그가 관여할 수도 없거니와, 폐하의 마음을 얻는 것은 황후가 해야 할 일이었다.

두 사람이 이렇게 밀약을 맺은 지 약 한 달 후, 그날로부터 계속된 지루한 갑론을박이 끝이 났다. 결국 이 사건은 황후와 귀비의 사이를 이간하여 정국을 어지럽히려는 역적 무리들의 짓으로 애매모호한 결론을 맺었다.

그러나 대사도 무리들은 이를 끝까지 인정하려 하지 않았고, 결국 승상 사희담이 모든 일에 책임을 지고 스스로 물러나기에 이르렀다. 이는 곧 승상이 죄를 시인한 것과 다름없었으니, 명망 높았던 사씨 가문에 크나큰 불명예였다.

관직에서 물러난 사희담은 행여 저로 인해 황후가 또다시 곤란에 처할까 도성에서 멀리 떨어진 곳으로 낙향했다. 물론 이는 황제와의 약조이기도 했다. 떠나기 전, 그는 마지막으로 작별을 고하고자 황후를 찾아왔다.

"산천의 풍경이 무척이나 아름답다 하니, 유유자적을 누릴 생각에 기쁘기만 하옵니다."

사희담의 함박웃음을 여경은 믿지 않았다. 그녀는 눈물을 그렁그렁 매달고 어린애처럼 울먹거렸다.

"의지할 데 없는 절 여기에 두고 그리 멀리 가셔야 합니까? 꼭 그리하셔야 합니까?"

"마마가 의지하셔야 할 곳은 혈육이 아니라 폐하이시옵니다."

"아버지, 제가 모를 줄 알고 이러십니까? 모함인 줄 뻔히 아시면서도 아버지를 이리 내치신 것을 제가 모를 줄 아십니까? 헌데 저더러 어찌 폐하를 의지하라 하십니까? 피도 눈물도 없는 분이십니다. 잔인한 분이십니다. 아버지를 살려 두신 것도 그저 백성들의 평판 때문일 뿐입니다. 언제 또 아버지와 제게 칼을 들이댈지 모른단 말입니다."

여경은 어리광을 부렸다. 꾹 눌러두었던 황제에 대한 원망을 아비 앞에서 털어놓으며 투정을 부렸다.

"허나…… 그런 분을 연모하시지 않사옵니까?"

"……"

사희담의 미소에는 여경에 대한 믿음과 대견함이 깃들어 있었다.

"나는 나라의 녹을 먹는 자로서 백성을 위하지 않을 수 없었습니다. 허나 아비 된 마음은 그렇지 않았습니다. 이제 관복을 벗었으니, 아비로서 마마께 지은 죄를 어찌 갚아야 할지 그것만이 가슴이 아픕니다. 마마, 마마의 그 마음을 지키십시오. 그거면 이 아비는 아무것도 바랄 것이 없나이다."

여경의 눈에서 기어이 눈물이 떨어졌다. 아버지의 희생이 저 때문임을 왜 모를까. 승상이 아니라 부친으로서 전하는 따뜻한 당부가 여린 여경을 울리고 말았다.

"마마, 부디 무탈하셔야 하옵니다. 마마께서 연모하시는 분이 이 나라의 황제임을 잊으셔선 아니 되옵니다. 꼭 지키십시오. 언젠가는 황제께서도 이를 알아주실 날이 올 것이옵니다."

황후인 제가 아무것도 못 하고 가족을 이리 떠나보내야 한다니, 가슴이 먹먹했다.

따라오지 말라는 부친을 기어이 따라나서 황궁의 문이 닫히는 것까지 보고서야 참았던 눈물을 마저 터트렸다. 눈물로 흐려진 아버지의 뒷모습이 아무리 울어도 지워지지 않았다.

"마마, 여기서 이리 우시면……. 에휴……."

소화가 눈물을 닦아 주었지만 한 번 쏟아진 눈물은 멈추지 않았다. 저 때문이었다. 제가 고집부려 시집온 것이 가문에 누를 끼치고 부모님의 가슴을 찢어 놓았다. 그래 놓고 저는 행복하지도 못했다. 벽에 걸린 그림처럼 언제 내쳐질까 마음 졸이고 살고 있으니 한심하기 짝이 없는 노릇이었다.

"마마, 처소로 돌아가시옵소서."

여경에게는 소화의 목소리가 들리지 않았다. 억울하고 슬퍼서 제가 황후인 것도 잊은 듯 보였다. 아무것도 해 보지 못한 채 허무하게 가족들을 떠나보내야 하는 것일까.

"마마! 거긴……!"

소화는 황후의 뒤를 쫓으며 말렸다. 눈물로 얼룩진 황후의 격양된 모습은 무슨 일을 치를 것처럼 위태로워 보였다. 하지만 아무리 말려도 황제를 만나겠다는 황후를 말릴 수가 없었다.

그 시각, 황제는 귀비와 마주 앉아 차를 마시고 있었다. 실은 귀비가 멋대로 찾아와 귀찮게 한 것이었으나, 이번 일에 작은 공을 세웠으니 당분간은 그녀가 설치는 꼴을 두고 볼 생각이었다. 헌데, 황후의 방문은 의외였다.

"국구께서 다녀가셨다더니 배웅을 하셨나 보군."

눈 주변이 새빨개졌으니 짐작하기 어렵지는 않았다.

"잠시 폐하와 단둘이서만 이야기를 나누고 싶사옵니다."

"좋은 소리를 하러 온 모양새는 아닌 듯한데, 귀비를 내보내고 나면 내게 원망을 퍼부을 심산이군. 별로 듣고 싶지 않으니 이만 돌아가시게."

하지만 여경은 황제의 명에도 돌아가지 않고 버렸다.

"폐하, 아버지께서 스스로 관직에서 물러나셨사옵니다. 그걸로 부족하셨습니까?"

"무슨 말인가. 내가 국구를 멀리 쫓아내기라도 했다는 뜻인가? 관직에서 물러난 것도, 낙향한 것도 모두 국구의 뜻이었네."

"제가 비록 폐하를 뫼시는 데는 아둔할지 모르나, 세상 물정을 모르지는 않사옵니다. 제가 여기 온 것은 폐하를 원망코자 한 것이 아니옵니다. 청을 하러 온 것입니다. 그러니 들어 주시옵소서."

두 사람의 대화를 듣고 있던 귀비가 붉은 옷자락을 끌며 차분히 자리에서 일어났다. 그간의 맘고생과 눈물로 흐트러진 여경의 모습과는 대조적이었다.

"폐하, 신첩이 있을 자리가 아닌 듯하옵니다. 이미 폐하의 시간을 빼앗은 지 오래라 가려던 참이었나이다."

"황후께서 이리 나오니 어쩔 수 없지. 내 나중에 들러 마저 이야기를 듣도록 할 테니, 나가 보게."

황제에게서 돌아선 귀비가 황후를 향해 옅은 비웃음을 머금었다.

'뭐 하러 여긴 오셨습니까? 아무 소용 없는 줄 몰라 이러십니까? 폐하는 황후께 티끌만큼의 애정도 없는데 자꾸 찾아와 이러시면 피차 피곤할 뿐이지요.'

여경은 귀비의 목소리가 귓가에 들리는 듯했다. 눈을 질끈 감고 그녀의 눈을 피했더니 귀비는 기어이 그녀의 어깨를 스치며 모기만 한 목소리로 말했다.

"목숨을 귀히 여기시지요."

"!"

가슴이 철렁하고 사지가 떨려 왔다. 황제가 있는 자리에서, 아무리 들리지 않는다 해도 감히 이런 말을 내뱉을 수 있을 만큼 귀비는 기고만장했다.

저는 지난 사 년간 아무리 먼저 찾아와도 황제를 뵐 수 없었는데, 지금 귀비는 그와 즐거운 듯 담소를 나누며 차를 마시다 일어섰다. 그것도 마치 제가 훼방꾼이 된 것 같은 분위기였으니, 더욱 서럽고 굴욕적이었다.

「지키십시오.」

아버지의 마지막 당부가 이렇게나 무거울 줄이야. 무엇을 지켜야 할까. 저 혼자 연모하는 마음을 무슨 수로 지켜야 할까.

"언제까지 그러고 있을 것인가? 청을 할 것이면 어서 하시게."

황제의 재촉에 무슨 목적으로 여길 온 것인지 깨달았다. 지금은 자존심을 챙기고 연모 타령이나 하고 있을 때가 아니었다.

"폐하……. 제가 황후에서 물러나겠습니다."

이후의 눈에 이채가 서렸다. 귀비를 들인다 했을 때 전전긍긍하던 모습과는 달랐다. 저는 이제 막 시작했는데 상대는 너무 쉽게 물러나니 맥이 빠지는 것 같기도 했다.

"그리도 욕심내던 자리를 어째서?"

"폐하께서 그리 보시니, 버려 볼까 합니다. 아무리 높다 해도 언제 무너질지 모르는 절벽 위에서 외롭게 살고 싶진 않습니다. 제가 모든 것을 내려놓겠습니다. 귀비가 황후가 되든, 또 다른 황후를 들이시든 전 이제 아무렇지 않을 것 같사옵니다."

"그건 청이 아닌 듯한데?"

"제가 그리하면 저를 믿어 주실 수 있사옵니까? 제가 모든 것을 버리고 아무것도 욕심내지 않으면 저를 돌아봐 주시옵소서. 한 번만이라도 저를 진심으로 대해 주실 순 없사옵니까?"

아버지가 지키라 하신 것을 이렇게라도 지키고 싶은 여경의 간

절한 마음이었다. 헌데 황제는 그녀가 마음을 졸이며 기다릴 시간
도 내주지 않았다.

"다 버리면 황후가 아닌 여인으로 돌아봐 달라? 뭔가 착각을
하시는 듯하군."

"?"

"황후께선 내게 버려 달라 할 수 있는 처지도 아닐세. 그대를
버려야 한다면 그것은 내가 원해서지, 그대가 원해서 할 수 있는
일이 아니란 말일세."

"폐, 폐하……."

"그리고 또 하나. 우리가 함께한 시간이 벌써 사 년. 그 시간
동안 내가 황후에게 관심조차 주지 않았다면, 그것은 그대가 황후
이든 아니든 상관없는 문제가 아닌가?"

"!"

여경은 머리를 한 대 맞은 것처럼 비틀거렸다. 황후로서도 여인
으로서도 저는 가망이 없다니 이제 저더러 어쩌란 말인가.

"내 말이 무슨 뜻인지 안다면 돌아가시게."

"폐하……. 제 어디가…… 그렇게 싫으시옵니까?"

"사람이 싫은 데 이유가 필요한가? 굳이 설명해야 한다면 그대
에게 끌리는 게 없는 탓이겠지. 나는 그냥 그대의 생김새도 그대
의 목소리도 그대의 성품도 가문도 전부 싫을 뿐일세."

"……."

"그냥 그대의 존재에 대해 처음부터 쭉 흥미가 없었다고 해 두
지."

여경의 가슴에 커다란 대못을 박고, 단단히 못질까지 해 버리니

숨 막히는 격통에 그녀는 아무 말도 할 수가 없었다.

"이제 대답이 되었는가? 나는 이 이상 해 줄 말이 없네."

체념하고 포기한 여경은 허리를 숙여 그가 못났다 하는 제 얼굴을 감췄다.

"……답이 되었나이다."

여경이 떨리는 다리를 천천히 움직여 반쯤 돌아섰을 때였다. 이후는 축 처진 그녀의 어깨를 보다 문득 묻고 싶은 것이 생겼다.

"나도 하나만 물어보지."

황제가 불렀으나 여경은 걸음을 멈출 뿐 돌아보지는 않았다.

"그대는 일전에 나를 연모하였을 뿐 아무런 야욕도 없었다 했네. 허면 그대는 무엇 때문에 나를 마음에 품었다고 주장하는가?"

사람을 싫어하는 데는 이유가 없다는데, 사람을 좋아하는 데는 너무 많은 이유가 있었다. 그것을 어찌 다 말해야 할까.

"선뜻 말하지 못하는 것은 역시 그대의 연모는 황후 자리를 지키고자 한 거짓……."

"전하를 처음 뵈온 날."

여경은 황제의 말이 끝나기도 전에 또렷한 목소리로 말하기 시작했다.

"?"

"실은…… 잠을 이루지 못하였나이다."

이해하기 힘든 답에 이후가 눈살을 찌푸릴 때, 여경은 그를 똑바로 마주 보며 슬프게 일그러진 웃음을 지었다.

"제게 폐하는 처음부터 그런 분이셨습니다. 잠을 이루지 못

할 정도로 제 가슴을 아프게 하신 분이셨습니다. 그것이 이유입니다. 지금도 저는 이루 말할 수 없이 아픈데, 저를 싫어하시는 폐하께서 이 아픔을 아실 리가 없으시겠지요. 결코…… 이해하실 수…….”

여경은 말을 전부 잇지 못했다. 그녀의 눈이 스윽 감기는가 싶더니 실이 끊어진 인형처럼 축 늘어지는 게 아닌가.

화들짝 놀란 이후가 저도 모르게 달려가 스르르 무너져 내리는 여경의 몸을 부축했다.

“!”

쓰러지는 사람의 몸이 이토록 가벼울 수 있을까. 또 한 번 놀라며 그녀의 얼굴을 살폈다.

야위고 창백한 얼굴. 제가 언제 황후를 이렇게 가까이서 뜯어본 적이 있을까만, 그래도 알 수 있었다. 궁에 들어온 이후로 그녀의 고초가 어떠했는지 얼굴에 고스란히 드러났다.

뜨끔.

「전하를 처음 뵈온 날, 실은…… 잠을 이루지 못하였나이다.」

갑자기 찾아온 가슴의 통증이 생소했으나, 금방 지나갔다. 무언가 중요한 것을 놓친 것 같은 찜찜한 기분이 들었다.

「황후를 버리실 것이면 황후께 어떤 것도 주지 마시옵소서. 미움도 상처도.」

선무의 말이 경고처럼 이후의 뇌리를 스쳐 지나갔다. 저는 지금 아무런 힘도 없는 황후를 상대로 쓸데없는 괴로움만 안겨 주고 있었다. 미움. 상처.

“내가…….”

혼잣말로 중얼거린 이후는 그녀를 바닥에 눕혀 놓고 나량을 불렀다.

　소란이 일고, 태의가 당도했을 때 황제는 이미 황후만을 두고 사라진 후였다.

3.

폭우에 짓이기고 폭풍에 스러져서

황룡장 고선무는 머리가 깨지는 통증에 번쩍 잠이 깼다. 그리 많이 퍼마신 것 같진 않은데 왜 머리가 아플까 하고 눈을 떠 보니 그런 게 아니었다.

눈앞에 변복을 한 황제께서 무시무시한 눈빛으로 저를 잡아먹으려는 듯 내려다보고 있었다. 욱신거리는 머리의 통증은 아마도 폐하를 대신한 나량의 매운 손맛이리라.

"끄응……. 어쩐 일이십니까? 기루에 다 오시고……."

미적거리며 일어나 보니, 아직 한밤중이었다.

"네놈을 불러들이라 하기도 지쳤다."

황궁을 지켜야 할 황룡장이 허구한 날 이러고 있었지만 황제는 그를 크게 벌하진 않았다. 이리 허술해 보여도 황룡장 덕분에 지금의 황궁은 개미 새끼 한 마리 드나들지 못할 만큼 삼엄했다.

이후는 고개를 저으며 탁자에 앉았다. 손도 대지 않았는지 식어 버린 요리들이 접시 위에 가득했다. 굴러다니는 술병들 중에서 반쯤 남아 찰랑거리는 병을 들어 따르자 선무가 뺨을 긁적이며 말했다.

"상을 새로 보라 하겠나이다."

"됐다. 앉거라."

"이왕 여기까지 오셨으니, 계집들도 부르는 것이 어떻사옵니까? 황후마마도 귀비도 기녀들의 교태는 당하지 못할 텐데 말이옵니다. 고 계집들이 어찌나 사내들을 살살 녹이는지……."

"너도 녹이지 못한 계집들을 불러다 무엇에 쓰게?"

선무는 피식 웃으며 의자에 엉덩이를 붙였다. 기녀들의 요염한 웃음은 질릴 정도로 맛보지 않았는가.

황제는 선무의 앞으로 방금 채운 잔을 놓았다. 선무는 '그럼 그렇지.'라는 생각으로 그 잔을 받았다. 웬만해선 술을 입에 대는 일이 없으신 분이시니 말이다.

"괴로운 일이 있으시면 직접 드시면 될 일을 왜 소장을 불러 대신 마시라 하십니까?"

"괴로운 일이라니?"

"황후께서 쓰러지셨는데 폐하께서 아무렇지 않으시다면 그게 더 이상한 것 아니옵니까?"

선무는 심드렁하게 정곡을 찔렀다.

"내가 황후 때문에 심란해하는 것으로 보이더냐?"

"오늘도 기루에서 제가 들은 것들을 말해 드리오리까? 폐하께서 어진 황후마마를 핍박하여 승상을 내치고 귀비를 황후로 앉힐 거라는 소문이 파다하옵니다."

"듣지 않아도 예상했던 일이다."

"예, 그랬지요. 백성들은 금방 잊으니까요. 헌데 제가 불만인 것은 지금 폐하의 이런 모습이옵니다."

"넘겨짚는군."

"제 눈에는 폐하께서 망설이시는 것으로 보입니다. 어째서 소문이 점점 커지는 것을 두고 보십니까? 하루빨리 승상의 자리를 채우고 백성들의 민심을 전쟁으로 돌리십시오. 본래 그러실 생각이 아니셨나이까? 황후께서 저리 쓰러지시니 갑자기 동정심이라도 드시는 것이옵니까?"

선무의 불만이 터져 나왔다. 제가 술독에 빠져 지내는 게 하루 이틀 일도 아니지만, 요즘은 자의가 아니라 타의로 이리저리 술판에 끌려 다니고 있었다. 그놈의 승상의 자리 때문에 대신들이 저를 가만두지 않는 것이다. 답답하기는 저도 마찬가지인데 말이다.

"동정심? 그리 간단한 게 아니다."

"보십시오. 어쨌거나 황후마마 때문에 동요하고 계시질 않습니까? 오늘 여기까지 오신 것만 보아도 알 수 있는 일 아니옵니까?"

"술이 마시고 싶고, 뭔가…… 꺼림칙한 것이 있다. 그것뿐이다."

황제는 아직 비우지 않은 선무의 술잔을 빼앗아 훌훌 넘겨 버렸다.

"목이 타십니까? 헌데 술로는 그 갈증이 해결되지 않사옵니다. 누구보다도 술을 많이 마셔 본 제가 드리는 말이니 틀리지 않을 것입니다."

"너는 지금 내가 황후에게 죄책감이라도 가지고 있다, 그리 말

117

하는 것이냐?"

"찔리는 데가 있으십니까? 아무것도 남기지 마시옵소서. 폐하께서 가고자 하시는 길은 인정으로 행할 수 없는 길이옵니다. 꺼림칙한 것이 무엇인지 모르오나 그마저도 베셔야 합니다."

유독 황후에게만 모질던 황제였다. 마치 끌리는 마음을 억지로 끊어 내려는 듯 그녀에게만 유독 정색하고 싫다 했었다. 그리했으면 끝까지 잘라 낼 일이지, 왜 이제야 망설인단 말인가. 선무가 말하고자 하는 것은 그것이었다.

"확인할 것이 있다. 그러니 너는 헛소리 말고 당분간 대신들을 잘 달래 주어라. 확인이 끝나면 승상의 사람들부터 하나하나 처리할 것이니 그 준비나 차질 없이 잘 해 놓아라."

"그러는 동안 만약 폐하께서 마음이 바뀌신다면 그 준비가 소용이 있겠습니까?"

이후는 곧장 대답하지 않았다. 선무의 가시 돋친 말들이 하나도 틀린 게 없었다. 그러나 저는 안개 속을 걷는 듯한 답답하고 초조한 이 마음의 정체를 알아야 했다.

지난 한 달 동안 쓰러지던 여경의 슬픈 눈빛과 그녀가 남긴 말이 종종 떠오르곤 했다.

「전하를 처음 뵈온 날. 실은…… 잠을 이루지 못하였나이다.」

그리고 그때마다 안개가 낀 것처럼 뿌옇게 흐려지는 이 석연찮은 느낌을 인정할 수 없었다. 무엇을 놓치고 있는 것일까? 그녀가 알고 제가 모르는 무언가가 있는 걸까? 물어야 하는지, 묻고 나서 혹 제 맘이 흔들리면 어쩌나, 이후가 고민하는 것은 그것이었다.

"그럴 일은 없다. 늦어질 뿐이지 그대로 행할 것이다."

술 한 잔에도 뺨이 붉어진 이후가 자리를 털고 일어났다.

전날 밤 소리 소문 없이 궁 밖에 나갔던 황제는 새벽이슬을 밟고 당당하게 입궁했다. 그가 나간 줄도 몰랐던 병사와 궁인들은 이슬에 젖은 황제의 도포를 보고 황망스러워 어쩔 줄을 몰라 했다.

"폐하, 더운 물로 씻으시고 잠시라도 침수에 드시옵소서."

함께 나갔던 나량은 황제를 처소로 모시려 했으나 어쩐 일인지 황제는 자리에서 꼼짝을 하지 않았다.

"폐하……."

"황후께서 기침하셨다더냐?"

"예? 아, 알아보고 오겠나이다."

"깨우라."

"예? 예. 폐하!"

나량이 눈짓하자 다른 내관 한 명이 부리나케 뛰어 황후전으로 달려갔다.

잠시 후, 황제의 일방적이고 기습적인 방문 소식에 황후전은 아침부터 꽤나 소란스러웠다. 그러나 이후가 도착했을 때는 언제 그랬냐는 듯이 단정하고 차분한 분위기였다.

지루한 장마로 초목의 물기가 채 마르지 않았건만 탁자를 사이에 두고 마주 앉은 황제와 황후에게서 아침부터 건조한 분위기가 감돌았다.

"몸은 좀 어떠신가?"

이후는 화장기 없이 푸석한 얼굴을 곁눈질하며 물었다.

두 사람이 이렇게 얼굴을 맞댄 지 한 달 만이었다. 황제의 품에 안겨 쓰러졌던 여경은 그 뒤로 계속 병을 핑계로 처소를 나가지 않았고 황제 역시 그녀를 찾지 않았다.

물론 그녀가 꾀병을 부린 것은 아니었다. 끼니를 거르고 잠을 설친 탓에 심신이 쇠약해져 있었고 습한 날씨가 그녀를 병들게 했다. 무엇보다 가족을 떠나보내야 했던 그녀에게 황제의 잔인한 말들은 독이나 다름없었다. 병세가 악화된 데는 그의 책임이 가장 컸으나 여경은 이렇게 말해야 했다.

"살펴 주신 덕에 많이 나아졌사옵니다."

"……."

이후는 아무 말도 하지 않았지만 인사차 건네는 말치고는 앙금이 있다 생각했다. 제가 보살펴 준 적이 없으니 저를 무안하게 만드는 대답이었으며, 야위고 상한 얼굴로 나아졌다니 성의 없는 빈말이었다.

"오늘은 어찌 오셨나이까?"

이번엔 어쩐 일이냐 묻는다. 전에 그녀는 제가 찾아와 주는 것만으로도 감격해 어쩔 줄 모르는 표정이었다. 그게 아니라면 두려워했었다.

그것을 당연히 여겼던 것일까. 저를 맞는 순간부터 줄곧 그늘진 표정이 거슬렸다. 왜 왔냐고 물으면서도 정말 궁금해 묻는 표정이 아니었다. 야속하다 탓하고 저를 밀어내는 것 같았다. 버려 달라 청하던 그때처럼 제게 반기를 드는 것 같아 울컥 퉁명스러운 대답이 튀어나왔다.

"못 올 곳을 온 것처럼 말하는군."

"해월국 어디에도 폐하께서 가실 수 없는 곳은 없나이다. 다만 이곳에 걸음하실 때는 용무가 있으실 거라 여겨 여쭈웠던 것이옵니다. 신첩이 또 무슨 잘못이라도 저질렀나 그것이 두려울 뿐이옵니다."

황제가 불쾌함을 비치는데도 여경은 당황하지 않고 매우 공손하고 차분하게 대답했다. 감정이 담겨 있지 않은 껍데기 같은 말투였다. 그러니 이후는 더욱 그녀가 빈정거린다는 느낌을 지울 수 없었다.

"궁 안팎에 내가 귀비의 작당에 놀아나 승상을 파직했으며 그대를 내칠 거란 소문이 파다한데, 그대에게 용무가 없을까?"

여태 태연하던 여경이 끊어질 듯 이어지는 한숨을 쉬었다.

"그 소문을 탓하러 오셨사옵니까? 신첩이 소문을 내고 다녔다 여기십니까?"

"소문이야 말하기 좋아하는 사람들이 만들어 대는 것이지. 그보다 내가 황후를 위로하는 모양 정도는 보여 줘야 하지 않겠는가?"

"하오시면 조금 더 일찍 오셨어야 했사옵니다. 소문을 잠재우기에는 늦은 듯하옵니다."

"꼭 이런 날이 오기를 기다린 듯한 말투로군."

"그럴 리가 있겠사옵니까……."

여경은 고개를 돌려 그의 눈을 피했다. 어두웠던 안색에 더욱 그늘이 졌다.

그 모습을 보니, 이후는 이곳에 온 목적일랑 잊어버리고 돌아가고 싶어졌다. 사실 그가 오늘 여기 온 것은 이리 심통을 부리러 온 것이 아니지 않는가. 묻고자 온 것이다. 그 처음 보았다는 날,

대체 무얼 보고 저를 그토록 은애하게 되었다는 것인지. 그녀의 말이 거짓이라고 생각하면서도, 왜 그것이 궁금한지 모르겠지만 묻고 싶었다.

그가 그녀를 처음 본 자리는 사가에서의 초야였다.

말 한 마디 없이 그녀의 머리를 풀고 나무토막처럼 뻣뻣하고 메마른 그녀를 안았었다. 그러려던 것은 아니었으나 살을 맞대고 신음하는 그녀를 보자 간사했던 후궁들에 대한 원한이 치솟았다.

여체의 향기에 잔뜩 취해 버린 그는 계집에 대한 혐오감이 더해지자 이성을 잃고 말았다. 아직 완전히 영글지 못한 젖무덤에서 가엽게 떨고 있는 분홍빛 유두를 깨물었다. 가녀린 한 줌의 허리 아래, 매끈하게 뻗은 두 다리 사이가 혈기왕성한 그를 유혹하는 듯했다. 선황께서 수많은 여인들에게 황실의 씨를 뿌린 그 습한 음지를 제 눈으로 보게 되자 참을 수 없는 욕망과 분노가 그곳을 향했다.

그는 여경의 젖가슴을 움켜쥐고 여리고 하얀 그녀의 나신을 숨막히도록 끌어안고 낙인을 찍듯 무참히 짓이겼다. 고통을 이기지 못하고 경직된 그녀의 몸을 더욱 세게 비틀어 쥐고, 고통을 참느라 깨문 입술을 한 번 쓰다듬어 주지도 않았다. 그리고 후회했다. 한순간의 본능과 분노에 치우친 것을.

선무 말대로 아무것도 주지 않았어야 하거늘, 그 초야의 밤이 그에게는 빚으로 남은 것이다. 짧고 거친 초야의 의식이 끝난 후, 넋이 나간 그녀의 눈동자와 땀에 젖어 차갑게 식어 버린 가녀린 여체에게서 등을 돌려 버렸다.

그렇기 때문에 그녀에 대한 첫 기억은 촛불에 아른거리는 붉은 피부와 앓는 신음 소리밖에 없었다. 등 뒤에서 훌쩍거리는 소리가 밤새 들렸으니, 잠을 이루지 못한 것도 알고 있었다. 그러니 그녀가 말한 것은 그런 뜻이 아닐 것이다. 그 거칠고 무정했던 밤에 설레서 잠을 설친 것은 아닐 테니 말이다.

대체 그 초야가 아니라면 언제 저를 보았단 말인가?

이후는 진정으로 묻고 싶었던 것은 속에 꾹 눌러두고 저와 눈도 마주치려 하지 않는 여경을 노려보았다. 저를 이렇게 흔들어 놓고 태연하고 고고하게 앉아 말을 아끼는 것이 괘씸하지 않은가.

"어째서? 충분히 그럴 수 있지 않은가. 소문이 퍼질 대로 퍼진 후에 마지못해 내가 찾아오길 기다렸을 테지. 백성들의 동정을 산 황후를 내가 함부로 내칠 수는 없을 테니 말일세. 아니라 장담할 수 있겠는가?"

여경은 의심하고 다그치는 황제에게 어떤 변명을 한다 해도 통하지 않을 것을 알았다.

"……저를 버려 달라는 말…… 진심이었나이다."

진심. 이후에게는 그 진심이 이제 더는 황제에게 미련이 없다는 것으로 들렸다.

"항상 진심이라 말했지. 그대의 진심은 가볍기 그지없군."

"……."

"그게 진심이든 아니든, 결과적으로는 황후에게 유리한 판국이 되었네."

"영민하신 폐하께서 이리될 줄 예상치 못하셨나이까. 이는 제가 원해 이리된 것이 아니오라, 폐하의 뜻으로 이리된 것이옵니다. 승상이셨던 제 부친은 백성들의 신망이 높았고, 대사도는 백성들의 원망을 산 자가 아니옵니까?"

"그래서 내가 황후를 버리면 백성들의 원망은 나를 향하겠군. 버려 달라고 청한 데는 그런 뜻이 있어서가 아닌가? 나를 곤경에 처하게 만들고 싶었는가? 그대들을 내친 나를 용서할 수가 없었겠지."

낮게 내리깔고 있던 여경의 눈이 천천히 들어 올려졌다. 병색이 물러갔다는 말이 무색할 정도로 그녀의 눈에 생기라곤 보이지 않았다.

"저는…… 그리 영특하지 못하옵니다……. 그런 생각을 할 수 있었다면 진작 폐하의 마음을 얻었겠지요. 허나, 저는 많이 모자란 계집이옵니다. 제가 황후가 아니라면 폐하께서 저를 계집으로는 보아주지 않으실까 고작 그것만 생각했었나이다."

여경의 목소리가 좀 전보다 날카로웠다. 싫다, 싫다, 경멸하시더니, 물러서는 것마저 오해하시면 대체 제게 어쩌란 것인가.

"그리고 폐하께서는 제게 애쓸 필요가 없다는 것을 알려 주셨지요. 폐하를 원망치는 않습니다. 제멋대로 폐하를 은애한다 매달렸으니 얼마나 귀찮으셨을지도 압니다. 황후 자리든 폐하의 마음이든, 주제넘는 욕심을 부렸으니 탐욕이었습니다. 저의 탐욕으로 아비가 불명예를 얻으셨고 가문이 기울게 되었으니 그것이 죄스러워 조용히 살고자 했나이다. 이도…… 제 알량한 자존심으로 보이십니까?"

이후는 금방이라도 울 것 같은 여경을 찬찬히 살폈다. 이제 아무 힘도 없는 여인이었다. 굳이 상처를 줄 이유가 없었는데, 제가 또 선을 넘어 고약한 소리를 하고 말았다. 선무의 말대로 관심이 없다면 미움도 주지 않아야 했다. 체념하고 욕심 없이 살겠다는 그녀를 더 괴롭힐 이유가 있을까 찾아오지 않았어야 했다.

이제 와 그런 것을 알아 어쩌겠다고, 괜한 것을 물으러 왔다가 보지 않았으면 좋았을 얼굴을 보고 말았다. 서글픈 눈매, 울먹이는 눈동자, 오기로 깨문 입술. 안쓰럽기 그지없는 표정이 그의 가슴에 들어와 박혔다.

"알았다니 다행이군."

서둘러 둘러댔지만 대화를 끝맺기에는 어딘가 궁색했다. 이후는 묻고 싶은 것을 다시 묻어 두고 일어섰다.

"폐하!"

여경은 제 한스러운 호소를 듣고도 동요라곤 없는 황제의 태도에 울컥하고 말았다.

"초연한 듯 말하더니 아직 할 말이 많이 남았나 보군. 어디 그대가 하고 싶은 말을 남김없이 해 보게나."

"제가…… 죽어야 합니까?"

"?"

"제가 죽으면 서로 명예롭게 끝낼 수 있사옵니까? 폐하께서는 저를 버리지 않아도 될 것이고 저는 폐하의 황후로 죽을 수 있사오니 차라리 그리하면 되겠습니다. 아니 그렇사옵니까?"

황후가 눈물까지 흘리며 아픈 말을 뱉어 내자 이후는 가슴이 서늘해졌다.

"지금 내게 협박하는 것인가?"

"폐하……."

"그대가 죽는다면 말하기 좋아하는 호사가들이 꽤나 나를 입에 올리겠군. 그대를 핍박해 병들게 했다거나, 내가 그대를 소리 소문 없이 죽였다거나. 그대의 죽음은 그대에게만 명예로우니 내게 복수하고 싶다면 어디 죽어 보시게."

"폐하……."

"그리고 한 가지 더 말해 두자면 나 역시 내 명예를 위해 그대의 죽음을 더럽힐 수밖에 없음을 알아 두게나."

"!"

죽어서도 연모하는 마음이 더럽혀진다니 여경의 마음은 참담함을 가눌 길이 없었다.

"더는 이를 말이 없으니 이만 가 보겠네."

자리에서 일어난 이후는 그녀의 뒤편에 걸린 그림을 발견했다.

"아직도 걸어 두고 있었군."

황제의 시선을 따라갔던 여경은 무안한 듯 고개를 숙이고 중얼거렸다.

"……폐하께서 걸어 두라 하시어……."

이후는 다시 그녀에게로 시선을 돌리고 한층 위엄에 찬 목소리로 당부했다.

"명심하시게. 앞으로 그대가 어찌 행동하느냐에 따라 이곳이 저누각보다 못한 곳이 될 수도 있음을."

여경은 찬바람을 일으키며 돌아서는 그를 따라나서지도 못했다. 혼자 남겨지자 그제야 허리를 펴고 아직 반이나 남아 있는 찻잔을 바라보며 원망을 곱씹었다.

'차라도 다 마시고 가실 것이지…….'

그러고는 황제가 앉았던 자리에 조심스럽게 손을 갖다 댔다. 아직 온기가 남아 있었다. 말씀하시는 것은 차갑기 그지없으나 그의 체온은 이리도 따뜻했다. 여경은 그곳에 앉아 황제가 남긴 찻잔을 들어 조금씩 입술을 적셨다. 그러고는 그림을 보았다. 아무도 찾아오지 않는 이곳에서 하루에도 몇 번씩 그림을 바라보며 그가 했던 잔인한 말들을 곱씹었다. 제가 얼마나 싫었으면 이렇게까지 하셨을까.

'그래도 폐하, 제가 폐하께 받은 것이라곤 이것밖에 없사옵니다. 공을 들여 그려 주신 경멸과 멸시, 그것이라도 좋습니다. 적어도 저를 쉬이 잊지는 않으실 테니까요.'

버리지 못한다 하셨다. 저를 황후로 두시겠다 하신 것이다. 폐하의 뜻이 아니라 해도 실은 깊이 안도했다. 더는 매달리지 않을 테지만, 정말로 버려지고 싶지는 않았다. 욕심부리지 않고 그의 부인으로 살 수 있는 것만으로도 만족할 것이다.

그나마도 제가 저 누각처럼 황제를 멀리서나마 바라볼 수 있을 때나 가능한 일이었다. 만약 절벽 위가 아니라 땅속으로 들어간다면 그를 감히 마주 볼 수나 있을까.

'폐하께서 보기 싫다던 저를 감추고 살겠습니다. 여기 이렇게 숨어서 기다리겠습니다. 아버지께서 제 연모를 지키라 하셨으나 저는 이렇게밖에 할 줄 모릅니다. 그러니 또 오십시오. 트집을 잡으셔도 좋고 화를 내셔도 좋습니다. 폐하께서 오시길 기다리며 늘 좋은 차를 아껴 두겠나이다.'

오늘처럼 반가운 얼굴을 보여 주셔도 웃을 수조차 없겠지만 아무렴 어떨까. 한 달, 석 달, 일 년, 점점 찾으시는 일이 줄어든다 해도, 언제고 한 번 오신다면 서운함은 눈 녹듯이 사라지리라.

'제가 못난 탓에 폐하를 뫼시지 못한 것을 누굴 탓하겠나이까.'

여경은 마지막 한 모금의 차를 마셨다. 식어 버린 찻물에서 씁쓸한 맛이 오래 감돌았다.

귀비의 처소는 날마다 살얼음판이었다. 심사가 뒤틀린 귀비 장화영이 하루가 멀다 하고 발끈하는 통에 나인들은 그녀의 비위를 맞추느라 전전긍긍이었다.

"뭐라? 폐하께서 이 이른 아침부터 황후를 찾으셨단 말이냐? 내게는 한 번도 오신 적이 없으시면서 황후에게는 왜 아침부터 직접 가셨단 말이냐? 왜? 어째서!"

"그, 그야……. 세간의 소문을 잠재우시려……."

장화영은 성급한 성질을 누르지 못하고 기혜에게 버럭 소리를 질렀다. 몇 번이나 황제를 찾아갔으나 문전에서 박대를 당했는데 황후에게는 직접 걸음 하셨다니 여간 신경 쓰이는 것이 아니었다.

"소문을 잠재우다니! 허면, 날 황후로 만들지 않겠다는 뜻이 아니시냐! 그깟 소문 때문에 황후를 그냥 저리 두시겠단 뜻이더냐! 네가 말해 보아라! 폐하의 뜻이 무엇인지!"

옆에서 숨죽이고 있던 나인 하나는 지목을 받자 화들짝 놀라 고개를 조아렸다. 얼마 전 말 한 마디 잘못했다 밉보인 나인이 어찌 되었는지 제 눈으로 똑똑히 보지 않았던가.

"마마, 그것은 저도 잘……."

"하! 네가 아는 것이 무엇이냐! 궁에서 밥을 축낸 지가 벌써 몇 년째야? 그 정도 눈치도 없이 이 귀비의 사람이 되었단 말이냐!"

"마, 마마……. 제 짧은 소견으로는…… 폐하께서는 단지, 잠시

시간을 두시려는 것뿐일 것이옵니다. 너무 심려치 마시옵소서."

나인은 쩔쩔매며 귀비가 듣고 싶어 하는 답을 내놓았으나 귀비는 그것으로 만족하지 않았다.

그도 그럴 게, 저는 아직 제대로 합궁조차 하지 못했다. 그가 원하는 대로 승상을 쫓아냈으니, 지금쯤 제 아비가 승상이 되고 저는 황후가 되어야 마땅하지 않은가. 벌써 두 달째 승상의 자리를 비워 두고 저 역시 이리 모른 척하시는 것은 아무리 황제라 해도 경우가 아니라 여겨졌다.

'설마 황제께서 나를 이용하시고 버리려는 것은 아닐까? 설마……'

좀 더 영리하게 굴라며 저를 부추긴 것은 황제였다. 이제 와 나 몰라라 하는 그의 심중을 헤아리고 싶으나 그는 저를 만나 주지도 않고 있었다.

'그렇다면……'

이럴 때는 황제의 측근을 찾아 심중을 알아보는 것이 가장 빠른 길인 듯했다.

"너는 지금 당장 가서 황룡장을 뫼셔 오너라."

"화, 황룡장을요?"

"서두르지 못하겠느냐! 내 처소에 경비 문제로 의논드릴 것이 있다 전하거라! 어서!"

귀비는 황제의 벗이자 가장 빨리 출세한 인물인 황룡장 고선무를 떠올렸다. 나량도 황제의 심복이나, 입이 무거운 황제가 모자란 이에게 대업을 털어놓을 리는 없었을 것이다. 허나, 황룡장이라면 황제의 신임이 두텁고 황제의 명을 직접적으로 행하는 자였다. 실제로도 요즘 대신들이 빈번하게 그를 찾아 뇌물을 안겨 준다지 않는가.

나인이 서둘러 황룡장을 데리러 갔으나 늦은 오후가 되어서야 입궁한 그는 한참 뒤에 귀비의 처소로 들어왔다.

"경비 일로 부르셨다 들었습니다. 무슨 문제라도 있으신지요?"

"일단은 앉으세요."

좀 전까지 그가 늦는다며 분통을 터트리고 있던 귀비는 언제 그랬냐는 듯이 고혹적인 미소를 지으며 황룡장을 반갑게 맞았다.

"용무가 바빠 앉을 수는 없나이다. 하실 말씀은 무엇이옵니까?"

"아……! 이런. 내 바쁘신 분을 오래 잡아 둘 수야 없지요. 허나, 서서 나눌 이야기는 아니니 앉으세요."

귀비는 입술 끝에 경련이 이는 것을 꾹 참았다. 부름을 받고도 늑장을 부린 것만으로도 괘씸하거늘, 이 사내는 무어가 그리 대단한 자인지, 죄송하다는 말 한마디 없이 고개를 빳빳이 들고 있었다. 언젠가 이자도 제 발밑에 무릎을 꿇게 하리라 이를 갈면서 그때가 머지않은 것 같아 가슴이 두근거리기도 했다.

"……."

"술을 좋아한다 들었으나, 제가 황룡장에게 사사로이 술을 대접했다가는 큰일 나겠지요. 해서 오늘은 목만 축이시라 차를 내왔습니다. 다음번엔 폐하를 모시고 함께 좋은 자리를 나누었으면 해요."

선무는 그녀에게는 들리지 않게 작은 코웃음을 쳤다. 이렇게 속이 뻔한 수작이라니, 황제가 질색할 만했다.

"폐하께선 소장과 달리 술을 즐겨하시지 않아 단 한 번도 함께 술을 마셔 본 적이 없사옵니다."

어젯밤 황제께서 술을 마시긴 하였으나 그때 저는 함께 마시지 않았으니 틀린 말은 아니었다.

"그, 그렇습니까……. 그건 몰랐습니다."

귀비의 얼굴이 벌게지는 것을 보고 선무는 또 한 번 코웃음을 쳤다. 황제의 취향도 모르는 애첩이라니, 소문이란 이토록 믿을 것이 못 되는 것이다.

귀비도 이를 알고 저를 찾았으리라. 근거 없는 소문이 금세 사라지고 저 역시 황후 못지않게 궁에서 시들어 갈까 불안한 것이다. 그것도 황후가 아닌 귀비로.

"모르실 수도 있지요. 저는 폐하와 보낸 세월이 많으니 아는 것뿐입니다. 혹, 또 궁금한 것이 있거나 모르는 것이 있으시면 지금 제게 물어보시옵소서. 아는 것은 말씀해 드리겠나이다."

"!"

귀비는 선무가 이렇듯 호의적으로 나와 줄 줄은 몰랐기에 눈이 휘둥그레졌다. 황제가 까칠하시니 그의 사람도 까다로울 줄 알았거늘 이렇게 호방할 줄이야.

"정말 그래도 되겠습니까? 내 안 그래도 마음이 너무 번잡해 누구를 붙잡고 이를 물어야 할지……."

"잘 찾으셨사옵니다. 제게 물으시면 됩니다."

"후……. 그럼 황룡장만 믿고 털어놓겠습니다. 실은……."

귀비의 성질머리를 잘 아고 있는 선무는 그녀가 침을 삼키고 근심 어린 표정으로 뜸을 들이는 것이 우스웠으나 내색하지 않고 그녀가 다시 입을 열기를 느긋하게 기다렸다.

"실은, 폐하의 의중을 알고 싶습니다."

입술을 잘근 깨문 귀비가 목소리를 낮춰 물어 왔다. 선무는 뻔한 질문에 모르는 척 되물었다.

"폐하의 의중이라면……. 아, 혹시 폐하께서 마마를 찾지 않으시는 것이 불안하십니까?"

"예, 예! 그것입니다. 이유를 아십니까? 제가 혹 무슨 실수라도……?"

선무는 빙긋이 웃으며 당연하다는 투로 대답했다.

"폐하께서는 백성들의 민심을 무척이나 신경 쓰고 계시옵니다."

"허면, 황후가 바뀌는 일도, 제 아버지가 승상이 되는 일도 없을 거란 말입니까?"

"글쎄요. 그것을 저 같은 일개 장수가 어찌 알겠습니까?"

"이 일을 어쩌면 좋습니까. 이대로 당하고만 있을 순 없습니다. 못된 소문을 퍼트리는 자가 분명 있을 것이에요. 승상의 잔당들이 도성에 남아 있으니 그들을 쳐야겠습니다."

"폐하께서는 도성에 피를 뿌리는 일을 저어하시옵니다. 그러니 승상을 그리 고이 보낸 것이 아니옵니까?"

"무슨 방법이 없겠습니까! 폐하의 의중을 누구보다 잘 아는 이가 바로 황룡장 아닙니까!"

선무는 눈을 찡긋 감았다가 고개를 저으며 말했다.

"제가 드리고 싶은 충고는 하나밖에 없습니다."

"?"

"나서지 마십시오."

"!"

"가뜩이나 혼란스러운 폐하를 더 어지럽게 만들지 말란 말입니다."

귀비는 선무가 저를 무시하는 태도로 빈정거리자 이제야 능글맞고 뻔뻔스러운 그의 태도에 불쾌해졌다.

"정녕, 폐하의…… 뜻이 그러합니까?"

"글쎄요. 황궁의 경비나 서는 한낱 장수가 폐하의 깊은 뜻을 어찌 헤아리겠사옵니까?"

선무는 끝까지 방자한 태도로 귀비를 모욕했고 그녀는 화를 억누르며 선무를 노려보았다.

"황룡장의 조언이 나를 살렸습니다."

선무는 귀비의 마음을 한껏 들쑤셔 놓고 밖으로 나왔다. 귀비가 제 말을 제대로 알아들었는지, 더 기고만장하게 굴지는 알 수 없지만, 뭔가 행동을 취할 것 같긴 했다.

뭐가 됐든 지금 이 답답한 상황은 마음에 들지 않았다.

'적어도 폐하의 마음은 알 수 있겠지.'

황후에게는 나쁜 마음이 없었으나 지금은 그녀를 버려야 할 때였다. 황제는 사람이 아니라 황제일 뿐이니까. 헌데 황제는 무슨 생각이실까? 어차피 승상을 파직하는 것은 백성들의 원성을 살 것이라 예상했던 일 아닌가. 시간을 끌수록 승상을 옹호하던 자들의 반발심만 더 키울 뿐인데 이래서는 아무것도 되지 않았다. 오히려 동정을 산 황후의 입지만 커질 뿐인 것을 모를 분이 아니지 않는가.

선무의 눈에는 보였다. 새삼 황후에게 불필요한 감정을 느끼고 있는 황제의 모습이.

사람의 마음은 전부 버리고 날카로운 칼처럼 길을 베어 나가시던 분이 왜 유독 황후 앞에서 주춤하시는지.

'이미 늦었는데 말이지.'

황궁의 아침이 이렇게 지나가고 있었다. 서로 다른 마음을 품은 네 사람의 생각들이 각기 다른 방향으로 뻗어 가고 있었으나 아직은 햇살이 영롱한 날이었다.

※

달도 숨어 버린 깜깜한 밤이었다. 어둠 속에서도 밤새 밝은 빛이 둘러진 황궁. 그 안에서도 황제와 황후의 침소는 침입자에 대비해 유독 밝았다. 특히 오늘 밤은 황후의 처소 가장 깊숙한 곳에도 등불이 걸렸다.

따뜻한 김이 안개처럼 여경의 벗은 몸에 장막을 드리웠다.

참방. 길고 하얀 팔이 물 밖으로 나와 그녀 자신의 목을 감쌌다.

"하아……."

폐부에 들어찬 탁한 호흡이 그녀의 붉은 입술 사이로 길게 새어 나왔다. 기분 좋은 편안함에 긴 속눈썹이 잘게 떨렸다. 다시 촉촉한 숨을 들이마시자 상기된 뺨에 열꽃이 피고 그녀의 가슴이 수줍게 수면 위를 오르락거렸다.

욕조 안에서 여경은 잠시나마 노곤했던 심신을 내려놓았다. 그러기에 이때만큼은 나인들을 저만치 물리고 눈을 감고 휴식을 취했다.

황후가 되고 가장 힘든 것 중 하나가 혼자만의 공간이 없다는 점이었다. 어디든 시중을 드는 나인이 따르는 것도 자유롭게 살던 여경에겐 곤혹스러운 점이었다. 그래서 간혹 이렇게 목욕 전에 따뜻한 물속에서 혼자만의 짧은 여유를 누리기도 했다.

이제는 익숙해졌지만 욕조에는 사가에서는 본 적도 없는 꽃잎들이 가득했다. 호사를 누리는 제 모습에 웃음이 났다. 홀로 지내는 긴 밤, 누구를 위해 꽃향기를 품어야 하나 자괴감이 들어서였다.

'밤이 깊었는데 폐하께서는 침전에 드셨을까……'

젊은 나이에 황위에 오른 황제께서는 불철주야 국무에 매달리셨다. 선황께서 어지럽히신 국법과 난잡한 군율, 그리고 귀족들에게 빼앗긴 황권을 다시 찾기 위해서였다. 그러나 그뿐만이 아니었다. 황제는 피를 나눈 형제와 친족들과도 배신과 복수로 일그러진 삶을 살아야 했고 밤에도 편히 잠을 들지 못하셨다.

그러니 혈연보다 못한 저를 믿어 달란다고 믿어 주실 수 있는 분이 아니었다.

'귀비라면 폐하의 뜻을 배반하지 않을 테니, 총애하셔도 될 것인데……'

여경은 물속에 비친 저의 까칠해진 얼굴을 손으로 휘휘 저어 버렸다. 저 혼자였을 때도 곁을 내주지 않으셨는데 지금은 저보다 훨씬 어리고 아름다운 귀비까지 있었다. 저 같은 것이 폐하의 눈에 찰 리가 만무하지 않은가.

한 달 전 보았던 황제와 귀비의 화기애애한 모습이 좀처럼 지워지지 않았다.

'투기라니…… . 못나기도 해라.'

그러면서도 둘이서 무슨 환담을 나누느라 그리 웃고 있었는지 궁금했다. 혹 저를 욕하며 비웃고 있었던 것은 아닐까…… .

목숨을 귀히 여기라며 저를 깔보던 귀비의 음성이 또 귓가에 생생했다.

그런데 그때,

"꺄악!"

"!"

깊은 밤 난데없는 비명 소리에 소름이 돋았다. 화들짝 놀란 여경은 순간 물속으로 몸을 움츠리며 불안하게 문 쪽을 바라보았다. 대체 무슨 일일까? 갑자기 소란스러워지는가 싶더니, 날카로운 계집의 비명 소리가 여기저기서 들려오고 있었다.

"마마! 마마, 괜찮으시옵니까!"

다행히 소화가 가장 먼저 문을 열고 뛰어 들어왔으나 문 밖에는 아직도 비명 소리와 사람들의 고함 소리가 가득했다.

"무슨 일이냐?"

"마마, 아무 일 없으시옵니까. 괜찮으십니까!"

"난 괜찮다. 무슨 일이냐는데도?"

"하아. 하아……! 하아. 다행입니다. 천만다행입니다. 세상에 여기가 감히 어디라고……!"

"소화야, 너야말로 괜찮으냐. 대체 무슨 일이기에…… ."

놀란 가슴을 진정시키지도 못하고 숨을 헐떡거린 소화는 우선 황후의 옷가지부터 챙겼고 다른 나인들도 들어와 황후의 몸을 닦았다.

"무슨 일이냐는데도?"

순식간에 옷을 입고 나온 황후는 경계에 찬 소화를 다시 불러 세웠다.

"마마, 어서 침전으로 가셔야 하옵니다. 웬 괴한이 문을 지키던 나인들과 병사들을 기절시키고 마마의 욕탕에 몰래 들어가려 했사옵니다."

"뭐, 뭐? 괴, 괴한?"

"예, 마마. 정말 큰일 날 뻔하셨사옵니다. 제가 문을 지켰어야 했는데, 잠시 자리를 비운 사이에⋯⋯. 정말 어찌 이럴 수 있답니까. 감히 이 나라 황후께서 목욕을 하시는데⋯⋯. 여기가 어디라고! 하아⋯⋯."

소화는 오늘 일이 꼭 황후를 천대하는 황실의 분위기 탓인 것만 같았다. 황제에게 박대당하는 황후라 병사들도 무시하고 경계를 소홀히 함이 아닌가.

"소화야⋯⋯."

여경은 심장이 쿵쾅거리고 손발이 떨렸으나 애써 침착하고 의연하게 소화를 불렀다. 하지만 흥분한 소화에게는 황후의 부드러운 음성이 들어오지 않았다.

"황룡대가 요즘 귀비의 처소는 삼엄하게 지킨다더니, 황후마마께는 어찌 이런 망극하고 치욕스러운 일을 당하게 한단 말입니까. 내 가만있지 않을 겁니다!"

"두어라. 귀비께서 얼마 전 큰일을 당할 뻔하셨으니 당연한 일이 아니더냐. 더군다나 그 일은 우리가 한 짓이 되었는데 경거망동하지 말거라."

137

"마마⋯⋯. 억울해서 못 살겠습니다. 세상에 어떻게⋯⋯. 어떻게 이런 일이⋯⋯! 방금 그자를 꼭 잡아 오라 했습니다. 꼭 잡아서 요절을 내야 하옵니다. 폐하께서도 반드시 그리해 주실 것입니다. 암요. 마마께서는 누가 뭐래도 폐하의 황후이신걸요. 마마께서 당하신 모욕은 폐하께서 당하신 것과 다르지 않으니까요!"

소화가 열을 내고 있는데도 여경은 추워서 몸을 떨었다. 바닥에 흙이 묻은 커다란 발자국이 문 앞에까지 나 있는 것이 보였다.

'마치 보란 듯이⋯⋯. 자국을 남기고 갔구나. 순간의 욕정을 이기지 못했거나, 그것이 아니면⋯⋯.'

어쩐지 자꾸 좋지 않은 생각이 들었다. 이것으로 끝이 아닐 것 같은, 뭔가 나쁜 일이 일어나고 있는 듯한 불길한 예감에 소름이 돋았다.

한편 황후전에서 전해진 다급한 전갈에 황룡장은 크게 분노하며 부하들을 질책했다. 급히 황룡대를 보내 궁 안을 샅샅이 수색하게 한 연후에 황제께 이 일을 고하러 뒤돌아섰다.

그러고는 불같이 화를 내며 씩씩거리던 선무는 언제 그랬냐는 듯이 남몰래 비릿한 웃음을 지었다.

과연 귀비가 둔 강수를 황제는 어찌 생각하실까.

"행적이 묘연하나, 내부의 소행일 가능성이 크다 여겨집니다. 병사들 말로는 워낙에 담 주위가 밝은 데다 여럿이서 지키고 있었기 때문에 침입하기는 힘들다 합니다. 해서 황후전을 지키던 병사들을 상대로 심문하고 있사옵니다."

제 정실부인인 황후가 큰 화를 입을 뻔하였다는데 황제는 태연

자약했다.

"병사들 중에 그리 간 큰 자가 있단 말이냐?"

"암살을 시도했다기엔 허술하고 때가 좋지 않았나이다. 욕정에 눈이 멀어 천지분간을 못 했거나 황후마마를 흠모하였거나 둘 중 하나가 아니겠사옵니까."

"선무."

고개를 끄덕이며 보고를 듣던 황제가 갑자기 묵직한 음성으로 황룡장을 불렀다.

"예, 폐하."

"네놈이 며칠 전 귀비를 만났다던데."

"예, 꿈자리가 뒤숭숭하고 불길하다며 귀비전에 황룡대의 인원을 더 늘려 달라 했습니다."

"그딴 실없는 소리나 하겠다고 황룡장을 불렀다?"

"실없는 소리가 아니라, 그것이 소장의 임무이옵니다. 물론, 귀비께서 폐하의 취향이라든가, 이것저것 물으시긴 하였습니다만……. 설마. 황후전의 괴한이 귀비마마와 제가 한 짓이라 의심하시옵니까?"

황제는 더 캐묻지 않았다.

"가 보거라."

"함께 가 보셔야 하지 않사옵니까?"

"?"

"마마께서 놀라셨을 테니, 폐하께서 가 보시는 게……."

"……."

"그냥 소장이 가서 살피겠나이다."

"가자."

"!"

돌아서던 선무가 멈칫 서자, 이후는 그의 어깨를 치고 앞장서며 말했다.

"가지 않으면 또 말들이 생기지 않겠느냐."

한 걸음 뒤에서 따라가던 선무가 한숨을 쉬었다.

'어서 결론을 내리시란 말입니다.'

하얀 속의를 입은 여경은 몹시 떨고 있었다. 좀 전까지는 이불한 장을 걸치고 있었으나 그 이불은 여경이 갑자기 일어나 황제를 맞이하는 통에 지금 그녀의 발밑에 떨어져 있었다.

여경은 그것을 다시 주울 생각도 못 하고 한 팔로 다른 한 팔을 감싼 채 떨기만 했다. 물에 젖었던 몸이 온기를 잃은 탓도 있지만, 그보다는 두려움 때문에 추위를 느끼고 있었다.

밖을 에워싼 병사들의 발자국 소리에 심장이 쿵쿵 울렸고, 오자마자 저를 노려보는 황제의 눈빛에 얼어붙을 것만 같았다.

"괴한이 침입한 것보다 내가 온 것이 더 무서운 모양이군."

긴장한 여경이 꿀꺽 목울대를 넘기고 입술을 뗐다.

"야심한 시각에 폐하께 누를 끼쳐 황공할 따름입니다."

고개를 푹 숙인 여경을 바라보는 이후의 눈초리가 심상치 않았다. 여경은 모르겠지만 이후는 그녀의 몸을 샅샅이 훑어 내리고 있었다. 새까맣게 젖은 긴 머리카락. 화장기 하나 없는 투명하고 매끄러운 얼굴. 잘근거리는 촉촉한 붉은 입술. 그리고 불빛에 비춰 드러난 호리호리한 속살의 윤곽까지.

남심을 흔들고도 남을 자태에 어째서인지 이후는 불쾌해졌다.

"어째서 아직 그 꼴을 하고 있는가?"

"아……. 겨, 경황이 없어 미처……."

소화가 따뜻한 차를 내오겠다고 나간 후에 황제가 들이닥쳤다. 그가 오지 않으면 급할 것도 없었다.

"별일이 아닌 듯하오니, 폐하께서는 이만 돌아가 주무시옵소서."

어째서일까 저도 헤아릴 수 없는 심사에 뒷짐만 지고 있던 이후는 여경의 이 한마디에 그만 시퍼런 안광을 쏟아 냈다.

"황후에게는 이게 별일이 아닌 모양이군."

"다행히 아무 일 없이……!"

이후는 그녀에게 한 발 다가와 허리를 굽혀 손수 이불을 주워 들었다. 그리고 그것을 여경의 어깨에 걸쳐 주었다.

낯선 그의 행동에 놀란 여경은 고개를 들다 그와 눈이 마주쳤고, 황급히 시선을 피했다.

그러자 이후는 여경의 턱을 잡아 자신을 마주 보게 했다.

"나와 눈을 마주치지 못하는 이유가 아무 일도 아닌 일에 날 여기까지 걸음하게 한 것, 그것뿐인가?"

"예?"

"언제나 이 시간에 목욕을 즐기시는가?"

"보통……. 잠이 오지 않아……."

"목욕을 즐기기엔 너무 늦은 시간이 아닌가?"

"……."

여경은 그가 무슨 말을 하는지 이해할 수가 없어 불안한 듯 눈동자를 굴리며 눈을 깜빡거렸다.

"사내가 그리워 안달 난 계집들이 가끔 그런 짓을 한다지."

"!"

"내게 하룻밤을 간청하며 온갖 술수를 부릴 때가 생각나는군. 요즘은 날 피하기 바쁘지만."

그가 저를 모욕하고 있음을 알아차리자 핏기 없던 여경의 얼굴이 달아올랐다.

"폐하, 신첩이 생각이 짧았나이다. 앞으로는 몸가짐을 바로 하……!"

턱을 붙들었던 그의 커다란 손이 여경의 목 뒤를 감싸 그의 앞으로 끌어당겼다. 코끝이 닿을 듯 가까이에서 이후는 낮고 음울한 목소리로 속삭였다.

"이 궁에 얼마나 많은 사내들이 있는 줄 잘 모르시는가? 어림잡아 수천의 군신들과 종복들이 내궁에 있다지. 그들에게 황후전에 버려진 젊은 황후의 외로움이 어찌 보일 거라 생각하는가?"

"폐하……."

"알면서도 내심 이런 것을 원했던 게 아닌가?"

이후는 핏기 없는 하얀 목덜미에 입술을 갖다 대고 부러질 것처럼 가는 목을 거칠게 유린하기 시작했다.

무엇에 이끌렸을까. 화장기 없는 그녀의 모습이 황후를 벗은 그저 한 여인으로 보였기 때문이었을까.

물에 젖은 머리카락에서 청초한 향기가 났다. 그 향기를 좇을 생각에 바빠 이후는 입에 담지 못할 말로 여경을 모욕하며 그녀를 탐했다. 그리고 귓가에 속삭였다.

"왜 가만히 있는가? 유혹하려거든 지금이 기회일세."

여경은 눈을 질끈 감았다. 귓불이 잘근 깨물리는 찌릿한 아픔에 이를 악물었다. 곧 그의 입술이 지분거리며 뺨으로, 입술로 다가 오고 있었다. 가슴이 아릿하게 죄어들었다.

'하아. 자존심도 없는 계집 같으니.'

그녀는 이 와중에도 차라리 그에게 안기고픈 저를 탓했다. 황제 가 저를 시험하는 것인 줄 알면서, 그가 저를 업신여기느라 이런 다는 걸 알면서도…….

더는 어떤 오해도 미움도 사고 싶지 않았다.

여경은 움직이지 않는 손을 벌벌 떨며 들어 올렸다. 그러고는 힘겹게 그의 가슴에 손을 대고 그를 살포시 밀어냈다.

세찬 몸부림이 아니었음에도 이후는 거기에서 멈추었다.

"왜? 내 알기로 이런 짓을 마다할 사람이 아닌 것으로 아는데?"

"……."

여경은 부들부들 떨리는 입술을 깨물며 말을 잇지 못했다. 저는 폐하께서 아시는 그런 천박한 계집이 아니라고, 그렇게 해명하고 싶은 것을 꾹 참아야 했다.

"아직 내세울 자존심이 있었군."

애초에 자존심 같은 게 있기나 했을까. 그의 멸시가 아니라도 오늘은 충분히 힘든 날이었다. 당장이라도 다리가 풀려 주저앉을 것만 같았다. 이러다 그의 앞에서 쓰러지기라도 하면 또 무슨 험 한 말을 들을까.

"폐하……. 저의 불찰을 충분히 깨달았사옵니다. 이제 그만 놓 아주시옵소서."

"황제인 나를 밀어내고 놓아 달라 청을 하는 것은 또 무슨 경우인지 모르겠군."

"신첩에게 벌을 내리시겠다 하오시면 그 벌을 받는 것이 마땅하나, 그것조차 폐하께 누가 될까 염려되옵니다."

"벌? 내게 안기는 것이 그대에겐 지독한 벌이 되었나 보군."

"그런 뜻이 아니오라……."

이후는 뿌리쳐 내듯 그녀의 얼굴을 놓아 버렸다.

"이상한 일이지. 그대는 언제나 번잡스러워. 내게 매달리며 귀찮게 하던 예나, 조용히 살겠다 틀어박힌 지금이나, 나를 흔들어 놓긴 매한가지란 말이지!"

늘 냉정하던 황제의 언성이 높아지자 여경의 눈이 휘둥그레졌다.

"……폐하."

"두 번 다시 이런 일로 소란을 일으키지 않았으면 좋겠군."

이후도 안다. 그녀가 원해 생긴 소란이 아니란 것쯤. 귀비가 보낸 자객일 수도 있고, 어쩌면 정말로 그녀를 흠모한 죽고 싶어 안달 난 자의 짓일 수도 있다. 그런데 이렇게 말할 수밖에 없었다. 겁에 질려 넋을 잃고 떨고 있는 그녀를 보는 순간 모든 것이 뒤틀렸다.

본래 황후는 제가 아끼고 보호해 주어야 할 여인이었다. 황후는 저의 아내이니 그녀를 넘본다는 것은 황제인 저를 욕보인 것과 같았다. 그리고 이것은 제가 그리 만든 것이기도 했다.

그녀를 욕되게 하고 그녀를 외면하고 그녀를 버릴 수 있는 자는 오직 저뿐이었다. 제가 아닌 누군가가 그녀에게 음탕한 눈길을 주고 있었다는 것, 또는 그녀를 죽이려 했다는 것에 분노했다. 다름 아닌 자신이 그리 만들어 놓은 황후의 입지에.

그 모순된 감정이 충돌하자 그는 또 그녀에게 퍼부을 수밖에 없었다.

'어리석고 미련한 것! 지금은 내게 매달려야 할 때인 줄 정녕 모르는가? 몰라 그러는 것인가, 알면서도 나를 밀쳐 내는 것인가!'

여경이 그를 흔들어 놓는다는 황제의 속뜻을 알았다면 좋으련만 엇갈린 그들의 감정은 이미 멀리 갈라져 있었다.

"잊지 말게. 오늘 그대는 나와 황실의 권위를 욕보였다."

그가 매섭게 나무라며 돌아가고 나자 여경은 후들거리는 다리를 옮겨 침상 위에 걸터앉았다.

'저도 알고 싶습니다. 저는 어찌해야 폐하에게 미움받지 않을 수 있을지. 노력해도, 가만히 있어도, 저란 존재 자체가 폐하께는 독이 되는 존재인가 봅니다.'

여경은 소리 높여 울었다. 울음소리가 밖으로 나갈까 봐 이불에 얼굴을 묻고 가슴에 맺힌 서러운 울음을 토해 냈다. 황후여서 안 되고, 황후여서 맘대로 울지도 못하는 신세가, 아무리 울어도 그녀의 가슴을 먹먹하게 만들었다.

간밤에 벌어진 일로 궁은 벌집을 쑤셔 놓은 듯 어수선했다. 궁에 괴한이 침입한 것이 귀비에게 한 번, 황후에게 한 번, 벌써 두 번째였다.

처음 그 일로 황후의 아비인 승상이 의심을 받아 낙향하였는데,

이번엔 황후에게서 같은 일이 터졌으니 더욱 말들이 많았다. 혹자는 황후의 자작극이라 했고, 혹자는 귀비가 황후를 위협하는 것이라 했다. 게다가 이번엔 괴한이 붙잡히지 않아 그 실체가 모호했기에 대신들도 서로 목소리를 높여 개탄했다.

"폐하, 이것은 있을 수가 없는 일이옵니다. 황룡대를 엄중히 문책하시어 황군의 기강을 바로 세워야 마땅할 것이옵니다."

"아니옵니다, 폐하. 이번 일은 황룡대의 인원이 부족하여 생긴 일이옵니다. 귀비마마에게로 보충된 황룡대의 군사들을 다시 불러모아 황후전의 경계를 엄중히 하라 이르시옵소서. 그것이 지금 귀비마마를 모함하는 억측들을 누르고 황후마마를 지켜 드릴 수 있는 길이라 여겨지옵니다."

대사도 장예모의 반박에 다른 대신들은 꿀 먹은 벙어리처럼 입을 다물었다. 그러나 황제는 이 침묵 속에서도 잠자코 앉아 대신들을 불편하게 만들었다. 그들의 숨통을 틔워 준 이는 다름 아닌 선무였다.

"폐하, 신 황룡장 고선무, 대신들의 말씀 모두 일리가 있다 사료되옵니다. 우선은 황후전의 경계 인원을 늘리고 수색대를 따로 모아 범인을 색출하도록 하겠사옵니다. 그리고 황룡대에 대한 처분은 이번 일을 수습한 연후에 내려 주시옵소서."

황룡장이 이리 정리를 해 버리니 대신들은 고개를 끄덕이며 옳다 여겼다. 헌데, 황제는 그렇지 않았다. 그는 매우 못마땅하다는 투로 말했다.

"그대들이 보기에는 이번 일이 그리도 중차대한 일이라 여겨지는가?"

"폐하. 그 무슨 말씀이시온지……. 황궁에 괴한이 침투했다는 것은 곧 폐하의……."

이후는 손을 들어 올려 장예모의 호들갑스러운 충정을 막았다.

"이 일로 죽거나 다친 자가 있던가?"

"예? 그, 그것은 아니오나……."

"황룡장은 말해 보라. 수색대를 모은다 해서 범인을 색출할 수 있겠느냐? 내 알기론 범임은 아마도 궁내부의 사람이라지? 헌데, 수색대에 범인이 있다면 어찌할 테냐?"

"솔직히 말씀드리자면 범인이 또 한 번 스스로 모습을 드러내지 않는 이상 어려울 듯싶사옵니다."

"그뿐만이 아니지. 황후전의 경계를 강화한다면 범인은 두 번다시 모습을 드러내지 않을 것이다."

황제의 생각이 옳았기에 누구 하나 반박하지 못하고 있는데, 장예모는 비통한 음성으로 소리를 높였다.

"하오나, 폐하! 마냥 손을 놓고 있을 수는 없사옵니다! 그런 대죄를 지은 자가 궁 안을 활보한다면 그것이야말로 더 큰 문제가 아니겠사옵니까! 이는 폐하의 안위와 직결된 문제이옵니다. 재고해 주시옵소서. 이 일보다 더욱 중한 일이 어디 있겠사옵니까!"

"그대의 충심이 참으로 가상하군. 그 충심을 더 중한 일에 쓰길 바라네. 승상이라면 더 크고 넓게 국사를 살펴야 하지 않겠는가?"

"!"

대신들이 일제히 고개를 들었다. 승상. 대사도를 승상이라 부르셨다. 언제 결단을 내리실 것인가 기다리며 눈치를 보던 대신들은 이럴 때 결정을 내린 황제의 판단력에 감탄했다.

이렇게 지난밤 일을 물으시려는 것이다. 만약 이번 일이 대사도의 짓이었다면, 원하던 것을 얻은 장예모가 더 이상 모략을 일삼지 않을 것이다. 황후가 황손을 품지 않는 이상 권력은 장예모와 귀비에게로 흘러가 당분간 정국이 시끄러울 일은 없었다.

만약 이번 일이 황후의 자작극이거나, 죽고 싶어 환장한 미친놈의 짓이라면 사실 물어도 크게 문제 될 일은 없지 않은가. 황후는 이제 아무짝에도 쓸모없는 감투뿐인 여인이니 말이다.

"승상은 해로를 확보할 대업을 위해 장병들의 사기를 독려하고 백성들의 민심을 하나로 모으는 것에 최선을 다하도록 하시오. 곧 바다가 잠잠해지면 언제든 출병할 수 있도록. 아시겠소?"

"예, 폐하! 신 장예모, 최선을 다할 것이옵니다!"

감격에 찬 장예모의 대답이 대전을 쩌렁쩌렁하게 울렸다. 허나, 대전의 분위기는 그리 밝지 않았다. 전 승상 사희담과 뜻을 같이 했던 이들에게는 기어이 출병을 고집하는 황제와 그 뜻을 떠받드는 장예모를 막을 길이 암담했기 때문이다.

장예모에게 직접 이 일을 전해 들은 귀비 장화영의 얼굴에는 궁에 와 처음으로 활짝 웃음꽃이 피었다.

아버지가 승상이 되셨으니, 제가 황후가 되는 것은 다 된 것이나 마찬가지 같았다. 게다가 지난밤 황제께서 황후전에서 목소리를 높였다는 소리를 듣고 폐하의 뜻도 저와 다르지 않다고 확신했다.

'지금은 백성들의 눈 때문에 황후를 버리지 못할 뿐이시다. 그러니 백성들도 납득할 수 있도록 해야 해. 폐하를 위해 그 일을

해 줄 사람은 나밖에 없다.'

한시라도 빨리 황후를 내쫓고 그 자리에 오르고 싶었던 화영은 그냥 두어도 불쌍한 황후를 지옥으로 몰아갈 계획을 세우고 있었고, 멈출 생각도 없었다.

며칠 전, 선무와의 대화를 끝낸 장화영은 분기를 억누르지 못하고 결단을 내렸다. 그리고 그것을 부친인 장예모를 불러 의논하였다.

"마마, 지금은 자중해야 할 때입니다. 폐하께서 황후를 알아서 처결하실 것이니, 우리는 그저 폐하의 뒤에서 숨만 죽이고 있으면 되는 것입니다."

"글쎄요. 제 생각은 그렇지 않습니다. 지금 황후는 큰 버팀목을 잃었습니다. 지금이 그녀를 몰아낼 기회입니다. 사희담의 세력이 황후의 복수심을 이용하기 전에 우리가 숨 쉴 틈조차 주지 않고 몰아세워야 한단 말입니다."

"허나, 그리하면 우리에게도 비난의 화살이 쏟아질 것입니다."

"사희담의 명망이 높다 해서 황후도 그렇다는 보장은 없지요."

"예?"

"황후도 여인입니다. 아비를 떠나보내고 폐하를 제게 빼앗기셨으니, 그 심정이 오죽 참담하고 외롭겠습니까? 억울한 마음을 가눌 길이 없겠지요. 백성들도 그리 생각하고 있을 것입니다."

장예모는 눈을 번쩍 트며 등을 세우고 일어났다. 황후가 스스로 일을 벌이게 하라? 그것이면 백성들도 믿을 것이다!

"황후의 외로운 밤을 지켜 주는 이가 있다 해도 하나도 의심스럽지 않겠지요. 그땐 황제께서도 대신들도, 백성들조차도 황후를 지켜 줄 수 없을 겁니다."

그 뒤 결국 사람을 보내 이런 짓을 저지른 것이다. 일이 잘 안 됐다면 모를까. 생각한 대로 흘러가자 장화영은 기세등등했다.

"기혜야, 사람을 좀 알아봐야겠다."

"예?"

한편 대전에서 나온 이후는 마치 귀비의 생각을 읽기라도 한 것처럼 선무에게 명을 내렸다.

"귀비전의 경계를 늦추지 말거라."

"황후전이 아니라 귀비전을요?"

"황후든 귀비든 계집들이 나서서 시끄럽게 만드는 건 딱 질색이다. 해로를 확보할 때까지 궁 안에 다른 잡음이 생기지 않도록 귀비부터 감시하거라."

"경계가 아니라 감시로군요. 그리하겠사옵니다."

저 역시 황제처럼 이번 일이 귀비의 짓임을 눈치챘기에 선무는 고개를 끄덕였다.

"한 차례 큰 파란이 올 것이다. 아직도 반기를 드는 사희담의 세력이 있다면 그들을 숙청하는 일을 네가 맡거라. 만나는 자들이 누구인지, 무슨 이야기를 나누는지, 꾸미는 일은 없는지, 하나도 놓치지 말고 내게 보고하거라. 단, 무조건 보고해야 한다."

없으면 거짓으로라도 알려라. 못 알아들을 선무가 아니었다.

"차질이 없도록 철저히 조사하겠습니다."

"그들이 황후에게 접근하지 못하도록 해야 한다."

"예?"

"황후에게 의지할 사람을 남기지 말란 뜻이다."

"황후를 그대로 두시기로 하셨사옵니까?"

마침내 결단을 내리신 것이다. 장화영의 부친을 승상으로 만들었으나, 장화영에게 황후의 권력까지 줄 수 없다는 것. 그래서 황후는 황후로서 궁에 남겨 두기로 한 것이다.

"귀비의 욕심을 다 채워 줄 수는 없지."

"잘 생각하셨습니다."

"황후는 어쩌고 있더냐?"

"예?"

지금은 황후의 이야기를 꺼낼 때가 아니었다. 계속 그 생각뿐이었던 사람처럼 말을 꺼내시니 선무는 조금 당황했다.

"어제는 겁에 질려 있더군. 무엇을 가장 겁내는 것 같으냐?"

"당최 무슨 말씀이신지……."

"아무도 제 편이 되어 주지 않는 궁 안의 살벌한 인심, 내치려고 혈안이 된 귀비, 그 모든 것을 방관하고 종용한 나."

"황후께서 폐하의 곁에 계신 지가 벌써 몇 년입니까. 폐하의 곁에 저와 나랑 다음으로 함께한 세월이 오래니, 마마께 동정을 품으시는 것은 인지상정이겠지요. 허나, 그것으로 끝내셔야 합니다. 적어도 대업을 이루신 다음에 폐하의 사랑을 논하십시오."

"사랑? 네가 나를 웃기려 드는구나."

"그 말 돌려 드리겠나이다. 폐하께서 황후마마를 걱정하시는 것이 제게는 우습게 들립니다."

이후는 선무가 그렇게 생각할 만하다 여겼다. 그러나 수긍할 수 없는 부분이 있었다.

"어젯밤은 황후도 뭣도 아니었다."

"?"

"이미 제가 황후임을 잊고 사는……. 그러니 내가 걱정한 이는 황후가 아니었다."

"……."

"모든 것을 잃었으니, 적어도 두려움 속에서 살게 하고 싶진 않다. 나를 이 자리에 오게 해 준 고마운 부인이 아닌가. 해서 두 번 다시 그녀를 만나지 않을 생각이다. 그녀가 가장 두려워하는 이가 나인 듯하니. 이 생각조차도 안 되는 것이냐?"

눈에서 멀어지면 마음에서도 멀어진다 했다. 허나 그것은 이미 사랑을 이룬 이들에게서나 가능한 말이었다. 아직 시작도 못 해 본 이들은 오히려 그 반대였다. 눈에서 멀어질수록 마음에 담아 두는 것. 황제는 과연 어떻게 될지.

그도 사무치는 그리움이 무엇인지 깨달을 때가 있을지, 선무는 황제가 아닌 이후라는 사내의 변해 가는 모습을 지켜보는 것이 흥미로울 거라 생각했다.

"안 될 것은 없지요."

그 후로 약 열흘간은 황제의 뜻대로 모든 것이 수월하고 평안하게 흘러갔다.

황후전에는 예전보다 더 많은 경계병들이 배치되었고, 그때 일도 큰 난리 없이 묻혀서 여경은 오히려 마음이 편해졌다.

물론 소화는 무척 불만스러워했다. 그 일이 있고 나서 어째서 귀비의 아비인 장예모가 승차할 수 있었는지 모르겠다며 볼멘소리를 했고, 황제께서 여전히 황후를 홀대한다, 서운해했다.

여경은 이상하게도 저 대신 화를 내주는 소화 덕분에 오히려 아무렇지 않을 수 있었다. 제게도 믿을 구석이 있다는 안도감 때문인 것 같았다. 어느새 소화는 제게 친자매 같고, 오랜 친구 같은 그런 아이가 되어 있었다. 궁에 와서 많은 것을 잃었으나 한 사람을 얻었으니 그것은 여경에게 크나큰 복이었다.

"마마, 태의에게 부탁했던 탕제이옵니다."

"뭐 하러 이런 것을……."

"드시옵소서. 놀란 가슴을 진정시키는 데 좋은 약이라 하옵니다."

"글쎄. 난 정말 괜찮으니 앞으로 이러지 마라."

"괜찮으시긴요. 요즘 통 잠도 깊이 못 주무시면서……."

"하는 일이 없으니 당연하지. 하루 종일 놀고먹는 내가 잠이 올 턱이 있나."

황후가 뻔한 거짓말을 했지만 소화는 알겠노라 속아 주었다.

"어차피 받아 온 약이니, 어쨌든 이건 드십시오."

그 탕약을 먹고 얼마 지나지 않아서 황후는 꾸벅꾸벅 졸기 시작했다. 소화는 정말 약이 잘 듣는다며 기뻐하면서 황후를 침전으로 모셨다.

그리고 축시(01시-03시)가 되었을 때였다. 침전의 번을 교대하러 나인이 오자 소화는 하품을 하며 반갑게 그녀를 맞이했다.

그런데 이게 웬일일까! 나인이 입을 크게 벌리고 비명도 지르지 못한 채 손가락을 들어 황후의 침전을 가리켰다.

소화를 비롯한 여러 명의 나인들 역시 그 안을 보다 소스라치게 놀랐다. 웬 검은 그림자가 황후의 침상에 올라타 있었기 때문이다.

"꺄악!"

가장 어린 나인 하나가 참지 못하고 소리를 내질렀고, 그 소리에 일제히 문을 박차고 들어갔다. 그러나 검은 그림자는 문이 열리자마자 순식간에 창밖으로 날렵하게 몸을 날렸다.

"네 이놈!"

소화가 그 뒤를 쫓았고, 소란을 들은 나인들이 일부는 황후의 방으로 일부는 밖으로 몰려들었다. 당연히 황룡대의 군사들도 소화가 가리키는 방향으로 일제히 달려갔다.

그리고 안에서는 이 소란에도 깨지 않는 황후 때문에 모두들 어쩔 줄 몰라 하고 있었다.

"마마. 정신 차리십시오! 마마!"

"으……음……. 무슨 소란이냐?"

황후를 깨우던 나인들은 무언가에 취한 듯한 황후의 몽롱한 눈빛에 흠칫 놀랐다.

"그, 그것이……. 괜찮으시옵니까?"

"괜찮다니. 뭐가?"

심지어 황후는 나인이 아무리 다급한 목소리로 말해도 살짝 미소를 지을 정도로 태연했다.

"마, 마마! 지금 마마의 위에 웬 사내가……. 마마……."

"사내라니? 네가 헛것을 본 게 아니더냐? 소화는 어디 있느냐?"

"소, 소화는 지금 그 사내를 쫓아갔사온데……."

"그래? 허면 너희들도 나가 있거라. 나는 무척 졸리구나."

"마마……!"

나인들은 황후의 이상한 행동에 경악해하며 자리를 뜰 수 없었는데, 황후는 그러거나 말거나 무척 기분 좋은 얼굴로 깊은 잠에 곯아떨어졌다.

그때 마침 방문을 열고 헉헉거리고 들어온 소화는 나인들의 표정이 심상치 않고 황후께서 잠드신 것을 보고 간담이 서늘해졌다. 검은 인영이 황후의 몸에 올라탔다. 그리고 황후는 깨기는커녕 기분 좋게 잠드셨다. 이것이 뜻하는 바는 하나밖에 없었다.

'내가 드린 약……. 그 때문일 것이다. 이를 어쩜 좋아. 함정이구나!'

눈치 빠른 소화는 열흘 전 그 사건과 오늘 밤 일이 같은 자의 소행일 것이며 그 의도가 무엇인지 확신했다.

추문.

황후를 더럽힐 추문. 병사들의 눈을 피해 두 번이나 황후전에 침입할 수 있는 자라면 황후가 직접 끌어들인 사내여야 설명이 된다.

그래서 그녀는 재빨리 침전의 문을 닫고 침전 안의 나인들에게 엄중하고 다급하게 당부했다.

"잘 들어. 이번 일이 새어 나가면 마마뿐만 아니라 우리 모두 끝이다. 죽는단 말이다. 황후의 침전에 남자를 끌어들였다, 그런 추궁을 받으면 빠져나갈 길이 없단 말이다. 마마께서 드신 약제가 아무래도 환각제인 듯하고, 그렇다면 벌써 태의각에도 손을 써 두

155

었단 얘기다."

"허면 더 큰일이 아닙니까? 작정하고 그리 몰아갈 텐데……."

"그러니 잡아떼야지. 오늘 밤 우리가 본 것만 입을 다물면 된다."

"하지만 벌써 병사들이 그자를 추격한다고……."

"잘못 보았다 하자."

"예?"

"검은 그림자만 보고 고양이를 착각했다고 하자."

"미, 믿을까요?"

"다행히 오늘은 누구도 다치지 않았다. 기절한 이도 없어. 도둑고양이처럼 몰래 나타났다가 사라졌으니 그자가 잡히지 않는다면 고양이 탓으로 돌려도 될 것이야. 열흘 전의 일로 지레 놀랐다 하면 더 추궁할 수 없을 거야."

나인들은 모두 울상이었으나 이것 말고는 뾰족한 방법이 없다는 것을 모두들 알고 있었다.

"잘 들어. 이번 한 번 넘겼다고 끝날 일이 아니야. 이제 앞으로 우리가 돌아가면서 침전을 지켜야 해. 병사들도 믿을 수 없고, 일이 생겨도 병사들에게 알릴 수도 없어."

"어쩌면 좋습니까……."

"버텨 보자. 무슨 수가 생기겠지."

지금 황후에게 힘이 되어 줄 사람이 아무도 없는데, 누가 있어 황후의 말을 들어 줄 것인가. 다 함께 합심하여 죄를 씌우는 데 열을 올렸으면 올렸지, 먼저 이실직고한다 해서 덮어질 일이 아니었다.

'폐하께서 용인한 일이라면……. 그것만큼은 아니어야 할 것인데…….'

소화는 사태의 심각성을 모르고 약에 취해 즐거운 꿈을 꾸고 있는 황후를 바라보며 한숨을 쉬었다.

'마마. 그래도 오늘 밤만큼은 마마께서 아무것도 모르고 주무실 수 있어 다행입니다. 편히 주무시옵소서. 소화가 지켜 드리겠습니다.'

그날 밤의 일은 소화의 계획대로 작은 소란으로 일단락을 지을 수 있었다. 나인들이 고양이를 착각했다 하자, 병사들은 불같이 화를 내며 제대로 본 것이 맞냐 추궁했지만 그게 다였다.

하지만 그녀들이 방도를 찾기 전에 황후의 운명은 빠르게 수렁으로 가라앉고 있었다.

여경이 황제의 손을 잡고 높고 푸른 언덕에 올라 꽃밭 사이를 누비는 꿈을 꾸는 이 밤에. 깨어나지 않았더라면 좋았을 행복한 꿈을 꾸는 동안 말이다.

4.

고개 숙인 꽃잎은 채 빛을 잃었네

궁 안의 사람의 눈과 귀와 입은 수만 개였다. 높은 담으로 둘러쳐진 궁 안의 사람들은 새롭고 자극적인 이야깃거리에 늘 열망했다. 때론 자신들의 의도와 달리 사람을 죽이기도 하는 그 말들은 칼과 창으로도 막을 수 없는 사람의 본능 같은 것이었다.

개중 가장 그 파급의 속도가 빠르고 치러야 할 대가가 큰 것이 바로 추문이었다.

지독하게 덥고 짜증나는 날씨에 추문은 사람들에게 희열을 안겨 주고 있었다. 그러나 그들이 희열을 느끼는 동안 그 추문에 휩싸인 당사자는 더위를 잊을 만큼 떨어야 했다.

"마마, 뭐라도 좀 드셔야 합니다."

"……."

"마마……."

소화는 침상에서 다리를 모으고 웅크리고 있는 황후를 큰심스러운 표정으로 바라보았다.

"소문은 신경 쓰실 것 없사옵니다."

"······."

"저희가 압니다. 마마께서 그럴 분이 아니라는 거, 그런 일이 없었다는 거 저희가 전부 압니다. 그러니 이리 계시지 마시옵소서. 저들이 원하는 것이 이런 겁니다."

"소화야."

여경의 목소리는 실처럼 가늘었다.

"예, 마마."

"폐하께서 내게 그런 말씀을 하셨다."

"무슨 말씀이요?"

"나더러 사내가 그리워 안달 난 계집이라 하셨다."

"마마······. 폐하께서 그리 말씀 하신 것은······."

"두 번 다시 소란을 일으키지 말라 하셨다. 이제 난······ 어쩌면 좋지?"

"그냥 소문일 뿐이니까 폐하께서도 별말 없으실 겁니다. 기운 내세요, 마마."

황후를 다독이느라 그리 말했지만 소화도 무언가 매우 나쁜 일이 일어날 것을 느끼고 있었다.

태의각을 믿을 수 없어 더 이상 탕제도 받아 오지 않았더니, 이제 황후의 음식에 약이 들어가곤 했다. 소화가 먼저 기미를 본다 해도 무색무취하고 너무 소량이라 황후가 잠든 후에나 약을 탔는지 타지 않았는지 알 수 있었다. 게다가 지키는 이들이 조금만 방심해도 일이 터지곤 했다. 창으로 들어와 황후의 침상에 올라타거나 그녀의 침전에 발자국을 남기는 등.

그에 따라 점점 많은 목격자가 생겨났다.

지난 한 달. 사람의 피를 말리는 이 같은 일들에 황후전 모두가 지칠 대로 지치고 서로를 믿지 못하게 되었다.

창을 잠가 보았지만 소용없었다. 지키던 나인들이 몇 번이나 쫓았으나 검은 인영은 그림자처럼 황후전 안에서 사라졌다. 이는 분명 황후전 내부에 조력자가 있다는 얘기였고, 황후가 사내를 끌어들였다는 주장에 근거가 될 수도 있었다.

게다가 담 밖을 지키는 병사들에게 잡아 달랄 수도 없었다. 그랬다가 소문이 사실이 될까 두려워 모두가 쉬쉬했는데, 어째서인지 이제는 궁 밖에까지 걷잡을 수 없을 만큼 소문이 퍼지고 있었다.

황제에게 외면당한 황후가 외로움을 견디지 못하고 밤마다 사내와 놀아난다는……

"폐하께서 별말이 없으시니 더 문제가 아니겠느냐? 무슨 생각이신지 알 수가 없구나."

"……."

지금껏 황제의 귀에 들어가지 않았을 리가 없다. 아무 말씀 없으신 것은 일이 커지길 기다렸다가 이를 빌미 삼아 황후를 내쫓으실 요량이기 때문일까. 여경과 소화가 가장 걱정하는 일이 그것이었다.

귀비는 요즘 화원을 꾸미는 재미에 빠져 있었다. 처음 시작은 황제가 때로 명화황후께서 아끼시던 향원정을 찾으시곤 한다는 이야기를 듣고부터였다. 그녀는 황제의 어머니를 흉내 내 황제의 환심을 사려 한 것이다.

화원에는 진귀한 꽃을 심고 도랑 같은 물길을 내 정각을 두르게 했다. 게다가 정각의 지붕은 그늘을 만들어 주었고 사방에서 불어오는 바람과 흐르는 물소리가 한여름의 더위를 씻어 주었으니, 귀비는 종종 그곳에서 유희를 즐겼다.

"마마."

꽃을 돌보던 귀비는 제게 다가온 나인을 쳐다보지도 않고 나무랐다.

"알아서 챙겨 준다지 않았느냐. 보는 눈이 많거늘."

"일이 있어 지나가던 길이라……."

계집치고는 키가 큰 나인이 쩔쩔매며 말꼬리를 흐렸다.

"기혜야."

"예, 마마."

기혜는 품 안에서 주머니를 꺼내 키 큰 나인에게 건넸다. 그러자 그녀는 누가 볼세라 그것을 황급히 품 안에 넣고 얼굴을 활짝 폈다.

"감사하옵니다, 마마."

"사람을 더 모을 수 있으면 모아 보거라. 허튼소리를 지껄였다간 사지를 찢어 놓겠다는 내 말도 전하고."

"물론입니다!"

"그나저나 황후는 어쩌고 있느냐?"

"어쩌긴요. 늘 죽을상을 하고 있사옵니다."

"그래? 그러다 진짜 죽어 버리면 좋겠다만. 아무튼 조심하거라."

161

"예, 마마. 걱정 붙들어 매시옵소서. 옷만 바꿔 입었을 뿐인데 모두들 감쪽같이 사내로 보던걸요. 제가 한 짓일 거라곤 꿈에도 생각 못 할 겁니다."

그랬다. 귀비는 황후전에서 잡일을 하는 나인을 매수해 이 같은 짓을 저질렀던 것이다.

"마마, 폐하께서 곧 당도하신답니다."

기혜는 서둘러 황후의 나인을 내보내고 귀비를 정각으로 안내했다.

사실 오늘 귀비는 황제를 기다리며 하루 종일 설레었다. 이 정원에 황제를 모실 일을 얼마나 기다려 왔는지 모른다. 제가 뵙자 하면 오시지 않으니, 아비인 승상께서 황제를 이리로 모셔 와 국사를 모의토록 한 것이다.

"오셨사옵니까, 폐하."

황제는 귀비의 높고 화려한 가체와 은근히 가슴이 드러나는 노골적인 옷을 보고도 고개만 한 번 끄덕이고 정각에 올랐다. 그것이 약이 오르고 서운했으나 귀비는 내색하지 않고 황제와 승상의 이야기가 끝나기를 기다렸다.

마침내 이야기가 마무리되는 듯하자 그녀는 다과상을 준비해 끼어들었다.

"폐하, 냉차를 내왔나이다."

그러고는 살포시 옆에 앉아 황제에게 차를 따르며 시중을 들기 시작했다.

이후는 귀비의 뻔한 속셈이 보였으나 모르는 척 잔을 받았다.

"헌데 폐하, 요즘 궁 안팎에 도는 소문을 혹 들으셨사온지요?"

이 차만 마시면 그냥 돌아갈 생각이었으나, 승상의 말에 차를 마시던 손이 멈칫 멈추고 말았다.

"황후가 밤마다 사내를 끌어들여 간음한다는 그 소문 말이오?"

황제가 입에 담기 어려운 말을 거리낌 없이 뱉으며 반문하자 할 말이 없어진 승상 장예모는 난처해했다.

"그것이……."

"승상, 폐하께서 그 소문을 어찌 못 들으셨겠습니까? 추문에 휘둘리지 않고 국사에 전념하시는 폐하 앞에서 하실 말씀이 아닌 듯합니다."

다행히 귀비가 나서서 승상을 꾸짖어 냉랭한 분위기가 풀어지려던 찰나였다.

"참으로 재미있는 소문이지 않소?"

황제가 떠보듯이 승상을 향해 묻자 귀비가 펄쩍 뛰었다.

"재미라니요. 폐하! 그 소문이 어디서 시작되었는지부터 철저히 추궁해야 하옵니다. 감히 황후마마의 명예를 더럽히다니요. 이는 폐하를 능멸한 것과 다르지 않사옵니다."

"내가 재밌다 한 것은, 소문의 출처가 황후전이기 때문일세."

"폐하! 이미 알아보셨나이까? 어찌 이런 일이……! 황후를 모시는 나인들의 입이 어찌 그리 경망스러울 수 있답니까. 모두 요절을 내야 할 일입니다!"

귀비는 가증스럽게도, 제가 파 놓은 함정에 무척 흡족해하면서 겉으로는 황후의 억울함을 호소하며 파르르 떨었다.

그러나 이후는 그녀를 무시하고 승상을 향해 당부했다.

"황후전에서 무슨 소문이 돌든 내 알 바 아니오. 승상께서도 그 일을 그리 염두에 두실 필요가 없소."

"하오나, 폐하!"

"두 사람에게 말해 두겠소. 내 앞에서 더 이상 황후의 이야기는 꺼내지 마시오. 큰일을 앞두고 쓸데없이 궁 안에 피바람을 일으키고 싶지는 않으니. 특히 자네."

"예?"

귀비는 갑자기 저를 부르는 황제의 분부에 놀라고 그의 싸늘한 눈빛에 뜨끔해 감히 얼굴을 마주할 수가 없었다.

"지금의 황후가 황후인 것을 다행으로 알아야 할 걸세."

"폐하, 그 무슨······."

"어차피 그대가 황후의 자리에 오를 수는 없다. 허면, 저 힘없는 황후가 자리를 지키고 있는 편이 그대가 궁을 제멋대로 활개 치고 다니기엔 나쁘지 않다는 뜻일세."

"!"

귀비가 입을 벌리고 당황하는 사이, 승상이 화들짝 놀라 머리를 조아렸다.

"폐하! 혹 귀비마마가 이 일을 꾸몄다고 의심하시는 것이옵니까?"

"난 그런 말을 한 적이 없소만? 황후를 감쌀 것이라면 지금처럼 끝까지 감싸는 편이 좋겠다는 뜻에서 한 말이오."

"물론이옵니다, 폐하."

"나는 새 황후를 맞이해 대례식을 또 한 번 올리기 귀찮고, 만약 그리되어 새 황후를 맞이한다면 귀비도 한가하게 정원이나 꾸미고 앉아 있을 순 없을 것이오. 아마도 새 황후가 귀비를 그리 내버려 두지 않을 것이니, 귀비에게도 나쁜 일이 아니겠소?"

황후가 될 수 없다. 권력은 주겠으나 황후의 자리는 내줄 수 없다.

황제는 그리 말하며 지금의 황후를 더 이상 괴롭히지 말라 하고 있었다. 귀비가 정성껏 꾸며 놓은 정원을 비웃으며.

귀비는 분한 속내를 감추지 않았다.

"폐하께서 저를 의심하시는 것은 당연하다 여겨지옵니다. 허나, 이번 일이 만약 황후의 잘못으로 드러난다면 저는 그런 분을 황후로 모실 수가 없사옵니다. 어디 저뿐이겠사옵니까? 대신들이 가만히 있지 않을 것이옵니다. 그때는 어찌하실 것입니까? 그때도 새 황후를 들이실 것입니까?"

"새 황후를 들이는 일은 그대가 관여할 일이 아닐세. 주제넘게 나서지 말게."

"왜 저는 황후가 될 수 없사옵니까! 새 황후를 들이는 것보다는 저를 택하시는 것이 더 나은 일 아니옵니까!"

"마마, 고정하시옵소서. 폐하의 안전이옵니다!"

승상이 안하무인인 귀비를 말렸으나 그녀는 눈에 독기를 풀지 않았다.

"황후는 이미 백성들의 마음에서 멀어졌나이다. 추문에 휩싸인 황후를 대체 어느 백성이 따른단 말이옵니까? 그런 황후를, 마음에도 없는 황후를 왜 감싸시는지 소첩은 도무지 이해가 가지 않사옵니다!"

"감쌌다? 그리 보이는가?"

"싫다, 싫다 하시면서 실은 황후를 아끼시는 게 아닙니까? 제 눈에는 그리 보입니다."

"저런. 그리 보였나? 허나 만약 내가 황후를 감쌌다면, 지금쯤 그대는 목이 달아났을 것이다."

"!"

귀비와 승상은 음산한 황제의 마지막 말에 심장이 얼어붙는 듯 꼼짝도 할 수 없었다.

"차 맛이 좋군. 잘 마시고 가네."

"……."

황제는 귀비의 어깨를 꾸욱 힘주어 눌러 일어나지도 못하게 하고는 자리를 떴다. 어차피 돌처럼 굳어 버린 그녀는 그를 배웅할 정신도 없어 보였다. 그리고 그가 떠나자마자 배신감이 물밀 듯이 밀려왔다.

"마마, 그러니 왜 자꾸 폐하를 자극하십니까? 어차피 시간이 해결해 준다 하지 않았습니까?"

장예모가 보기에도 귀비의 행동이 지나친 감이 있었다. 하지만 그녀는 그리 생각하지 않고 따지고 들었다.

"시간이 해결해 준 것이 황후를 저리 고립되게 만든 것이랍니까? 저도 황후처럼 폐하를 기다리다 저리되란 말입니까!"

"황후와 마마의 처지는 다르옵니다."

귀비는 이를 악물었다.

"아버지 정신 바짝 차리세요. 사희담처럼 쫓겨나고 싶지 않으시면요. 황제는 무서운 사람입니다. 쓸모가 없어지면 가차 없이 버리는 분이에요. 그러니 우리는 우리가 살 방도를 마련해야 합니다. 황제가 우리에게 함부로 할 수 없도록 힘을 길러야 합니다. 그가 우리 앞에 자존심을 꺾도록 할 것입니다! 그러기 위해서 저는 반드시 황후의 자리에 오를 생각입니다. 반드시요! 황제가 차마 버리지 못하는 황후를, 그가 지켜 온 유일한 계집을 없애 버리고 말겠습니다!"

"마마!"

지금 귀비에게는 아비의 말이 들리지 않았다. 백성과 대신들을 동요시켜 황제의 손으로 황후를 내치게 만들겠다는 생각으로 귀를 막고 있었다.

"저는 반드시 최고의 자리에 올라 해월국을 가질 것입니다. 반드시 용종을 품어 황제의 어미가 될 것이란 말입니다!"

그리고 그 아들을 통해 결국은 해월국 최고의 통치자가 되려는 야심을 불태우며 가여운 황후를 향해 칼을 겨누고 있었다.

한편 황제는 성난 걸음으로 황후전을 향해 걸었다.

하얀 나신의 황후가 제가 아닌 다른 사내와 뒤엉킨 모습이 떠올랐다. 붉은 등불에 번들거리는 뺨이 희열로 씰룩거렸다. 자신을 밀쳐 내며 눈도 마주치지 않던 그녀가 그 사내에게 눈웃음을 흘리며 말이다.

황후의 자리를 내주지 않는다고 귀비가 꾸민 일이 틀림없다 생각했다. 그렇게 알고 있음에도 애먼 그림이 펼쳐지고 가슴에 뜨거운 불이 지펴지고 있었다. 제가 생각하는 이 더러운 광경을 해월국 백성들 모두가 떠올렸다 생각하니 참을 수 없이 기분이 나빠졌다.

'······저를 버려 달라는 말······ 진심이었나이다.'

갑자기 이후는 그 자리에 딱 멈춰 서, 허겁지겁 따라오던 나량을 당황하게 만들었다.

"폐하, 어디로······."

이후는 나량의 목소리가 들리지 않았다. 그는 황후의 처량한 목소리에만 사로잡혀 움직일 수가 없었다.

혹 정말로 그런 것일까? 연모한다, 안아 달라, 여인으로 대해 달라던 그녀가 제게 질려 버렸을 수도 있다. 아니, 어떤 계집이 변하지 않을까. 지칠 만도 했다. 허나 지난 몇 년간 한결같이 그렇게 말해 온 그녀를 어느샌가 믿고 있었을까? 그 믿음에 반하는 상상들이 이후의 마음을 어지럽히고 있었다.

그는 아직 모르고 있었다. 들끓는 분노가 질투와 배신감이라는 것을. 그래서 종잡을 수 없는 분기를 안고 무턱대고 황후전에 가려 한 것이다. 분노의 원흉인 황후를 탓하러.

"폐하."

이후가 다시 걸음을 떼려 할 때였다.

"왜 서 계십니까?"

황룡장 고선무가 황제를 발견하고 불러 세웠다.

"나량."

"예, 폐하."

"긴히 할 얘기가 있으니 모두 멀찌감치 물러나 있거라."

"예."

칼을 찬 장수와 황제를 단둘만 두고 가는 법은 없었기에 나량은 선무에게서 칼을 받아 들고 잰걸음으로 물러났다.

짜악.

물러서던 내관들의 어깨가 흠칫거렸다. 허공을 찢어 놓을 만큼 날카로운 타격음이었다. 내관들은 목울대를 꿀꺽 삼키며 긴장했으나 절대 고개를 들지 않았다. 황제가 물러서라 한 것은 아무것도 보지도 듣지도 말라는 뜻이었다.

"귀비전의 경계를 강화하라는 내 지시가 우스웠더냐?"

왼쪽 뺨이 시뻘겋게 부어오른 선무는 고개가 돌아갈 정도로 얻어맞고도 태연하게 입을 열었다.

"특별한 움직임은 없었나이다."

"무능한 대답이군."

"그새 손이 더 매워지셨습니다. 소장이 오지 않았으면 황후마마께 분풀이를 하실 요량이셨습니까?"

"……."

"황후전에서 일어난 일들은 내부 소행일 것입니다. 드러나진 않았으나 귀비가 심어 놓은 자들의 짓임은 분명합니다. 그렇다 해도 이제 어쩌실 생각이십니까? 귀비를 벌하여 승상을 잃으실 셈이십니까? 아직은 그를 잃을 수 없습니다."

"소문을 막아라. 헛소리를 지껄이는 자들이 있으면 혀를 잘라서라도 막아."

이후는 황후전으로 향하던 발길을 돌려 저의 처소로 걷기 시작했다.

선무는 그제야 부은 뺨을 어루만지며 투덜거렸다.

"궁 안 사람들 전부를 벙어리로 만드실 셈이신가……."

선무는 황후의 추문을 입에 올리는 자는 혀를 잘라 버리라는 황명을 황룡대에 그대로 전했다. 그렇게 공포 분위기로 입단속을 시킨 덕에 추문은 조금 잠잠해진 듯했다. 게다가 황제의 진노 때문인지, 보름이 지나도록 황후전에는 아무 일도 일어나지 않았다. 문에 얼씬거리던 사내의 그림자도 나타나지 않았고 창의 잠금 쇠도 부서지지 않았다.

황후의 명예는 이미 더럽혀질 만큼 더럽혀졌으니 이쯤에서 고약한 짓을 끝내려나 보다 싶었다. 헌데 그것은 그렇게 믿고 싶던 것뿐이었음을 곧 알게 되었다.

어슴푸레한 새벽, 궁의 아침이 늘 그렇듯이 넓은 황후전에는 벌써부터 나인들과 일꾼들이 부지런히 움직이고 있었다.

소화는 더운 세숫물을 들고 황후의 침전을 향했다. 간밤을 무탈하게 보낸 덕에 그녀의 얼굴은 무척 밝았다.

"마마, 소화입니다. 기침하셨나이까?"

안에서는 아직 대답이 없었다. 황후께서 깊이 잠드셨나 하고 소화는 다시 한 번 고했다.

"마마, 소화 들어가겠사옵니다."

다른 나인들과 함께 안으로 들어가자 주렴에 가려진 침상에 황후께서 앉아 계신 것이 보였다.

"마마, 일어나 계셨습니……!"

"악!"

쾅.

밝게 인사하던 소화는 주렴을 걷다가 너무 기겁하여 세숫물을 떨어트리고 말았고 같이 온 나인들도 비명을 질렀다.

그 소리에 비로소 정신이 든 황후가 천천히 고개를 돌려 넋 나간 표정으로 그녀를 불렀다.

"소, 소화야……."

"마, 마마!"

"소화야……. 눈을 떠 보니……."

모두들 피로 물든 이불을 보고 놀라긴 매한가지였다. 하지만 그게 다가 아니었다. 황후가 가리킨 손가락 끝에는 조그마한 핏덩이가 놓여 있었다.

"마, 마마……. 이, 이건……!"

가까이서 살펴본 소화의 눈동자가 경악으로 물들었다. 무언가의 살덩이가, 주먹보다 작은 살덩이가 피가 범벅이 되어 놓여 있었다. 갓 태어난 작은 짐승 같은데 정확히는 알 수 없었다.

"대체…… 저건 무엇이냐? 왜 저런 게 내, 내 침상 위에……."

"마마, 모, 모르겠사옵니다. 무슨 짐승 새끼 같사온데……."

"누구…… 아는 사람 없느냐?"

그러자 나인들 중 한 명이 겁에 질려 더듬거리며 대답했다.

"그, 그게 꼭, 꼭…… 사, 사산된 아기…… 같아 보입니다."

"잘 알지도 못하면서 그 입 다물지 못해!"

소화는 저도 처음엔 그렇게 보았으면서도 크게 화를 냈다.

"마마, 이, 이게 어찌 된 일입니까? 소상히 말씀해 주시옵소서."

"모르겠다. 눈을 떠 보니……. 나도 모르겠다."

소화는 방을 둘러보다 잠금 쇠가 부서진 창 하나를 발견했다.

뒤를 돌아보니 문 밖에 수십 명의 나인들이 눈살을 찌푸리며 경악한 표정으로 침전의 참상을 보고 있었다. 이들 중에 있을 것이다. 이들 중에 저 창을 부수고 들어온 이가 분명 있을 것이다.

"누구냐! 당장 나오지 못해! 누가 이런 못된 짓을 하는 게야! 당장 나와!"

소화가 눈에 쌍심지를 켜고 발을 동동 굴리는 동안 여경은 그녀의 발밑에 질퍽거리는 물을 보고 있었다. 쏟아진 물은 바닥을 적시며 사방으로 번지고 있었다.

"소화야……."

"마마! 여기 있는 것들을 전부 족쳐서라도 범인을 잡아야 합니다!"

"소화야!"

"마마……."

"치워다오……. 너무 무섭구나."

여경은 너무 지쳐 있었고 두려웠다. 터진 일을 감추기엔 이미 늦었다. 사실을 밝히고 말고 할 문제가 아니었다. 보고 싶은 것만 보고 듣고 싶은 것만 듣고, 그렇게 말은 번져 나갈 것이다.

황후가 결국 사산까지 하였다고. 벌써부터 그 오명들이 귓가를 맴돌아 여경은 눈을 감고 괴로워했다.

"너희들도 들어서 알겠지만, 폐하께서 허튼소리를 지껄였다간 혀를 자르겠다 하셨다. 오늘 일, 황후전 밖으로 퍼져 나간다면 내가 반드시 그년을 잡아다 폐하 앞에 끌고 갈 것이다! 알겠느냐!"

소화는 황제를 들먹이며 협박으로 나인들의 입을 단속했다.

하지만 여경의 생각이 옳았다. 세상에 비밀이란 없었다. 결국 불과 하루도 지나지 않아 수십 명의 나인들이 목격한 일을 수천

명의 사람들이 알게 된 것이다. 그리고 여경의 걱정대로 짐승의 새끼는 사람의 아기로 왜곡되어 일사천리로 추문이 퍼져 나갔다.

얼마 지나지 않아 사람들은 황제가 이 일을 어찌 처리하실 것인가에 이목을 집중시키고 있는 터였다.

"마마, 뭐 좀 드셔야지요."

소화는 하루 종일 물 한 모금 입에 대지 않는 황후가 걱정되어 애가 탔다.

"아무것도 넘어가지 않는다."

"걱정 마십시오. 우리 모두 보지 않았습니까. 그건 그냥 쥐 같은 것이었습니다. 설마 아무 죄도 없는 마마께 무슨 일이 있겠습니까?"

씩씩한 소화를 보며 여경은 희미하게나마 웃을 수 있었다.

"그래…… 그리 믿어 보자. 그래서 말인데, 소화야."

"예, 마마."

"지필묵을 좀 가져다다오."

"예? 그것은 뭐하시게요?"

"부모님께서도 지금쯤 내 소문을 들으셨을 것 같아 걱정이구나."

"아……! 예, 알겠습니다!"

이렇게 힘들 때 부모님과 서찰이라도 나눈다면 위안이 될 것 같아 소화는 냉큼 먹을 갈기 시작했다.

그 모습을 보고 여경의 미소는 더욱 짙어졌으나 그것은 슬픔의 미소였다.

"다 됐습니다."

"고맙다. 혼자 있고 싶으니 이제 자리를 비켜다오."

소화마저 물리고 혼자 있게 된 여경은 붓을 들고 한참이나 머뭇거리다 몇 글자를 적었다. 겨우 아버지, 어머니를 썼지만 그 후로 그만 눈물이 뚝뚝 떨어져 먹이 번지고 말았다.

[……두 분 모두 건강은 어떠신지요? 지금쯤 못난 저에 대한 소문으로 그곳에서도 말들이 많겠지요. 그 때문에 두 분께서 속앓이를 하실까 걱정입니다. 저는 압니다. 두 분께서는 저를 믿고 계신 것을요.

아버지, 요즘 고집을 부렸던 것을 후회하고 있습니다. 궁이란 곳이 이렇게 추악하고 무서운 곳인 줄 이제야 깨닫고 있기 때문입니다. 하지만 두 분은 후회하지 마십시오. 제가 만약 황후가 아니라 사여경으로 살았다면 저는 두 분을 원망했을 것입니다. 저를 황후로 살게 허락해 주신 두 분께 저는 감사드립니다. 이 삶을 동경만 한 채로 살았다면 지금쯤 저는 후회가 아니라 원망을 했겠지요. 그것은 아마 더욱 힘겹고 절망적인 날들일 것입니다.

허나 저는 이곳에서 황후로 살았습니다. 황제의 아내로, 폐하와 이야기를 나누기도 했습니다. 돌이켜 보니 원했던 삶을 사는 동안 후회스럽지만 행복했습니다.

그러니 두 분, 슬퍼하지 마시고 제 마지막 부탁을 들어주십시오. 제가 보낸 이 아이, 소화라는 이 아이를 꼭 살려 주십시오. 저대신 딸 삼아 주십시오. 그러면 저는 하나도 아쉬움이 없을 것 같습니다.]

붓을 내려놓았으나 마음은 쉬이 놓아지지 않았다. 깊이 생각해 보았으나 빠져나갈 길이 보이지 않아 어렵게 내린 결론이었다. 황제는 저를 지켜 주지 못할 것이다. 그에겐 그럴 이유가 없었다. 누구의 위로보다 그의 한마디가 간절한데, 그는 오지 않으셨다.

「그대는 나와 황실의 권위를 욕보였다.」

지금도 그리 생각하시며 저를 어찌 벌을 줄까만 벼르고 계실 것 같았다.

그녀의 눈에 황제가 주신 그림이 들어왔다.

언젠가 황제와 손을 잡고 누각에 올라 담소를 나눌 날을 기다렸었다. 주름지고 백발이 된 몸이어도 언젠가는 그런 날이 올 줄 알았다.

그러나 하늘은 제게 그 먼 훗날의 행복마저 허락하지 않았다.

그럴 거라면 왜 그런 인연을 주셨단 말인가.

문득 여경은 안타까운 한숨을 흘렸다. 지금도 계집으로 태어난 것이 과연 행복하다 여겨지는가?

'그를 못 본 척했더라면 좋았을걸⋯⋯.'

그와의 인연이 없었다면⋯⋯. 허나 이제 어쩔 도리가 없었다.

궁은 어느 때보다도 흉흉한 분위기였다. 황후가 소문의 사내와의 사이에서 아이를 사산했다는 말이 하루 사이에 궁 안에 퍼졌고, 이는 단순한 추문과는 그 여파가 달랐다. 며칠 만에 궁 밖까지 소문이 퍼지고 사실화되자, 대신들은 더 이상 묵과할 수 없다 하여 들고일어났다.

"폐하, 황후마마에 대한 추문이 백성들에게까지 알려져 황실의 권위가 땅으로 떨어졌나이다. 사실 여부를 떠나 이는 마마께서 직접 해명하셔야 할 일이라 여겨지옵니다."

"아니옵니다, 폐하. 누군가 황후마마를 모함하여 생긴 일이옵니다. 반드시 배후를 찾아내 벌하여 주시옵소서."

"그렇사옵니다. 궁에서 그런 일이 벌어질 수 있다는 것부터가 말이 되지 않사옵니다. 황룡대는 폐하께서 직접 키우신 최강의 군대가 아니옵니까. 그런 황룡대의 눈을 피해 한 번도 아니고, 여러 번이나 이런 일이 일어난다는 것은 불가능한 일이옵니다!"

"폐하, 신의 생각은 다르옵니다. 그것이 불가능한 일이기에 소문을 믿을 수밖에 없다 여겨지옵니다! 황후전이 어떤 곳이옵니까. 내관들도 함부로 드나들 수 없는 불가침의 장소가 아니옵니까. 헌데 소문은 황후전에서부터 시작되었고, 더군다나 목격자가 수두룩하니 황후께서 스스로 길을 열어 주었다고밖에 설명이 되지 않사옵니다."

"그것은 억지입니다. 황후전에서 시작된 소문이라 해서 그것을 믿을 수는 없습니다."

"누가 억지를 부리는지 생각해 보시오! 그대들이 사희담을 따른다고 해서 황후마마를 무작정 감싼다면 이 나라 꼴이 어찌 될 거라 생각하오!"

"허면 그대들이 황후마마를 핍박하는 연유는 승상의 여식인 귀비마마 때문인 게요!"

"무슨 망발인 게요!"

두 패로 나뉜 조정은 황후와 귀비를 놓고 자신들의 이득 싸움에 열을 올리기 시작했다. 이를 가만히 지켜보던 황제가 돌연 자리에서 일어났다.

"폐, 폐하⋯⋯."

"같은 말만 반복하는 경들의 다툼이 지겨우니 나는 잠시 바람이나 쐬고 오지."

"폐하, 신들은⋯⋯."

"황룡장."

"예, 폐하."

"내 분명 허튼소리를 지껄이는 자가 있으면 혀를 베어 오라 했다."

황제의 흉흉한 살기가 대신들을 훑고 지나가자 그들은 자신의 혀가 잘린 것처럼 입을 꾹 다물었다.

"황공하옵니다."

"지금 당장 황후전의 나인들부터 모두 잡아들이거라."

"⋯⋯."

늘 꼬박꼬박 대답을 잘만 하던 선무가 침묵했다.

"명을 듣지 못했느냐?"

"모두⋯⋯ 잡아들이겠나이다."

처절한 비명 소리에 궁은 아비규환이 되었다. 황후의 나인들이 끌려가 추국을 당하기 시작한 것이다. 황후에게 일어난 소문들이 사실인지 아닌지, 무엇을 보았는지. 거짓을 고하면 혀를 자르겠다 하고 대답을 하지 않으면 끔찍한 고신을 가했다.

사실을 말해도 거짓이라 추궁하며 혀가 잘릴 판이었다. 황제가 모두를 죽일 심산이 아니라면 이렇게까지 할 리가 없었다.

언제 자신이 끌려갈지 모른다는 두려움에 질려 숨조차 내쉴 수 없는 나인들로 인해 황후전에는 팽팽한 긴장감이 나돌았다.

여경은 귀를 막았다. 먼 곳의 울부짖음이 여기까지 들릴 리가 없는데도 생생하게 귓가를 울리는 것 같았다. 각오하고는 있었지만 이 정도일 줄은 몰랐기에 소화를 피신시킨 것이 그나마 다행이라 위안했다.

"마마, 어쩌면 좋습니까. 저희는 어찌하면 되옵니까?"

남은 나인들이 발을 동동 굴리며 여경에게 물었지만 그녀는 차마 답을 입에 담을 수 없었다.

'미안하구나……'

저로 인해 사람이 상하고 죽는다는 것이 얼마나 무서운지 여경은 차라리 제가 그 자리에 가 있었으면 했다.

"저것들도 모두 끌어내라!"

군관들은 여기가 황후전이라는 것을 알면서도 무장을 한 채로 들어와 나인들을 끌고 갔다.

"마마! 마마!"

"마마, 살려 주시옵소서!"

그녀들이 끌려가는 것을 보며 아무것도 해 줄 수 없는 여경은 가슴을 움켜쥐고 괴로워했다.

이대로 가만히 있을 수는 없었다.

여경은 하얗게 질리도록 주먹을 쥐고 빈 황후전을 홀로 걸어 나왔다. 아무도 없는 줄 알았던 처소 밖으로 한 걸음을 디딜 때, 돌연 군졸들의 창대가 양쪽에서 그녀를 막아섰다.

"폐하의 명이옵니다. 들어가시옵소서."

그 창 가운데로 황룡장이 모습을 드러냈다.

"폐하께서 내 사람들을 다 죽이고 계신데, 나더러 텅 빈 황후전을 지키는 개가 되라 하시던가?"

"가만히 계시는 편이 마마께 이로울 것이옵니다."

"데려다 주십시오."

"……."

"폐하를 말리고 싶지 않으십니까? 그러니 날 데려가세요."

"지금은 해명한다고 될 일이 아니오니……."

"누가 해명을 한다 했습니까?"

황룡장은 새삼스러운 눈길로 황후를 쳐다보았다.

"해명할 수 있었으면 진작 했을 겁니다."

황제의 총애를 구걸하던 소녀는 더욱 깊어지고 의연해져 있었다.

추국장에는 차마 눈 뜨고 못 볼 참상이 벌어지고 있었다.

끈적한 피 냄새가 진동하고 있었고 앓는 소리를 내는 것조차 괴로워 형틀에서 고개를 꺾고 있는 가엾은 자들이 보였다. 그리고 그들의 맨 앞에는 이 끔찍한 광경을 태연히 바라보며 비스듬히 앉아 있는 황제가 있었다.

황후는 핏물을 밟으며 형틀 사이를 유유히 지나갔다. 그녀가 지나가는 자리마다 사람들의 이목이 차례로 그녀로 향하면서 형장의 매가 멈추었다. 마침내 황제의 앞에 서자 매를 치는 소리가 들리지 않게 되었다.

"폐하."

여경은 황제를 똑바로 바라보았고, 황제 역시 그녀에게서 눈을 떼지 않았다. 자신의 처소에 감금되다시피 한 그녀는 두려움에 사로잡혀 잠은커녕 물 한 모금 넘기지 못해 병든 사람처럼 핼쑥해져 있었다.

"황룡장."

"예, 폐하."

"네놈이 미쳤구나."

"……."

"황룡장의 잘못이 아니옵니다. 제가 데려다 주지 않으면 차라리 그 자리에서 죽겠다 했습니다."

"허면 죽지 그랬는가? 그랬다면 저 가엾은 아이들을 살릴 수 있었을 텐데."

추국장에 모인 수많은 사람들이 황제의 압도적인 살기에 침도 제대로 삼키지 못하고 있었다. 그러나 가장 두려워해야 할 여경만은 그 앞에서 씁쓸한 미소를 띠었다.

"그리 죽으면…… 폐하를 뵙지 못하지 않습니까."

얼마간의 정적이 흘렀다.

"나를 봐야 할 이유가 있는가?"

"……."

이후는 대답 없는 여경의 푹 꺼진 눈을 들여다보았다. 그녀의 야윈 모습은 얼마 동안 제 머릿속을 떠돌던 허황된 모습과 너무 달랐다. 간음하며 희열에 찬 교성을 지르던 그녀와 전혀 다른 얼굴이었다.

늘 변하지 않는 이 표정. 처음 보았을 때부터 저를 그런 눈으로 보고 있었다. 그 눈빛에 연민을 느끼곤 하지 않았던가.

"여기까지 왔으니 그대에게도 기회를 주지."

실은 이 많은 황후전 나인들을 전부 죽이는 한이 있더라도 한 명쯤은 실토를 하게 할 생각이었다. 그리되면 황후 한 사람은 살릴 수 있을 터. 헌데 지금 그녀가 나서서 해명을 하겠다면 차라리 잘된 일일 수도 있지 않을까.

그리 생각한 이후가 한결 누그러진 음성으로 물었다.

"해 보시게. 변명이든 억울함이든, 뭐든."

"……."

"그 소문이 사실인가, 아닌가 말해 보란 말일세."

"……."

"할 말이 없다면 그대가 간음을 저질렀음을 인정하겠다는 것으로 볼 수밖에."

그가 이렇게 물어봐 주기를 계속 기다려 왔었다. 언제 무슨 일이 일어날지 몰라 밤마다 불안에 떨고, 겁에 질리고, 그러는 동안 그가 간절히 보고 싶었다. 이렇게 힘들 때 한 번쯤은 와 주시지 않을까. 한 번쯤은 화라도 내며 찾아 주지 않을까. 그런데 이제야 물으신다. 가장 대답하기 힘든 이때에…….

여경은 핏물이 흐르는 그 바닥에 스르르 주저앉아 엎드려 몸을 낮추었다.

"살려 주시옵소서, 폐하."

"!"

황후의 예상치 못한 행동에 모든 사람들이 당황했다. 살려 달라 비는 것은 죄를 인정하는 것과 마찬가지였다. 한 나라의 황후가 죽으면 죽었지, 어찌 그런 욕된 죄를 인정할 수 있단 말인가.

181

"살려 주시옵소서. 저 아이들의 목숨만은 살려 주시옵소서."

"……."

이후는 팔걸이를 잡은 손에 꾸욱 힘을 주었다. 기껏 제 나인들을 살리겠다고 엎드려 빈단 말인가. 제가 지금 어떤 처지에 놓여 있는지 알기는 하는 것인가 화가 났다.

"모두가 저의 불찰이옵니다, 폐하. 이렇게 간청하옵니다."

"황후께선 지금 살고자 비는 것인가, 죽고자 비는 것인가. 모든 불찰이라는 게 도대체 무엇인가?"

황제의 음성은 듣는 이들의 숨조차 짓누를 만큼 무거웠다.

"살고자 비는 것입니다."

"죄를 인정한다는 뜻인가?"

"저의 죄는…… 황후로서 체통을 지키지 못해 추문에 휩싸여 황실의 권위를 떨어트린 것이옵니다."

"추문일 뿐이다?"

"폐하, 이미 그것만으로도 저를 벌하시기에 충분하지 않사옵니까? 무슨 벌이든 달게 받겠나이다. 아무도 없는 곳에서 보잘것없이 살라 하시면 그리하겠나이다. 제가 살아 있는 것조차 싫으시다면 죽어도 좋습니다. 부디 죄 없는 이들에게 향한 분노만은 거두어 주시옵소서."

죽음을 각오한 여경의 간청에 이후는 무언가 울컥 격한 감정이 치밀어 올랐다.

이후는 그녀를 죽일 마음이 없었다. 지금 이 추국은 그녀를 살리기 위한 저의 방편이었다. 헌데 살리고자 한 황후가 스스로 죽음으로 뛰어드는 꼴이니 어찌 격분하지 않을 수 있을까.

"그대의 죄가 단지 그것뿐이라면 허튼 소문을 흘리고 다닌 저 아이들에게 어찌 죄가 없다 하겠는가?"

"저 아이들이 보고 말한 것들은…… 전부 사실이옵니다. 허튼 소리를 한 것이 아니니 풀어 주시옵소서."

"!"

표정 없던 이후조차 크게 놀라 눈을 부릅떴다. 좌중이 술렁거리는 가운데 이후는 허탈하고 믿을 수 없는 투로 물었다.

"허면, 간음의 죄를…… 시인한다는 뜻인가?"

"그렇지는 않사옵니다."

"나와 말장난을 하고 싶은가?"

"저 아이들이 본 것은 틀리지 않았으나, 저는 부끄러운 짓을 한 적이 없사옵니다."

"그 말도 안 되는 것을 변명이라 하고 있는가!"

황제가 이리 노하신 것을 이해 못 하는 바는 아니나 여경의 말 주변으로는 그리밖에 말할 수 없었다.

"간혹 야심한 밤에 귀신의 짓이라 할 수밖에 없는 이상한 일들이 일어나긴 했으나, 저는 아무 짓도 저지르지 않았나이다. 귀신의 짓은 아닐 것이나 귀신만큼 무서운 사람의 모함이 아니겠습니까? 제 억울함을 풀어 달라 청하지는 않겠나이다. 믿어 달라 하지도 않겠나이다. 죽여 주시옵소서. 폐하께서 원하시는 대로 저를 죽여 황실의 권위를 바로 세우소서. 하오나 제게 그 추잡한 죄를 시인하라고는 하지 말아 주시옵소서."

이것이었다. 이후는 그녀가 왜 스스로 추국장에 모습을 드러냈는지 그녀의 의도를 알아차렸다. 스스로 자신을 변호하기 위함이었다. 이 많은 사람들 앞에서 저의 무고함을 죽음으로써 알리고자 한 것이다.

"그대는 지금 여기가 어떤 자리인지 모르는가? 그런 말이 통할 것이라 생각하는가!"

"하오시면…… 신첩을 저 형틀에 묶어 추국하시옵소서. 만약 제가 고통을 이기지 못하고 거짓 실토를 한다면 그때 죄를 물어 죽이시옵소서."

"못 할 것 같은가?"

"폐하라면…… 하실 수 있을 것이옵니다."

여경은 작지만 힘주어 또박또박 말했다. 단 한 번도 저를 부인으로 여긴 적도 인정조차 베푼 적도 없으신 분이니, 하고도 남으실 분이란 걸 제가 왜 모를까.

담대하게 말하고 있었으나 그녀의 큰 눈에는 눈물이 그렁하게 맺혀 있었다. 사랑하는 이의 손에 죽임을 당할 것이 비참하고 가슴이 찢어지는 듯 아팠다. 저를 믿어 주지 않는, 어쩌면 저를 죽일 궁리를 하시는 황제가 야속했다. 그러니 그깟 육신의 고통쯤이야…….

"……"

그의 입에서 잔인한 명령이 떨어지기만을 기다리며 눈을 감았다. 눈물 한 줄기가 뺨을 타고 내려오는 짧은 순간이 영원처럼 느리게 지나갔다.

그것은 이후도 마찬가지였다. 더 시간이 흐르기 전에 망설이지 않고 당장 황후를 묶으라 소리를 쳐야 하나 입이 떨어지지 않았다.

제가 노려보는 것만으로도 두려워하는 이가 이기지도 못할 고통을 자처하고 있었다. 그녀를 형틀에 묶고 죽을 때까지, 혹은 온몸으로 고통을 호소하며 거짓으로 빌 때까지, 그녀의 몸을 찢고 부숴야 했다. 그녀의 말대로 자신이라면 할 수 있다. 그렇게 하는 것이 저다운 일이다.

하지만 보고 싶지 않다. 돌이킬 수 없는 육신의 상처로 몸부림치며 비참하게 죽어 가는 모습을 보고 싶지 않다. 더욱이 그것이 제가 한 짓이라면…….

황후를 죽이려 했으면 진즉 죽였고, 내치려 했으면 또 진즉 그리했을 것이다. 고집스럽게 한 마디도 지지 않고 죽을 자리를 찾지 않아도 제가 알아서 했을 것이란 말이다. 황후전의 나인들을 전부 죽이는 광기를 부려서라도 귀비가 원하는 대로 해 줄 생각이 없었다.

황후가 이곳에 나타나지 않았다면 제 생각대로 일이 풀렸으리라. 왜 사사건건 제게 반기를 들어 거슬리게 하는가. 왜!

팽팽하게 맞선 두 사람 사이에 숨 막힐 듯한 공기가 일렁거렸다. 감히 누구도 끼어들지 못하고 조마조마한 마음으로 지켜볼 때였다. 무겁게 다물어진 황제의 입술이 서서히 열리기 시작했다.

"황후를……."

"폐하!"

황룡장의 다급한 목소리가 황제의 말을 가로막았다. 덕분에 터질 듯한 긴장감이 푸스스 흩어져 사람들은 저도 모르게 참았던 숨을 내쉬었다.

황제는 감히 저를 막아선 황룡장을 노려보느라 여경에게서 눈

185

을 뗐다. 덕분에 사나운 눈빛에서 해방된 여경은 허물어질 듯 지친 몸을 다시 한 번 추스를 수 있었다.

선무는 한 걸음 앞으로 나아가 여경의 옆에 섰다.

"폐하, 잠시만 저를 독대해 주시옵소서."

"……."

"잠시면 되오니……."

황제는 대답하지 않았으나 선무의 말이 끝나기도 전에 벌떡 일어났다.

말도 없이 추국장을 나서는 황제의 뒤를 선무는 가슴을 쓸어내리며 따랐다.

안으로 들어가 둘만의 자리가 만들어지자 황제는 대뜸 호통을 쳤다.

"처소에서 한 걸음도 나가지 못하게 지키라 하지 않았더냐!"

"폐하께서도 이기지 못하시는 고집을 저더러 어찌하란 말입니까."

"……."

"대체 왜 폐하께서 황후마마 앞에서만 냉정을 잃으시는지 이제 보니 알겠더이다."

"쓸데없는 소리를 하겠다고 날 불렀느냐?"

"황후를……. 그다음에는 무슨 말씀을 하려 하셨습니까? 제가 말리지 않았더라면 어찌 되었을 것 같습니까?"

"본인이 그리 죽고 싶다는데 왜 말리느냐?"

"글쎄요. 제가 과연 마마를 죽이시려는 폐하를 말린 것일까요?"

"……."

선무의 의미심장한 반문에 이후는 대답을 하지 못했다.

"깊이 생각하시고 판단하시옵소서. 성급하게 처리할 문제가 아니옵니다. 사희담에 이어 장예모마저 잃으시는 것은 위험합니다. 잊으셨습니까? 아직 폐하께는 찾지 못한 태자의 일만 군대와 남아 있는 황자들의 위협이 있습니다. 지금은 저들이 폐하께 충성을 맹세했으나 대신들이 돌아선다면 새로운 황자에게 뜻이 모아질 수도 있습니다. 그랬다가 사라진 일만의 군대마저 그 황자의 손에 들어간다면……."

"알고 있다."

황제가 군권을 키우려는 것도 그래서였다. 전쟁은 군대를 만들기 위한 핑계거리에 지나지 않았다.

"하오면 하나만 생각하시옵소서. 지금은 승상의 손을 들어 줘야 합니다."

"……."

"황후를 살리시려면 진상을 파헤쳐 귀비를 벌하셔야 합니다. 지금 황후마마를 보시옵소서. 저리 독한 분인 줄 몰랐습니다. 둘 중 하나는 죽어야 끝날 것처럼 굴지 않습니까?"

"그래서 너는 황후를 죽이자는 것이냐?"

"폐하께서도 아실 테지요. 불명예를 씻는 가장 좋은 방법은 자결입니다."

밤이 깊어 갔지만 황제는 대신들을 대전으로 전부 불러 모았다. 그리고 여경은 다시 황후전으로 끌려와 감금되다시피 했다.

나인들의 추국이 멈추긴 했으나 아직 끝난 것은 아니어서 처소
는 텅텅 비어 있었다. 핏물에 더럽혀진 옷을 갈아입혀 줄 나인도,
따뜻한 차를 가져다주는 이도 없었다. 정말로 아무도 없는 누각에
홀로 올라와 있는 기분이었다. 이제 이곳에서 추락할 일만 남은
것이다. 희망이 없으니, 처분을 기다리는 이 시간이 오히려 더 지
옥 같았다.

　어쩌면 다시 추국장으로 끌려가 형을 받을 수도 있었다. 제가
그리해 달라 했지만, 이러고 있으니 마음이 약해져서 자신이 없어
지고 겁이 났다. 아니면 그냥 죽여 주실지도 모른다.

　살기는 포기했으나 제가 죽는 모습이 자꾸 떠올라, 벌써 몇 번
째 사약을 받고 목이 잘렸는지 모른다. 그러니 어찌 이 시간이 지
옥이 아닐까.

　뚜벅뚜벅. 멀리서부터 걸음 소리가 들렸다. 처음엔 여럿이던 걸
음이 하나로 바뀌어 다가오고 있었다.

　'마지막이구나.'

　마지막으로 폐하께서 저를 찾아오신 모양이었다. 여경은 눈물을
훔치고 헝클어진 머리를 다듬었다. 손이 떨려 제대로 되지 않았지
만 마지막 모습이 추하게 기억되고 싶지는 않았다.

　두근두근 튀어나올 듯이 세차게 뛰는 가슴에 손을 대고 문이 열
리는 것을 주시했다.

　문이 열리고 황제는 늘 그렇듯이 표정 없는 얼굴로 걸어 들어왔
다.

　다시 뵐 수 없는 그 모습을 담고 여경은 눈을 한 번 깜빡였다.
다시 눈을 떴을 때 그는 어느새 제게 바짝 다가와 있었다.

"무슨 벌이든 받겠다고 큰소리치던 사람치곤 표정에 근심이 가득하군."

"……."

"항상 그대를 따르던 소화란 아이가 보이지 않는군. 추국장에도 보이지 않는 것을 보면 꽤 전부터 각오를 했다는 뜻인가?"

여경은 모든 것을 꿰뚫어 보는 듯한 이후의 눈길이 부담스러웠다. 소화까지 찾아가 죽일 셈이신가, 그러다가 부모님에게까지 해가 가면 어쩌나…….

"하나만 묻지."

"하문하시옵소서."

"살고 싶은가?"

살고 싶다고 빌어야 하나, 죽여 달라 청해야 하나, 무슨 의도로 묻는 것인지 알 수가 없어 쉬이 대답을 할 수도 없었다.

"사실이건 아니건 그대의 허물을 덮어 주기엔 일이 너무 커졌네. 덮는다고 덮어질 일이 아니란 말일세."

"알고…… 있사옵니다."

"그대의 아비를 내치고 그대를 이 지경으로 몬 것을 후회하느냐 묻는다면 나는 후회하지 않는다 대답할 것이네. 그대의 부친이 내게 걸림돌이 되는 것은 사실이었으니까."

"허면 이제 남은 걸림돌인 저를 없애시면 되는 것입니까?"

"아무 힘도 없는 그대는 내게 걸림돌 따위도 되지 못한다네. 있으나 마나 한 존재를 놓고 죽이니 살리니 하는 것도 우습지. 해서 목숨만은 살려 주기로 했네. 그대가…… 어찌하느냐에 따라."

"제가 어찌하길 바라시옵니까?"

"살고 싶은가 물었네만."

"……."

"살려 달라 하시게. 허면 귀비를 투기하고 간음을 일삼았다는 죄목으로 그대 하나를 유배를 보내는 것으로 마무리 짓지. 그렇지 않으면 그대의 나인들과 그대를 다시 추국장으로 끌고 자복하게 하는 수밖에. 그것도 내게는 그리 나쁘지 않으니 강요는 않겠네."

황룡장이 황후를 잘 달래서 죄를 받아들이도록 설득하라고 신신당부를 했으나 이후에게는 쉽지 않은 일이었다. 말을 하고 보니 그저 협박이라, 또 황후가 오기를 부려 죽겠다고 할 것 같았다.

하지만 그의 생각과 달리 여경은 내심 안도했다. 황제가 저를 죽이지 않겠다고 말해 준 것이 그저 믿을 수 없을 만큼 고마웠다. 적어도 사랑하는 이의 손에 죽는 비참함은 모면할 수 있게 되지 않았나.

"진심……이십니까?"

"협박이 아니라 진심일세."

"살려…… 주시는 것입니까? 있으나 마나 한 존재라, 간음을 저질러도 살려 주시는 것이옵니까?"

여경은 울고 있었다. 살 수 있다는데도 슬프고 한심해서 눈물이 났다.

황후의 눈물이 익숙한 이후는 다독여 주는 법도 몰랐다.

"더는 바라지 마시게. 그대가 간음을 했는지 아닌지는 중요하지 않다 하지 않았는가. 내가 그대에게 살 기회를 준 것은, 죽여서 내게 득이 될 것이 없기 때문일 뿐일세. 지금은 그대가 간음하였다 떠드는 백성들이나 내가 그대를 죽인다면 나를 욕할 테지."

변함없이 무정한 황제의 대답에 여경은 억지로 웃어 보이며 마지막으로 물었다.

"허면, 살려야 할…… 다른 이유는 있사옵니까?"

"그대가 살고자 하면 그것이 이유가 되지 않겠는가? 마지막으로 그대를 위해 한 가지쯤은 해 주고 싶다."

그것이면 됐다. 어쨌든 마지막에 제 소원 하나는 들어주시는 게 아닌가. 여경은 그렇게 생각하기로 했다.

"살고…… 싶습니다. 제게는 이곳이나 유배지나 다르지가 않습니다. 허니, 폐하의 눈에 띄지 않는 곳에서 아무것도 아닌 존재로 그렇게 살겠습니다."

"……."

여경은 마지막으로 황제의 모습을 눈에 담았다.

어쩌다가 여기까지 오게 된 것일까. 어쩌다가 이런 치욕스러운 생을 살게 된 것일까. 연모를 구걸하다 목숨을 구걸하는 처지가 되어 버렸다. 저를 사랑해 주지 않는 것을 더 이상 원망하지 않았다. 그녀가 원망하는 것은 끝까지 사랑하지 않을 저와의 혼례를 그가 허락했다는 것이다.

'처음부터 폐하께서는 이런 날이 올 줄 알고 계셨겠지요. 그러니 저를 미물보다 못한 존재로 여기셨겠지요. 폐하, 언젠가 폐하도 저와 같은 아픔을 알게 될 날이, 그런 날이 오기를 바라겠나이다.'

황제에게서 시선을 뗄군 여경은 독한 마음을 품고 눈물을 거뒀다.

이후는 그런 그녀를 내버려 두고 싸늘하게 발길을 돌렸다.

며칠 후, 황후전에 감금된 여경은 귀비를 모함하고 간음한 죄로 결국 폐위되고 말았다.

　　　　　　　　　※

해도 뜨지 않는 어두운 새벽녘에 떠났으나, 다리가 아프도록 걸어오니 아침 해가 저 동편 바다 위로 떠올라 있었다. 여경은 무겁고 거추장스럽던 황후의 복색을 벗고 거칠지만 가벼운 옷을 입고 군졸들을 따라 부둣가에 당도했다.

「이것을 가져가시게.」

그녀는 폐하께서 떠나기 전날 주신 봇짐을 꼭 끌어안았다. 그 안에는 제가 시집올 때 가져온 패물들과 은자, 그리고 새 옷, 새 신까지 들어 있었다. 저를 내쫓으면서도 이리 살뜰히 챙겨 주실 건 또 뭐란 말인가.

적막한 부둣가에는 사람의 그림자가 보이지 않았고 그녀를 태워 갈 배조차도 아직 없었다.

제가 가야 하는 섬은 중죄인들만 있는 곳이라 여기서는 보이지도 않는 먼 섬이었다. 뭍이 보이지 않을 만큼 먼 곳에 있다니 얼마나 멀지 상상도 가지 않았다.

'그래. 자연을 벗 삼아 사는 것도 나쁘지 않겠다.'

궁에서 쫓겨난 주제에 벌써부터 섬 생활이 어떨지 궁금증이 일었다. 바다 저편에 제가 황후가 아닌 사여경으로 다시 살아갈 곳이 있다니 물색없이 설레기까지 했다.

"배는 언제쯤 온다던가?"

여경은 오는 내내 통 말이 없는 군졸들을 향해 물었다. 아마도 죄인들과는 이야기를 나누지 않는 법인가 보다 그렇게 생각하고 저도 처음으로 어렵사리 말을 건넨 것이다.

그러자 군졸 하나가 여경을 쳐다보더니 퉁명스럽게 대답했다.

"배는 오지 않소."

"?"

"죄인을 태워 줄 배가 없다 이 말이오."

"무슨……?"

배를 타러 부둣가에 왔는데 타고 갈 배가 없다는 것이 무슨 뜻일까.

여경이 의미를 헤아리지 못해 다른 두 명의 군졸들을 바라보았다. 헌데 그들은 그녀의 눈길을 피하고는 말을 해 주지 않았다. 할 수 없었는지, 처음 말한 이가 답답하다는 투로 소리를 높였다.

"척 보면 모르시겠소? 배가 없이 바다를 건너라는 얘기요. 한마디로…… 죽으란 거요."

"!"

가슴이 철렁한 여경은 들고 있던 봇짐을 툭 떨어트리고 말았다.

"그게…… 무슨?"

"폐하께서는 죄인이 황실의 명예를 더럽혔으니 스스로 죗값을 치르고 오명을 씻어 내길 바란다 하시었소."

"그럴…… 리가! 분명 폐하께서는……! 이, 이 봇짐을 보게나. 폐하께서 내가 앞으로 편히 살기를 바라며 주신 것들이네. 헌데 어찌 나를 죽이려 하신단 말인가!"

"저승 가는 노잣돈에 감동받으신 모양이오."

"뭐? 지금 뭐라 했는가!"

"허허. 거참, 치욕스럽지도 않소? 목을 쳐도 가당찮을 판에 깨끗이 죽을 기회를 주시겠다는데 뭘 망설이시오?"

"폐, 폐하께서는⋯⋯."

황제는 죄를 받아들이면 살려 주겠다 했었다. 모두를 살릴 수 있기에, 또 그가 살고 싶으면 살려 주겠다고, 저를 위해 선심을 써 준다 했기에 그러겠노라 했다.

'설마⋯⋯. 설마 나를 속이신 걸까. 설마 그럴 리가⋯⋯.'

여경은 눈을 크게 뜨고 떨리는 심장에 손을 얹었다.

"그러니까 폐하께서 내리신 명이 확실하다 이 말이오. 죄인이 유배지에 당도하기 전에 스스로 배에서 뛰어내려 목숨을 끊었다, 우리는 그리 보고를 해야 하오. 알아듣겠소?"

군관의 말이 믿어지지가 않았다. 잔인하고 몰인정한 분이긴 하시지만 이리 비겁한 분은 아니지 않은가.

"폐하께서 내게⋯⋯ 그럴 리가 없다."

"왜 그럴 리가 없겠소? 마마 때문에 폐하께서 지금 얼마나 수치스럽겠소? 그동안 폐하께서 마마를 박대하신 죄로 이리되었다, 사람들이 수군거리는 판에, 잡아 죽일 수는 없는 노릇 아니오? 허니 어쩌겠소. 마마께서 알아서 죽어 주셔야지. 뻔뻔하게 살 맘을 품으셨소?"

"나, 난⋯⋯ 그저 폐하께서⋯⋯."

"못 믿으신다 해도 도리가 없소. 나는 명을 따라야 하는 처지라 정 못 하시겠거든 내가 도와 드릴 수밖에."

군졸이 허리에 찬 검을 빼 들자 여경은 섬뜩함을 느끼고 한 걸음 뒤로 물러났다. 시퍼런 검날에 겁에 질린 제 모습이 비쳤다. 얼마나 한심하고 비루한 모습인가. 비로소 제가 죽을 때가 온 것을 실감했다.

"시신을 가져가야 하나 칼에 베인 시신을 들고 자결이라 할 수는 없지 않겠소? 피차 일을 힘들게 만들지 맙시다. 영원히 수장되고 싶지 않으면 순순히 물에 뛰어드는 게 좋을 것이오."

사약을 받아도 시원찮을 죄를 안고 유배지에서 목숨을 부지할 수 있다 믿은 것이 어리석었다. 한 번도 돌아봐 주고 정을 준 적 없으신 분이 저를 위해 살려 주겠다는데, 그것을 믿었다. 얼마나 비웃으셨을까.

"너무…… 그러지 말게. 그래도 나는 황제의 부인이었던 사람일세. 이리 몰아세울 것까지는 없지 않은가."

"큼. 말귀를 못 알아들으시니 그런 게 아닙니까. 큼."

제게 자결할 수 있는 기회를 준 것에 감사해야 할까. 이 너른 바다에서 평화롭게 잠들 수 있게 해 주신 것을 다행으로 알아야 할까.

여경은 남쪽으로 몸을 돌려 허리를 깊이 숙였다.

'아버지, 어머니. 자결로 생을 마감하는 불효를 용서하세요. 가문에 누를 끼쳤으니, 당연한 게 아니겠습니까.'

의연하려고 했으나 눈물이 고였다. 제 억울함을 누구보다 잘 알고 계실 두 분이 지금 어떤 심정이실지, 제 죽음을 알게 되시면 또 얼마나 아파하실지……. 어린 시절 제게 온갖 사랑을 주셨던 부모님을 생각하자니 그립고 죄스러운 마음에 당장이라도 달려가 안기고 싶은 마음을 가눌 길이 없었다.

'부디, 어리석은 딸자식을 잊고 두 분이서 건강하게 백년해로하시길 바랍니다.'

한 번만, 단 한 번만 뵙고 갈 수 있다면 여한이 없을 것 같았으나 그것은 가슴에 묻어 두고 돌아섰다.

폐하께서 계신 곳.

원망이 왜 없을까. 그와의 첫 만남부터가 후회가 되는 것을. 허나, 그를 만나서 알게 된 것도 있었다. 그를 떠올릴 때마다 가슴이 뛰고 행복했었다. 그와 혼례를 올릴 수 있다 했을 때 세상을 다 가진 것처럼 벅차올랐다. 그가 아니면 알 수 없던 기쁨들이었다.

'폐하, 다음 생애라는 것이 있다면 저는 폐하를 사랑하고 싶지 않습니다. 이렇게 서럽고 아픈 것은 두 번 다시 안 하고 싶습니다. 그러니 이제 정말 마지막입니다. 부디 이루고자 하시는 것을 꼭 이루시옵소서. 그마저도 이루지 못하시면 저의 사랑이 정말로 보잘것없어질 게 아닙니까.'

마음을 정리한 여경의 눈빛은 텅 빈 하늘처럼 고요했다.

"이보게, 하나만 전해 줄 수 없겠는가?"

"뭐요?"

"폐하께 말 좀 전해 주게. 편히 갔다고……. 그리만 말해 주게."

"알았소."

여경은 눈을 질끈 감고 부두 끄트머리를 향해 걸음을 옮겼다.

바다는 넓고 깊었다. 저 안에 죽음이 기다리고 있다 생각하니 이제 바다는 제게 검은 지옥처럼 보였다.

허리까지 닿는 차가운 물을 헤치고 앞으로 한 발 한 발 걸어 나갔다. 몇 걸음 사이에 벌써 물이 가슴께로 올라왔다. 차가운 파도가 가슴을 때렸다.

억울한 누명은 아프지만 괜찮았다.

죽으라 하신 것도 아프지만 괜찮았다.

다만 한 가지는 아프고 미련이 남는다.

'파도야, 내 맘은 여기 남겨 두련다. 내가 얼마나 진심으로 그를 사랑했었는지, 그 사람 외엔 아무 욕심도 없었다는 것을 그에게 전해다오……'

들리지도 않을 마지막 당부를 끝으로 여경은 가장 행복했던 시간으로 돌아가 조용히 미소를 머금었다. 눈부시게 아름다운 혼례복을 입고 그를 곁눈질로 살피던 날을.

그리고 잊을 수 없었던 어린 날의 입맞춤을.

'까불지 마.'

따뜻한 숨결이 그녀를 감싸는 순간 파도가 그녀를 삼켜 버렸다.

대전에 모인 황제와 대신들은 군졸이 전해 온 급보에 놀라면서도 한편으로는 그럴 수 있다는 듯 고개를 끄덕였다.

"폐하, 폐비가 죽음으로 치욕스러운 죄를 씻었다 하니 폐비에게 안긴 죄목을 이제는 그만 면해 주시는 게 옳은 줄 아옵니다."

"그게 무슨 소리요. 죄를 지었으니 자결을 한 것이오. 어찌 자결을 하였다 해서 면죄부를 줄 수 있단 말입니까!"

"폐비는 결백을 주장하였고, 그럼에도 궁에서 쫓겨나 유배에 올랐소. 그러니 억울함을 달래 주는 것이 마땅하오.”

“억울하다니요? 허면 우리가 없는 죄를 만들어 쫓아냈단 말입니까!”

“그만들 하시오! 폐하의 안전입니다!”

승상 장예모가 분개하는 신하들을 다스린 후에 황제를 바라보았다.

지금 막 황후가 물에 빠져 자결했다는 소식을 듣고도 황제는 황후의 봇짐을 바라보며 태연하게 앉아 있었다. 그 모습을 보아서는 황제가 황후에게 마음이 있다는 귀비의 우려가 쓸데없는 걱정이 아닌가 싶었다.

“폐하, 어찌하실 생각이시온지…….”

“어찌해야 할 사안이오?”

“예?”

“이 일을 다시 들추어 또 궁을 발칵 뒤집어 놓아야 경들은 만족하겠소? 폐비는 투기와 간음의 죄로 유배에 올랐소. 이제 사건이 마무리되어 겨우 찾은 평화 아니오? 연일 미루고 미뤄 둔 국사가 대체 얼마요? 그리들 한가하신가?”

대신들 모두 꿀 먹은 벙어리처럼 꿍꿍거리며 황제의 시선을 피했다. 폐비의 죽음은 논할 가치도 없다는 황제의 말은 몰인정한 처사였다. 애정이 없어 슬프진 않을 수 있으나, 적어도 안타깝거나 분노하며 장탄식을 하기 마련 아닌가.

잠시 후 대전을 나온 대신들은 불편한 기색을 드러내며 한마디씩 던졌다.

“태연하셔도 너무 태연하신 게 아닙니까? 혹 폐하께서 자결을 종용한 것은 아닐지요?"

"그리 생각하셨습니까? 저도 그렇습니다. 꼭 다 알고 계신 분처럼 놀라는 기색이 없으니, 원."

"원래가 그런 분이시기도 합니다. 잊으셨습니까? 생모 되시는 명화황후께서 승하하실 때도 눈물 한 방울 흘리지 않던 분이십니다. 헌데 폐비의 죽음이 무에 대수롭겠습니까?"

대신들이 삼삼오오 어울려 입맛 씁쓸한 이야기를 나누며 사라진 뒤 황제와 황룡장이 모습을 드러냈다.

"입이 가벼운 자들이군요. 궁에 듣는 귀가 많은 줄 모르거나."

"······."

"아무튼 잘하셨습니다. 훗날 결백을 밝히고 신원을 복권하면 사씨 가문과도 척을 지지는 않을 겁니다."

"······."

"왜 아무 말씀이 없으십니까? 혹······ 불편하십니까?"

"바쁜 것으로 안다. 이러고 노닥거릴 시간이 있느냐? 어서 가보거라."

이후는 선무의 대답도 듣지 않고 휘적휘적 걸어 나갔다.

혼자 남은 선무는 그가 멀리 사라지고 나자 나직이 중얼거렸다.

"하나를 얻으려면 잃어야 할 게 많은 법이지요."

주인 없는 황후전은 볕이 환하게 드는데도 냉랭한 기운이 감돌았다. 이 와중에 난데없이 귀비가 황후전에 들어와 행패 아닌 행패를 부리고 있었다.

"황후전에도 별게 없구나. 쯧. 이런 건 낡아서 쓰지도 못하겠구

나. 갖다 버리거라."

"이건…… 제 맘대로 버릴 수가……."

"내가 버리라고 했는데 왜 안 되느냐!"

그러면서 황후전의 집기들을 하나둘 버리고 있었다. 마치 제가 여기 들어올 주인처럼 행동하고 있었고, 실제로 그럴 거라는 말들이 돌았기에 나인들은 쩔쩔매며 그녀의 비위를 맞추고 있었다.

"이건 또 뭐야?"

서랍을 열어 보던 귀비는 웬 두루마리를 보고 스르륵 펼쳐 보더니 생각할 가치도 없다는 듯이 바닥에 던져 버렸다.

"이것도 갖다 버리거라."

그런데 이상했다. 아무도 제 말에 대답을 하지 않는 것이다. 눈살을 찌푸리며 뒤돌아보는 순간 귀비는 뜨끔 놀라고 당황해했다.

"폐하!"

언제 오신 것인지 황제가 조용히 서 계신 게 아닌가. 어째서 언질이 없었는가, 나인들에게 눈짓으로 나무라자 그녀들은 바닥으로 시선을 처박고 어쩔 줄 몰라 하고 있었다.

"내가 알리지 말라 했네."

"……언제 오셨나이까?"

황제는 대답하지 않고 귀비가 던진 족자를 바라보았다.

"화, 황후전에 쓸모없는 것들이 많은 듯하여 정리 중이었나이다."

귀비의 변명을 듣는 둥 마는 둥 황제는 족자를 주워 들어 펼쳐 보았다. 귀비와 달리 그는 한참이나 그 그림을 훑어보았다.

"폐하, 왜 서 계시옵니까? 좀 앉으시옵소서."

그제야 황제는 그림에서 눈을 돌려 차가운 눈으로 귀비를 쏘아보며 말했다.

"자네가 낡아서 쓰지 못하겠다고 한 저 경대는 나의 어머니께서 사가에서부터 가지고 온 것일세."

"!"

"또 자네가 갖다 버리라 한 이 그림은 내가 그린 것일세."

"그, 그, 그런 것이었습니까? 소첩, 아무것도 모르고 그만⋯⋯. 그저 죄인인 폐비가 쓰던 물건이라고만 생각하여 불결하게 여겼을 뿐이옵니다. 송구하옵니다, 폐하."

그러고 보니 황제께서 황후에게 그림을 선물한 적이 있었다. 이제야 그것이 생각나다니 큰 실수를 한 것이다.

"몸소 나서 정리를 하겠다니 좋은 일이네. 대충 치울 것은 다 치운 듯하군. 이제 여기에서 치워야 할 것은 자네밖에 없는 듯해."

"폐하!"

"뭣들 하느냐? 당장 귀비를 모시지 않고."

"예, 폐하."

"제게 이러실 순 없사옵니다!"

"황후전의 주인 행세를 하기는 이르지 않은가?"

아랫것들 앞에서 모욕을 당한 귀비는 분해서 치맛자락을 움켜쥐고 파르르 떨었다.

"폐하⋯⋯!"

"끌려 나가고 싶으신가?"

"⋯⋯소첩⋯⋯ 먼저 나가 보겠사옵니다."

자존심이 상했으나 황제와 다툴 수 없으니 억지로 물러나는 기색이 역력했다.

그렇게 귀비를 쫓아낸 이후는 모두를 나가 있으라 한 뒤에 그림을 들고 침상에 걸터앉았다.

그러고는 굳은 표정으로 그림을 다시 펼쳤다. 제가 폐비에게 그려 준 그림이었으나 그림이 달라져 있었다. 누각으로 이어지는 오솔길을 그려 놓고, 거기에 남루한 옷차림의 소녀를 업고 가는 소년을 그려 놓았던 것이다.

한참이나 그 그림을 들여다보던 이후의 머릿속에 기억이 스쳐 지나가고 심장이 쿵쿵 뛰기 시작했다.

"밖에 누구 없느냐?"

부름을 받고 들어온 나인이 서둘러 대답했다.

"부르셨사옵니까, 폐하."

"이 그림을 누가 손댄 적 있느냐?"

"예? 그림에 손을 대다니요? 무슨 말씀이시온지……? 소인은 잘 모르겠사오나, 누가 감히 폐하의 그림을…… 그것도 황후마마께서 아니, 폐비께서 보관하시던 것에 손을 댈 수 있겠나이까?"

"누군가 여기에 그림을 그려 넣었다. 누가 한 것인지 알아오너라."

"예? 누, 누가…… 그런 짓을……!"

"잘못을 탓하려는 게 아니다. 벌하려는 게 아니니 누군지 데려오너라."

"폐하, 소인이 알기론 그 그림은 폐비께서 무척 소중히 하시던 것이옵니다. 그림을 그리자면 먹을 갈아야 하는데 남몰래 그런 짓을 누가 저지르겠사옵니까? 아마도 마마께서…… 직접……."

나인은 황제에게서 흘러나오는 분기에 눌려 더 이상 말을 잇지 못했다.

이후는 앞에 나인이 있다는 것도 잊고, 그림이 구겨지는 것도 아랑곳 않고 움켜쥐었다. 그림 속의 소년 소녀를 태울 것처럼 시뻘건 안광이 흘러나오는 듯했다.

「전하를 처음 뵈온 날. 실은…… 잠을 이루지 못하였나이다.」

'그날, 그것이 처음이었던가……!'

입 안이 바짝 타들어 갔다. 이제 죽고 없는 제 기억 속의 소녀. 파도에 몸을 던져 허무하게 죽어 버린 그녀.

「저는 폐하가 좋습니다. 왜 제 말을 믿지 않으십니까?」

물어볼 말이 남았는데 그녀는 없었다.

「살고 싶습니다.」

귓가를 맴도는 그녀의 목소리가 이후를 혼란스럽게 만들었다. 두 번 다시 만날 수 없는 이가 되었는데 어째서 제게서 사라지지 않는 것일까!

찌이익.

비단 두루마리가 이후의 손에 마치 종이처럼 찢겨 바닥에 나뒹굴었다. 그러나 그의 가슴에 남은 그녀는 여전히 처연한 얼굴을 지우지 않았다.

5.
구름 한 점 찾지 않는 외로운 한 날에

"하! 갑자기 왜 저러신단 말입니까!"

"그러게 말이옵니다. 폐비 얘기는 꺼내지도 말라 하시더니, 이
제 와 갑자기 시신을 찾으라니? 나 원 참. 시신을 찾는다 해도 알
아볼 수나 있으면 모를까. 지금쯤 물고기 밥이 되거나 썩어 문드
러졌을 게 아닙니까."

귀비가 분통을 터트리자 승상 역시 얼굴을 잔뜩 찌푸리며 투덜
거렸다. 그러다 승상은 엎드려 있는 군관에게 한껏 목소리를 낮추
고 조심스럽게 물었다.

"네놈은 폐비가 죽는 것을 확실히 보았느냐?"

"물론입니다. 갑자기 큰 파도가 일어 쓸고 갔는데 한참 후에 멀
리서 시신이 둥둥 떠올라 건질 수가 없었습니다. 어찌 거짓을 고
하겠니까."

장화영은 군관의 대답을 듣고 못마땅한 듯이 쏘아붙였다.

204

"시원찮은 것들. 끝까지 확인을 하고 시신을 찾아왔다면 황제께서 이런 귀찮은 일을 벌이시지 않았을 것이다! 쯧."

승상은 그런 장화영을 달랬다.

"염려 마십시오. 그 바다에서 어찌 살아날 수 있겠습니까. 만약 살아 있다 해도 폐하께서 죽이려 한다 알고 있으니 절대 나타나지 않을 것이옵니다."

"화, 확실히 죽어서 먼 바다로 떠밀려 가는 것을 이 두 눈으로 똑똑히 보았사옵니다."

군관까지 나서자 그제야 귀비는 조금 안심하는 눈치였다.

폐비의 자결은 모두 귀비가 꾸민 짓이었다.

귀비는 황제가 폐비를 유배 보내는 것으로 일이 마무리되자 거기에 만족할 수가 없어 어떻게든 그녀를 죽여서 후환을 남기지 않고자 했다.

그때 승상은 그렇게까지 할 필요는 없을 거라 했으나, 귀비는 황제가 다시 폐비를 불러들이는 일이 있을 것이라고 우려했다. 그래서 군졸들을 매수해 거짓 황명을 폐비에게 전해 자결케 한 것이다.

"하여간 보세요. 제 말을 듣길 잘했지요. 시신도 찾아오라는 황제입니다. 만약 유배를 보냈다면 다시 궁에 들어왔을 게 아닙니까."

"흐음……. 어제까지만 해도 폐비가 죽었다는데 눈 하나 깜짝하지 않으셨습니다. 갑자기 무슨 변덕이신지……."

"혹시라도 살아 있을까 기대를 하는 게지요. 아버지께서 힘 좀 써 주십시오."

"어찌하시려고요?"

"어차피 썩어 문드러진 시신이라 하지 않으셨습니까? 물에 빠진 시신을 만드는 게 그리 어렵진 않으시지요? 황제께서 미련을 버리도록 해야겠습니다."

장화영은 자신이 황후가 되지 못한 것이 폐비 때문이라고만 생각했다. 제 직감으로는 황제가 폐비에게 아예 마음이 없는 것이 아니었다. 그래서 그녀를 살려 둔다는 게 제게는 큰 부담이었고, 죽어서도 황제의 마음에 미련으로 남게 둘 수 없었다.

'두고 보라지. 내가 낳은 아들이 반드시 해월국의 황제가 되도록 할 테니까.'

한편, 당혹스럽기는 황룡장도 귀비 못지않았다.

"폐비가 살아 있을지도 모른다 생각하시는 이유라도 있으시옵니까?"

"없다."

"하오면 폐비가 살아 있기를 기대하시는 것이옵니까?"

"……"

"왜입니까? 폐하께서 직접 자결토록 하셨사옵니다. 헌데, 이제 와서 왜 이러시옵니까?"

"선무."

좀처럼 듣기 힘든 부드러운 목소리였으나 선무는 질색했다.

"그리 부르지 마시옵소서. 지금은 황룡장으로서 폐하께 드리는 충언이옵니다. 지금은 전쟁 준비가 한창입니다. 폐하께서 중심을 잡지 못하시고 이리 흔들리는 모습을 보이시면 군사들도 동요하지 않겠습니까?"

"선무, 자네마저도 내가 황후를 죽였다 그리 믿고 있지. 그렇지 않은가?"

"믿고 안 믿고를 떠나 그러기로 하셨······!"

선무는 말을 하던 중 언뜻 깨달아지는 게 있었다.

"설마······ 아니었······습니까? 폐비에게 자결하라 하지 않았습니까?"

머뭇거리던 이후는 선무를 똑바로 보지 못하고 대답했다.

"······안 했다. 아니, 못 했다."

"폐하······. 도대체 왜 그리하셨습니까?"

"네가 언젠가 말하지 않았더냐? 후회를 남기지 말라고."

"제가 그리 말한 의도는 더 늦기 전에 황후마마께 미운 정도 주지 말라는 뜻이었나이다."

"그때는 이미 늦었었느니라."

"!"

선무는 지금 제 앞에 계신 분이 제가 모시던 그 황제가 맞는지부터가 의심스러웠다.

"내게 후회를 남기지 않는 방법은 그녀를 살리는 길이었다. 살라 보냈다."

"폐하······."

"죽어서 완전히 연이 끊겨 버린다면 다시 잇고 싶어졌을 때 후회가 남을 것 같아서였다. 그래서 차마 자결하라는 말을 하지 못했다."

마치 남의 이야기를 하듯이 중얼거리던 이후가 갑자기 서슬 퍼런 눈빛으로 목소리를 높였다.

"헌데 왜? 도대체 왜! 그깟 억울한 죄목이 그리도 치욕스러워서? 아니다. 그럴 사람이 아니다. 정말로 죽은 것이라면 내게 복수하려는 게다. 그리 죽어 버리면 내 평생 잊지 못할 거라 그런 것이다!"

"폐하!"

"괘씸한……! 끝까지 내게 반기를 들지 않느냐. 끝까지! 유배를 보냈더니 자결이라니! 데려오너라. 혹여 살아 있거든 사지를 묶어서라도 끌고 와. 죽었거든 시신을 찾아라. 찾아서 내게 데려와! 살라는 내 명을 어겼으니, 시신을 찢어서라도 벌해야겠다! 원혼이 이승을 떠나지 못하도록 그리해야겠다. 허니 당장 찾아오너라!"

"폐하, 진정하시옵소서. 폐하!"

"진정이 되지 않는다! 도무지…… 진정할 수가 없다. 내가 왜 이러느냐? 내가 왜 이러는지 나도 모르겠구나. 모르겠어. 거치적거리던 계집이 사라졌을 뿐인데, 왜……. 왜 이리 혼란스러운지 모르겠다! 허니, 찾아다오. 내 눈으로 확인을 해야겠다. 죽었는지 살았는지 정도는 확인해야 이 더러운 기분을 떨칠 수 있지 않겠느냐!"

선무는 이후가 무엇 때문에 괴로워하는지 알 수 있었으나 말하지 않았다. 그는 슬퍼하는 방법을 모르고 있었다. 사랑하는 방법을 몰랐던 것처럼, 사랑을 외면했던 것처럼, 슬픔도 똑바로 보지 못하는 것이다.

뒤늦게 그것을 깨닫게 된다면 황제는 아마도 걷잡을 수 없는 후회에 빠지게 될 것이다.

선무는 그런 황제가 염려스러웠다. 시작도 해 보지 못한 사랑이 더욱 진한 그리움으로 남아 오래도록 황제를 괴롭힐까, 그것이 우려되어 황제에게 진실을 아뢰지 못했다.

며칠 후, 바다로 나간 군관들이 거적에 말린 시신을 가지고 당도하였다.

소식을 들은 황제가 밖으로 나오자 군관은 황제의 눈치를 살피며 조심스럽게 거적을 말아 올렸다. 퉁퉁 불어난 데다, 썩어 형체를 알 수 없는 시신의 모습에 지켜보던 이들이 눈살을 찌푸리며 고개를 돌렸다. 하지만 황제는 바다 냄새와 섞인 시신의 고약한 냄새에도 아랑곳 않고 더 가까이 다가갔다. 궁을 떠날 때 폐비가 입고 있던 죄인의 흰 옷 외에는 폐비인지 아닌지 알 길이 없었다.

"폐비께서 떠나실 때 입고 계시던 복장과 비슷하고, 체격이 일치하옵니다. 또 해안에서 떠밀려 온 지점이 폐비께서 몸을 던진 해역에서 멀지 않고 해류의 흐름 역시 일치했습니다."

군관의 보고에도 황제가 이렇다 할 말없이 시신만을 바라보자, 장예모는 황제가 들으라는 듯이 군관에게 물었다.

"그 일대에 이 시신과 비슷한 다른 실종자나 사망자가 없는지 확인했는가?"

"물론입니다. 그런 여인은 없었습니다."

그러나 황제는 듣고 있는지 어쩐지 통 표정에 변화가 없었다.

"아닌 것 같사옵니까? 허면 다시 더 찾아보라 할까요?"

이후는 손을 들어 장예모의 말을 막고 시신을 조금 더 살폈다. 얼마 전까지 제 앞에서 울곤 했던 여인이 이토록 추한 모습으로 돌아왔다. 깨끗한 죽음이라는 말이 우스울 정도로.

'그리 죽어 편하신가? 오명을 쓰고 살아갈 바에야 죽는 것이 낫다 싶었던가? 과연 그럴까.'

이후는 죽은 자에게 화를 냈다. 허락 없이 죽어 버린 것에 대한 분노. 그리고 그녀를 그렇게 몰아간 자신에게도 화가 났다. 조금만 따뜻하게 대해 줬더라면, 조금만 여지를 두었다면 그녀가 이렇게 절망적인 선택을 하지는 않았을 것이다. 그런 한심한 생각을 품고 있는 것이 무엇보다 가장 화가 나 참을 수 없었다.

"폐하."

선무가 장예모와 황제를 번갈아 보며 조용히 황제를 불렀으나 황제에게는 아무것도 들리지 않았다.

어린 시절 어머니의 시신 앞에서 죽음이 무엇인가 처음으로 실감했었다. 죽음은 남은 자에게 가혹했다. 혼백이 떠난 시신은 두 번 다시 말하지도 웃지도 않았다. 바로 어제까지 따뜻한 체온을 나누던 사람이 싸늘하게 식어 나무토막처럼 딱딱하게 굳어 갔다. 남은 자는 떠난 자를 붙들 수 없음에 절망하고, 함께 누려야 할 것을 다 누리지 못한 후회와 한을 품어야 했다.

이미 지독하게 겪어 본 일이건만 여경의 죽음은 또 달랐다. 가슴속 깊은 곳에서부터 드글드글 끓어오르는 뜨겁고 탁한 감정이 그의 전신을 태워 버릴 것처럼 괴로웠다.

"생각해 보니, 한 나라의 국모가 간음을 저지른 것이 얼마나 대죄인가? 헌데 벌이 너무 가벼웠구나. 유배 따위를 보내는 게 아니었다. 감히 자결로 결백함을 주장해 나라에 혼란을 주다니, 그렇지 않으냐?"

"폐하……."

선무는 동의할 수 없었다. 황제가 크게 동요하여 이성을 잃은 듯 보였기 때문이다. 아니나 다를까. 이어지는 명에 선무는 펄쩍 뛰었다.

"시신을 갈가리 찢어 각 관청에 걸어 두라."

"폐하!"

"부끄러움을 모르는 죄인의 말로가 어찌 되는지 백성들이 똑똑히 보고 알게 하라! 알겠느냐?"

"예! 폐하!"

장예모는 남몰래 웃음 지으며 허리를 조아렸다. 그저 명을 따르는 것이 미덕인 군관들은 시신을 수습하여 어디론가 향했고 선무가 말릴 수 없는 상황이 되고 말았다.

이후는 선무를 뿌리치고 찬바람을 일으키며 돌아섰다.

'이제 되었다. 처음부터 없었던 사람처럼 산산조각으로 흩어 놓을 것이다. 내 안에서 더 이상 그런 표정으로 살지 못하도록!'

이후는 후회했다. 늘 하던 대로 끝까지 그녀에게 잔인하고 매정해야 했었다. 살 길을 열어 주자 자신을 배신한 여인. 당해 보라는 듯이 죽어 버린 그녀를 결코 용서하지 않으리라.

서툴고 어리석은 각오였다.

거대한 폭풍우가 해월국을 할퀴고 지나갔다. 이는 하늘의 분노이기도 했고 황제의 분노이기도 했다. 시커먼 먹구름에서 쏟아지는 비와 집채를 날리는 바람은 하늘의 칼이었고 궁에서 일어난 피의 숙청은 황제의 칼이었다.

황제는 아직도 제게 반기를 드는 세력들을 모두 색출하여 그들의 뒤를 파헤쳐 여러 죄를 물었다. 그로 인해 파직이나 유배된 자들이 수백이었고, 십여 명의 대신들은 참수를 당했다.

그리고 얼마 후, 하늘이 온전히 하늘빛을 찾고 햇볕이 비를 말리자 도성에 걸어 둔 썩은 시체들도 이제는 누런 뼈만 남았다.

홀로 폭풍우를 거슬러 올라온 사희담은 초라한 모습으로 도성 앞에 멈춰 섰다. 백골만 남은 시신들 중에 유독 그 뼈가 작은 것에서 눈을 떼지 못하고 격양된 표정으로 울음을 삼켰다.

'여경아, 우리가 이런 꼴로 다시 만나게 될 줄 누가 알았겠느냐?'

겨우 비통한 감정을 누그러트린 사희담은 궁으로 향했다. 오랜만에 들어서는 황궁에 감회가 새로울 만도 한데, 그는 다른 생각은 하지 못하고 황제를 뵙길 청했다. 황제가 이를 거절하자 그는 포기하지 않고 맨땅에 무릎을 꿇고 앉았다.

폐비의 시신을 거둘 수 있도록 허락해 달라. 오직 그것만을 빌고 또 빌었다. 밤낮을 물도 마시지 않고 간청하니 황제는 어쩔 수 없이 이를 허락했다.

그 뒤로 사희담은 사방으로 흩어진 백골이 된 여경의 시신을 수습하러 떠났고 이를 본 백성들이 그의 부성에 감복하여 함께 슬퍼해 주었다. 그 덕분인지, 어느새 여경의 추문은 사라지고 정적의 싸움에 희생된 가련한 여인으로 기억되어 갔다.

"그래서 제가 황후가 될 수 없단 말입니까!"

"일이 묘하게 되었습니다."

"하! 핑계가 가지가지로군!"

지금 황후를 들이면 백성들은 황실에 반감을 가질 것이고, 더군다나 귀비가 그 자리에 간다면 폐비를 더욱 가엾게 여길 거라는 것이 황실의 생각이었다.

귀비는 이것이 황제의 계략이라 믿어 의심치 않았으나 이번만큼은 저도 어쩔 수가 없었다. 대신들까지 모두 한마음으로 지금은 때가 아니라고 하니 어쩌겠는가.

"마음을 편히 하세요. 첫 승전고를 울리는 날, 마마께서 황후가 되실 수 있도록 내 힘쓸 생각입니다."

장예모가 여유로운 웃음을 지으며 귀비를 달랬다. 어차피 황후의 자리는 오래 비울 수가 없었다. 폭풍우로 거의 폐허가 되다시피 한 나라를 바로 세우려면 황후가 온전히 계셔서 백성들을 위로해야 하니 말이다.

"아직 출병 준비도 되지 않았는데 승전고라니요?"

"이번 피해가 꼭 나쁘지는 않습니다."

"그게 무슨 말입니까?"

"농지를 잃은 백성들이 살길을 찾아 군으로 모여들고 있습니다. 그 수가 너무 많아 지금의 군비로는 충당이 되지 않을 정도입니다."

그 말을 듣던 귀비가 곰곰이 생각하더니 손뼉을 쳤다.

"아버지, 이것이 기회입니다."

"예?"

"가산을 일부 정리하여 군비로 충당하십시오."

"예에? 허나 그것은……."

"백성들의 민심을 얻을 때입니다. 군사들을 배불리 먹이세요. 물론 그것이 어디에서 나온 것인지는 전해야겠지요."

"그리까지 해야 할는지……."

"무슨 말씀이십니까? 제가 황후가 되고 제가 낳은 아들이 황제가 되었다 생각해 보십시오. 넓고 멀리 보셔야 합니다."

황후가 되기 위해 무슨 짓이든 하는 귀비 덕분에 군비를 충당하고 군사를 모으는 일이 점점 수월해졌다. 승상이 나라를 위기에서 구한다며 재산을 내놓으니 그에게 아첨하는 무리들도 너도나도 군비를 지원한 것이다.

"귀비가 도움이 될 때가 있군."

황룡장의 보고를 들은 황제가 시큰둥하게 말했다.

선무는 한동안 무서울 정도로 날카롭던 황제가 조금씩 평정심을 찾는 것을 보고 안도했다. 최근에 보여 준 잔인한 면모에 백성들은 공포를 느끼고 있었고 선무도 그가 예전 모습을 찾지 못할까 봐 불안해했었다.

"최근에 군관으로 들어온 자들 중 유독 뛰어난 자가 있사온데 만나 보시겠습니까? 제 생각으로는 승용장으로 올려도 손색이 없을 듯싶습니다."

"들어오자마자 승용장이라?"

"조무기라는 자이온데, 올해 마흔입니다. 나이도 그리 어리지 않으니 부하들도 잘 따를 것 같습니다."

"마흔이 되도록 세상에 나타나지 않은 뛰어난 장수라니? 그런 자가 어디서 갑자기 나타났단 말이냐?"

"난세에 영웅이 난다지 않습니까? 제 실력이 어느 정도인지도 모르고 떠돌이로 약을 팔던 자랍니다."

"재밌군. 언제 한번 자리를 마련하거라."

"자리라면……?"

"사람됨을 보려면 술을 하라지 않느냐? 네가 자주 가는 그 기루로 가자."

"술도 못하시는 분이……. 알겠습니다. 만들어 보겠습니다."

선무가 나가자마자 이후는 그늘진 표정으로 중얼거렸다.

"실은 그 술이 마시고 싶구나."

"제가 술을 따라도 되겠사옵니까?"

열일곱. 아직 소녀티를 벗지 못한 어린 황후에게 높은 가채는 어울리지 않았다. 저도 어색한지 자꾸만 손으로 머리를 더듬었다.

"나는 술을 싫어하네."

"아……! 그렇사옵니까. 사내들은 전부 술을 좋아하는 줄 알았습니다. 당장 치우겠습니다."

눈에 띄게 당황하는 모습이 여태 제가 보아 온 계집들과 달랐다. 유혹하는 법이 서툴러도 너무 서툴러 가르쳐 주고 싶을 정도였다.

"내가 황위에 오른 축하주라 하지 않았는가?"

"그렇사오나, 폐하께서 억지로 드실 필요는 없사옵니다. 신첩이 쓸데없는 것을 준비한 모양입니다. 송구하옵니다."

그날은 기분이 좋았다. 태자와 다른 황자들을 자멸케 하고 마침내 제가 무혈입성으로 환궁한 날이었다. 어마마마가 계시던 황후전에 당당히 들어와 감회가 새로웠는지 조금 들떠 있었다. 그래서 그날은 오랜만에 마음을 놓아 버리고 싶은 날이었다.

"내가 마시지 않으면 그대가 대신 마시면 되겠군."

"예?"

"술을 못하는가?"

"당연히……. 제가 술을 어디서 배웠겠습니까? 하, 하오나, 폐하께서 알려 주시면 열심히 배우겠나이다."

황후는 수줍어하면서도 당차게 말했다. 오늘 밤 어떻게든 저를 이곳에 붙잡아 두고 싶어 하는 것이 보였다. 무척 독한 술이었다. 유혹하는 계집이 먼저 취해 어쩌겠다는 것인가, 한심해하면서 그녀의 술잔에 술을 따랐다.

"마시게."

그녀는 제가 직접 따라 준 술에 감격해하며 조심스럽게 한 모금 맛을 보았다.

"!"

달콤한 향기를 배신한 쓰디쓴 술맛에 황제의 앞인 것도 잊고 얼굴을 잔뜩 구겼다.

"남기지 말고 전부 마시게. 축하주는 그리 마시는 것이지."

"예……."

황후는 차마 거절하지 못하고 곤란하고 싫은 얼굴로 억지로 술을 입에 들이부었다. 그러나 입술을 꼭 다물고 입 안에 술을 머금고만 있었지, 그것을 넘기지는 못했다.

"삼키시게."

"⋯⋯."

"사씨 가문은 백성들의 쌀 한 톨도 함부로 하지 않는다지. 그 술 한 잔을 담그는 데 곡식이 얼마나 들어가는지 아는가? 그것을 뱉으면 가문의 법도에 어긋나겠군."

금방이라도 눈물을 쏟을 것처럼 울상이 된 황후는 눈을 질끈 감고 술을 삼켰다.

"하아! 콜록. 큭!"

쓰고 매운 맛에 발을 동동 구르며 기침을 해 대는데 웃음이 나는 것을 꾹 참았다.

잔기침이 줄어들자 조금 진정되었는지 손가락으로 맺힌 눈물을 닦아 내고 민망해했다.

이후는 그녀 앞에 또다시 술잔을 밀어 놓았다.

"한 잔 더 하시게."

"!"

기침 때문인지, 술기운 때문인지, 벌써부터 달아오른 뺨이 씰룩거리고 있었다. 하지만 두 번째 잔은 더 빨리 마셨다.

"콜록. 콜록! 콜록!"

"가까이 오게."

여경은 탁자에 손을 짚고 일어났으나 몇 걸음 가지 못하고 휘청거리며 주저앉았다. 벌써 취했는지 다시 일어나려고도 못하고 황제에게 가야 한다는 생각만으로 엉금엉금 기다시피 다가왔다.

이후는 제 발아래에서 저를 올려다보고 있는 여경과 시선을 맞추었다.

"내가 술을 싫어하는 이유는 취하면 방심하기 때문이지."

이후는 긴 손가락으로 여경의 턱을 들어 올렸으나, 그녀는 멍한 표정으로 눈만 깜빡이고 있었다.

"방심하면 언제 어떻게 당하게 될지 모르니 말일세."

몽롱하게 흐려진 여경의 눈동자로 입술을 가져갔다. 오늘은 취해도 되지 않을까. 이 눈빛을 마시고 함께 취할 수 있을까.

여경이 눈을 감았다. 이후의 차가운 입술이 그녀의 뜨거운 눈꺼풀에 닿았다. 길고 풍성한 속눈썹이 파르르 떨렸다.

"그대가 진정 내 배필이 될 수 있을지 없을지, 궁금하지 않은가?"

"예에?"

벌어진 입술에서 농염하고 뜨거운 주향이 흘러나와 그의 입술을 끌어당겼다.

차디찬 입술이 그녀의 따뜻한 입술에 닿는 순간, 여경의 멍한 눈동자가 한순간이나마 반짝거렸다. 그러고는 스르르 눈이 감겼다. 점점 따뜻해지는 그의 입술. 그리고 점점 뜨거워지는 입맞춤.

"오늘 밤, 사여경이란 여인의 운을 시험해 보시게."

처음이자 마지막으로 그녀를 여인으로 대했던 날이었다. 마음 없던 초야, 그 후로도 몇 번 합방을 했으나 그날은 달랐다.

그날 저는 해냈다는 성취감에 도취됐고, 또 그 후에 밀려오는 허무함을 무엇으로 채워야 할지 몰라 안절부절못하고 있었다. 그래서 그녀로 채우려고 했었다. 순수한 욕정이라 해도 그날만큼은 그녀를 안고 싶었으니까.

끔찍했던 초야의 기억이 남아 있음이 분명할 텐데, 그녀는 조금도 내색 없이 저를 받아들였다. 술기운 때문인지, 아니면 저를 기쁘게 해 주겠다는 일념이었는지, 조금만 만져 주어도 그녀는 들뜬 표정을 지으며 허리를 비틀었다. 아니, 그녀는 분명 젖어 있었다. 어찌 된 일인지 제 손이 그녀의 비소를 헤집었을 때 뜨겁고 촉촉한 물기가 샘솟는 것을 느꼈다. 마치 이슬을 머금은 붉은 꽃잎처럼 그녀 역시 욕정으로 번들거렸다.

그녀의 속살은 따뜻했다. 세상에 이렇게 포근하고 기분 좋은 곳이 존재할 수 있을까. 할 수만 있다면 영원히 머무르고 싶을 정도였다. 그래서 저 역시 은근히 바라고 있었다. 오늘 밤, 황제로서 맞는 오늘 밤에 황자를 가질 수 있기를 말이다. 해서 어쩔 수 없이 그녀와 살아가게 되기를 말이다.

지독히도 운이 없는 여인이었다. 저를 만난 것부터가 불운한 여인.

이후는 품속을 뒤져 찢겨 나간 비단 한 조각을 꺼냈다. 제 분에 못 이겨 찢어 버린 그림을 다시 찾아 간직하고 있었다. 누각을 오르는 소년과 소녀가 아직은 불행해 보이지 않았기 때문이다.

'정말로 그대인가……'

딱히 그 아이를 그리워하거나 마음에 둔 것은 아니었다. 간혹 생각날 때마다 미안하고 안쓰러웠을 뿐이다. 헌데, 그녀가 사여경이라면 저는 끝내 모질고 잔인한 사람이 된 것이다. 제 눈물을 닦아 주던, 저를 위로해 주던, 그 어리고 순한 계집의 마음을, 그녀의 육신을 갈가리 찢어 놓았다.

다시 돌아올 수 없게 된 그녀는 이렇게 그의 마음속에 파고들어 계속 뿌리를 내리고 있었다.

사여경. 황후가 아닌 사여경이란 질긴 꽃송이가 그의 마음을 송두리째 움켜잡고 후회하고 돌아보게 만드는 것이다.

도성 안에 내로라하는 고급 기루들이 천지였으나 풍류객들이 즐겨 찾는 곳은 그런 호화로운 기루가 아니었다. 값비싼 술 대신 바다의 경관을 즐기고 혀를 녹이는 산해진미 대신 맛깔 나는 소박한 요리가 있는 곳.

바다를 내려다보는 영화루의 난간은 늘 바다를 향해 활짝 열려 있었고, 손님들의 웃음소리가 끊이지 않았다.

오늘 기루에는 특별한 손님들이 자리 잡았다. 영화루의 단골인 황룡장 선무가 손님들을 잔뜩 대동하고 나타난 것이다. 대신들을 대동하고는 고급 기루에 갈 수밖에 없었고, 영화루는 주로 선무 혼자 자작하던 곳이라 기루 주인의 입이 크게 걸렸다.

"어이쿠. 나으리. 오늘은 어쩐 일로 이 많은 분들과 함께 오셨습니까요?"

"부하들일세. 내 체면 봐서 잘 부탁하네."

"물론입지요! 방으로 모시겠습니다."

"아니. 그럴 건 없네. 오늘은 호탕하게 마셔 볼 생각이니 여기에 자리를 내주게."

계집은 필요 없으니 술과 고기를 가득 내오라는 말이었다. 주인은 연신 굽실거리며 경관이 좋은 자리로 안내했다.

그리고 그 뒤를 이어 또 다른 손님들이 들어왔다. 한 사람은 꽤나 반듯하게 생긴 데다 젊은데도 사람을 내려다보는 데가 있어 아주 잘난 집 자제분인 듯했고, 나머지 한 사람은 그의 종복으로 보였다. 아무렴 어떨까. 돈깨나 있어 보이는 손님이 영화루를 찾아왔으니 주인의 어깨가 들썩였다.

"어서 오십시오. 우리 가게는 처음이신가 봅니다. 안으로 모실까요? 나으리."

"여기가 좋겠다. 청주 한 병과 소채 한 접시면 되겠다."

두 사람이 자리에 앉아 고작 술 한 병과 소채 한 접시라니, 게다가 그는 바다가 정면으로 보이는 아주 명당자리에 앉았다. 주인은 겨우 똥 씹은 얼굴을 수습하고 떨떠름하게 대답한 뒤 물러났다.

주인이 사라지자 종복으로 변장한 내관 나량이 이후에게 나직이 속삭였다.

"폐하, 저기 가운데 왼쪽 귀를 뚫은 자가 조무기란 자이옵니다."

이후는 선무 쪽을 힐끔 확인하고는 살짝 눈살을 찌푸렸다. 눈빛이 날카롭고 턱이 각진 중년의 사내에게서 좋은 인상을 받지는 못했다. 게다가 귀에 난 구멍이 그를 더 험상궂어 보이게 만들었다.

"귀를 왜?"

"약장수를 했다니, 광대 짓을 하려 그런 게 아니겠사옵니까."

두 사람의 대화가 딱 끊어졌다. 종업원이 소채 한 접시와 술을 내왔기 때문이다.

"그럼 맛있게 드십시오."

기름진 소채가 깔끔하고 윤기가 흘렀으나 이후도 나랑도 본 체도 하지 않고 선무 쪽의 대화에만 귀를 기울이고 있을 때였다.

이후는 누군가가 소매를 당기는 느낌에 옆으로 돌아보았다.

"?"

열두 살쯤 되어 보이는 남루한 소녀가 소매를 잡은 채 두렵고 불쌍한 눈으로 올려다보고 있었다.

"네 이놈! 어서 그 손 놓지 못할까. 이분이 뉘신지 알고!"

나랑이 화들짝 놀라 소녀를 말렸다. 깔끔한 황제께서 노하실까 전전긍긍하는 기색이 역력했다.

이에 소녀는 뜨끔하여 손을 놓았지만 돌아가지는 않고 머뭇거렸다.

"저, 죄 죄송합니다만……. 하, 하, 한 푼만……."

"이놈이 그래도! 썩 가거라."

"저……. 제발 한 푼만……."

두려워하면서도 물러나지 못하는 소녀의 사연이 간절해 보여서일까, 소녀가 어려서일까. 나랑은 그 아이를 쫓아내지 못하고 황제의 눈치를 살폈다. 그래서 이후는 그제야 소녀를 지그시 바라보며 말했다.

"없다."

"예?"

"없다는 말을 못 알아듣느냐?"

귀찮다는 표정. 그리고 어른도 움츠러들게 만드는 싸늘한 눈빛에 소녀는 뒷걸음질 치며 물러났다.

"예……. 죄, 죄송합니다."

그러다 그만 기루의 종업원과 부딪쳐 넘어지고 말았다.

"어이구. 넌 또 왜 들어왔어! 썩 나가지 못해! 어디 자꾸 들어와서 손님들을 귀찮게 해! 또 이러면 남은 음식도 못 싸 줄 줄 알아!"

"죄송합니다. 죄송합니다……."

벌떡 일어난 소녀는 부끄러워 얼굴이 빨개졌음에도 몇 번이나 사과하고 사과했다.

사실 나량은 황제가 앞에 있지 않으면 도와주고 싶을 정도였다.

"거기 너. 이리 와 보거라."

"!"

"이리 와 보래두? 어허. 그리 눈치가 없어서야. 밥 굶기 딱이겠구나."

나가려던 그 아이를 부른 것은 다름 아닌 조무기였다.

선무와 황제의 눈이 얽혀 들었다.

'일단은 두고 보겠습니다.'

'알았다.'

그러는 사이 소녀는 벌써 조무기 앞으로 다가가 있었다.

"흠……. 넌 몇 살이냐?"

"열……네 살입니다."

"열네 살이라? 나이에 비해 발육이 늦군."

"……."

소녀는 험악한 사내들 앞에서 잔뜩 주눅 들어 모욕적인 언사에도 고개를 푹 숙였다.

"구걸을 해야 할 정도로 집이 어려운 게냐? 집안에 어른들이 계시지 않아?"

"아, 아버지께서 돌아가시고……. 어머니께서 병이 나셨는데, 약값이 없어서……. 도, 도와주십시오. 나리들."

가난한 백성들은 셀 수 없이 많았고 그들의 사연은 거의 다 비슷했기에 식상한 사연을 들은 모두는 짠하다는 생각보다는 고개를 끄덕일 뿐이었다. 그런데 술에 얼큰하게 취한 조무기가 품속에서 은자를 꺼냈다. 소녀뿐만 아니라 일행들도 은자를 보고 눈이 휘둥그레졌다.

"자네, 많이 취했군. 적선치고는 과하지 않나!"

"형님, 술 깨고 후회 마시고 얼른 넣어 두시지요."

모두가 말리는데 조무기는 한껏 부드러운 목소리로 소녀를 불렀다.

"아이야, 세상에는 공짜가 없다. 이 아저씨도 말이지. 온갖 산전수전을 겪었어. 너보다 더 어린 나이에. 어리고 불쌍하다고 해서 세상이 봐준다고 생각하지 마라. 그건 네 착각이고 나태한 생각이야."

그러더니 조무기는 선무 쪽을 바라보았다.

"황룡장님, 계집이 없으니 술 먹는 재미가 아무래도 덜합니다. 해서 제가 재밌는 놀이를 생각해 냈는데 보시겠습니까?"

"재밌지 않으면 어쩔 텐가?"

"재밌지 않으면 제가 오늘 마신 술값을 내겠습니다."

"오오! 형님, 진심이십니까?"

"이 형님, 통이 이리 크셨나?"

사내들이 환호를 하니 선무도 마지못한다는 투로 허락했다.

"해 보시게."

조무기는 은자를 탁자 위에 탁 하고 올려놓고는 소녀를 바라보았다.

"나와 내기를 하자. 네가 이기면 이 은자는 그냥 네 것이다. 헌데 내가 이기면 은자는커녕 내가 시키는 것을 해야 한다. 어떠냐? 하겠느냐?"

"무, 무엇을 시키실지……. 제가 못 하는 일이면 어찌합니까."

"네가 못 할 일을 시키지도 않겠지만 벌써부터 질 거라고 생각하는군. 어미의 병세가 그리 심하지 않은 모양이지?"

소녀는 침을 꿀꺽 삼켰다. 잘하면 은자를 가질 수 있다니, 손해볼 건 없을 거라 생각했다.

"해, 해 보겠습니다."

"오오!"

어느새 기루 안의 모든 이목이 두 사람에게 집중되었다. 소녀는 환호 소리가 부끄러운지 더욱 고개를 푹 숙였다.

"이리 증인이 많으니, 너는 약속을 꼭 지켜야 한다."

조무기는 소녀에게 눈을 부라리며 경고한 후에 술잔에 술을 따랐다.

"여기 이 술병에는 네 잔 정도의 술이 남아 있다. 내가 네 잔의 술을 마실 동안 이 탁자에 있는 은자를 가져가기만 하면 된다. 물론 나는 이 은자에 손을 대지는 않을 테다."

네 잔의 술을 다 마시기 전이라고 했다. 소녀의 손이 재빨리 은자를 향해 움직였다.

"꺄악!"

은자에 채 손이 닿기 전 빛이 번쩍하더니 그녀의 가슴 섶이 잘려 나가 벌어졌다. 소녀는 몸을 웅크리고 주저앉아 조무기를 올려다보았다. 그는 술을 마시며 한 손에는 날카로운 단도를 흔들어 보였다.

"오호!"

"휘익!"

소녀의 얼굴은 사색이 되는데 기루 안의 사내들은 휘파람까지 불며 환호했다.

"뭐하고 있느냐? 난 이제 세 잔 남았다. 어머니 약값을 벌어야지."

조무기가 무슨 짓을 하려는지 깨달았지만 이미 늦었다. 소녀는 가슴 앞을 모아 쥐고 다시 한 번 은자를 향해 뛰어들었다.

스윽.

"헉!"

이번엔 치마였다. 치마가 세로로 쭉 찢어져 소녀의 마른 다리가 드러났다.

"이야, 귀신같은 솜씨구만!"

조무기의 날랜 솜씨에 사내들은 절로 감탄하며 박수를 쳤다. 그가 어서 소녀의 옷을 전부 찢어 주길 바라며 부추길 뿐, 누구 하나 말리려고 하는 이가 없었다.

한 손으로는 치마를, 한 손으로는 가슴을 움켜쥔 소녀는 그 자리에서 꼼짝도 할 수 없게 되었다.

"그, 그만하겠습니다."

은자는커녕 옷만 찢기고 희롱당한 소녀는 눈물을 그렁그렁 매달고 항복했다. 도저히 그보다 더 빨리 은자를 잡을 자신이 없었던 것이다. 이러다가는 옷이 전부 찢겨져 나가고 말 것이다.

"더는…… 못 하겠습니다. 제발 그만하십시오. 흑."

"에이……. 시시하군."

"쳇."

여기저기서 실망하고 탄식하는 소리가 흘러나오자 더욱 고개를 들 수 없게 되었다.

하지만 조무기는 예서 멈출 생각이 없었다.

"빨리도 포기하는군. 이것 봐라. 어미를 생각하는 네 맘은 겨우 그것밖에 안 되느니라. 그런 주제에 남에게 구걸을 하다니……. 쯧쯧."

억울하지만 맞는 이야기였다. 과한 욕심을 부렸다는 밀려드는 후회에 소녀는 눈물만 뚝뚝 떨어트렸다.

"어쨌거나 너는 이제 내가 시키는 대로 해야 한다."

"뭐, 뭘 하면 됩니까……."

두려움 반, 걱정 반. 그의 입에서 무슨 말이 떨어질까 떨었다.

"오늘 밤 여기서 네가 술시중을 들어라."

"!"

"계집이 없어 영 술맛이 나지 않던 참이었다."

조무기는 제 딸뻘 되는 소녀에게 추잡한 추파를 던지고 있었다. 그를 옹호하고 감탄하던 기루의 손님들 중 일부도 탐탁지 않아 했다.

"저, 저는……."

어리지만 세상 물정을 모르지는 않았다. 술시중을 든다는 게 술만 따르는 게 아니라는 걸 너무 잘 아는 소녀였다.

"어허. 내기를 하고 발뺌을 하려는 게냐? 자, 어서 이리로 앉아라."

그때였다.

"주인장! 여기 고기 좀 내오게!"

사람들의 고개가 모두 이후 쪽으로 돌아갔다. 이 상황에 고기 타령이라니, 눈치가 아주 없거나 판을 깨 버리려는 수작이 아닌가. 사람들은 여태 말없이 고고하게 앉아 있던 선비를 호기심 어린 눈으로 쳐다보았다.

그러자 사람들의 시선이 제게서 사라진 틈을 타 소녀는 잘려 나간 옷을 움켜쥐고 도망치기 시작했다.

"저년이!"

이미 술이 머리 꼭대기까지 오른 조무기는 제 상관인 황룡장이 저를 어떤 눈으로 보고 있는지도 알지 못한 채 소녀를 잡겠다고 뛰쳐나갔다.

"아악!"

이후를 지나쳐 문 앞까지 간 소녀는 조무기의 억센 손에 머리채가 붙잡혀 다시 질질 끌려오고 있었다. 찢어진 옷이 벌어지고 말려 올라가 소녀의 처지는 차마 눈뜨고 볼 수 없는 지경에 이르렀다.

더 이상 참지 못한 선무가 눈살을 찌푸리고 벌떡 일어날 때였다.

"!"

조무기는 그 자리에 멈춰 섰다. 이후가 의자에서 일어나지 않은 채 그의 팔을 잡고 있었기 때문이다.

"시끄러우니 거기까지만 하거라."

"뉘신지 모르겠지만 남의 일에 신경 끄십시오."

유약해 보이는 공자가 의외로 손힘이 센 것이 걸렸으나 조무기는 황룡대의 힘을 믿고 큰소리를 쳤다.

"남의 일이 아니니 신경을 안 쓸 수가 없다."

"이 계집이 공자님의 뭐라도 된단 말입니까?"

이후는 그제야 그를 쳐다보며 말했다.

"내 백성이다."

"……."

그 소리는 모두에게 들렸으나 다들 일순 그 소리를 알아듣지 못했다. 알아듣지 못했다기보다 이해하지 못한 것이라 할 수 있었다. 단 한 사람, 한숨을 쉰 황룡장을 제외하고.

"푸하하하하! 백성? 뭐요? 그러니까? 지금 그쪽이 황제라도 된다 이거요? 하하하하하!"

조무기가 호탕하게 웃자 기루 안의 손님들도 따라 웃기 시작했다. 하지만 그 웃음은 황룡장이 일어나 이후의 앞에 가기 시작하자 조금씩 잦아들었다.

그리고,

"폐하, 나와 계셨사옵니까."

"!"

그가 허리를 조아리고 인사를 올리자 기루 안의 웃음은 완전히 사라지고 충격과 공포의 정적이 흘렀다.

"새로 뽑은 군관들의 면면을 보고자 왔는데 괜히 끼어든 모양이군."

"송구하옵니다."

"아닐세. 다들 자리로 돌아가 하던 것을 마저 하시게."

태연히 자기가 없다 생각하고 하던 일을 하라니, 그런 무서운 말이 어디 있을까. 그러나 황룡장은 황제만큼이나 괴팍했다.

"이보게, 조무기. 뭘 하고 있는가. 아직 술이 많이 남았네."

"저, 저, 저는……. 폐하, 소인이 죽을죄를……."

황룡장에게 끌려가는 조무기가 사색이 되어 외쳤으나 이후는 들은 척도 않더니 딴소리를 했다.

"아, 참. 그 내기는 재밌더군. 계속하지 그러느냐?"

"예?"

끌려가던 조무기가 되묻자 이번엔 이후가 바닥에 쓰러져 있던 소녀에게 물었다.

"계속해 보아라. 넌 어미의 약값을 포기할 셈이냐?"

이게 대체 무슨 일인가 넋이 나가 있던 소녀는, 황제가 저를 부르자 소스라치게 놀라 제가 황제의 용안을 똑바로 보고 있는 무례를 잊었다.

"하, 하오나 저는……."

"내 생각엔 이번에는 은자를 집을 수 있을 게다. 아직 두 잔의 술잔이 남아 있는데 벌써 포기하다니 어리석구나."

은자를 집을 수 있을 거란 말은 이번엔 조무기더러 가만히 있으란 뜻이었다. 이를 모르는 소녀는 황제에 대한 무서운 소문들이 떠올라 더욱 겁이 났다. 폐비의 시신을 도륙한 잔인한 황제께서 저 같은 계집을 어찌 대하실지 소름이 돋았다. 안 하겠다고 도망 가서 흥을 깨 버린 게 괘씸하셨을지도 모른다 생각하니 눈앞이 캄 캄해졌다.

"기다리는 사람들이 보이지 않느냐?"

황제의 명을 거역할 수 없었던 소녀는 입술을 깨물고 후들거리 는 다리를 일으켜 조무기의 앞으로 한 발 한 발 다가갔다. 쥐 죽 은 듯이 조용한 기루 안에 그녀의 조심스럽고 무거운 발걸음 소리 가 크게 울렸다.

마침내 앞에선 그녀는 또다시 닥칠 일이 두려워 망설였다. 하지 만 이제 황제가 보고 계신다. 물러설 곳이 없었다. 눈을 꼭 감고 재빠르게 손을 뻗었다.

"!"

아무 일도 일어나지 않았다. 그리고 손끝에 차가운 촉감이 닿았 다. 소녀는 눈을 번쩍 떴다. 반짝거리는 은자 덩어리가 제 손에 들 어차 있는 것을 보고 꿈인가 생신가 왈칵 눈물을 쏟았다.

"흑. 고, 고맙습니다. 고맙습니다. 대인!"

"크흠! 됐으니, 그만 가 보아라."

조무기는 본래 의도와 달리 은자를 적선하고 소녀의 감사를 받 으니 씁쓸하기만 했다.

"자, 자. 오늘 조무기가 좋은 일을 했으니, 기분 좋게 한 잔 받 게."

선무가 경직된 분위기를 바꾸려고 애썼지만 황제가 안에 계시 니 나가지도 맘껏 떠들지도 못하게 된 기루는 초상집 같은 분위기 였다.

소녀는 이후의 앞에 와 넙죽 엎드려 절을 했다.

"가, 감사합니다, 폐하……."

"됐으니 가 보거라."

하지만 그녀는 떠나지 않고 일어나 벌벌 떨리는 손으로 감히 황제의 술병을 들었다. 나량이 깜짝 놀라 말리려고 했으나 가만히 계신 황제와 펑펑 눈물을 쏟고 있는 소녀를 보다가 내버려 두었다.

"정말 감사합니다. 흡……. 폐하."

울음을 삼키며 잔을 채운 소녀는 제가 그것밖에 보답할 길이 없는 것이 슬픈 것 같기도 했고 기적 같은 구원에 감격한 것 같기도 했다.

이후는 그 소녀에게서 제가 죽음으로 내몬 사여경을 보았다. 소녀에게 한 것처럼 그녀의 손을 잡아 주었다면 지금쯤 그녀가 따라 주는 술을 받았을지도 모른다. 어린 시절 제 눈물을 닦아 주던 그녀를 의심하여 쫓아내지 않았다면 지금쯤 제게 마음을 쉬게 해 줄 한 자리가 있었을지도 모른다.

"너는 운이 좋군. 누구와는 달리……."

"예에?"

아무리 생각해도 그녀는 지독히도 운이 없었다.

이후는 여태 손도 대지 않고 있던 잔에 술이 차오르는 것을 물끄러미 바라보았다. 찰랑거리는 술잔에 담긴 것이 그냥 술 같지가 않았다. 순수한 진심이 그 술에 진하게 녹아나 있었다.

그는 술잔을 입으로 가져가 마치 맛을 음미하듯이 한 모금 한 모금씩 천천히 술을 마셨다. 희한하게도 여경으로 인해 끓어오르던 분노가, 눈앞이 캄캄해지던 절망이 조금씩 사그라졌다. 그리고 그 자리에는 메마른 후회만이 남았다.

"어떠셨습니까?"

술자리를 파하고 돌아가는 황제를 황룡장 선무가 호위했다.

"재간은 있더군. 허나 사람됨은 천박하니, 승용장(만 명의 군사를 이끄는 장수)은 안 될 말. 야장(천 명의 군사를 이끄는 장수)으로 삼아 이번 첫 전투에 내보낼 생각이다."

"그것 말고 말입니다."

"무슨 소리냐?"

"술맛이 어떠셨습니까? 다른 술은 잘도 거절하시면서 그리 술을 맛있게 드시는 것은 처음 뵈었습니다. 혹 그 아이가 마음에 드셨습니까?"

선무는 빙글빙글 웃으며 이후의 반응을 살폈다. 가난한 백성들의 사연을 일일이 들어 줄 수 없다며 매몰차던 그가 어째서 그 소녀를 도와줬을까, 그의 진의가 무엇인지 궁금해 미칠 지경이었다.

"다음 달 출병할 것이다."

그러나 이후는 선무의 궁금증에 답해 줄 수가 없었다. 그 아이가 폐비에 대한 죄책감을 얼마간이라도 씻어 주었다는 것은 저 자신도 잘 모르고 있는 감정이었으니 말이다. 그래서 그는 못 들은 척, 진지하게 다른 말을 이었다.

"그리고 곧 귀비를 황후로 삼을까 한다."

"폐하!"

"이제 와서 또 누구를 들여 괜한 희생을 치를 필요는 없을 것 같구나."

"허나 귀비는……."

"정벌이 끝나고 나면 그때 다시 생각해 보자. 지금은 승상과 귀비가 내 목표의 일등공신이니, 상벌을 확실히 해야지."

선무는 고개를 끄덕였다. 황제에게 무슨 심경의 변화가 있었는지 잘 알 수는 없으나 폐비가 죽은 후 처음으로 평정심을 찾은 듯 보였다. 그러니 황제의 결정이 옳은지 틀린지보다 다행스럽고 반가웠다.

황후의 처소에 마침내 홍등이 걸렸다. 사람이 살지 않던 전각이 사방을 밝힌 등불과 바삐 오가는 나인들로 인해 이 늦은 밤에도 활기가 느껴졌다.

그 속에서 장화영은 마침내 제가 이룬 것을 마음껏 기뻐했다. 이제 황제 외에는 누구도 제 위에 설 수 없는 황후가 되었다. 그리고 자신이야말로 황제에게 가장 잘 어울리는 유일무이한 여인이 될 것이다.

이제 얻을 것은 황제의 마음뿐이었다. 이를 얻지 못한다면 언제 또 제가 사여경처럼 내쳐질지 모른다는 생각이 들었다.

'그리되지는 않을 것이다. 반드시 이 자리를 지키고 말 것이다.'

만약 황제가 다른 계집을 끌어들인다면 그 계집을 죽여서라도 황제의 옆자리를 지키리라.

누구든 저를 막을 수 없었다. 그리고 그전에 저는 황제의 총애를 받아 태자의 어미가 되어야 했다.

장화영은 몸을 배배 꼬며 술을 따랐다.

"술을 싫어하신다 들었습니다만, 기루에서는 드셨다지요?"

그녀의 목소리에 촉촉한 욕정이 묻어 나왔다. 그러나 이후가 눈살을 찌푸린 것은 그래서만은 아니었다.

기루에서 벌어진 황제의 기행이 벌써 한 달이나 지났는데도 사람들의 입에 오르내리고 있었다. 그만 잊고 싶은 기억이라 이후는 그 일이 거론되는 것을 달가워하지 않았다.

"오늘 밤 제가 폐하를 위해 기녀가 되겠습니다. 제 술잔을 받아 주실 수 있으신지요?"

"……."

"그리 보지 마시옵소서. 신첩, 왜 부끄럽지 않겠사옵니까. 저 또한 그 어린 소녀처럼 사심 없이 폐하께 술을 따르고 싶사옵니다. 허나, 저는 폐하의 아드님을 낳아 드려야 할 의무가 있지 않사옵니까. 허니, 오늘만큼은 기녀처럼 굴고자 합니다. 받아 주시옵소서, 폐하."

장화영은 농밀한 여체를 이후에게 바짝 들이대며 술잔을 권했다. 이후는 그녀를 피하지도 반응하지도 않았지만 술잔을 놓고는 망설였다.

여경의 술잔도 받지 않았으니 장화영의 술잔은 더욱이 싫었다. 그녀의 짙은 분향이 독주의 향기마저 흩어 놓았고 노골적으로 엉겨 붙는 교태가 역겨웠다.

한 잔만 마시고 가면 더 이상은 귀찮게 하지 않겠지. 그런 생각이 비집고 들어왔다.

"어서요. 한 모금 정도는 괜찮지 않사옵니까."

딱 한 모금. 그것만 마시고 이곳에서 벗어나는 게 차라리 나으리라.

이후는 못 이기는 척 술을 입에 댔다. 그러나 겨우 한 모금의 술이 혀에 닿고 목으로 넘어가는 순간이었다.

그가 얼굴을 무시무시하게 일그러뜨리며 부릅뜬 눈으로 장화영을 노려보았다.

"무슨…… 짓을 한 게냐?"

"예, 예? 무, 무슨 짓이라니요?"

장화영의 얼굴이 삽시간에 시퍼렇게 질려 가는 것을 보고 이후는 확신했다.

"황제의 술잔에 약을 타다니, 죽고 싶으냐?"

"폐, 폐하. 그럴 리가 없습니다. 저, 저는……. 제가 어찌 그런 짓을 할 수 있겠사옵니까."

"아니라고 발뺌하면 감히 나를 속일 수 있다 여기느냐!"

겨우 한 모금이지만 이후는 느꼈다. 술과 다른 맛이 섞여 있었다. 뱉으려 했을 때는 목을 넘어간 후였고, 벌써부터 조금씩 어지러움을 느끼고 있었던 것이다. 독은 아니다. 이 약은 아마도 사여경에게 먹였던 그 약과 같은 것이리라.

"폐하! 용서해 주시옵소서. 허나 그것은 폐하를 상하게 하려는 의도가 아니옵니다! 다만 오늘 밤을 폐하와 함께 즐기고자……."

장화영은 더 이상 잠자코 앉아 있을 수가 없었다. 그녀는 주저앉듯 의자에서 내려와 바닥에 엎드렸다. 그가 몽롱하게 취해 있을 때 그를 안으려 했던 것이 이렇게 쉽게 탄로가 나고 말았다.

술을 즐기지 않는 황제를 한 잔의 술로 약에 취하게 하자면 약을 많이 써야 했는데, 그것이 화근이었다. 게다가 그는 폐비처럼 무방비하지 않았다. 항상 경계를 풀지 않으니, 미약하게 달라진 술 맛에도 알아차린 것이다.

"네년이 이제 황후에 오르고 나니 눈에 뵈는 게 없나 보구나. 하기야, 아비가 대신들을 호령하는 승상이니, 황제 따위가 두려울까?"

"폐, 폐하! 그렇지 않사옵니다! 그런 것이 아니옵니다! 신첩이 욕심을 부렸사옵니다. 폐하의 승은을 입고자 하는 생각에 이성을 잃었던 모양입니다. 용서해 주시옵소서!"

"간사한! 미약을 타 내 정신을 흐려 놓는 것이 어찌 나를 상하게 하려는 의도가 아니더냐!"

"신첩의 생각이 짧았사옵니다. 하, 한 번만 용서해 주시옵소서! 제발 노여움을 푸시옵소서, 폐하. 신첩은 그저 저 또한 폐비처럼 폐하께 버림을 받을까……."

"감히 어디서 폐비를 거론하는 것이냐!"

진노한 황제의 목소리가 황후전을 뒤흔들 정도로 쩌렁쩌렁 울렸다.

"폐, 폐하……."

장화영은 그가 어쩌면 저를 죽일 수도 있겠다는 생각이 들 정도로 겁에 질려 있었다.

"폐비가 내게 버림을 받은 것이냐! 죄 없는 폐비를 내가 쫓아냈다는 것이냐!"

"아, 아니옵니다. 아니옵니다. 폐하. 제, 제가 실언을 하였나이
다. 폐비는 간음을 저지른 죄인으로……."

"그 입, 닥쳐라!"

"……."

장화영은 마른침을 삼키고 벙어리처럼 입술을 꼭 다물었다. 이
후는 그녀 앞에 다가와 검은 그림자를 드리우곤 한쪽 다리를 세우
고 앉았다. 그리고 그녀의 턱을 손가락으로 들어 올렸다.

굴욕적으로 황제와 눈을 맞춘 장화영은 숨도 제대로 쉬지 못하
고 연신 눈을 깜빡였다.

"너도 알고 나도 알지. 폐비의 죄는 내게 반기를 든 것이다. 힘
을 갖고 내게 반기를 들었기 때문이야. 네가 폐비보다 나은 것은
네 아비가 나를 따르고 있다는 것밖에 없다."

"폐하!"

"너는 황후의 자리에 오르지 않았어야 했다. 어리석은 것. 힘없
는 황후를 너를 위한 방패막이로 남겼어야 했음을 곧 깨닫게 될
것이다."

황제의 말대로 눈치는 빠른 장화영이 그 말을 바로 알아차렸다.
권력은 또 다른 권력으로 누르겠다는 것이다. 사희담의 자리를 아
버지가 대신하고 사여경의 자리를 자신이 대신했다. 그럼 이제 황
제의 칼이 겨누는 곳은 저희들이라는 이야기였다.

"폐하! 어찌 이러십니까? 신첩과 아버지는 사희담과 다르옵니
다! 오직 폐하의 뜻만을 받들고 폐하를 뫼실 것이옵니다. 폐하의
든든한 지지대가 되어 드릴 것이옵니다. 어찌 저희를 핍박하려 하

238

십니까!"

"왜냐? 너희들의 뜻이 향하는 곳은 나에 대한 충심이 아니라 너희들의 야망이니까. 야망이 야욕이 되는 순간 너희들은 결국 나를 배신하게 될 테니까."

"!"

그는 소름 끼치도록 차가운 손을 들어 장화영의 목을 쓰다듬기 시작했다.

"네가 폐비를 거론하였으니 굳이 말해 주자면, 폐비는 내게 약을 먹일 때 이런 짓을 하지 않았다. 좋은 것이든 나쁜 것이든 나 몰래 내 뒤에서 이런 짓거리는 하지 않았단 말이다. 미련하게 싫다는데도 싫은 짓만 골라 하다 결국 죽었다. 허면 머리를 써 보거라. 폐비보다 나은 것이라곤 아비밖에 없는 네가 어찌 행동하는 것이 이로울까!"

"컥……. 폐…… 아. 컥."

목을 쓰다듬던 황제의 손이 장화영의 가냘픈 목덜미를 움켜쥐었다.

"커억! 폐……. 끄윽……."

점점 더 조여 오는 숨 막히는 고통에 그녀는 살고자 몸부림치며 황제의 손을 잡았다. 그러나 황제는 일말의 동정심도 없어 보였고, 그녀를 죽이는 데 조금의 죄책감이나 망설임이 없는 듯했다. 궁지에 몰린 장화영은 제가 무슨 짓을 하는지도 모르고 그의 손등에 제 손톱을 박아 넣었다.

이후는 손등에서 피가 흐르는데도 개의치 않다가 그녀가 숨을 놓아 버리기 직전에 그녀를 밀쳐 버렸다.

"커흑! 켁. 켁……. 콜록! 커……."

장화영은 추한 모습으로 숨을 들이마시며 괴로워했다. 폐부 가
득히 숨을 들이마시고 싶으나 졸린 목은 쉽사리 숨구멍이 터지지
않았다.

"죽고 싶지 않으면 황후전에 틀어박혀 아무 짓도 하지 말아야
할 것이다. 오늘 일을 세상에 알려 너를 벌하고 싶으나 한 번은
살려 두겠다. 단, 한 번뿐이다. 또 한 번 이런 겁 없는 짓을 했다
가는 네 아비마저 너를 버리게 만들 것이다!"

장화영은 그의 말을 똑똑히 들었다. 숨 막히는 고통에 몸부림치
면서도 그보다 더 아픈 그 목소리를 들었다. 그러나 그녀의 마음
속에는 두려움보다 분노가 앞섰다. 그녀는 새빨갛게 부어오른 제
목을 쓰다듬으며 이를 갈았다.

'두고 보십시오. 폐하께서도 반드시 제게 고개를 숙일 날이 올
것입니다. 저를 좋아하지 않으신다면 힘으로 좋아하게 만들 겁니
다! 아무리 황제라 해도 이 장화영을 함부로 하실 수 없을 겁니다!
두고 보십시오!'

절규하는 장화영의 목소리가 눈빛으로 쏟아져 나왔으나 이후는
이미 황후전을 나간 뒤였다.

"하아……!"

황후전에서 멀리 떨어지고 나서야 이후는 탄식하며 그곳을 돌
아보았다.

"폐, 폐하! 피, 피가……! 이것이 어찌 된 일이옵니까! 어서 치
료를 하셔야 하옵니다."

나량은 그의 빠른 걸음을 따라잡기에 급급해 이제야 황제의 손
등에 흐르는 피를 발견하고 호들갑을 떨었다.

"악독한 계집 같으니……."

여경이라면 제가 목을 조르면 혀를 깨물지언정, 제 손에 이런
상처를 남기지 않았을 것이다. 처음에는 그녀가 이 정도로 싫지
않았으나, 이제 치가 떨리고 있었다.

왜일까. 여경을 죽게 만든 것은 결국 저지만, 장화영 그녀가 아
니었다면 이리되지 않았을 거란 원망이 나날이 깊어져서일까. 장
화영의 허물이 커 보일수록 사여경을 잃은 것이 더욱 안타까워지
는 것이다.

사사건건 사여경과 장화영을 비교하는 자신이 못나고 한심한데
도 도무지 장화영에게는 미운 정조차 줄 수가 없었다.

"서, 설마. 폐하, 황후께서 이리하셨사옵니까?"

"호들갑 떨 것 없다. 별거 아니니."

"별게 아니라니요! 폐하, 아무리 황후라 하셔도 이럴 수는 없사
옵니다. 벌을 내리시옵소서."

"하……. 하하. 하하하."

이후는 가만히 서서 허탈하게 웃었다.

"나량."

"예, 폐하."

"목표를 이루고 나면 이 헛헛한 마음이 나아지겠느냐?"

"예?"

"사는 것이 재밌다 느낀 적은 단 한 번도 없었다. 황제의 아들
로 태어나 누구보다 더 많은 것을 누렸으나, 나는 지옥 같은 하루

241

하루를 살아왔다."

"폐하……."

"헌데 이상하지. 돌아보니 그리 정신없이 살 때가 차라리 나았 구나. 진짜 지옥은……."

나량은 황제가 더 말하지 않아도 어쩐지 그의 마음을 헤아릴 수 있었다.

지난날, 황제께서 입궁하셨을 때 그의 옆을 따르던 앳된 황후의 모습을 저도 기억하고 있었다. 무심하게 눈길 한 번 주지 않는 황 제를 향해 그녀는 늘 한결같이 애틋한 눈빛을 했었다. 봄볕처럼 따사로운 그녀의 성정 덕에 북풍한설 서릿발 날리는 황제의 궁이 늘 평화로웠으니, 그녀가 없는 지금이 그리운 것은 비단 황제뿐만 이 아니었다.

"곧 매우 바빠질 것이다. 대업을 앞두고 사소한 일로 분란을 일 으키고 싶지는 않다."

황제의 옥체를 상하게 한 것은 결코 사소한 일이 아니었으나 나 량은 입을 다물었다. 어쩌면 자괴감에 빠진 황제에게 그 상처는 스스로에게 내리는 벌과 같은 것이 아닐까 싶어서였다.

밤이 걷히고 해가 걸렸다. 하늘은 구름 한 점 없이 청명하고 높 았다. 그 하늘 아래 병영에는 수만의 병졸들이 명이 떨어지길 기 다리며 한 치의 흐트러짐 없이 도열하고 있었다.

대전 앞에 모인 수백의 장수들과 그들의 휘하 수천의 군사들은 은색 갑옷의 날카로운 빛을 번쩍이며 황군의 위용을 뽐냈다.

황제는 천천히 단상에 올랐다.

대신들은 광목천을 감은 황제의 손등을 힐끔거렸다. 듣기로는 며칠 전 황후와 불미스러운 일이 있었다 했으나 확인된 바가 없었다. 다만 승상의 심기가 불편해 보이니 어느 정도는 맞겠거니 눈치만 살피는 중이었다.

"그대들은 나의 훌륭한 군사들이다. 비록 내가 함께 나가 싸울 처지가 못 되나 나의 마음은 늘 그대들이 싸우는 바다에 있을 것이다. 해월국의 섬과 바다를 함부로 기지로 삼은 역적들을 토벌하고 부디 백성들에게 그 바다를 돌려주길 바란다."

마침내 출병의 명이 떨어졌다. 군사들의 함성이 저 멀리 병영에까지 퍼져 나갔고, 곧 용기와 기백의 우렁찬 함성이 도성이 떠나갈 듯 울렸다.

잠시 후, 이후는 성에 올라 푸르고 넓은 바다를 가로지르는 함선의 위용을 내려다보았다.

'저들이 내게 승리를 안겨 주면 비로소 모든 것이 끝이 나는 것일까.'

어머니를 잃고 죽음의 문턱을 수도 없이 넘어야 했던 지난날, 그리고 아직도 저를 위협하는 남은 형제들과 대신들. 그 틈에서 죽어야 했던 사여경.

이제 끝이 보일 때가 되지 않았나.

하지만 그것은 이후의 착각이었다. 끝이라고 생각했던 이 출전이 또 다른 시작을 알릴 줄은 꿈에도 몰랐기 때문이다.

첫 출전의 승리를 가져다준 가을, 그리고 힘들었던 겨울의 전투와 봄의 대승. 잦은 승전에 백성들은 환호했다. 그러나 금방 끝이

날 줄 알았던 해적들과의 전쟁은 그렇게 네 번의 봄을 더 맞이할 때까지 지루하게 이어져 갔다.

여느 때보다 눈부시게 아름다운 해월국의 봄이었지만, 그해 강둑에는 흐드러지게 피어난 꽃과 봄바람을 반겨 주는 이가 그리 많지 않았다. 승전으로 얻은 풍요로움은 귀족들의 것이었고, 백성들은 가족과 사랑하는 이를 잃은 슬픔에 잠겨 있었다.

깎아지르는 기암절벽 아래에 높은 파도가 연신 부딪치고 부서져 내렸다. 사람의 발길이 거의 닿지 않은 이 절벽 위에 연둣빛 물결이 파도처럼 춤을 추었다. 그 신록 깊어지는 산야에 앙증맞은 연분홍 메꽃송이가 여인네의 치맛자락처럼 하늘거렸다.

겨우 살랑거리는 봄바람에 이리저리 흔들리는 연약한 꽃송이들이었다. 그러나 누가 이런 메꽃을 천박하다 여길까? 나약하고 가벼운 마음이 수줍은지 고개를 숙여 분홍빛 뺨을 물들이는 모습이 어여쁘기만 한 것을.

그 꽃밭 속으로 물 빠진 녹색 치마가 조심스럽게 들어왔다. 꽃 속에 파묻힌 여인은 호미로 흙을 파 메꽃들을 뿌리째 캐어 바구니에 담기 시작했다. 젊은 여인의 손은 흙과 생채기, 그리고 알 수 없는 풀 즙으로 엉망이 돼 있었다. 하지만 꽃을 꺾는 그녀의 손길은 부드럽고 신중했으며 억척스러운 데라곤 없이 나긋했다.

마침내 바구니가 꽉 차자 무표정했던 그녀의 얼굴에 보일 듯 말 듯 한 미소가 피어올랐다.

한때 황후였고, 폐비가 되어 죽은 사여경.

그러나 그녀의 모습은 귀신이라기엔 너무나 생기가 넘쳤다. 그녀가 황후로 살았던 그때보다 더욱.

허리를 펴고 일어난 여경은 잠시 저 아래 보이는 해월국의 원대한 바다를 응시했다.

푸르고 넓게 펼쳐진 바다가 잔잔한 파도로 햇볕을 부수며 반짝거리고 있었다. 그것을 바라보는 여경의 크고 짙은 눈동자에 신비로운 푸른빛이 감도는 듯했다. 바람이 선이 고운 갸름한 뺨을 어루만지고 지나갔다. 단정히 뒤로 묶은 흑단 같은 머리카락이 바람결에 나부껴 오뚝한 콧잔등을 간질였다.

그래도 그녀는 선홍빛 입술을 닫고 오래도록 그렇게 서 있었다. 마치 꽃대를 땅에 내린 메꽃처럼, 치맛자락을 하늘거리며 오랫동안 바다에서 눈을 떼지 않았다.

얼마나 지났을까. 하염없이 수평선을 바라보던 여경의 눈에 파도를 가로지르는 범선 한 척이 보였다. 대장선의 깃발을 꽂은 범선의 뒤로 또 세 척의 전선들이 따라 들어오고 있었고, 잔잔하던 바다에는 청룡이 달려오듯 위풍당당한 물결이 일어났다.

'폐하, 이번에도 폐하의 군대가 무사히 돌아온 모양입니다.'

누가 봐도 승전을 치르고 온 전선의 위용이었다. 여경의 얼굴이 환하고 부드럽게 풀어졌다. 그러나 고개를 떨구고 뒤돌아선 그녀의 얼굴에 다시 무거운 그늘이 드리워져 있었다. 그 모습이 마치 먹구름 아래서 폭우가 떨어질 것을 근심하는 가련한 꽃송이 같았다.

'이렇게 어리석을까. 미련 둘 일이 따로 있지…….'

여경은 고개를 돌리고 싶은 자신을 탓하며 억지로 걸음을 떼고 있었다.

'어차피 그곳은 내 자리가 아니었다. 내가 있을 곳이 아니었어. 봐라, 여경아. 지금처럼 사는 게 너하곤 가장 잘 어울려.'

돌아보지 말라고, 살아 있는 것에 감사하라고, 수천 번 되뇐 다짐이 늘 씁쓸한 한숨에 흘러가고 말았다. 저는 이미 죽은 사람이다. 목숨이 붙어 있되 사여경은 죽었다. 헌데 옛일을 곱씹고 미련을 가진 듯, 한을 품고 이승을 떠도는 추한 귀신과 다를 게 없지 않은가.

'여경아, 네가 없어도 세상은 이렇듯 잘 흘러가는구나. 나 같은 것은 있으나 마나 한 존재였나 보다. 여기서도 황궁에서도. 어차피 이리될 거였다면 궁에 남을 걸 그랬다. 죽어도 그곳에서 죽을 걸 그랬다.'

지금 이렇게 미련이 남을 거라면 왜 그때 더 매달리지 않은 것일까? 왜 좀 더 저를 버리지 말라, 믿어 달라, 청하지 않았을까.

'아니다. 그때로 돌아간들 바위보다 단단한 사람의 마음을 내 미미함으로 어찌 움직였겠는가.'

얼음 갑옷을 두른 그의 심장을 녹이기엔 저는 그리 따뜻한 사람이 못 되었으니, 그의 곁에 봄 같은 여인이 머물러 주기만을 바랄 뿐이었다. 그래서 그 고독한 분의 마음을 달래 주기를…….

헌데, 그러길 바라면서도 여경의 가슴에 가시가 돋아나 쿡쿡 찔러 댔다.

'질투라니……. 내 주제에 무슨…….'

가당치 않았다. 제 시신을 찾아내 저를 또 한 번 찢어 죽이신

분이다. 뒤늦게 그 소문을 듣고 얼마나 겁이 나고 서러웠던가. 살려 준다며 저를 속여 쫓아내고는 기어이 죽게 한 것으로 모자랐을까. 무슨 원한이 그리 깊다고 저를 그렇게 만드셨단 말인가.

여경은 바구니를 든 손에 힘을 꼭 주었다. 비단 그 일이 아니어도 저는 황제에게 아무 가치도 없는 존재가 아니었는가. 그가 저를 어떤 눈으로 보았는데, 다른 계집을 질투할 수나 있단 말인가.

언제였더라…….

저도 모르게 걸음을 멈춘 여경은 굳이 떠올리지 않아도 될 가슴 아픈 일들을 곱씹고 있었다. 저를 발에 걸리는 돌멩이마냥 무심하게 보던 그의 눈빛. 감정이라고는 티끌만큼도 담겨 있지 않던 그 목소리.

「우습군.」

「…….」

우습다 하면서 비웃음조차 없었다. 그러고 보니 그가 웃는 모습을 한 번도 본 적이 없었다.

「내 여태 들은 말 중 가장 우습고 어리석은 대답이었네.」

그를 사모하여 황후가 된 것이라는 대답이 이렇게 가차 없이 매도당할 줄 몰랐다. 붉어진 얼굴을 들킬까 봐 그를 똑바로 보지도 못하고 절절매야 했다.

「그대가 황후가 된 것은 그대의 아비와 나의 이해관계가 맞았을 뿐. 권력을 탐하려거든 좀 더 영리하게 구는 것이 어떻겠나?」

사람에게 마음 주는 일이 없는 사내. 황위에 오르기 위해 그는 참으로 무정하고 비정한 일을 겪으며 살아왔다. 허나 여경은 그의 어린 시절을 기억하고 있었다. 세상 물정도, 몰인정한 인심도 모르던 열네 살 소년의 울음을.

그에게는 차마 말할 수 없었다. 제가 그때 그 아이였다는 것을. 그래서 줄곧 그를 연모해 왔다는 것을…….

「그랬다간 죽여 버릴 테니까.」

누구에게도 들키고 싶지 않던 여리고 따뜻한 마음을 들켜 버렸으니까.

아무에게도 곁을 내주지 않고 그 누구와도 마음을 나누지 않는 만인지상의 황제. 어린 나이에 그 자리에 올라 지금껏 자리를 지켜 낼 수 있었던 것은, 어쩌면 그 냉정함 때문일지도 몰랐다.

허나, 어차피 이리 죽은 몸이 될 줄 알았더라면 말하는 게 좋지 않았을까 아쉽기만 했다.

'아니……. 난 못 했다.'

여경은 고개를 저었다.

떠나기 전 마지막으로 그를 보았을 때, 그 경멸의 눈초리에 눌려 항변 한 번 제대로 못하지 않았나. 헌데 그가 꺼내지 말라던 그 옛일을 감히 입에 담을 수 있었을까…….

「그대에게 진정 죄가 있는지 없는지는 중요하지 않다. 그대는 지금 죄인의 몸이고 죄인을 벌해야 하는 것이 나의 의무일 뿐.」

사 년이나 함께한 부인에게 죄를 묻는데, 슬픔은 고사하고 분노조차 비치지 않던 이가 아니었는가.

죽음으로 죄를 씻으라던 그 잔인한 사람에게 왜 저는 아직도 못난 미련이 남았을까.

옛 생각에서 깨어난 여경이 다시 저 바다로 눈길을 보냈다.

돌이켜 보며 억울함을 곱씹을 때마다 죽고 싶을 만큼 가슴이 아프고 그가 원망스러웠다.

'폐하, 제가 어리석고 못난 계집이었다고 욕하셔도 좋습니다. 다만 저를 잊지만 말아 주십시오. 저란 계집이 한때 폐하의 황후로 살았음을 잊지는 말아 주십시오. 허면 저는 폐하를 원망하는 힘으로 살아갈 것이옵니다.'

아직 이렇게 이승에 머물고 있는 제가 잊혀지기까지 한다면 그보다 더 비참한 일은 없을 듯했다.

여경은 다시 걸음을 옮겼다.

사락사락. 꽃 수풀 사이를 지나는 그녀의 뒷모습은 이 세상 사람이 아닌 듯 신비로운 비애감이 흘러, 마치 한 폭의 그림 같았다.

6.

꽃을 꺾는 님의 손길 애타게 그리워라

황후 장화영의 미모는 나날이 물이 올랐다. 성숙함을 더한 그녀의 아름다움에는 농염미가 흘렀다.

그렇다 보니 이런 화려한 꽃을 궁 안에 고이 모셔만 두고 있는 황제를 향해 의심의 눈초리가 짙어지고 있었다. 스물여덟의 한창 나이에 이처럼 요염한 여인을 그냥 보고만 있다는 것이 가능한가 말이다.

그녀가 황후에 오른 지 벌써 사 년이나 지났으나 제대로 합궁 한 번 하는 일이 없었고 황제는 오로지 전쟁에만 미쳐 있는 듯 보였다.

"폐하께서 사내구실을 못 한다는 말이 떠도는데 정말 아무렇지 않으시옵니까?"

선무는 오늘 밤에도 집무실에 틀어박힌 황제가 답답했다. 장화영이 싫으면 다른 후궁이라도 둬야 할 게 아닌가. 도대체 무슨 생각으로 후사를 잇지 않는 것인가 그 속을 알 수가 없었다. 이젠 저도 황제가 의심이 될 지경이었다.

"하릴없는 백성들이 재미 삼아 떠드는 말까지 단속하란 말이더냐?"

무례한 직언에도 이후는 담담하게 반문했다. 선무는 그 담담함이 더욱 거슬렸다. 자신의 도발에 황제가 펄쩍 뛰며 후사를 잇겠노라, 말해 주길 바랐기 때문이다.

"백성들이 그저 재미로 떠드는 말들이 아닙니다. 전쟁이 길어지는데 황실엔 후사가 없으니 민심이 어수선할밖에요."

"전쟁을 빨리 끝내면 되겠구나."

불똥이 선무에게로 돌아갔다. 황제의 잘못을 간언하던 중이었는데 뜬금없이 질책이 시작되자 선무는 퉁명스럽게 말했다.

"바다가 그리 만만치 않습니다. 게다가 섬 하나씩 차지하고 있는 수괴들이 이제는 저희들끼리 모여 연합을 하고 있지 않습니까. 흩어졌다 모였다가 황군을 농락하는 솜씨가 귀신같습니다. 마치 훈련된 관군처럼 움직이니 말입니다."

"이상한 일이지. 작년까지만 해도 곧 끝날 거라던 전세가 아니었느냐. 오합지졸처럼 떼 지어 다니던 것들이 전술을 쓰다니, 그냥 넘길 일이 아니다. 어찌 된 일인지 알아봐야 할 것이다."

"저도 의심이 가서 알아보고는 있으나 간자를 보내는 것조차 지금으로서는 길이 없습니다. 어디에 숨어 있는지 본진을 찾는 것만으로도 힘든지라……."

"그러니 너는 그깟 헛소문에 신경 끄고 네 일이나 열심히 하거라."

괜히 말을 꺼냈다가 면박만 받았으나 선무는 이대로 순순히 물러설 생각이 없었다.

"허면 폐하께서는 황후마마라도 좀 단속하시지요. 요즘 걸핏하면 궁 밖에 나가시는 모양입니다. 폐하께서도 아시지요?"

"사찰에 가는 것 말이냐? 황자를 낳게 해 달라 불공을 드리는 것을 내가 무슨 명분으로 막는단 말이냐?"

"그것이 수상하니 하는 말입니다."

"수상하다니?"

"마마께서 다니시는 만운사라는 절 말입니다. 그 절이 그다지 크고 유명한 절이 아니라 합니다. 절이 세워진 지 불과 두 해밖에 지나지 않았고 주지승 역시 그리 잘 알려진 자가 아니라는데, 하필 마마께서 굳이 깊은 밤 험준한 산을 올라 그곳에 다니시는 것이 이상하지요."

불공을 드리자면 낮에 해도 될 것이고 해월국에는 유서 깊은 사찰과 법력 높은 스님들이 많았다. 확실히 이상한 데가 있긴 했다.

"그렇긴 하다만 황후가 된 장화영이 다른 무슨 꿍꿍이를 품는단 말이냐?"

"이럴 때 보시면 참으로 순진하십니다. 여인이 밤이슬을 밟는데 무슨 이유가 있겠습니까?"

"일국의 황후다. 승상의 여식이기도 하지. 어찌 그런 천박한 짓을 저지를까?"

"답답하십니다. 하오시면 폐비는 어떠했습니까?"

선무가 폐비를 거론하자 이후의 표정에서 태연함이 사라졌다.

"무슨 말이냐?"

"승상 사희담의 명망을 모르시는 것은 아니시지요? 그런 명문가에서 자라난 일국의 황후가 투기와 간음의 대죄를 범했습니다. 헌데 사람들은 이를 믿었습니다. 그러니 지금의 황후께서 똑같은 죄를 범한다 해도 그리 놀랄 일이 아니옵니다. 충분히 가능한 일이지요."

"폐비에게 죄가 없는 것은…… 너도 알고 나도 알고 있는 사실이다."

"저는 그저 있을 수 있는 일이라 말씀드리고 싶었던 것이옵니다. 폐비에게 죄가 없었으나 그것이 가능했기에 모두가 믿었던 것이 아니옵니까?"

"그 얘기는 그만하지."

선무는 황제의 용안에 불쾌함이 서리는 것을 보고 울컥 화가 치솟았다.

"저는 해야겠습니다. 대체 황후를 마다하며 후궁도 들이지 않는 저의가 무엇이옵니까? 혹, 아직도 폐비의 일을 마음에 두고 계시옵니까?"

"그만하라 했다."

"폐비는 죽었습니다. 폐하께서 시신마저도 온전히 남기지 않으셨습니다. 왜 그리하셨습니까? 전부 잊으려 한 것이 아니십니까. 헌데 제가 보기에 폐하께오선 폐비를 잃은 후로 냉정을 잃으셨습니다. 아닌 척하셔도 제게는 보입니다. 폐비를 죽음으로 몰고 간 황후 장화영에 대한 분노와 그것을 부추긴 폐하의 행동에 대한 죄책감이 제 눈에는 보입니다."

이후는 겁을 상실한 선무를 싸늘한 눈초리로 바라보다 천천히 입을 열었다.

"황룡장, 내가 너를 죽이지 못할 것 같으냐?"

"……"

오랜만에 듣는 황제의 차가운 경고에 선무는 입술이 얼어붙은 것 같았다. 과연 제 목숨을 걸면서까지 했어야 할 말이었는가 후회도 들었다. 하지만 이어지는 황제의 말에 짧은 긴장이 탁 풀려 버렸다.

"냉정을 찾으라 했느냐? 내가 냉정을 찾았으면 지금 네놈의 모가지가 내 발밑을 구르고 있을 것이다."

"폐하……"

"그만하자. 더는 말하고 싶지 않다. 네 말대로 황후가 수상하긴 하니, 알아보마. 너는 수괴들 중에 우두머리를 찾아보거라. 누군가가 있다. 그렇지 않고서야 하루아침에 중구난방으로 흩어졌던 수적들이 전열을 갖출 순 없다."

"예, 그리하겠사옵니다."

"알았으면 그만 나가 보아라."

선무는 황제가 이미 저를 많이 참아 주었다는 것을 알기에 더는 말하지 않고 물러났다.

이후는 씁쓸하게 마무리된 대화를 곱씹으며 속으로 중얼거렸다.

'차라리 죄책감 따위였으면 좋겠다.'

제 감정이 그리 단순한 것이 아니기에 다스리기가 쉽지 않은 것이리라. 시간이 지나면 괜찮아질 줄 알았건만 폐비가 거론될 때마다 가슴이 욱신거리고 시커먼 안개를 삼킨 듯 답답했다.

왜 죽은 것일까. 살라고 보냈는데 왜 죽은 것일까. 살려 준다는 말을 믿지 못해서, 혹은 수치와 모욕을 견딜 자신이 없어서 그런 것일까. 그럴 리가 없다. 제가 아무리 매몰차게 대하고 자존심을 짓밟아도 끄떡도 하지 않던 여인이었다. 나약하고 여려 보여도 고집과 강단이 있는 여인이 아닌가.

여기까지 생각한 이후는 한숨을 쉬었다. 어쩌면 그렇게 오랜 시간을 참아 왔기에 저를 믿지 못하고, 더는 모진 세월을 이겨 낼 자신이 없었던 게 아닐까. 실은 여리고 자존심 강한 속내를 드러내지 않았을지도 모른다.

'그만. 지금 중요한 건 그런 게 아니다.'

이후는 복잡한 상념들을 떨치고 나량을 불러 만운사와 그 주지승에 대해 소상히 알아오라 명을 내렸다.

선무의 말대로 오늘 밤도 황후 장화영은 새벽이슬을 밟으며 황후전으로 돌아왔다.

"마마!"

"곤하구나. 목욕물을 받아 놓거라."

"저, 마마!"

나인들이 종종걸음으로 따라오며 불안하게 부르는데도 황후는 들은 척도 하지 않고 방문을 벌컥 열었다.

"!"

"이제 오시는가?"

장화영은 저를 기다리고 있는 황제를 보고 가슴이 철렁했다. 그리고 그녀는 황급히 제 목을 쓰다듬었다.

"폐, 폐하. 여긴 어쩐 일이십니까?"

"나를 위해 불공을 드리느라 그 험한 길을 다녀온다는데, 내 기다려야지. 쓸데없는 수고이긴 하지만."

얼굴을 보자마자 비꼬는 황제지만 그녀는 익숙하다는 듯이 웃으며 대답했다.

"쓸데없다니요. 폐하께서 신첩을 봐 주지 않으시는데 제게 기댈 곳이라곤 부처님밖에 없지 않겠사옵니까. 그마저도 하지 말라시면 신첩 어찌 황후라 할 수 있겠습니까."

"하지 말라고는 안 했네. 다만, 그대가 절에 가 있는 동안 내 꼴이 아주 우습게 되지 않았겠나. 원하는 것이 절에 있는지 내게 있는지 정도는 잘 알 텐데."

장화영은 그가 마음에도 없는 소리로 저를 떠본다는 것을 눈치 챘다. 그렇기에 매우 안타깝고 당혹스러운 표정을 지으며 말했다.

"폐하, 신첩…… 참으로 어리석은 짓을 저질렀나 보옵니다. 폐하께서 저를 찾으실 때 늘 제가 있어야 하는 것을……. 용서하여 주시옵소서, 폐하."

"아닐세. 내가 그대를 찾는 일이 없었으니 기대도 하지 않았겠지. 그리고 보니, 그대의 불공이 헛된 것은 아닌 모양일세. 내가 그대를 찾는 날이 다 오지 않는가."

"그, 그렇사옵니다. 정말 그런 모양입니다."

이후가 날카로운 눈빛으로 추궁하듯이 빈정대자 장화영은 저도 모르게 움찔 놀라 말을 더듬었다.

"흠……. 만운사라 했던가? 꽤 신통하군. 언제 그대가 불공을 드릴 때 나도 함께 가지."

"예?"

"전쟁이 길어지니 백성들의 민심이 나날이 흉흉해지고 있네. 빠른 승전을 기원할 겸, 내 후사를 점지해 달라 함께 가 보잔 말일세."

"폐하! 허나, 그 절은 그리 유명한 절이 아니옵니다. 폐하께서 가시기에는 너무 누추한……. 다른 절을 알아보심이 어떨지요?"

장화영은 황제가 만운사를 간다고 하자 난처한 모습을 보이며 오지 않았으면 하는 마음을 비쳤다.

"황후께서 그리 말하니 더 궁금해지는군. 다음 행차는 언제인가. 내 그때 시간을 비우도록 하지."

"폐하……."

"왜? 내가 가면 안 되는 이유라도 있는가?"

"그, 그럴 리가 있겠사옵니까."

장화영의 당황한 모습은 더욱 이후의 의심을 샀다.

겁먹은 표정으로 황제를 배웅하고 돌아온 장화영은 나인들이 받아 놓은 목욕물로 들어갔다.

더운 김이 그녀의 목덜미를 간질이자 장화영은 고개를 뒤로 젖히며 입술을 벌렸다.

"하아……."

뜨거운 숨결을 뱉으며 그녀는 자신의 목을 쓰다듬었다. 하얀 목덜미에 얼룩덜룩한 붉은 자국이 그녀의 손끝에서 생생한 촉감으로 되살아나고 있었다.

손은 더 아래로 내려와 가슴을 주무르고 물속에 가라앉은 제 은밀한 곳을 지분거렸다.

들뜬 그녀의 입술에 어느 순간 조소가 걸렸다.

'스스로 무덤을 파시다니 더할 나위 없이 좋은 일이지요.'

도성 외곽으로 난 거친 오솔길은 환한 대낮에도 사람의 발길이 드물었다. 어찌나 척박한 땅인지 시든 잡초만 무성한 길가에 봄꽃 한 송이 피지 못했다. 남루한 치맛자락이 잡초를 쓸고 지나갔다. 망태기를 멘 여인은 무엇이 그리 급한지 마른 가지와 풀에 옷자락이 긁히는 줄도 모르고 바삐 걸어가고 있었다.

헌데 그녀는 독특하게도 죽립에 검은 수렴을 내려 입술만 겨우 보이도록 얼굴을 다 가리고 있었다. 수렴이 바람에 날리지 못하도록 끝자락마저 죽립에 기운 것을 보면 사연이 깊어 보였다.

오솔길을 따라 걸은 지 얼마 되지 않아 곧 허름한 마을이 나타났다. 마을은 다 쓰러져 가는 움막이나 그조차 없어 기둥에 지붕만 올려놓은, 집이라 할 수 없는 것들이 대부분이었다.

죽은 듯이 조용한 마을에 그녀가 들어서자 갑자기 사람들이 떼를 지어 몰려나왔다.

"의녀님!"

"의녀님, 오셨습니까!"

사람들은 기다렸다는 듯이 반갑게 달려와 서로 자신들의 집으로 그녀를 먼저 데려가겠다, 소매를 잡아끌었다.

"그만들 좀 하세요!"

그때 한 소녀가 당차게 소리를 지르며 앞으로 나섰다.

"숙정아, 오늘은 우리 집부터 먼저 가자. 응?"

"절대 안 됩니다."

숙정이 단호하게 말하자 사람들은 헛기침을 하며 뒤로 물러났다. 누가 뭐래도 그녀가 가장 먼저였다. 의녀와 인연이 닿은 것이 숙정이었기 때문이다.

"의녀님, 오시느라 힘들진 않으셨나요?"

"날이 좋아 하나도 힘들지 않았다."

수렴을 쓴 의녀가 환하게 웃었다. 사람들은 이제 그녀의 얼굴을 궁금해하지 않았다. 그 미소를 보면 분명 선녀같이 아름다운 여인일 것이라 짐작되었기 때문이다. 의녀가 화상을 입은 추한 얼굴을 보일 수 없을 뿐이라고 아무리 말해도 말이다. 자신이 약초꾼이라 해도 끝까지 의녀라고 부르는 것처럼.

수렴 뒤에 가려진 여경의 얼굴에 일순 씁쓸함이 감돌았다 사라졌다.

"어서요, 의녀님. 어서요."

숙정의 재촉으로 움막으로 들어온 여경은 죽립을 내려놓고 잠이 든 중년 여인의 곁에 앉았다. 사람들 앞에서는 감추었던 모습을 숙정 앞에서는 아무렇지 않게 내보였다.

"잠이 드셨구나."

"예. 밤새 숨을 제대로 쉬지 못해 뒤척이다가 이제야 지쳐서……."

그녀의 설명이 아니어도 여경은 잠든 여인의 상태가 매우 나쁘다는 것을 알아차렸다. 경험이 없어 진맥을 할 수는 없으나 안색과 숨소리로 상태를 어느 정도 가늠할 수는 있었다.

숙정은 그런 여경의 표정을 뚫어져라 바라보고 있었다. 오직 그녀만이 여경의 얼굴을 볼 수 있었기에 숙정은 그것을 자랑스러워했다.

"하마터면 큰일 날 뻔했구나."

여경은 망태기에서 주섬주섬 약초들을 꺼내 숙정에게 건넸다.

"그리 안 좋습니까?"

"지난달보다 많이 나빠지셨다."

"약재가 떨어져서⋯⋯."

"내가 좀 더 빨리 오지 못한 탓이다."

"무슨 말씀이세요. 매번 이렇게 도움을 받는 처지에⋯⋯."

"너야말로 무슨 소리냐. 숙정이 네가 아니었으면 내가 지금껏 살아 있기나 할까."

여경은 파도에 떠밀려 온 모래밭에서 물을 토해 내던 때를 생각했다.

죽음의 고통과 공포가 한순간에 씻기듯 사라지고 하얀 빛 속에서 어린 소녀의 모습이 아른거렸다. 그 뒤로 다시 정신을 차렸을 때 이 움막에서 여기 숙정의 어머니와 함께 나란히 누워 있었던 것이다. 그러나 겨우 구한 목숨은 기력을 회복하기도 전에 곧 찾아온 폭풍으로 인해 다시 끊어질 위기에 놓였다. 쇠약해질 대로 쇠약해진 심신에다 줄곧 제대로 먹지도 못했는데, 움막은 비를 피하기도 여의치 않았던 것이다.

사 년 전 그날,

비가 새는 움막은 하늘을 깨부수는 듯한 천둥소리에 무너질 것만 같았다. 번쩍 하는 번개가 눈을 감고 누운 창백한 여경의 얼굴을 비추었다. 추적추적 떨어지는 빗물이 뜨거운 얼굴을 때리는데도 여경은 일어나지 않았다. 열병을 얻어 사경을 헤매는 그녀의 목숨은 언제 쓰러질지 모를 움막만큼이나 위태로운 상태였다.

열이 펄펄 끓어오르는 몸과 달리 여경은 자신이 아직도 차가운 물속에 있는 것 같았다. 시끄러운 빗소리 대신 깊은 바다 속의 적막이 그녀를 에워쌌다. 해류가 출렁거리며 그녀의 몸을 뒤흔드는가 싶더니, 누군가의 애타는 목소리가 들렸다.

「일어나세요. 눈 좀 떠 보세요.」

'소화?'

반가운 마음에 번쩍 눈을 떴으나 여전히 캄캄한 물속이었다.

「일어나세요.」

그 목소리는 아직도 멀리서 울리고 있었다. 두리번거리며 목소리가 들리는 곳을 찾는데 머리 위로 빛이 보였다. 여경은 본능적으로 그곳을 향해 팔을 뻗고 위로 헤쳐 나갔다.

그런데!

불쑥 나타난 검은 그림자가 순식간에 수면을 가리고 이제는 한 치 앞도 볼 수 없을 만큼 깜깜해졌다. 어디가 위고 어디가 아래인지조차 알 수 없게 되었을 때 등 뒤에서 소름 끼치도록 차가운 손이 그녀의 어깨를 턱 잡았다.

'!'

서서히 고개를 돌린 여경은 소스라치게 놀랐다. 황제의 시퍼런 안광과 마주한 것이다.

「어딜 가는 길이신가?」

다시 듣게 될 줄 몰랐던 싸늘한 목소리에 사로잡혀 눈조차 깜빡할 수 없게 되었다.

「죽음으로 죄를 씻어라.」

'저는…… 죄가 없습니다.'

입을 열자 갑자기 입 안으로 물이 들어와 숨이 꽉 막히기 시작했다. 고통으로 몸부림치는 그녀의 귓가에 황제의 비웃음이 들렸다.

「나를 연모한 것이 네 죄다.」

그 말과 동시에 몸은 돌덩이를 매단 것처럼 심연으로 가라앉았다.

반복되는 악몽이 서서히 걷히기 시작한 것은 입술 안으로 들어오는 약물의 쓰디쓴 맛이 느껴지고부터였다. 어린 숙정의 간호로 겨우 온전한 정신을 차렸을 때였다. 여경은 그녀에게 고마움을 전하기도 전에 경악할 만한 이야기를 듣게 되었다.

"그때 한 번 살려 준 것으로 매번 이리 도움을 받는 것을요. 그리고 그게 어디 제 공입니까? 폐하의 공이죠. 폐하께서 도와주시지 않았다면 어머니도, 의녀님도 잃었을 거예요. 그때만 생각하면 아직도 눈물이 난답니다."

여경은 이 얘기를 들을 때마다 소름이 돋곤 했다. 황제께서 제게 죽으라 했는데 원치 않게 살린 꼴이 되었으니, 이를 아시면 얼마나 노하실까. 죽은 저를 다시 한 번 찢어 죽인 것처럼, 아마 저를 보신다면 산 채로 찢어 죽이신다 해도 이상할 게 없을 듯했다.

"그 조무기란 놈이 저를 희롱하는데 정말로 이제 몸이나 파는 계집이 되고 말겠구나, 그런 생각밖에 안 들더라고요. 그런데 거기에 황제께서 계실 줄 누가 알았겠어요? 폐하께서 저 같은 미천한 계집을 도와주시다니 정말이지 꿈같은 이야기가 아닙니까."

사 년 전 이후가 구해 준 소녀가 바로 여기 있는 숙정이었다. 이후 덕에 은자를 얻은 숙정이 그것으로 어머니와 여경을 살렸던 것이다.

"게다가 소문과는 달리 정말로 잘생기고 마음씨도 좋으신 분 같더라니까요."

한 얘기를 또 하고 또 하는데도 숙정은 늘 신이 나서 얘기했다. 그리고 여경은 이 대목에서 항상 웃음을 터트렸다.

"어째 매번 제 말을 안 믿으세요? 진짜 잘생기고 마음이 따뜻 하신 분이었다니까요. 뭐 폐비마마를 아주 잔인하게 벌하시긴 했 지만, 그거야 마마께서 워낙에 지은 죄가 크니까 어쩔 수 없었을 거예요."

"……."

그 폐비가 눈앞에 있는 줄 꿈에도 모르는 숙정 덕분에 여경은 제 억울한 죄를 이렇듯 상기하곤 했다.

"헌데 말이죠. 그때는 그냥 별생각이 없었는데, 누구와 달리 운 이 좋았다는 말씀이 요즘 들어 궁금해졌어요. 제가 폐하를 만나서 운 좋게 은자를 얻었다면 운이 나쁜 사람은 누굴 말씀하시는 걸까 요?"

불현듯 여경의 머릿속에 황제의 목소리가 스치고 지나갔다.

「오늘 밤, 사여경이란 여인의 운을 시험해 보시게.」

운이 없는 사람이 저를 뜻하는 말일까. 허나 하룻밤에 가진 운 을 다 시험하기에는 너무 박한 처사가 아닌가.

"혹 어머님 되시는 명화황후님 얘기일까요?"

여경은 숙정의 중얼거림을 대수롭지 않은 듯 흘려 버리며 짐짓

263

장난스럽게 나무랐다.

"폐하의 영웅담에 빠져서 네 어머니는 잠시 잊은 것이냐?"

"아! 그, 그런 게 아니라……. 의녀님이 계시니까요. 헤헤. 어머니는 괜찮으신 거죠?"

부끄러운지 몸을 꼬며 볼을 붉힌 숙정을 보며 여경은 웃을 수밖에 없었다.

"봄에는 천식이 더 심해지는 것이 당연하다만, 그래도 이번엔 더 심하신 듯하다. 움막 안의 공기가 좋지 않으니 자주 환기를 시키되, 이른 새벽이나 저녁 이후로는 기온 차가 심하니 문을 열지 말아야 한다. 또 물을 자주 마시게 해 드리렴. 뽕나무 껍질을 달인 물이 특히 좋으니 자주 드시게 하거라."

"예, 그리할게요."

"일단은 그렇게라도 해서 올 봄을 버텨 보자꾸나. 큰일이구나. 오늘도 약초를 썩 많이 구하진 못했는데……. 날이 좋아 더 캘 수 있을 줄 알았더니, 전쟁 때문에 약초도 씨가 말랐구나. 도라지 한 뿌리도 귀하니……."

"어휴. 왜 그리 미안해하십니까. 저희는 의녀님이 그냥 빈손으로 오신다 해도 얼마나 감사한 일인데요. 정말이지 제가 이 은혜 꼭 갚겠습니다."

여경은 착하기만 한 숙정의 머리를 쓰다듬었다.

"그래. 언젠가 네게 부탁할 것이 있을 게다. 그때 꼭 그 빚을 갚아다오."

"무엇이든요. 의녀님의 부탁이라면 죽으라고 해도 죽을 겁니다."

"의녀가 죽으라는 부탁을 할 리가 있겠느냐. 그런 것은 걱정하지 않아도 된다."

그 말을 듣고 배시시 웃던 숙정이 깜빡했다는 듯이 손뼉을 쳤다.

"참, 그 소식 들으셨습니까?"

"응?"

"폐하께서 오늘 만운사에 가신답니다."

"만운사?"

"예. 여기서 멀지 않은 절인데, 언제부턴가 귀부인들이 자주 드나들곤 해서 이곳 사람들이 산 아래 모여 구걸을 하곤 했거든요."

"그래? 여긴 궁에서 꽤 떨어진 곳인데 왜 하필 만운사에……?"

여경은 고개를 갸웃거렸다. 궁의 행사를 맡은 절은 따로 있는데 굳이 이런 곳까지 폐하께서 직접 찾으실 이유가 있을까.

"그러니 말이에요. 알고 봤더니, 황후마마께서 만운사에 다니시며 불공을 드렸대요. 이번엔 폐하께서도 함께 오신다니, 잘하면 멀리서나마 폐하를 볼 수 있지 않을까요?"

"폐하께서 불공을? 그럴 분이 아니신데……."

"예? 그걸 어찌 아세요?"

"아, 아니……. 워낙 유명하지 않니. 미신 같은 건 믿지 않으시는 분이라……."

"아무리 그런 분이라 하셔도 요즘 도는 소문들이 하도 망측하니, 더는 참을 수 없었나 보지요. 폐하께서 그, 그……. 아무튼 그거 있잖아요. 자식을 못 낳는 그거요……."

"……."

여경이 눈을 깜빡이며 빤히 쳐다보자 숙정은 붉어진 얼굴로 쩔쩔맸다.

"그런 눈으로 보지 마세요. 의녀님이시니까 잘 아실 거 아니에요. 폐하와 아리따운 황후마마 사이에서 아직 아기가 없지 않아요. 벌써 사 년째……. 아니, 그전에 폐비마마와도 그랬고……. 이래저래 폐하께서도 신경이 쓰이지 않겠어요? 백성들도 수군거리는데……."

여경은 한숨을 쉬며 눈을 내리깔았다. 소문이 사실이든 아니든 그런 것은 상관없었다. 그보다는 후사를 잇고자 불공을 드리시는 폐하의 정성이 서운했다.

'장화영으로 정하셨나이까. 폐하의 곁에 둘 여인이 그녀였습니까.'

차라리 다른 여인이길 바랐는데, 하필이면 저를 모함한 그녀를 아끼시니 질투도 나고 원망스러웠다.

'정신 차려라. 나는 죽은 사람인데, 폐하께서 누구를 품으시든 나와 무슨 상관이냐.'

여경은 다시 죽립을 쓰고 흘러내리지 않도록 단단히 끈을 묶었다.

"헌데 의녀님, 세월이 훌쩍 지났으니 이제 그 예쁜 얼굴을 보이셔도 되지 않을까요?"

숙정은 여경이 포악하고 못된 부군으로부터 도망치려다 바다에 빠진 것으로 알고 있었다. 그래서 부군이나 그를 아는 사람을 만날까 봐 이렇게 얼굴을 가리고 다닌다고 말했기 때문이었다.

"예쁜 얼굴이라……. 글쎄. 나는 이렇게 가리고 다니는 편이 훨씬 낫구나."

그렇게 대답하고 나온 여경은 마을 이곳저곳을 다니며 병자들에게 약초를 나눠 주었다.

마침내 빈 망태기를 걸치고 돌아가려던 여경이 문득 하늘을 올려다보았다. 만운사가 있다는 산자락 너머로 어느새 해가 뉘엿뉘엿 저물고 있었다.

"이곳인가?"

"예, 폐하. 여기가 만운사라는 절이옵니다. 누추한 곳이라 폐하를 모시기 부끄럽사옵니다."

장화영은 여기까지 황제를 모시고 왔음에도 송구스럽다며 난처해했다. 그사이 나이가 지긋한 주지승이 뛰어나와 황송하다는 듯 거창한 인사로 황제를 맞이했다.

이후는 그 인사는 듣는 둥 마는 둥 하고 주지승을 살폈다. 특별히 뛰어난 법력이 있어 보이지도, 불심이 깊어 보이지도 않는 평범한 늙은 중처럼 보였다.

얼마 전 나량에게 일러 만운사에 대해 소상히 알아보고, 이 산주변을 샅샅이 살펴 수상한 자가 없는지를 감시하라 했었지만 별수확이 없었다. 헌데 이리 와서 보니 이 절에서 무언가 일이 벌어지고 있다는 낌새가 느껴졌다.

'이런 자를 통해 불공을 드리겠다고 이 먼 길을 오간다니 말이 안 되는 일이지.'

아무래도 이 주지승이 가짜이거나 아니면 황후가 몰래 만나는 누군가가 이 절에 숨어 있거나 둘 중 하나였다.

"이런 보잘것없는 작은 절에서 폐하를 모시게 되었으니, 소승 황공하옵기 그지없나이다."

"그래 보이긴 하나, 황후께서 자주 걸음을 하는 데는 뭔가 특별함이 있을 테지."

이후는 주지를 일으키지도 않고 성큼성큼 걸어 법당으로 향했다. 선무가 뒤를 따르자 그 역시 본 체도 하지 않고 명을 내렸다.

"법당에 칼을 들고 들어갈 수야 없지. 주변을 지키거라."

이미 이곳에 오기 전에 황제와 계획한 바가 있었던 선무는 두말 않고 걸음을 물렸다.

나량을 비롯한 내관들이 먼저 들어가 법당 안을 샅샅이 살핀 연후에 황제와 황후가 주지승을 따라 안으로 들어갔다.

산은 어둠이 빨리 찾아오는 법이다. 병사들이 횃불을 올리자, 만운사 주변은 철통같은 경계와 정적에 둘러싸여 주지승의 불경과 목탁 소리만 경건하게 들렸다. 얼마쯤 지났을까, 선무는 부하들에게 자리를 맡기고 사찰 안에 수상한 곳이 없는지 알아보러 떠났다.

한편 법당 안에 있는 이후는 불경에는 관심 없다는 듯이 여기저기를 살펴보고 있었다.

불공을 드리는 척하며 그를 힐끗거리던 장화영은 황제가 불상 뒤로 걸어가자 초조한 얼굴로 주지승을 바라보았다. 주지승은 그녀와 눈이 마주치자 살짝 고개를 끄덕이며 무언가 눈짓을 했다.

그 사실을 모르는 이후는 불상 뒤에 작은 공간 앞에 서서 벽을 바라보고 있었다.

"나량."

"예, 폐하."

"이 벽이 좀 이상하지 않느냐?"

"예?"

"불상 뒤라 보이지도 않을 벽에 장식을 해 둘 필요가 있을까? 뭔가 감추려 하지 않는 이상 그럴 필요가 없지."

"아……. 소인은 거기까지 생각을 못 하였나이다!"

이후는 벽으로 다가가 손등으로 벽을 두드렸다. 퉁퉁 울리는 소리가 단단하게 들리지 않았다. 이번엔 살짝 힘을 주어 벽을 밀어 보려는데 뭔가 이상한 느낌이 들었다.

"!"

불경 소리가 들리지 않는 것이다. 나량도 이후도 섬뜩함을 느끼고 고개를 돌리는 순간이었다.

퍽.

"컥! 폐…… 폐하, 피……하……."

나량이 쓰러지자, 주지승이 피 묻은 법봉을 갈무리하는 것이 보였다. 위기를 느낀 이후가 뒷걸음질 치며 반대로 돌아나가려 하는데 그곳마저도 이미 봉을 든 승려들로 가로막혀 있었다.

"네놈들이 원하는 것이 단순히 황후를 탐하던 게 아니었구나."

"예, 폐하. 황후마마는 그저 미끼였습니다. 물론 마마께서 자처하셨지요."

수염이 반백인 주지승의 목소리가 변했다. 이후가 눈살을 찌푸리자 그는 턱을 덮은 수염을 떼어 버렸다.

"저를 기억 못 하시옵니까?"

그를 뚫어지게 쳐다보던 이후의 눈동자가 점점 커졌다.

"너는……!"

"예, 탁우입니다."

"허면…… 이 안에는……."

"예, 생각하시는 대로입니다."

놀란 이후가 무어라 입을 떼려는 순간이었다. 쓰러졌던 나량이 벌떡 일어나 품속에서 꺼낸 단검으로 탁우를 찌르며 소리를 질렀다.

"폐하를 보호하라!"

"이놈이!"

불행히도 검은 탁우를 비껴갔으나 나량의 외침을 들은 황룡대가 법당 안으로 뛰어 들어왔다. 법당 안은 삽시간에 접전이 벌어져 병장기가 부딪치는 소리가 요란했다.

하지만 형세는 이후에게 불리하게 돌아갔다. 황룡대가 승려들을 상대하기 시작하자 또 다른 병사들이 쳐들어와 황룡대를 공격하기 시작한 것이다. 이후 역시 저를 찔러 오는 병장기를 쳐 내며 버티고 있었지만 이렇게는 얼마 버티지 못할 것을 알았다.

'선무가 올 때까지 시간을 벌 수 있다면…….'

위기를 느낀 이후가 벽을 쳐다보았다. 이 안에 제가 만나야 할 사람이 있었다. 그를 만나 담판을 짓는 것도 나쁘진 않으리라. 결단을 내리고 벽을 밀자 아니나 다를까, 크르릉 소리를 내며 석벽이 열렸다.

"!"

벽 안으로 걸음을 내딛는 찰나, 옆구리 쪽에서 어마어마한 격통이 느껴졌다.

이후는 손으로 더듬어 옆구리에 박힌 단검을 확인하고는 서서히 뒤로 돌아보았다.

"장화영……."

"하, 하아……. 하……."

부들부들 떠는 황후 장화영은 제가 저지른 짓에 대한 죄책감보다 아직 살아 있는 황제에 대한 두려움만 보였다.

"나를…… 죽이고 얻는 것이 무엇인가."

"그분……. 그분이 저를 원합니다. 이런 껍데기밖에 없는 황후가 아니라 당당히 그분을 뫼실 수 있게 되는 것이지요!"

"미쳤군……. 둘 다……. 이런 식으로…… 하아……. 황좌를 갖는다면…… 백성들이 어찌 생각할지……."

"그런 건 모릅니다! 만약 내가 황후가 될 수 없다 해도 내 아들은…… 내 뱃속의 아들은 황제가 될 겁니다."

고통으로 일그러진 이후의 얼굴에 웃음이 번졌다.

"아……들? 하! 하하……. 그랬군."

"왜요? 배신감이라도 듭니까? 거들떠도 보지 않던 계집이 다른 사내에게 안겼다니 이제야 아깝다는 생각이 드십니까? 후회가 되십니까?"

"아니. 더러운 계집을 품지 않길 잘했다는 생각이 들 뿐이다."

"뭐, 뭐라고요?"

"하나 더 말해 주자면……. 너는…… 어차피 죽을 때까지 나의 황후는…… 흐읍! 될 수 없었다!"

"헉!"

이후는 제 몸에 박힌 단검을 뽑아내 재빨리 장화영의 목에 들이
댔다. 설마 황제가 이렇게까지 나올 줄 몰랐던 장화영의 안색이
시퍼렇게 물들었다.

"계집이 찌른 칼이라 그런지 깊지 않더구나."

"이, 이런다고 여기서 나갈 수 있을 것 같습니까!"

"네 뱃속에 아이가 있다니 참으로 고마운 일이다. 이 칼이 네
배를 가르는 일이 없어야 하겠지."

"!"

"자, 이제 네가 어찌해야 할지 알 텐데."

피를 뒤집어쓴 황제의 얼굴은 악귀처럼 무시무시했다. 고통이라
고는 못 느끼는 사람처럼 히죽거리며 칼끝을 겨누고 있으니 어찌
두렵지 않을까. 진심으로 제 배를 가르고 말겠다는 의지가 느껴지
자 그녀는 더 이상 버틸 수가 없었다.

"그, 그만! 모두 무기를 버려라! 어서!"

계집의 악에 받친 외침이 혼전 속에 파고들었다.

그 시각 선무는 사찰 안의 여러 전각들을 살펴보고 있었다. 법
당도 아닌데 유난히 규모가 큰 전각이 수상했던지라 막 그곳으로
들어가려던 참이었다. 그런데 한 병사가 급히 뛰어와 제 앞을 가
로막았다.

"장군님, 폐하께서 급히 찾으십니다."

"폐하께서?"

무슨 일인가 싶어 법당 쪽으로 가려는 선무를 병사가 다시 한
번 막았다.

"아니. 법당에 계시지 않습니다."

"?"

"먼저 가셨습니다. 모시고 오라는 명이 있었습니다."

"……."

황룡장이 말없이 서 있기만 하자 병사가 재촉했다.

"서두르셔야 합니다. 폐하께서 기다리십니다."

"그래. 헌데 우선 여기부터 해결해야겠다."

선무는 병사가 당황할 틈도 없이 재빠르게 전각의 문을 '탕' 소리 나게 열어젖혔다. 그때였다.

챙.

칼을 빼 드는 날카로운 금속성이 들림과 동시에 전각 안팎에서 병사들이 튀어나와 선무를 에워쌌다.

선무는 그들 하나하나의 면면을 살펴보았다. 다행이라면 제가 데리고 있던 황룡대의 부하들은 아니었다. 허나 모두가 황군의 갑옷을 입고 있었으니, 이미 황제의 생사도 장담할 수 없으리라.

"폐하는 어찌 되셨느냐?"

"……."

선무는 수십의 적 앞에서도 당황한 기색을 보이지 않았다. 오히려 싸늘한 목소리에 기가 눌린 것은 병사들이었다. 그들은 범 앞에선 이리 떼처럼 두려움을 감추려는 듯 형형한 살기를 내뿜었다. 당장이라도 그의 몸에 구멍을 내고 피를 흘리게 할 것처럼 따가운 살기였으나 선무는 팔을 늘어트리고 태연히 물었다.

"누구 짓이냐. 그 정도는 알려 줄 수 있지 않느냐?"

아무리 재주가 있다 해도 이 포위망에서 빠져나갈 길이 없어 보

273

였다. 그래서 선무는 모든 것을 체념한 것 같았다. 그저 죽기 전에 알고 싶은 것일까. 도대체 누가 이런 역모를 꾸몄는지 그 숨은 세력이 궁금할 만하지 않은가.

"내가 알려 드리지요."

그때였다. 병사들 틈에서 귀를 뚫은 낯익은 얼굴이 걸어 나왔다.

"조무기……."

야장 조무기는 산책이라도 나온 듯한 걸음으로 뒷짐을 지고 선무의 앞에 섰다.

"황룡장을 내 손으로 벨 수 있어 영광이오. 해월국 최고의 무장을 이리 보내는 것이 안타깝긴 하오만, 주군께서 장군을 바라지 않으시니 어쩌겠소."

조무기가 역적들과 한패였다니, 언제부터였는지 감도 오지 않았다. 그와 함께 전장을 누빈 천여 명의 군사들이 그를 따르고 있을 것이다. 아니, 그 규모가 천여 명뿐일까.

"이런. 살길이 열리나 했더니 실망이군. 그나저나 나 같은 인재를 버리고 자네 같은 졸장을 데리고 역모라니. 그대들의 앞날이 너무 어둡지 않은가?"

선무의 빈정거림에도 조무기는 동요하지 않고 천연덕스럽게 웃었다.

"우린 역모를 꾀하는 게 아니오."

"?"

"나의 주군. 선황 폐하의 장자, 이 나라 황태자께서 본래 자리를 찾으러 오셨을 뿐."

태연했던 선무의 낯이 딱딱하게 굳고 부릅뜬 눈이 경악으로 물들었다.

'이각!'

죽은 황태자가 지옥에서 살아 돌아온 것이다.

무심하게도 환한 보름달이 산을 밝게 비추어 도망치는 이후 일행은 마땅히 숨을 곳도 여의치 않았다. 장화영을 인질로 삼아 몇 남지 않은 황룡대의 병사들과 함께 법당을 빠져나왔으나 탁우는 끈질기게 그들을 쫓아왔다.

피를 많이 흘린 이후는 점점 몸에서 힘이 빠져나가 정신이 혼미해지고 있었고 탁우는 금세 이후를 따라잡고 말았다.

흔들리는 황제의 몸을 병사가 부축하자 그들을 포위한 탁우가 빈정거렸다.

"폐하, 그만 포기하시는 게 어떻겠습니까. 태자 전하께서는 형제로서, 또 전 황제에 대한 예우로 목숨만은 살려 주실 것입니다."

"내가 죽고 사는 것은 네놈이 상관할 바가 아니니 물러나라. 내가 눈을 감는 순간, 저 계집의 목숨도 함께 거두어 갈 것이니라."

장화영을 붙잡은 병사가 그녀의 목에 검을 더 바짝 갖다 댔다.

"윽! 이보게, 탁우! 어서 날 좀 여기서 구해 주게! 어서!"

탁우는 장화영의 앙칼진 목소리에 눈살을 찌푸리며 고민했다. 주군께서 그녀를 아끼시는 것도, 그녀의 뱃속에 주군의 아이가 있는 것도 알기에 차마 대놓고 그녀를 버릴 수가 없었다.

그때였다.

"와아!"

어디선가 병사들의 함성이 들려왔다. 누구 편인지 알 길이 없어 모두 다 가슴이 철렁한데, 이후에게 반가운 목소리가 들렸다.

"폐하!"

이미 조무기 패들과 한판 싸움을 벌이고 뒤쫓아 온 선무는 혼자가 아니었다. 만운사 주변에 매복시켰던 황룡대를 끌고 온 것이다. 황룡대는 죽기를 각오하고 사방으로 날뛰며 검을 휘둘러 적을 위협했다.

탁우의 병사들은 무려 세 배나 많은 숫자에도 불구하고 기습에 당황하여 쓰러지고 있었다. 그사이, 선무는 황제를 부축했다.

"폐하, 상처가 깊지 않습니까!"

"그러게 말이다. 네놈은 멀쩡하구나……."

"이러고 있을 시간이 없습니다!"

황제의 목소리가 사그라지듯이 위태로웠다. 선무는 황제를 들쳐업고 부하들을 버린 채 산길을 내달렸다.

'미안하구나. 조금만 버텨다오. 곧 함께할 테니 제발 시간을 벌어다오.'

선무의 간절한 바람이 통했을까. 황룡대는 죽음을 불사하며 맹렬하게 싸워 선무가 산을 내려갈 시간은 벌어 주었다.

하지만 산을 내려오고 나서가 더 큰 문제였다. 조무기가 역모에 가담했다면 그의 군사들이 있는 궁은 안전하지 않았다. 비록 궁안에 황룡대가 남아 있긴 하지만 그들이 무사한지조차도 알 수 없는 실정이었다.

'어디로 가야 할까…….'

마침 포구가 앞에 있었다. 작은 어선 한 척이 매어 있어 두 사

276

람이 도주하기에는 적당했다. 허나 그리되면 또 금세 따라잡힐 게 뻔했다.

'어디로 도주했는지 몰라야 한다.'

이러지도 저러지도 못하고 있는데 여태 기절한 듯이 조용했던 황제가 입을 열었다.

"폐비를 떠나보낸 그 포구구나."

"그러고 보니…… 그렇습니다."

"우연이라기엔 지나치게 얄궂지 않으냐?"

"의미를 모르겠나이다."

알고 있었다. 황제는 지금 폐비가 죽은 곳에서 자신이 죽게 되는 것이 공교롭다 말하고 있는 것이다.

"원귀가 있다면 나를 데려갈 만도 하니 말이다."

"폐비는 원귀가 되지 못합니다. 폐하께서 살라 보냈는데 스스로 목숨을 끊은 어리석은 여인일 뿐입니다."

"오늘 장화영을 보니 어째서 폐비가 자결을 했는지 이해가 가더구나."

"이 판국에도 폐비가 왜 죽었는지가 그리 궁금하셨습니까."

"사여경은 나를 믿지 못했다. 장화영이 나를 믿지 않고 찌른 것처럼. 내가 그리 만들었지……. 허니, 원한이 없을 리가 없다."

불길한 황제의 중얼거림은 을씨년스러운 파도 소리에 부서져 내렸다. 기다렸다는 듯이 그들을 맞이하는 검은 바다 앞에서 선무는 저도 모르게 한 발 물러났다.

하지만 더 이상 물러설 곳이 없었다. 황제의 몸에서 뚝뚝 떨어지는 피가 땅에 스며들고 있었다.

"지혈부터 해야겠습니다."

찬 땅 위에 그를 눕히자 눈을 감고 있던 황제가 힘겹게 눈꺼풀을 들어 올리며 말했다.

"네놈은 항상 늦는구나."

황제의 상처에서 흘러나온 피가 선무의 청색 무복을 검게 물들이고 있었으니, 이래저래 늦기는 늦은 듯했다. 그래도 선무는 인정하지 않았다. 조무기 일당을 베고 빠져나오기가 쉬운 일인가 말이다.

"이 정도면 빨랐습니다."

"아무리 생각해도 내가 너를 키운 건 실수였다."

"그건 제 생각도 같습니다. 허니 여기까지만 하겠습니다. 폐하를 주군으로 모시고 따르기에는 이놈의 자유분방한 성정이 더는 견디질 못하겠나이다."

이후는 지혈을 하는 선무의 손을 막았다.

"더 늦기 전에 떠나거라."

"제가 알아서 합니다. 여기까지라 했습니다. 폐하를 살린 후에 떠날 것입니다."

"이각이 살아 있더구나."

"예."

"그들이 궁을 장악했다면 우리는 더 이상 할 수 있는 것이 없다."

"예."

"쓸모없는 나를 데리고 뭘 하겠다는 게냐?"

"그것은 살고 난 후에 생각하시옵소서."

"네놈이 재수가 없다 했더니, 덕분에 나도 이 꼴이 나는구나."

여기서 죽겠다는 선무의 뜻이 가상했으나 마음 편히 죽게 하고 싶지 않았다. 평생을 도망 다니며 저를 원망하더라도 살게 하고 싶었다.

"역적의 자식에 폐주의 호위라……. 재수 없는 네놈을 옆에 두고 있었던 것이 내 패착이었다."

"이제 아셨습니까? 저는 폐하께 원한이 많은 놈이라 어찌 죽으실지 제 눈으로 확인을 해야겠습니다. 그러니 더는 아무 말 마시고…… 쉬고 계십시오."

생명의 은인, 그리고 제게 살아갈 오기를 심어 준 분. 선무는 적어도 그를 허무하게 보내고 싶지는 않았다. 원했던 삶은 아니었으나 그 삶은 그를 위한 삶이 되어야 했다. 지키지 못한다면 더 이상 살 이유가 없는 것이다.

"멍청한 놈. 제 살길도 뚫지 못하는 놈……."

"절 너무 우습게 보시는 것 같습니다. 이놈을 누가 키웠는지 생각해 보십시오."

"……."

황제에게서는 대답이 들려오지 않았다. 그가 완전히 혼절한 것을 확인한 선무는 이제 정말로 마음이 급해졌다. 앞은 짙은 안개가 펼쳐진 검은 바다였고, 뒤는 그들을 쫓는 적들로 가득했다. 땅이 울리는 것을 보니 역적들은 멀지 않은 곳에 있었다. 방법은 이제 하나밖에 없었다.

'운에 맡기겠습니다. 내 질긴 목숨, 대신 받아 가시길 바라겠나이다.'

선무는 피로 물든 황제의 황금색 용포를 벗기고 그를 포구로 데려갔다.

'바람이, 이 나라의 파도가 폐하를 황제로 여긴다면, 좋은 길로 이끌어 주리라 믿을 것입니다.'

매어 있던 빈 배 위에 황제를 누이고 줄을 끊었다. 땅이 울리는 소리가 점점 크게 다가와 배를 미는 선무의 귓가에 땀방울이 흘렀다. 서서히 파도에 밀려간 배는 곧 해무 속으로 사라져 그 형체가 보이지 않았다. 그제야 선무는 가슴을 쓸어내렸다.

거추장스러운 갑옷을 벗어 던져 버리고 용포를 제 몸에 걸쳤다.

'죽기 전에 호사를 하는군.'

황제의 피로 얼굴을 닦으니 이 어둠 속에서 제 모습을 알아차릴 이가 누가 있을까.

칼을 고쳐 잡은 선무의 등 뒤로 말을 탄 병사들이 달려와 그를 에워싸고 칼날을 세웠다.

"폐주는 순순히 오라를 받으라!"

죽음을 기다리는 듯 처연해 보이는 황제의 뒷모습에 무리를 이끄는 자가 큰 소리로 외쳤다. 그러나 그들은 돌아보는 황제의 흉흉한 눈빛에 흠칫 주춤거려야 했다.

검붉은 피가 번들거리는 얼굴, 형형하게 살기를 내뿜는 눈동자, 그리고 짙은 비웃음. 그 괴기스러운 모습에 보는 이들 모두가 황제의 마지막 발악이라 여기고 긴장할 수밖에 없었다.

인적 드문 외딴 바닷가 암벽 위로 달이 걸렸다. 짙은 숲이 어우러진 암벽은 이런 밤에 고즈넉한 절경을 펼쳐 보여 감탄을 자아내곤 했지만, 오늘 여경은 그런 것이 눈에 들어오지 않았다. 저 바다 건너 야트막한 산자락에만 눈을 두고 계속해서 한숨만 쉬고 있었다.

'두 사람이 함께 불공을 드리러 왔다는 것은 그만큼 간절하다는 뜻인데……. 폐하께서 정말로 장화영의 아이를 원하신단 말인가…….'

황제께서 만운사에 가셨다는 말을 들은 후로 계속 안절부절못하고 마음이 무거웠다. 황제가 저를 죽이려 했으나 여태 그를 크게 원망하고 증오하지 않았던 것은 그가 황제였기 때문이었다. 누구도 사랑하지 않고 오로지 황권을 지키고자 한 사내가 아니었던가.

저는 그에게 걸림돌이 될 뿐이기에 버려졌다. 그가 제 사랑을 이용해 저를 농락한 적도 없었고 다른 여인에게 마음을 준 적도 없었다. 차가운 그를 끝내 녹이지 못한 것은 제가 모자랐기 때문이라고, 그리 생각하면서 지난 사 년을 견뎌 오지 않았는가.

'장화영만큼은 싫습니다. 왜 하필 저를 모함한 장화영입니까. 아니, 그것을 떠나 장화영 같은 악독한 계집에게서 후사를 이으려 하시다니요.'

이제 저는 황후도 아니고 산 사람도 아니었다. 그런데도 이렇게 신경이 쓰이고 초조하니, 제 자신이 한심해서 부끄러울 지경이었다. 귀신이 산 사람을 질투하는 심정이 이럴까. 손 놓고 바라볼 수밖에 없다니 속이 바짝 타들어 갔다.

'너무하십니다. 고작 장화영을 얻으려고 저를 이리 비참하게 만드셨습니까.'

여경은 또다시 깊은 한숨을 쉬었다. 이 밤중에 무슨 청승일까.

사실 무엇보다 애가 닳는 것은 가까이에 황제가 있다는 사실이었다. 지금이라도 만운사 근처에 가면 먼발치나마 황제의 얼굴을 뵐 수 있지 않을까 하는 기대심을 어쩌면 좋단 말인가.

'여경아, 폐하는 네게 죽으라 했다. 헌데 너는 그러고픈 맘이 드느냐. 정말이지 자존심은 둘째 치고 어찌 그리 속이 없어……. 어찌…….'

정말로 어쩌자고 하필 황제 같은 사람을 좋아하게 된 걸까. 그로 인해 제가 잃은 것이 너무 많았다.

닿을 수 없는 곳을 바라보며 하염없이 밤을 지새우던 여경은 우울한 얼굴로 돌아섰다.

그때,

쿵.

"?"

큰 소리는 아니지만 암초에 무언가 부딪치는 소리가 여경의 발길을 붙잡았다. 폭풍우가 거센 날이 아니고서야 인적 드문 이곳에 무언가 떠밀려 와 부딪치는 경우는 거의 없었다. 아래를 내려다보니 아니나 다를까 작은 배 한 척이 보였다.

'어선을 잘못 매어 두었나…….'

줄이 풀려 배가 떠밀려 왔나 보다 하고 돌아가려는데 배 안에 사람의 형체 같은 것이 보이는 것 같았다.

'설마…….'

어두워서 잘은 보이지 않았지만 분명 사람의 모습이었다. 여경은 한달음에 암초 아래로 내려갔다.

그러자 암초에 덜컹덜컹 부딪치고 있는 어선이 보였다. 어서 끌어내지 않으면 다시 파도에 떠밀려 갈 것 같았다. 마음은 급한데 괴기스러운 파도 소리와 어둠 속에서 어선 안을 들여다볼 용기가 나지 않았다.

'죽은 사람이면 어쩌지······.'

약초를 캐서 가난한 사람들의 병을 고쳐 주고는 있지만 끔찍한 시신을 보는 것은 익숙하지 않았다. 침을 꿀꺽 삼키고 떨리는 가슴에 손을 꾸욱 갖다 댄 채 어선으로 다가갔다. 각오를 했음에도 사내의 커다란 손과 피로 물든 옷을 보는 순간, 가슴이 철렁해서 눈을 감고 말았다.

'아직 살아 있을지도 몰라. 똑바로 봐야 한다.'

억지로 눈을 뜬 여경은 허리를 구부려 안을 더 자세히 살폈다. 옆구리에서 피가 흘러나오는 것을 보니 다친 지 얼마 되지 않았고 그럼에도 다행히 아직 가슴이 오르락내리락거렸다.

'숨은 끊어지지 않았다만 서두르지 않으면······.'

다친 자를 보았으니 당연히 살려야 했으나 피를 흘리는 중한 상처를 입고 바다로 떠밀려 온 것이 수상했다.

'만약 내가 살려선 안 되는 자를 살리게 되면 어쩌지······.'

그런 고민을 하며 사내의 얼굴을 보는 순간이었다.

"!"

심장이 쿵 내려앉을 만큼 경악스러웠다.

"폐, 폐하······."

제가 잘못 본 줄 알고 눈을 깜빡이고 벌어진 입을 다물지 못하고 있었다.

너무 보고 싶어 했더니 헛것을 보는 것이다. 그래야 했다. 그렇지 않으면 황제가 홀로 이런 곳에서 죽어 가고 있을 이유가 없었다. 그러면 안 되는 것이다. 있을 수가 없는 일이다.

다리가 떨려 서 있는 것조차 힘들었다.

"폐하……. 폐하……."

아니라고 부정하고 싶어도 그는 분명 황제였다. 세상에 똑같이 생긴 사람이 둘이 아닌 이상, 아무리 어둡다 해도 달빛이 비춰 준 그의 얼굴은 그토록 그리워하던 바로 그였다.

여경의 움막은 오래전 어느 약초꾼이 쓰고 버린 폐가를 손보았을 뿐, 숙정의 움막보다 못하면 못하지 더 나은 것이라곤 없었다. 저 혼자 살 때는 괜찮았으나 이곳에 황제를 눕히고 보니 신경 쓰이는 게 한두 개가 아니었다.

위중한 환자에게 습하고 먼지 많은 이곳은 위험했다. 혹시라도 비가 올까 봐 가죽으로 지붕을 덮고 쉴 새 없이 치우고 또 치웠다. 그러면서도 그의 병세를 살피느라 여경은 며칠 사이에 무척 수척해져 있었다.

'이 일을 어쩌면 좋단 말입니까.'

아직 의식을 잃은 채 신음하는 황제를 보면 절로 탄식할 수밖에 없었다. 의원에게 데려가야 마땅한데 밖에서 소식을 들은 후로는 약재도 제 손으로 구해야 할 판이었다.

오래전 태자였던 이각과 두 번째 황자 이재는 황위 다툼에서 둘

다 목숨을 잃었다. 표면적으로는 두 사람의 다툼이었으나 실은 그 싸움에 이후가 얽혀 있었다. 결국 승리한 이후가 황제가 되었는데, 죽은 줄 알았던 황태자 이각이 나타나 제 자리를 찾겠노라 선언한 것이다.

황제는 실종되었고, 황제를 모시던 황룡장 선무는 치열하게 싸우다 바다로 몸을 던졌다 했으니 생사가 묘연했다. 궁을 장악한 이각은 두 사람을 찾느라 혈안이 되어 있어서 의원마다 병사들이 다녀가 자상을 입은 자가 있는지 알아보고 있는 중이었다.

더 기가 막힌 것은 황후 장화영의 소식이었다. 처음부터 태자 이각의 여인이었고 황제가 이를 강제로 취한 것이라는 말도 안 되는 거짓을 공표하며 황제를 폐주라 칭해 죄를 묻고 있었다.

역모를 일으켜 형제들을 시해한 죄, 여색을 탐하고 전쟁을 일으켜 나라를 혼란에 빠트린 죄 등등, 이각은 폐주를 벌해 나라를 바로 세운다는 명분을 들어 제멋대로 황좌에 올랐다.

"흐음……."

늘 강하기만 했던 황제가 괴로워하고 있었다. 창백한 뺨에 쉴 새 없이 흐르는 식은땀을 보니 잠시도 자리를 뜰 수가 없었다. 그를 원망하던 마음은 한 켠에 고이 접어 두고 고통에 얼룩진 그의 얼굴을 닦아 주었다.

칼에 베인 상처가 그의 육신을 갉아먹고 있는 것도 안쓰러웠으나, 그보다 더 안타까운 것이 있어 땀을 닦는 여경의 손길을 떨리게 만들었다.

얼굴에 깊이 밴 고단함, 목표만을 좇아 외롭게 살아온 그에게서 상처에 몸을 맡기고 이대로 쉬고 싶어 하는 나약함이 보였다. 실은 어머니의 무덤가에서 목 놓아 울던 여린 사내가 아니었던가. 그 속내를 감추느라 얼음송곳처럼 자신을 날카롭고 차갑게 만들어야 했던 분.

입술을 깨물어 보지만 눈물이 기어이 후드득 떨어져 땀에 젖은 그의 얼굴을 더욱 적시고 있었다.

'너무하십니다. 이런 모습으로 찾아오시면 저는 폐하를 맘껏 미워할 수도 없지 않습니까?'

차라리 살려 달라, 살고 싶다 매달리는 모습으로 찾아왔다면 그를 원망할 수 있었을 텐데, 그는 그보다 더 가여운 모습으로 나타났다.

'정말 너무하십니다. 제게 눈길조차 주지 않으셨던 분을 아직도 마음에 두게 하십니까? 왜 저는 제가 아니라 폐하의 안위를 걱정하고 폐하의 행복을 바라야 합니까? 그리도 간절히 원하시던 굳건한 황좌를, 저를 내치며 얻으신 그 황좌를 왜 지키지 못하시고 이리 무기력한 모습으로 제 앞에 오셨냔 말입니다. 왜요, 왜……!'

소매로 눈물을 훔치자 흐려졌던 시야가 본래대로 돌아왔다.

"!"

여경은 흠칫 놀라 손을 거두고 돌아앉았다. 그가 눈을 뜨고 있었다. 흐린 눈동자를 들어 저를 보고 있었기 때문이다. 가슴이 쿵쾅거렸다. 제 모습을 들켰을까. 들키는 것이 좋을까. 어찌해야 할지 갈피를 잡을 수가 없었다.

한편 이후는 자신이 정신을 잃었는지조차 알 수 없는 상태였다. 온통 깜깜한 세상에서 불에 타는 고통과 얼어붙을 것 같은 한기가 번갈아 가며 찾아와 육신을 농락하고 있었다. 그 와중에 뜨거운 것이 뺨에 닿는 것을 느끼며 잠깐 의식이 돌아왔다.

손가락 하나 움직일 기운이 없었지만 한 가지는 분명했다. 점점이 얼굴로 떨어지는 이 뜨거운 것들은 지금 저를 괴롭히는 뜨거움과 다르다는 것을. 금세 식어 버리는 차가움 역시 얼음 같은 냉기는 없었다. 무언가 안도하게 만드는, 저를 이 무한한 고통 속에서 꺼내 줄 것만 같은 따뜻함이었다.

눈을 떠야 했다. 아교로 붙어 버린 것 같은 눈꺼풀을 온 힘을 다해 들어 올렸다. 뿌연 어둠은 눈을 감았을 때와 별반 다르지 않았지만 차츰 밝아지고 있었다.

'누구⋯⋯?'

인기척이 느껴지는 곳으로 눈을 돌렸다. 열기에 달궈진 동공에 아지랑이처럼 피어오른 형상이 누군가를 닮아 있었다.

"사⋯⋯여경⋯⋯."

돌아앉은 여경의 어깨가 크게 흔들렸다. 메마른 음성이 제 이름을 부르지 않았나. 그러나 여경은 대답을 할 수도, 돌아볼 수도 없었다. 그에게 저는 죽은 사람이니까. 죽으라고 내쳤던 매정한 사람 앞에 뻔뻔하게 얼굴을 드러낼 수가 없었다.

한참이나 돌아앉아 있었는데 그의 부름은 그것으로 끝이었다. 천천히 다시 돌아보니, 그는 다시 의식을 잃은 상태였다. 허나, 좀 전처럼 죽을 듯이 괴로운 얼굴이 아니라 잠든 것처럼 평온한 얼굴이었다.

"하아⋯⋯."

여경은 가슴을 쓸어내리며 안도의 한숨을 쉬었다. 불규칙하게 거칠었던 숨소리마저 편안해진 것을 보니 고비를 넘긴 것이다.

"저는 반드시 폐하를 살려 보낼 것이옵니다. 궁으로 가시옵소서. 다시 황좌에 앉으시옵소서. 그 때문에 죽어야 했던 제가 더 비참해지지 않게, 지키고자 했던 것을 끝까지 지키시옵소서."

눈물을 삼키고 일어선 여경의 치맛자락이 사라락 미풍을 일으켰다.

몽롱한 의식 속에서 이후는 귓가를 스치는 바람을 따라 고개를 돌렸다. 멀리 꽃잎이 나부끼는 환한 봄의 언덕에 누군가가 무척이나 슬픈 얼굴로 저를 바라보고 있었다. 그 얼굴이 보일 듯 말 듯, 알 듯 모를 듯, 이후가 다가가면 또 저만치 물러서며 그의 애를 태웠다.

7.

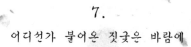

어디선가 불어온 짓궂은 바람에

숲에 둘러싸인 작은 움막 안은 밤이 되면 한 치 앞도 보이지 않을 만큼 깜깜했다.

그 안에서 이후는 고른 숨소리를 확인하고는 조심스럽게 낮은 침상에서 몸을 일으켰다. 이불이 흘러내리자 아무것도 입지 않은 상체가 드러났다.

허리를 펴던 그는 허리를 감은 피 묻은 광목천을 감싸며 인상을 찌푸리고 고통스러워했다. 그러나 신음 한 번 흘리지 않고 식은땀을 흘리며 불편한 몸을 기어이 일으켰다. 아래에서 자고 있는 여인을 깨우지 않으려면 이불이 부스럭거리는 소리도 조심스러웠다.

그렇게 겨우 일어나 부싯돌을 찾아 기름에 불을 붙였다. 혹 그녀가 깨어나진 않았을까 잠시 기다렸다가 천천히 잠든 그녀에게로 다가갔다. 서서히 이후의 손이 그녀의 얼굴로 향했다. 마침내 손 끝에 얼굴을 가린 두건이 닿았다.

"지금 뭐하시는 것입니까."

"!"

조용히 읊조리는 물음에 이후는 화들짝 놀라 손을 거두었다.

"지금 제 얼굴을 보려고 하셨습니까."

"……."

여경은 꼼짝도 않고 누운 채로 높낮이 없는 목소리로 나무라기만 했다.

"제가 그리 말씀드렸는데도 제 치부를 보셔야겠습니까? 밤을 타 이런 치졸한 행위를 하실 줄 몰랐습니다. 이러시면 제가 어찌 대인을 믿고 이 움막을 내어 드릴 수 있단 말입니까."

따박따박 옳은 소리를 하기에 이후는 뭐라 변명할 수가 없었다. 하지만 몸을 건드린 것도 아닌데 얼굴 좀 보려 한 것 가지고 치졸한 놈이 되는 것은 불만스러웠다.

"내가 생각이 짧았네. 그저 은인의 얼굴을 보고 싶었을 뿐인데, 이리도 정색할 줄 몰랐네."

"다시는 이런 짓 하지 않겠다 약조해 주십시오."

"알았네. 약조하지."

"믿음이 안 가지만 한 번만 더 믿어 보겠습니다."

"거참……."

이후는 이런 무안한 일을 당해 본 적이 없었다. 물론 제가 실수를 범하긴 했으나 꼭 확인하고 싶은 것이 있기에 어쩔 수 없었다.

처음 이곳에서 눈을 떴을 때 정말로 지옥에라도 온 줄 알았다. 몸은 타는 듯이 뜨거웠고 좁고 컴컴한 낯선 세상에 갇혀 있는 것 같았다. 그때 들려온 여인의 목소리는 한 줄기 구원의 빛이었으니, 그녀에 대해 알고 싶고 궁금한 것이 많은 것은 당연했다.

한편, 여경은 여경대로 숨죽이고 누워 콩닥콩닥 뛰는 가슴을 들키지 않으려고 애썼다. 하마터면 들킬 뻔했다. 처음부터 제가 여경이라 밝히지 못했는데 이제 와서 들킨다면 더 곤란했다. 저한테 도움을 받고 살아난 것을 알면 그가 무척이나 분노할 것 같았다. 그가 죽으라 했으니, 저 의심 많은 황제가 제 순수한 호의를 믿을 리도 없었다.

'여기 폐하께서 버리신 제가 아직 살아 있습니다. 아직도 살아서 폐하를 구해 드렸습니다. 저 아니었다면 폐하께선 살아 계시지도 못했습니다. 헌데 아직도 제 맘을 믿지 못하십니까?'

그렇게 매달리고 싶은 마음이야 왜 없을까. 하지만 만약 말한다면 그것은 그를 온전히 낫게 한 후에, 그리고 그가 떠날 때여야 했다……. 그때라면 저를 믿어 주지 않겠는가.

아니면, 처음부터 밝히는 게 나았을까…….

한 공간에 누운 두 사람은 서로의 고민을 안은 채 같은 날의 기억을 떠올리고 있었다.

열흘 전.

"정신이 드십니까?"

"……으음……."

여인의 맑은 목소리가 지옥의 어둠을 깨트렸다. 시야가 밝아 오자 허름하다 못해, 마구간보다 못한 움막 안이 눈에 들어왔다.

"다행입니다. 나흘이나 정신을 잃고 있었습니다."

"?"

291

여기가 어딘지, 제가 왜 여기 있는지, 궁금한 게 많았지만 목소리가 쉬이 나오지 않았다.

"무슨 일인지 모르겠으나 자상을 입고 이곳 바다로 떠밀려 왔습니다. 가벼운 상처가 아니니 회복하는 데 시일이 걸릴 듯싶습니다."

"……"

이후는 묻고 싶은 말이 많은 눈으로 죽립과 수렴에 가려진 여인의 얼굴을 빤히 들여다보았다. 그 눈빛을 읽은 여경이 어디서부터 설명해야 할지 몰라 잠시 뜸을 들였다.

"아, 여긴 저 혼자 사는 곳입니다……."

"……"

"그러니까 여긴…… 대인께서 떠밀려 온 바다 근처이고……. 또, 제가 대인을 치료해 드렸습니다. 저는…… 화재로 가족을 잃고 얼굴에 심한 화상을 입어서…… 이렇게 마을에서 혼자 떨어져 사는 처지입니다."

숙정이나 마을 사람들에게 거짓말을 할 때는 아무렇지 않았는데 막상 이후에게 거짓말을 하려니, 수렴에 가려진 여경의 낯이 벌겋게 달아올랐다.

"……"

"그럼…… 쉬십시오."

더 할 말이 없는데 무언가 말해 주길 바라는 그의 눈빛을 마주하기가 무안했다. 여경이 자리를 뜨려는데 그는 어디서 기운이 났는지 덥석 그녀의 손목을 잡아채 끌어당겼다.

"헉!"

그의 가슴으로 포개진 여경은 수렴 안을 꿰뚫어 보는 그의 살기 어린 눈빛에 움츠러들었다. 새삼 궁에서 느꼈던 황제에 대한 두려움이 덮쳐 와 그녀를 옴짝달싹 못하게 만드는 것이다.

"누……구냐?"

쩍쩍 갈라진 목소리였지만 소리를 냈다는 것만으로도 놀라운 상태였다.

"마, 말하지 않았습니까…… 저는……."

"닥쳐라……."

"왜, 왜 이러십니까……. 저는 죽어 가는 사람을 살렸을 뿐입니다."

"그…… 얼굴……."

"놓…… 놓아주시지요."

이후의 남은 한 손이 여경의 얼굴로 서서히 뻗어 왔다. 여경은 숨을 죽이고 침을 꿀꺽 삼켰다.

"이, 이러지 마십시오. 말하지 않았습니까. 누구에게도 보이고 싶지 않은 얼굴입니다!"

여경이 부들부들 떨며 소리를 치자 다가오던 이후의 손이 잠시 멈칫했다. 그는 가슴으로 전해 오는 그녀의 불안한 호흡과 겁에 질린 심장 소리를 느꼈다.

희뿌옇게 가려진 머릿속이 차츰 맑아졌다. 저는 살아 있었다. 이 여인 덕분에 산 것이다. 그저 외딴곳에 숨어 사는 아무것도 아닌 여인. 적도 아군도 아닌 순박한 여인 덕분에 구차한 목숨을 이어 갈 수 있게 된 것이다.

그는 손을 떨어뜨리고 그녀를 놓아주었다.

여경은 그가 놓아주자마자 벌떡 일어나 뒤로 물러났다. 하마터면 제 얼굴을 보일 뻔했다. 얼굴을 보면 무어라 하셨을까.

"괴, 괴물이라 했습니다. 사람들이 저를……. 그, 그러니 보지 마십시오. 보이고 싶지 않습니다!"

"괴물……."

이후는 그녀의 말을 읊조리며 눈을 질끈 감았다.

"……."

"미안……하다."

"괘, 괜찮습니다. 정신이 들고 낯선 곳에 계시니 놀라셨겠지요."

"……."

잠시 정적이 흘렀다. 그동안 놀란 여경의 가슴도 진정되고 있었다.

"여……기……."

"아, 아직은 말을 아끼시는 게 좋을 겁니다. 쉬십시오."

"……누가…… 있……었느냐……."

"예?"

"다른…… 누가……."

"저 혼자 산다 하지 않았습니까."

여경은 며칠 전 그가 잠시 눈을 뜨고 저를 보았을 때를 기억하나 싶어 가슴이 철렁했다.

헤어진 지 오래인 제 목소리를 기억하는 것일까. 저를 알아보게 되면 그가 어떤 반응을 보일지 두렵기도 하고, 그가 나을 때까지는 안정을 취할 수 있도록 저를 밝히지 않는 편이 좋을 것 같았다.

'다 낫고 나면…… 이제 어찌 되시는 걸까. 여길 떠나시면 누가 폐하를 돌봐 줄까…….'

황룡장도 죽었다 알려졌고 궁은 이미 이각의 손에 떨어졌는데, 이대로 나가면 죽을 일밖에 없었다.

"그렇군……."

이후는 실망한 듯 중얼거렸다. 죽은 사람이 여기 있을 리가 없었다. 저를 떠난 사람이 저를 구할 리도 없었다. 귀신이라면 저를 데려가야 옳지 않은가. 그때 문득 여기 저 혼자밖에 없다는 데 생각이 미쳤다.

'선무는! 선무는 어찌 되었을까?'

정체 모를 여인이 제 목숨을 구했다고는 하나, 여긴 궁이 아니었고 저는 지금 황제가 아니었다. 세상이 어떻게 돌아가고 있는지, 선무는 어찌 되었는지, 물을 수도 없는 상황이었다.

이제야 만만치 않은 현실의 근심들이 덮쳐 왔다. 꿈속에서 본 여경의 허상을 좇을 때가 아닌 것이다.

"고맙네."

"!"

여경은 깜짝 놀라 그를 돌아보았다. 그는 눈을 감고 있었다. 고맙다는 말이 사여경을 향한 것이 아니라 여기 이 보잘것없는 의녀를 향한 것이란 걸 알면서도 여경은 그 말이 듣기 좋았다.

'이런 말도 할 줄 아는 분이셨구나.'

숙정이 말한 대로 이리 보니 따뜻하신 분 같았다. 백성들에게만큼은 인자한 아버지가 되고 싶으셨던 것일까.

"물을 가져다 드리겠습니다."

"만운사에서 여기까지 얼마나 걸리는가."

"……반나절이면 당도할 수 있습니다."

"그렇군."

황제의 목소리는 이미 병색이 물러갔고 차분했다. 그러나 새삼 스러우면서 걱정도 되는 것이 행여 자포자기하고 계신 것은 아닌 가 싶어서였다. 모든 것을 잃은 사람치고는 지나치게 태연하고 이 성적이지 않은가. 그가 황제임을 아는 척할 수 없어 바깥일이 어 찌 돌아가고 있는지 말해 주고 싶어도 말할 수가 없었다.

장화영이 배신한 것은 알고 있을까. 칼을 찌른 건 누구 짓일까. 그러고 보니 오히려 제가 묻고 싶은 게 더 많았다.

이렇게 어색하게 지내 온 지 그 후로 닷새가 더 지났다. 황제 는 여인의 목소리가 누군가와 닮았다며 얼굴을 궁금해했다. 여경 은 추악한 얼굴을 보여 드릴 수 없고, 그가 찾는 사람이 저일 리 가 없다며 계속 감추었다. 그러다 오늘 밤 이런 일이 터진 것이 다.

아직 등불이 흔들리고 있었다.

"잠이…… 오지 않습니까?"

"그렇군……. 나 때문에 그대도 잠을 설치게 되었는가?"

그러면서 이후가 불을 끄려 하자 여경은 부스스 일어나 앞에 있 는 죽립을 썼다.

"그냥 두십시오. 일어난 김에 상처를 살펴보겠습니다."

"……"

이후는 말 잘 듣는 아이처럼 앉아 그녀에게 제 몸을 맡겼다.

여경이 다가왔다. 광목을 풀어내느라 팔을 그의 등 뒤로 둘러 그를 안는 것처럼 돼 버렸다. 그의 가슴 앞에 얼굴을 가까이 둘 때마다, 그의 체취가 코끝에 닿을 때마다 떨리지 않는다는 것은 거짓말이었다. 눈을 어디다 둘지 몰라 불안하게 흔들리는 눈동자 때문이라도 죽립을 쓰길 잘했다는 생각이 드는 것이다.

광목을 벗겨 내니 아직도 피고름이 흐르는 상처가 드러났다.

"이것 보십시오. 쓸데없이 움직이니 상처가 벌어지지 않았습니까."

"나한텐 쓸데없지 않았다만……."

"……."

보이지도 않은데 눈을 흘긴 여경은 피고름을 닦아 냈다. 흉하게 벌어진 상처가 안타까웠다. 태의까지는 아니어도 의원에게만 보일 수 있었다면 더 빨리 아물었을 텐데…….

"꽤 아팠을 텐데 왜 말씀을 안 하셨습니까."

"별로."

"아프면 바로 말씀하셔야 합니다. 덧나면 위험합니다."

"이름은?"

"예?"

뜬금없는 질문이었다.

"얼굴을 보일 수 없다 해도 산 사람이 이름이 없을 리는 없을 테니 그거라도 알려 주게."

"……."

"무슨 비밀이 그리 많은지 모르겠지만 나 또한 나를 밝힐 수 없

297

는 처지니, 더는 묻지 않겠네. 하지만 은인의 이름 정도는 알아 둬야 하지 않겠는가."

상처를 살피는 여경의 손이 떨림을 감추느라 빨라졌다. 손길이 거칠어진 탓에 연고를 바르다 상처를 몇 번이나 쓸고 갔다. 꽤 쓰라렸을 텐데도 이후는 모르는 척하는 것인지 그녀를 배려하는 것인지 미동도 않고 잠자코 있었다.

"어디 가서 그대 이름을 실수로라도 말하는 일이 없을 테니 말해 주게. 당분간 여기…… 염치없지만, 이곳에 머물 텐데 계속 뭐라 불러야 할지…….."

"이름이 없는 사람은 없지요. 헌데 가족들을 보내며 저 또한 이름을 버렸습니다. 지금은 저를 이름으로 불러 주는 이가 없어 제 이름이 낯설기만 합니다."

"허면, 정말로 누구와도 왕래하지 않는가? 여기서 이렇게 정말 꼼짝도 하지 않고?"

"……사람들은 저를 의녀라고 부릅니다."

"그렇군. 나도 의녀인 줄은 알고 있네."

"아닙니다. 저는…… 의녀가 아닙니다. 약초나 캐다 파는 약초꾼인데, 가난한 병자들 처지가 안타까워 몇 번 도운 것이 그만……."

"돈이 아니라 병자를 보고 도왔으니 의원이라 불러도 손색이 없지. 허면 나도 도움을 받았으니 의녀라고 부르면 되겠는가."

"……예."

여경은 마지못해 그러라고 했다. 더 이상 이름을 캐묻지 않는 것만으로 다행이지 않은가.

"이름을 듣지 못해 아쉽지만, 그리하지."

"……."

"왜 나를 구해 주었나?"

"예?"

"내가 누군지도 모르는데 함부로 사내를 집으로 들였다가 무슨 일을 당할 줄 알고?"

"……사람이 죽어 가는데 그런 것을 계산하고 있을 시간이 없었습니다."

"의녀가 맞군."

여경은 그 말에는 대꾸하지 않고 빨아 놓은 광목천을 가져왔다.

"팔을 들어 주십시오."

이제 이것을 다시 그의 허리에 감으면 끝이었다. 그런데 이후는 이를 마다했다.

"이리 주게. 내가 하지."

"예?"

"그 정도는 할 수 있으니 괜한 수고 말게."

"안 됩니다. 아직 움직이면……."

하지만 이미 천을 뺏긴 후였다. 여경은 멀뚱히 서서 그가 혼자 허리에 천을 감는 것을 지켜보았다. 상처를 뻔히 아는데 움직이는 걸 보니 제가 아픈 것 같았다.

"보십시오. 잘 못하지 않습니까? 움직이니 아프시죠? 이리 주세요."

"됐네. 매번 민망한 일을 하게 해서 마음에 걸렸네."

"……."

표정을 감추었는데도 알 만큼 떨림이 전해졌다고 생각하니 부끄러웠다. 저를 배려해 주는 그의 마음이 고맙고 설레기까지 하자 여경은 얼른 망상을 떨쳐 냈다.

'원래 이런 분이 아니시다. 날 은인이라고 여기시고 잘해 주시는 것뿐이다. 허튼 생각 말자.'

여경은 그의 손에서 천을 빼앗으며 애써 아무렇지 않은 척 감기 시작했다.

"이, 이리 주십시오. 환자를 돌보는 일이 한두 번도 아니고 그런 거라면 상관없습니다."

"그런가? 내 보기에는 무리하는 것으로 보이던데."

"잘못 보셨습니다. 그런 쓸데없는 걱정 마시고 어서 나을 생각만 하십시오. 하루빨리 몸을 추슬러야지 언제까지 이러고 계실 수만은 없지 않습니까."

어서 여기서 나가 달라는 듯이 차갑게 말하자 그는 조금 풀이 죽은 목소리로 중얼거렸다.

"그렇지…… 언제까지…… 이러고 있을 수만은 없지."

이후는 여경이 치료를 끝내고 뒷정리를 하는 동안에도 골똘히 생각에 잠긴 채 다시 눕지 않았다. 사실은 이렇게 살아도 되는 것인가, 사는 것이 의미가 있을까 하루에도 수십 수백 번씩 고민하고 있었다. 저를 이리로 보낸 선무와 저를 살린 의녀를 원망하기도 했다. 나약해서가 아니었다. 이렇게 도망 다니다 죽고 싶은 생각은 없었으니까.

제가 결정을 내려야 할 것은 궁으로 돌아가 죽을 것인가, 살아서 훗날을 꾀할 것인가였다. 답을 내는 것은 어렵지 않았다. 지금제 곁에 남은 이가 누가 있단 말인가.

황태자가 돌아왔다. 신하들은 그를 받들 수밖에 없을 것이다. 황후가 그의 아이를 가졌으니 승상 장예모가 신하들을 구워삶을 것이고, 이미 수많은 장수들이 이각의 손아귀에 떨어졌을 테니 말이다.

'선무라도 무사하다면……. 아니, 생사라도 알 수 있다면 이런 고민을 할 필요가 없을 것인데.'

선무 혼자 살아남았다 해서 제게 무슨 특별한 힘이 될 수 있는 건 아니었다. 하지만 그가 있다면, 포기하기는 이르다. 애초에 제가 황제에 올랐을 때에도 제 편은 오직 선무 한 사람밖에 없었다. 다시 처음으로 돌아가는 것이니 그것은 두렵지 않았다. 무슨 짓을 해서라도 시간이 많이 걸리더라도 못 할 일은 없으리라. 하지만 선무가 죽었다면…….

'아마도 죽었으리라.'

이후의 눈동자가 어둡게 가라앉았다. 선무의 죽음은 그저 아끼던 충복을 잃은 정도와 달랐다. 그것으로 설명되지 않는 뭉클한 감정이 칼에 찔린 상처보다 더 아팠다.

한편 여경은 제가 괜한 말을 꺼내 그의 복잡한 심사를 건드린 것 같아 곁눈질로 그를 살폈다. 그러다가 그만 이후와 눈이 마주치고 말았다.

"!"

먼 곳을 보던 이후의 눈이 여경과 마주치자 빛이 돌았다. 여경이 흠칫 놀라 딴청을 피우자 조용히 그녀를 불렀다.

"이보게."

"예, 예?"

"안에만 이러고 있어 바깥소식을 통 듣지 못했네. 잠도 오지 않고, 그대도 잠이 깬 듯하니 이런저런 이야기나 좀 들려주게."

"무슨……?"

"아무 거라도 좋으니……."

대놓고 궁이 어찌 되었는지, 황룡장은 살아 있는지 물을 수 없어 답답했다.

"아……."

여경은 그가 무얼 묻는지는 알지만 대답하기 힘들었다. 사실대로 말하면 그가 어떻게 나올지 걱정스러웠고 그렇다고 숨길 일은 아니라 잠시 망설였다.

"실은……. 대인께서 이러고 계시는 동안 큰일이 생기긴 했습니다."

"큰일?"

"예. 죽었다던 황태자 이각이 나타나 반정을 일으켰는데, 그때 황제께서 실종되셨습니다. 그 후 스스로 황위에 오른 이각이 황제를 찾느라 혈안이 되어 도성 안팎이 흉흉하기 그지없습니다. 대인께서도 당분간 여기 계시는 것이 좋을 거예요. 조금만 수상해도 다 잡아들인다니 말입니다."

"……그렇군. 헌데…… 황제에게는 황룡대가 있으니 그리 쉽게 잡힐까……."

"……."

이후가 정말로 묻고 싶은 것은 이것이었다. 여경은 우물쭈물거리며 선뜻 말을 못 했다.

"왜? 어찌 대답이 없는가?"

"그게 좀…… 묘한 일이라……. 마지막으로 황제를 쫓았던 병사들 말로는 이미 그때 황룡장이 보이지 않았다고 합니다. 황제 혼자 마지막까지 싸우다가 도주하였다고……. 나중에 물속에서 갑옷이 발견된 것으로 미루어…… 황룡장은 그전에 이미 싸우다 바다로 몸을 던진 것이 아닌가……."

참담한 표정으로 이야기를 듣던 이후가 고개를 번쩍 들었다. 제 옷을 입고 있던 황룡장이 싸우다 도주하였다면 아직 살아 있다는 얘기다.

"그……렇군."

조마조마한 마음으로 의녀의 이야기를 듣던 이후는 그제야 한시름을 놓을 수 있었다. 이제 그를 어찌 찾는가가 문제였다.

이후의 심정을 알 리 없는 여경은 다시 깊은 생각에 빠진 그를 보다가 한숨을 쉬었다. 편히 쉬어 상처를 돌보아야 할 때 함께 고민을 나눌 이조차 없으니 안타까웠다. 지금 제가 해 줄 수 있는 것이라곤 무기력한 그의 표정을 가려 주는 것밖에 없을 듯했다.

여경이 등불을 끄자 움막은 다시 깜깜해졌다.

다시 돌아누운 여경과 좌정한 이후, 두 사람 다 새벽빛이 성근 움막 벽에 스며들도록 잠을 이루지 못했다.

며칠 후, 이후는 지팡이에 몸을 의지하고 잠시 잠깐 햇볕을 쬐러 다닐 수 있게 되었다.

숲으로 둘러쳐진 움막에서 걸어 나오면 풀이 뒤덮은 절벽이 보였다. 봄 햇살이 풍성하게 내리쬐는 풀밭에 있노라면 습하고 어두운 움막의 기운을 털어 낼 수 있었다.

그녀가 자신을 발견한 곳이 이 절벽 위라 했다. 약 이틀간 절벽 끝에 서서 아래를 내려다보았다. 물이 들 때는 절벽 중간까지 파도가 올라올 정도였고, 물이 빠질 때는 저 멀리까지 자갈이 드러났다. 뱃사람들이 이곳을 잘 찾지 않는 이유가 해류의 흐름이 이토록 폭이 크고 파도가 거세기 때문일 것이다.

운이 좋았다. 물이 밀려올 때 배가 이리로 떠밀려 온 것이다. 만약 썰물을 탔다면 먼 바다로 밀려갔을 테니 말이다. 타고 온 배는 혹시나 이곳 위치가 발각될까 봐 의녀가 숨겨 두었다니 그걸 타고 다른 곳으로 떠나는 방법도 있었다. 하지만 지금은 포구마다 군사들이 진을 치고 있을 것이다.

'떠나긴 해야 한다만, 어디서 선무를 찾는단 말인가.'

가장 좋은 방법은 선무가 이리로 오는 것이다. 선무가 배를 태워 보냈으니, 배가 어디로 갔는지도 그가 찾아야 할 것이 아닌가.

'어디서 뭘 하고 있는지……. 몸이 많이 상한 것인가…….'

언제 어떻게 떠날 것인가를 고민하던 이후의 눈에 암초 사이에서 나오는 의녀가 보였다. 지금은 물이 빠질 때라 저 아래에서 열심히 고동이며 해초 같은 것들을 담고 있었다.

'또…….'

이후는 저것들로 또 끼니를 때울 생각을 하니 먼 훗날의 걱정보다 당장 오늘이 걱정되기 시작했다. 이 와중에 투정을 부리는 게 아니라 정말로 심각했다. 맛이……. 먹을 것으로 사람을 고문할 수도 있다는 걸 깨달을 정도였다.

'일단은 여길 떠나는 게 시급하구나.'

궁에 있으면서 온갖 산해진미를 먹고 자랐지만 그렇다고 해서 바깥 음식을 안 먹어 본 것도 아니지 않나. 헌데 죽이라고 끓여오는 것들이 하나같이 독이라도 든 것처럼 거무튀튀한 데다가 그 맛도 쓰고 역하고 비렸다.

웬만하면 은인에게 지독한 평가를 내리고 싶지 않았지만, 처음 한 숟갈을 뜨고는 이렇게 말할 수밖에 없었다.

「먹는 게 아니라, 몸에 바르는 연고를 잘못 준 거 같네.」

의녀는 무척 당황하며 몸에 좋은 약재와 해초를 넣은 죽이라고 변명을 해 댔다. 꼭 먹어야 한다며 전에 없이 흥분하며 다그치는 통에 어쩔 수 없이 한 숟갈을 더 먹은 후에 또 이렇게 말할 수밖에 없었다.

「이제 내가 귀찮아서 죽이려는 겐가?」

그러자 냉큼 먹던 죽 그릇을 뺏어서 나간 후에 하루 종일 말도 않고 먹을 것도 주지 않았다.

그동안 멀건 국물로 간신히 연명만 했던 이후는 차라리 그런 걸 먹고 싶었으나 의녀는 고집스럽게 죽을 먹이려고 들었다. 빨리 낫기 위해 먹어야 한다니, 약이라 생각하고 먹겠노라 결국 손을 들었다. 그렇게 곤욕스러운 식사를 한 지 삼 일째.

이후는 수고롭게 식 재료를 찾아다니는 의녀를 보며 고개를 저었다. 무슨 재료가 들어가든 맛은 변함이 없었기 때문이다.

'약이 아니라 독이라 해도 은인의 정성을 뿌리칠 수가 없군.'

그리고 보니 예전에 그 아이가 하던 짓이 생각났다. 온갖 잡풀을 꺾어다가 약초라며 제 상처에 발라 주었다. 자신 있게 상처를 낫게 해 줄 거라더니 풀독이 올라 멀쩡한 팔을 잘라낼 뻔하지 않았던가.

저도 모르게 피식 웃음을 흘리고 만 이후의 표정이 어두워졌다.

'사여경……'

그래. 그 아이가 사여경일 것이다. 그렇지 않고서야 그런 그림을 그릴 수가 없을 테니까.

'사여경은 그 그림을 어떤 심정으로 그렸던 것일까?'

그날을 그리워하며 그린 것일까? 원망하며 그린 것일까?

'원망이겠지. 날 만나지 않았더라면 그 선량한 마음씨를 알아주는 사내와 남부럽지 않게 살았을 것이다.'

그늘 한 점 없이 화사하게 웃는 사여경을 떠올렸다. 저는 한 번도 본 적이 없는 어여쁜 얼굴을.

그러다가 다시 저 아래 의녀에게로 눈길을 던졌다.

'심성은 고운 여인 같은데 험한 일을 당했구나.'

허름한 차림이어도 말투나 몸가짐이 천하지는 않아 그 사연이 궁금해지는 여인이었다.

처음 그녀의 목소리를 들었을 때 사여경이 떠올랐다. 비록 사년 전이지만 가끔 그녀가 했던 말들을 떠올리곤 했기에 그 목소리가 아직도 기억에 남아 있었다.

하지만 시간이 지날수록 사여경과 달랐다. 의녀는 사여경처럼 나긋나긋하고 여린 목소리가 아니었다. 그녀는 퉁명스러웠고 여경에 비해 약간 거칠고 강한 목소리였다. 말투는 또 어떠한가. 저를 돌봐 줄 때는 그나마 부드러웠지만 조금이라도 심사가 뒤틀리면 단호하게 딱 잘라 말하곤 했다. 아마 제가 환자가 아니었다면 저와 말도 섞지 않았을 것이다.

헌데, 그래서 더욱 그녀를 자꾸 보게 된다. 흉하게 일그러졌다는 그 얼굴을 보고 싶고 그녀에 대해 알고 싶어졌다. 재주 많고 착한 이가 이렇게 사는 것이 안타깝기도 했다.

그러나 더 묻지 않을 것이다. 다시는 그 얼굴을 보려 하지도 않을 것이다. 그동안 심신이 약해진 상태로 좁은 움막에서 단둘이 지냈으니, 정이 드는 것은 이상한 일도 아니리라.

여기까지만 해야 했다. 더는 주는 것도 받는 것도 없어야 했다. 저와 얽혀 은인을 위험에 빠트릴 수는 없는 노릇이니 말이다.

'만약, 정말로 죽은 사여경이 다시 살아났다 해도 말이다.'

이후는 마음을 다잡으면서도 그녀에게서 눈을 떼지 못하고 있었다.

"저런!"

이후가 놀라서 소리쳤다.

암초를 건너던 의녀가 미끄러지면서 암초 사이로 넘어진 것을 보았기 때문이다.

"조심하지 않고……."

끙끙거리며 일어나려고 애쓰는 것을 가만히 지켜보고만 있자니 답답했다. 저 아래로 내려가서 일으켜야 하나, 많이 다친 것인가, 산만하게 절벽 위를 오갔다. 다행히 그녀는 바위를 짚고 일어나고 있었다.

"둘이 같이 드러누울 뻔했군. 쯧쯧……."

이후는 투덜거리면서도 여경이 다리를 절며 돌아오는 것을 초조한 눈으로 지켜보고 있었다.

어깨에 멘 망태기는 약초와 달리 바닷물을 먹은 해초가 담겨서 제법 무거웠다. 그래도 평소의 여경이라면 별로 상관없을 것인데, 방금 다리를 접질린 탓에 숲으로 가는 오르막길을 오르기가 쉽지 않았다.

"후……!"

겨우 반 정도 올라오는 동안 땀이 흐르고 멀쩡한 한쪽 다리가 후들거렸다. 바다로 난 절벽과 연결된 길이라 그리 높고 먼 길도 아니었다. 조금만 더 가면 되는데 이렇게 힘들 줄이야.

결국 여경은 바위 위에 털썩 엉덩이를 붙였다.

'빨리 가 봐야 하는데…….'

움막을 집으로 삼은 이후로 누군가 그 집에서 저를 기다리고 있는 것이 처음이 아니겠는가. 그것은 설레는 초조함이었다.

그녀는 요즘 저도 모르게 미소를 지을 때가 많았다. 그가 제게 의지하고 제 말을 들어 준다. 제가 해 준 음식을 먹고 투정을 부린다. 상상도 못 했던 꿈같은 일들이 일어나고 있는 것이다. 제가 사여경이 아니라서 가능한 일들이.

늘 무표정하고 차가운 얼굴만 보여 주던 그가 인상을 찌푸리기도 하고 당황하기도 했다. 사람 냄새 나는 그가 좋았다. 황제가 아니라서 더 좋아져 버렸다. 얼마나 우스운가. 황제가 아니고 사여경이 아니고, 그렇게 만났어야 했던 인연이었을까.

하지만 여경은 잘 알고 있었다. 언제까지 이렇게 지낼 수 없다는 것을. 계속 같이 살게 된다면 언젠가는 얼굴을 보이게 될 것이다. 그리되면 그는 또다시 제게서 멀어질 뿐만 아니라 전보다 더 저를 혐오스러워할 것 같았다. 의녀로서 그와 지낸 시간은 전부 거짓이 될 것이고, 가증스러운 계집이라 비난받을 게 아닌가.

'빨리 떠나보내야 한다.'

더 정이 들기 전에, 이 생활이 익숙해지기 전에 그를 놓아야 했다. 하루빨리 그를 낫게 하기 위해 제가 만났던 어떤 병자들보다도 더 정성을 다하고 있었다.

갈 곳 없는 그를 떠나보내는 것이 매정한 일이라면 어떻게든 함께해 보려 했을 것이다. 그러나 제가 보내지 않아도 그는 떠날 것이다.

제 앞에서는 태연한 척하고 있지만 아마 많은 것을 계획하고 있을 것이다. 실패하든 성공하든 그가 이곳을 떠나면 다시는 볼 수 없을 것이다. 죽더라도 황제로서 죽으려 할 게 분명했다. 제게는 그 길을 막을 명분이 없으니 놓아줄 수밖에.

저벅저벅.

위에서 사람이 내려오는 인기척이 들려 고개를 들었다. 이 길을 찾는 이가 거의 없기에 사람이 지나간다니 가슴이 철렁했다. 혹시 여기 황제가 있는 것을 들킬까 봐, 요즘은 일부러라도 마을 쪽에 얼씬도 안 하고 있었다.

여경은 내려오는 사람과 마주치지 않으려고 고개를 돌렸다.

"한참을 기다려도 오지 않더니……."

"?"

그가 서 있었다.

"왜 여기……. 어찌 오셨습니까?"

"보시다시피 이 지팡이를 짚고 잘 걸어왔네."

"뭐 하러 쓸데없이 움직이십니까?"

이후는 기껏 온 사람을 반기지 않고 툭 내던지는 그녀의 말투가 이제는 좀 적응이 되는 듯했다.

"걸어 보니 별거 아니군. 그 죽이 효험이 있는지 며칠 새 많이 좋아진 듯해."

"그래도 그렇지……."

"허기가 지는데 사람은 오지 않으니 급한 마음에 몇 걸음 걸었는데 여기까지 와 버렸군."

"그랬습니까? 그리 오래된 것 같지는 않은데……."

"오래되었네."

"그래요? 알겠습니다. 얼른 가서 죽을 쒀 드리지요."

여경은 이후의 눈가에 자잘한 경련이 이는 것은 눈치채지 못하고 인상을 쓰며 바위에서 일어났다.

"왜 그러고 있는가?"

위에서 여경이 넘어지는 것을 보고 걱정이 돼서 마중을 나왔음에도, 이후는 모르는 척했다.

"아……. 별거 아닙니다. 좀 삐끗해서……. 괜찮습니다."

"조심하지 않고……. 약초꾼은 더 험한 길도 잘 다니는 법이거늘……."

"그러게 말입니……!"

여경이 쓴웃음을 지으며 망태기를 고쳐 메자 이후가 그것을 뺏어 들었다.

"왜……. 이리 주십시오. 무겁습니다."

"나한테는 무겁지 않네."

"무리하시면 안 됩니다."

"지팡이가 있어 괜찮네. 아! 이 지팡이, 같이 잡고 올라가면 되겠군."

"전 괜찮……."

이후는 여경의 말을 듣지 않고 그녀의 손을 잡아 지팡이를 쥐어
주었다.

"병자 둘이 이러고 가니 가관일세."

"……."

그의 농에 여경은 웃지 않았다. 아니, 쩔뚝거리며 함께 오르막
을 오르는 동안 그녀는 한 마디도 할 수 없었다. 시간을 아끼듯이
천천히 걸음을 밟았다. 아픈 다리는 잊었으나 목이 멨다. 오래전,
팔을 다친 소년과 다리가 아픈 어린 소녀가 이렇게 먼 길을 함께
갔었다.

'폐하께선 다 잊으셨겠지요. 그러고 보니, 폐하. 처음 만났을
때도 저를 믿지 못하셨습니다.'

여경은 서글픈 미소를 지었다.

어느새 황제는 고집 센 소년이 되어 있었다. 그리고 저는 그보
다 더 어린 계집아이였다. 이 길 끝에 뭐가 기다리고 있을지, 그저
무턱대고 걸어가는 그 어린 날 같았다.

마치 제가 그려 두었던 꿈같은 그림 속의 한때처럼…….

"꺄악!"

"아악! 이거 놓으십시오!"

"저흰 아무것도 모릅니다!"

여기저기서 비명과 아우성이 들렸다. 벌건 대낮에 이 무슨 참극일까.

조무기가 이끈 병사들이 빈민촌에 들어와 보잘것없는 가재도구와 사람들을 발로 차고 끌어냈다. 그것이 끝이 아니었다. 횃불을 든 병사들은 움막을 불태울 준비를 하고 있었다.

"아이고! 왜들 이러십니까. 우리가 무슨 죄가 있다고 여기서 이러십니까. 나리들!"

"우리는 정말로 모릅니다. 황제라니요……. 정말입니다. 이리로 온 사람은 아무도 없습니다!"

엎드려 애원하는 사내를 조무기는 도끼눈으로 노려보며 발로 차서 넘어트렸다.

"시끄럽다! 어디서 폐주를 황제라고 칭하느냐! 죽고 싶으냐!"

"아악! 아이고. 잘못 말한 겁니다. 살려 주십시오!"

조무기는 흉흉한 눈으로 끌려 나온 사람들을 훑어보았다.

이후는 상처를 입고 병사들의 말을 뺏어 타고 도망쳤다. 성문을 철통같이 지키고 있으니 그곳으로 빠져나가지는 못했을 터. 마을로 내려오지 않았다면 만운사에서 움직일 수 있는 길은 이곳과 산을 넘는 것밖에 없었다. 하지만 그 몸으로 산을 넘었다면 죽었다고 봐야 했다.

"여기 숨어 있지 않다면 누군가 도왔을 게다! 그러니 너희들 모두 한패야!"

"아닙니다, 아닙니다. 저흰 정말 모릅니다!"

"뭘 하고 있느냐 당장 불을 붙이지 않고! 전부 태워 버려! 어딘가 쥐새끼처럼 숨어 있다면 불에 타 죽겠지. 어서!"

"아이고! 아이고, 나리! 이러지 마십시오."

여기가 아니면 갈 곳도 없고, 가진 것이 이게 전부인 마을 사람들은 울며불며 사정했다.

"나, 나리! 여기 말고 또, 또 사람이 사는 곳이 있습니다!"

"!"

"응?"

난리통 속에 누군가 크게 외쳤다. 사람들의 이목이 전부 그 사내에게로 향했다. 삐쩍 마른 사내는 사람들의 눈치를 보며 침을 꿀꺽 삼켰다.

"뭐냐? 방금 네가 한 말이 무슨 말이냐?"

"그, 그것이……. 이 마을 말고도 사람이 사는 곳이 있습니다. 더, 더군다나 그 사람은 의녀라……."

"아저씨!"

숙정은 화들짝 놀라 벌떡 일어났다. 아무리 다 죽게 생겼다지만 의녀님을 거론하다니, 그럴 수는 없었다.

"이 계집은 또 뭐냐? 네가 그 의녀라는 계집에 대해 잘 알고 있는 모양이구나."

의녀라는 말에 뭔가 수상한 냄새를 맡은 조무기는 사내의 말을 막는 계집이 탐탁지 않았다.

"저 아이는 의녀와 가깝게 지내고 있습니다. 어디 사는지 정확히 아는 이도 저 아이입니다."

"그만하세요! 아저씨, 어찌 이러세요! 의녀님이 그동안 우리한테 어찌하셨는데요!"

"도움을 준 것은 사실이나 그 계집도 보통 수상한 게 아니지 않

313

아! 얼굴도 가리고 다니고 이름도 없는 계집인데! 안 그렇소, 여러분?"

사내의 선동질에 숙정은 기가 막혀 목이 터져라 외쳤다.

"이러지 마세요! 다들 이러면 안 되잖아요. 의녀님은 이 일과 아무 상관 없습니다! 그분은 그저 여기저기서 약초를 캐서 가난한 사람들을 도와주시는 착한 분이세요! 괜한 사람을 끌어들이지 말란 말입니다!"

발을 동동 굴리며 숙정이 애를 태우자 돌아가는 추이를 지켜보던 조무기가 빙긋이 웃었다.

"착한 사람이라……. 후훗. 그렇다면 더더욱 상처 입은 폐주를 데려다 치료를 했을 수도 있겠구나."

"그, 그건……!"

"어디 있느냐? 그 의녀란 계집의 집이 어디야?"

숙정은 다가오는 조무기의 위압감을 이기지 못하고 슬금슬금 뒷걸음질 쳤다. 몇 년 전 그에게 모욕을 당하고 큰일을 겪을 뻔하지 않았던가. 그때의 기억이 다시 한 번 숙정을 덮쳐 왔다.

그리고 지금은 그때보다 더 상황이 좋지 않았다. 지금 이곳엔 눈 씻고 찾아봐도 저를 도와줄 사람이라곤 없었고, 반대로 저뿐만 아니라 의녀님까지 위태롭게 되었다.

의녀님은 군사들과 마주치면 안 되는 사람이라고 했었다. 포악했다는 부군이 나랏일을 하는 사람이라 했다. 설사 황제를 보호하고 있지 않다 해도 얼굴을 가린 여인을 병사들이 수상하게 여기지 않을 리가 없었고 조사하다 보면 신분이 발각될 위험이 있었다.

"그, 그분은 한곳에 잘 계시지 않습니다. 가도 없을 거예요!"

"거짓말입니다! 저 계집 말을 믿지 마십시오. 저 계집은 예전에 폐주에게 도움을 받은 적이 있습니다. 분명히 의녀와 짜고 폐주를 숨겨 주었을 겁니다요!"

"아저씨!"

사람들은 웅성거리면서 고개를 숙였다. 숙정이 가엽긴 했지만 저희들이 살자니 옹호를 해 줄 수가 없었다. 오히려 저희를 대신해 악역을 맡아 준 사내가 고마울 지경이었다.

"폐주에게 도움을 받은 적이 있다? 그건 또 무슨 소리냐?"

"몇 년 전 기루에서 구걸을 할 때 장졸들이 희롱한 것을 폐주가 구해 주고 은자까지 주었다 합니다. 저 아이가 그것을 자랑삼아 하도 이야기를 해서 모르는 이가 없습죠."

"뭐? 하! 하하하하! 이런!"

조무기의 웃음이 무슨 뜻인지 숙정은 알아차릴 수 있었다. 저는 잊지 못하는 그날, 그 징그러운 자가 이제야 저를 기억해 낸 것이다. 지금 그녀는 사 년 전 기루에 다시 서 있는 기분이었다.

"그 거지 같은 계집이 너로구나!"

"……."

"그때와 별로 나아진 게 없는 걸 보면 폐주가 준 은자가 별로 소용이 없었던 모양이지?"

"……."

"말해라. 의녀는 어디에 사느냐?"

"……."

숙정이 고집스럽게 입을 열지 않자 조무기가 칼을 빼 들었다.

'챙' 하는 예리한 금속성에 모두가 몸을 떨었다. 조무기의 칼이 그녀의 야윈 목에 닿자 숙정은 눈을 질끈 감아 버렸다.

"어차피 네가 말하지 않아도 이 일대를 수색하다 보면 찾게 될 것이다. 네가 말해 준다면 서로 시간 끌지 않고 쓸데없는 피를 흘릴 필요도 없지."

그러자 이번엔 안색이 파리한 중년의 여인이 조무기의 다리를 붙들고 애원했다.

"……아이고, 나으리. 이 아이가 무슨 죄가 있다고 이리 핍박하십니까. 사람 된 도리로 그것을 어찌 말한단 말입니까."

그 모습을 흥미롭게 보던 조무기가 숙정에게서 칼을 거두었다.

"혹, 여기 이 계집이 네년의 어미더냐?"

말이 끝남과 동시에 숙정이 눈을 번쩍 떴다. 아니나 다를까, 그녀를 겨누던 칼은 엎드려 있는 어미에게로 향했다.

"이게 무슨 짓입니까! 아픈 사람입니다! 당장 그만두세요!"

"내 칼은 네가 하기 달렸다."

"그, 그럴 수는……."

"말하면…… 안 된다. 숙정아, 그래선 안 돼……."

"어머니……."

조무기가 검을 들어 올렸다. 그러고는 있는 힘껏 검을 사선으로 내리긋기 시작했다.

"꺄악!"

숙정의 날카로운 비명 소리가 하늘을 찢었다. 일순 정적이 맴돌았고 사람들은 서서히 질끈 감았던 눈을 떴다.

"……어, 어머니……."

"괘, 괜찮다. 나는 괜찮아."

아직 조무기의 검이 숙정의 어미를 베지 않았다. 하지만 여전히 언제라도 그녀를 벨 수 있는 거리에 있었다.

"한 번은 더 기회를 줘야지. 한 번뿐이다. 이다음엔 네 눈앞에서 어미의 목이 떨어지는 꼴을 보게 될 게야. 자, 다시 묻는다. 어디냐. 그 의녀란 계집이 사는 곳이, 어디야?"

여태 강한 척했던 숙정은 더 이상 참지 못하고 눈물을 뚝뚝 떨어트렸다.

"며칠 더 있다 가시는 게 어떨지요?"

"만나야 할 사람이 있고, 쫓기는 몸일세. 내 몸의 상처를 보았으니 그대도 잘 알 테지. 나를 찾아 죽이려는 자들이 언제 이리로 들이닥칠지 모르니, 한시라도 바삐 움직여야 하네."

지팡이 없이 걸을 수 있게 되자 이후는 곧바로 떠날 준비를 했다. 준비라고 해 봐야 여경이 새로 마련해 놓은 옷으로 갈아입으면 그만이고 가져갈 것도 없었다.

"여긴 외진 곳이라 찾기 힘들 것입니다. 또 쫓기는 몸이라면 더욱 지금 나가는 것은 위험하지 않겠습니까?"

여경은 그가 어디로 가려는지 불안해서 하루라도 더 있게 하고 싶었다. 이대로 궁으로 들어가 이각과 담판을 지으려는 게 아니라면 대체 어딜 가겠다는 것일까.

아직도 도성 안은 칼을 찬 병사들로 가득해서 나가자마자 잡혀 갈 게 뻔하지 않은가. 그리 허무하게 죽으라고 애써 살렸던 건 아

317

니었다. 고집을 모르는 것은 아니지만 궁으로 갈 것이라면 실패하더라도 대책은 있어야 하지 않나.

"예서 더 지체하면 혹시 그대에게도 안 좋은 게 아닐까 그러는 것이니 서운해하지 말게."

"서운해서가 아니라……."

"그동안 나를 보살펴 준 것을 잊지 않겠네. 마땅히 보답을 해야 하나 아무것도 해 줄 수 없어 미안하네."

이후는 돌아올 수 없다든가 다시 볼 수 없을 거라는 말 대신, 은혜를 갚을 길이 없다고 말했다.

여경은 그 무정한 성정이 새삼스러울 것도 없다 싶었으나, 그동안 저와 보낸 날들이 이토록 아무것도 아니었을까 서운함이 일었다. 물론 앞날을 장담할 수 없기에 그리 말한 것은 이해했다. 허나 그렇다 한들 걱정 말라는 다독임 한마디조차 없다니, 제게 잘해준 것은 목숨을 구해 준 의리였을 뿐이었던 게다.

역시 저 혼자 정을 주고 있었나 보다. 사여경일 때도 아닐 때도 그는 제가 다가갈 수 없는 사람이었나 보다. 그렇게 생각되니, 이제는 한시도 더 붙잡을 수가 없었다.

"사람의 도리를 한 것이니, 그것은 마음에 두지 마십시오. 그럼……."

제 목소리가 너무 차갑게 들려 스스로 흠칫 놀라 손에 든 옷을 재빨리 건네고 밖으로 나왔다.

'보내기 싫어 토라진 사람처럼 그리 쌀쌀맞게 말하면 어쩌냔 말이다.'

자책하고 움막 밖을 서성이는데 그가 금세 따라 나왔다.

"이보게."

"왜요? 옷이 맞지 않으십니까?"

"잘 맞네. 어찌 맞췄는지 신기할 만큼."

"!"

그랬다. 그의 옷 치수는 정확하게 알고 있었다. 그에 대해 모르는 게 있기는 할까.

"아……. 치료를 하다 보니 자연히……. 헌데, 왜 안 입고 나오십니까? 맘에 안 드십니까?"

"내 처지에 맘에 들고 안 들고를 따질까."

"그럼 왜……."

"아무래도 이대로는 내가 너무 염치없는 놈이 될 것 같아 안 되겠네."

"?"

"혹……."

무언가 말하려던 이후가 다시 입을 다물고 그녀를 빤히 바라만 보기 시작했다.

여경은 또 저를 향한 진지한 눈빛에 가슴이 뛰었다. 그러다 결국 간질거리는 이 침묵을 견디지 못하고 또다시 물어야 했다.

"무슨 어려운 말씀을 하시려고 뜸을 들이십니까. 괜찮으니 어서 말씀하시지요."

"어려운 부탁이 아니라……. 물어볼 것이 있네."

"무엇을요?"

"혹시……."

혹시 무엇일까. 무슨 말을 하고 싶은 걸까. 그의 입이 떨어지기만을 초조하게 기다렸다.

"정말로 의녀가 될 생각은 없는가?"

"예?"

"재주가 아깝고……. 그거라면 내가 도와줄 수 있을 것 같아서 말일세……."

뭘 기대했었던가, 허탈해진 여경이 힘없이 물었다.

"그 말을 하는 것이 그리 어려우셨습니까?"

이후는 그녀의 어깨에 부드럽게 손을 얹고 달래듯이 말했다.

"화상을 입은 얼굴 때문에 부러 사람들을 피해 이곳에 숨어 지내는 거라지 않았던가. 내가 주제넘게 나서는 것 같아 조심스러웠네. 그리고 더 이상 숨어 지내지 않았으면 좋겠네."

여경은 그의 손을 제 어깨에서 떼어 내며 말했다.

"지금 이대로가 좋습니다."

이후는 눈살을 찌푸렸다.

"아무도 없는 이곳에서, 마구간보다 못한 이런 집에서?"

"예. 아무도 제게 말을 걸지 않고, 자연을 벗 삼은 이 집이 저는 좋습니다."

"내가 없으면 이제 그대는 혼자 지내야 하네."

"원래도 그랬습니다."

"사람이 드는 것은 몰라도 나가는 것은 아는 법이네."

"저는…… 그것을 이미 오래전에 겪은 사람입니다. 처음부터 혼자인 사람이 어디 있답니까? 혼자가 되는 법도 한 번 익혔으니, 괜찮습니다. 더군다나…… 대인은 제게 처음부터 그저 낯선 나그네일 뿐입니다."

"……."

말을 하다 보니 서로 냉정한 말을 주고받았다. 헤어지는 마당에 다툼이라니, 이래선 좋았던 기억도 남지 않을 것 같았다.

"알았네."

옷을 갈아입으러 들어가는 이후의 등 뒤로 여경이 중얼거리듯 작별 인사를 건넸다.

"조심히 가십시오."

더 해 주고 싶은 당부가 많았다. 아직 상처가 완전히 나은 것은 아니니 무리하지 마시라고. 힘들어도 산길을 다니는 것이 안전하다고…….

그러나 여경은 그 말들을 전부 삼키고 망태기를 어깨에 멨다.

이후는 가 버리는 그녀를 붙잡지 않고 안으로 들어갔다.

어쩌면 이렇게 헤어지는 것이 옳을 수도 있었다.

잠시 후, 짐을 챙겨 나온 이후는 여경이 사라진 절벽 쪽으로 안타까운 눈길을 보낸 뒤 숲으로 사라졌다.

여경은 언덕을 메운 메꽃을 뿌리째 뽑아 망태기에 담았다. 가녀린 연분홍 꽃잎이 마냥 순해 보이지만 한여름 뜨거운 태양 아래에서도 온종일 지치지 않고 피는 꽃이다. 여경은 그 질긴 꽃을 손으로 뽑아내고 있었다. 마치 화풀이라도 하듯이 손이 아프도록 잡아당겼다. 망태기 안에는 이미 메꽃이 가득한데도 원한이라도 맺힌 사람처럼 뽑고 또 뽑고 있었다.

'인정이라고는 없는 사람. 하나도 변하지 않았다. 하나도.'

뭔가 기대한 건 아니었다. 그래도 그만큼 돌봐 주고 보름 넘게 함께했는데 고작 한다는 소리가 의원이 되라니. 딴에는 위한다고 한 말인 줄은 알지만, 저를 불쌍하게 보고 동정하는 태도에 화가 났다.

마지막이 될지도 모르는 길, 따뜻한 말 한 마디는 못 해 줄망 정……. 여태 마구간보다 못한 집에서 먹고 자고 해 놓고 이제 와 서 그런 말을 꼭 해야 하는가 말이다.

망태기가 넘쳐서 더 이상 담기지 않게 되자 여경은 손을 털고 일어섰다. 빈 움막에 지금은 들어가고 싶지 않아서 절벽 끝에 서 서 바다를 내려다보았다. 뒤를 돌아보면 그가 떠난 길이니, 그리 로는 일부러도 쳐다보지 않았다.

바다를 보고 있으면 세상은 참 넓었다. 넓은 세상에서 물고기처 럼 자유롭게 노닐 수 있을 것 같았다. 헌데 사람 사는 세상은 자 연의 섭리와는 너무 달랐다.

'모진 목숨……. 이렇게 이어 가는 게 답일까. 죽었다 생각하고 사는 것이 이렇게 괴로울 줄 몰랐는데…….'

욕심이 문제였다. 그를 보니, 또 그와 함께 있고 싶고, 행복하게 살고 싶어지는 것이다.

한시도 잊지 않고 그리웠던 부모님이지만 만나러 가야겠다는 생각은 꿈에도 하지 않았는데, 그와 함께 있는 동안 그런 생각도 들었다. 언젠가 만날 수 있겠지. 만나도 되겠지. 그를 만난 것처럼 부모님도 뵐 수 있을 거란 희망을 아무렇지 않게 품게 되는 것이 다.

'그나저나, 정말 대책은 있어서 떠난 것일까…….'

바람 소리가 여경의 귓가를 때렸다. 그 소리가 너무 큰 데다 상념에 빠진 여경은 뒤에서 다가오는 인기척을 전혀 느끼지 못하고 있었다.

툭.

"!"

누군가 어깨를 붙잡는 통에 그때서야 소스라치게 놀라 돌아보았다.

"?"

수렴에 비친 이후는 약간 상기된 얼굴로 가쁜 숨을 몰아쉬고 있었다.

"왜, 왜 오셨습니까."

진작 떠나고도 남았을 시간인데, 왜 여기에 있는 걸까.

"가세."

여경의 물음에 대답할 시간조차 없는지, 이후는 황급히 그녀의 손을 잡아끌었다.

"어딜요?"

"지체할 시간이 없네. 여기서 개죽음당하고 싶지 않으면 암말 말고 따라오게."

"설마……. 쫓긴다 하시더니 벌써 들키신 겁니까."

"이곳이 발각된 듯하네. 멀리서 병사들이 오는 것을 보았네. 허니 서두르세."

"!"

여경은 이후의 손을 뿌리치고 멈춰 섰다.

"왜 이러는가? 시간이 없다지 않아."

"이리로 오는 것을 보셨는데, 여길 오시면 어쩝니까?"

"……잔말 말고……."

이후는 다시 여경의 손을 붙잡았지만 여경은 또 차갑게 뿌리쳤다.

"어서 가십시오. 저 아래 배를 숨겨 두었으니 타고 가십시오. 저들은 움막으로 올 것이니, 제가 시간을 끌겠습니다."

그가 도주할 시간을 벌어야 했다. 둘이 같이 도망가는 것이 훨씬 위험한데, 그걸 뻔히 아시는 분이 왜 이런 무모한 짓을 하는지 여경은 도무지 이해가 가지 않았다.

"그럴 거면 내가 여기 왜 왔겠는가."

"그러니 말입니다. 대체 여긴 왜 오셨습니까?"

"이럴 시간 없네. 저들이 자넬 가만둘 것 같은가!"

"저는 누군지도 모르는 병자를 돌본 죄밖에 없습니다. 죽이기야 하겠습니까. 병사들이 물으면 다른 방향으로 갔다 이를 것입니다. 순순히 이르면 저를 해할 이유가 없지 않겠습니까. 가십시오. 어서. 둘 다 잡히는 것보다 낫습니다."

"고집은!"

더 이상 실랑이를 벌이고 있을 틈이 없었다. 이후는 싫다는 그녀의 손목을 아프도록 움켜쥐고 달리기 시작했다.

"이러면 둘 다 죽습니다! 저를 죽일 셈이십니까!"

"저들이 어떤 자들인지 몰라 하는 소리일세! 아직 늦지 않았네. 함께 빠져나갈 수 있네!"

내리막길에 들어서자마자 움막 쪽으로 향하는 병사들의 걸음소리가 들렸다. 여경은 뛰면서도 초조하게 뒤를 돌아보았다. 그러다가 달리는 이후의 속도를 맞추지 못하고 돌부리에 걸려 넘어지고 말았다.

"악!"

"괜찮은가!"

이후는 얼른 돌아앉아 여경을 살폈다.

여경은 그를 밀어냈다.

"이러지 마십시오! 제발. 어서 가십시오. 저는 정말 괜찮습니다."

"나 때문에 죽게 할 수는 없네."

"모르시겠습니까! 저를 이곳에서 데려가는 것도 저를 위하는 길은 아닙니다!"

정말로 싫다. 당신 때문에 이렇게 됐다. 그러니 내버려 두라고 여경은 큰 소리로 화를 냈다.

"……."

"차라리 여기서 죽겠습니다. 저는…… 원래 한 번 죽었던 사람이라 상관없습니다. 제발 가십시오!"

가만히 앉아 있는 그의 가슴을 세게 밀치기까지 했는데 그는 바위처럼 꿈쩍도 하지 않았다. 이제 움막으로 갔던 병사들이 허탕을 치고 이리로 내려오는 소리가 들렸다.

"보십시오. 잡히겠습니다!"

"……."

"그리 계실 겁니까!"

이후는 안광을 빛내며 당황하는 여경에게 손을 뻗으며 말했다.

"한 번 죽은 것은 나도 마찬가지. 여기서 죽는다 해도 나 또한 별로 아쉬울 게 없네. 어찌할 텐가? 같이 살 텐가? 아니면 같이 죽을 텐가?"

"……."

고집은 제가 아니라 그가 더했다. 결국 여경은 입술을 깨물고 그의 손을 잡았다. 그러자 그는 조금도 머뭇거리지 않고 그녀를 일으켜 달리기 시작했다.

산길을 거의 다 내려와 바다가 보이고 있을 때였다.

"저기 있다! 잡아라!"

"!"

훈련된 병사들은 빠르게 달려왔고 곧 덜미가 잡혀 버렸다.

"폐주가 저기 있다! 잡아!"

그 소리를 들은 이후는 여경을 돌아보며 씁쓸하게 한마디 던졌다.

"이제 와서 나를 구한 것을 후회해도 소용없네. 나를 구하는 순간 그대는 폐주의 사람이 돼 버린 것이지."

이후의 정체를 잘 알고 있던 여경은 폐주라는 외침에도 놀라지 않다가 그의 설명에 번뜩 정신을 차렸다.

"……지금은 그것보다 잡히지 않을까를 걱정하셔야 합니다."

"물이 빠지는 시각이니, 배만 탄다면 문제가 없을 듯하네."

이제 눈앞에 바다가 펼쳐졌다. 암초 뒤에 숨겨 두었던 배를 타기만 하면 벗어날 수 있었다. 자갈밭을 뛰는 동안 숨이 턱까지 차오르고 다리는 점점 무거워졌는데, 다가오는 적은 가까워지고만 있었다. 활이라도 쏘면 낭패였기에 죽을힘을 다해 뛰었다.

"!"

겨우 암초에 당도해 한시름 놓았다 싶은 순간, 두 사람은 함께

탄식하고 말았다.

"이런……."

낭패였다. 오랫동안 배를 묶어 두었더니, 파도에 이리저리 부딪치다가 배 바닥이 깨지고 만 것이다. 누가 볼까 숨겨 둘 생각만 했지, 이 배를 다시 탈 거라곤 생각하지 못한 결과였다.

"이제 어쩌면 좋습니까."

"……."

앞에는 적이 뒤는 바다……. 더 이상 도망칠 곳이 없었다. 심지어 비장하게 싸우고 싶어도 칼조차 없었으니, 이후는 최후의 결정을 내려야 했다.

"나는 이각에게 볼일이 있네."

"예?"

"저들과 같이 가 이각을 만나도 좋다 말이지."

"폐하!"

"폐하라니? 나는 지금 폐주일세."

"그러게 뭐랬습니까! 도대체 여긴 왜 오신 겁니까! 둘 다 죽게 되지 않았습니까."

시간을 돌이킬 수 없음이 안타까워 여경은 발을 동동거렸다.

그런데 이후는 태평한 소리를 늘어놓기 시작했다.

"고백하자면…… 처음으로 재미라는 것을 느꼈네."

"예?"

"이렇게 사는 것도 나쁘지 않구나……. 잠시 내 처지를 잊고 그런 한가한 생각을 하고 있었단 말이지. 이러다간 영원히 여기서 빠져나오지 못할 것 같아 한시바삐 떠나려 했는데……."

이후는 말을 흐리며 긴 한숨을 쉬었다.

"그대가 죽으면 또 후회가 늘 것 같았네. 내 벗이 충고하길, 후회할 일은 만들지 말라 했지."

"······."

"걱정 말게. 어차피 나는 그대를 살리러 온 것이니, 내가 하는 걸 보고 잠자코 있으면 되네."

"후회······ 저는 합니다."

"?"

"괜히 따라왔습니다. 아니, 괜히 살렸습니다. 어차피 죽을 사람을 왜 살렸을까, 후회막심입니다!"

"지금······ 우는가?"

여경이 수렴 안으로 손을 넣고 눈물을 훔칠 때였다. 병사들이 이제는 얼굴이 보일 정도로 가까워졌다. 이후는 그런 병사들 앞으로 오히려 당당히 걸어 나갔다.

"폐하!"

여경이 불렀지만 다시는 안 볼 것처럼 들은 척도 하지 않았다.

"폐주는 순순히 항복하시오!"

이후는 다가오는 조무기의 큰 소리에 코웃음을 쳤다.

"조무기. 네게 묻고 싶은 것이 많으니, 궁으로 가는 길이 심심치는 않겠다."

"폐하!"

다시 한 번 여경이 그를 애타게 부르자, 이후와 병사들이 모두 그녀를 바라보았다.

그들의 시선을 한 몸에 받은 여경은 어리둥절했다. 다들 무언가에 놀란 듯이 제자리에 멈춰 있는 게 아닌가. 그런데 그들이 제가 아니라 제 뒤를 바라보고 있음을 곧 깨달았다.

"!"

이게 웬일일까. 뒤를 돌아보니, 제 등 뒤로 범선 한 척이 암초를 돌아 나오는 게 아닌가!

그리고 놀라기는 일렀다. 갑판 위로 활을 든 병사들이 도열하더니 일제히 활을 쏘기 시작한 것이다.

휙. 휙, 휙.

"아악!"

아군과 적군을 구별할 시간조차 주지 않고 쏘아진 활이었다. 고맙게도 활은 조무기의 병사들을 향했다.

여경은 활에 맞고 쓰러지는 병사들을 멍한 표정으로 바라보고 있었다. 잔인한 광경이 악몽 같기도 하고, 극적으로 위기에서 벗어난 것도 믿어지지 않았다.

"와아!"

귀를 찢을 듯한 함성과 함께 배에서 줄을 타고 내려온 군사들이 남은 조무기의 수하들을 향해 돌진했다. 군사들이 여경을 스치고 지나가는 바람에 그녀는 털썩 주저앉은 채 넋을 잃고 있었다.

조무기는 제 수하들을 버리고 달아났다. 장수의 뒤를 쫓아 헐레벌떡 꽁무니를 빼는 군사들이 보였다.

'끝난 건가……'

그때 여경의 앞을 누군가 가로막았다.

"정신 차리시게."

"폐하……."

"죽으라는 법은 없지 않나? 어떤가? 아직도 후회되는가?"

"……어찌 된 일입니까?"

이후는 대답 대신 배 위를 쳐다보았다. 여경도 그를 따라 고개를 돌렸다.

갑판 위에서 황룡장 선무가 두 사람을 내려다보며 씨익 웃고 있었다.

"어찌 된 것이냐?"

이후의 당연한 질문에도 선무는 준비했던 대답을 하지 않았다. 왜냐면 황제의 옆에 앉은, 그러니까 황제가 데려온 웬 수상한 여인이 신경 쓰여 그의 질문을 제대로 듣지 못했기 때문이다.

"이분은…… 누구십니까?"

"아. 나를 살려 준 의녀다."

"의녀? 의녀가 왜 이런 곳에……. 아니, 그것보다, 왜 안에서도 죽립을 벗지 않는 겁니까? 수렴까지 두르고……. 답답하지 않습니까?"

날도 점점 더워지는 마당에 입만 빼꼼 내밀고 시커먼 천으로 얼굴을 가리고 있으니 누가 봐도 수상한 사람이었다. 이런 자를 배에 태워도 되는지, 선무의 눈이 독수리처럼 그녀를 샅샅이 살폈다.

"얼굴에 화상을 입어 남에게 절대 보일 수 없다 한다. 무례한 짓은 말거라."

330

묻기는 의녀에게 물었는데 대답은 황제가 해 주고 있었다. 그것도 무척이나 그녀를 두둔하는 눈치였다. 오랫동안 그를 지켜본 선무로서는 영 적응이 되지 않았고, 그 때문에 그녀가 더 수상했다.

"누구냐 물으면 의녀라고 대답하면 끝입니까? 어디 사는 누구인지를 알려 주셔야지요."

"아. 방금 본 그 절벽 위에 집이 있다. 거기 사는…… 의……."

"약초꾼입니다."

여경은 저를 자꾸 의녀라고 소개하는 이후의 말을 막았다.

"약초꾼?"

"예. 사람들과 왕래하는 것이 싫어, 외진 곳에서 약초를 캐다 파는 것으로 연명하고 있습니다."

"헌데, 왜 폐하께서는 의녀로 알고 계십니까?"

"그것이 제 이름을 대신하기 때문입니다."

제가 왜 의녀라고 불리게 됐는지를 차분히 설명하자, 선무도 더는 그녀를 추궁할 수 없었다. 의심스러운 게 한두 가지가 아니었으나 황제가 두둔하니 일단은 두고 보기로 한 것이다.

"어쨌거나 무사하셔서 다행입니다."

"너는 어찌 된 것이냐? 이 배는 뭐고?"

"비상시를 대비해 키워 두었던 아이들입니다. 이백 명쯤 됩니다. 그들을 소집한 후에 조무기의 대장선을 탈취했습니다."

"하!"

"아마 지금쯤 알아차렸을 것입니다."

"하하하하!"

천연덕스러운 선무의 무용담에 이후는 태어나 처음으로 너털웃음을 터트렸다.

그러나 그 웃음이 낯선 선무와 여경은 그가 머리를 다친 게 아닌가 걱정이 되어 따라 웃을 수가 없었다.

한참 웃는가 싶더니, 그는 또 웃음을 딱 그치고 정색을 했다.

"기르던 개가 주인을 물려면 단번에 죽이지 않고서야 되레 맞아 죽는 법이지. 조무기는 벌써 두 번이나 우리를 놓쳤고 제 진영에 있는 대장선까지 도둑맞았다. 이각에게 더 나은 장수가 없다면 숫자만 많은 오합지졸일지도 모르겠군."

"그렇다면 다행이겠으나, 이각의 군사가 아무래도 해적들과 관련이 있는 것 같습니다."

"?"

"조무기는 처음부터 이각의 수하였고, 계획적으로 궁에 잠입해 해적들로 위장한 이각의 군사를 궁으로 잡아들인 것으로 추정됩니다. 그동안 잡아들인 해적들 중 투항한 놈들은 노비로 살게 하지 않았습니까."

"그렇군!"

"이리되면 해적들 중에 숨은 이각의 장수가 꽤 될 것 같습니다."

두 사람은 잠시 말을 멈추고 생각에 잠겼다. 해야 할 일도, 알아내야 할 일도 산더미 같았다.

"헌데 내가 여기 있는 것은 어찌 알았느냐?"

"조무기가 이리로 향하고 있다는 소식을 들었기 때문입니다. 만운사 근처에 있는 빈민촌에서 한바탕 요란하게 난동을 부리는 바람에 어렵지 않게 이야기가 들려왔습니다."

"빈민촌이라 했습니까?"

여태 입을 꼭 다물고 있던 여경이 화들짝 놀라 물었다.

"그렇소만."

"난동이라뇨? 조무기가 그곳에서 무슨 행패를 부렸습니까? 다친 사람은 없습니까?"

"자세한 이야기는 모르오. 왜 그러시오?"

"거기…… 아는 동생이 있어……."

"안됐지만 거기까지는 알 수 없소. 다시 돌아가 알아볼 수 없음은 잘 알 테지요?"

"예……."

여경은 풀 죽은 목소리로 대답했다. 걱정을 해도 알 길이 없으니, 어쩌겠는가.

그런 그녀를 바라보던 이후가 무거워진 분위기를 바꾸고자 웃으며 물었다.

"그것은 왜 아직도 가지고 있는가?"

"아……. 이건……."

여경의 어깨에는 아직도 망태기가 걸려 있었고, 그 안에는 메꽃이 반이나 남아 있었다. 너무 긴장한 탓에 망태기 끈을 꼭 움켜쥐고 온 것이다.

"누가 약초꾼이 아니랄까 봐, 쯧쯧……."

"그런 게 아니라……."

"헌데 그것은 약초가 아니라 꽃이 아닌가? 어울리지 않게 꽃은 꺾어 뭐에 쓰려고?"

"모르시는 말씀 마십시오. 저처럼 꽃을 잘 다루는 계집도 드물 겁니다."

"꽃을 어찌 다루는가?"

"쌈을 싸 먹기도 하고, 나물을 해 먹기도 하고, 기름에 튀겨 먹
기도 하고, 또…… 생으로 먹기도 하지요."

"하……."

"왜요? 못 믿으십니까?"

"못 믿는 게 아니라, 차라리 나에게 그 이상한 죽을 먹일 게 아
니라 꽃을 주지 그랬는가?"

억울하다는 듯이 반문하는 이후 때문에 여경은 웃음을 꾹 참느
라 입술을 깨물었다. 웃음이 나오는 것을 보니 벌써 긴장이 풀어
진 것이다.

그리고 선무는 느긋한 두 사람의 대화를 듣다가 제 머리가 이상
해진 것 같은 기분이 들어 머리를 절레절레 흔들었다.

8.
연분홍 치맛자락 하늘하늘 날리네

배는 밤을 타서 이동하고 낮에는 무인도를 찾아 정박했다. 언제 이각의 군사들이 추격해 올자 모르는데 이리 한가하게 다니는 데 는 피치 못할 이유가 있었다.

"우웩!"

무인도라고 해 봤자, 물이 들면 반이나 잠기는 돌섬인데도 대원 들은 너도나도 앞다투어 배에서 뛰어내렸다. 출렁거리는 배만 아 니라면 날카롭고 경사진 바위도 문제 될 게 없었다. 뱃멀미로 먹 은 것도 없는데 대원들은 빈속을 게우고 게우며 정신을 잃을 지경 에 이르렀다.

아무리 날고 기는 황룡대의 대원들이라지만 다들 수군의 훈련 을 받은 적이 없는 검사일 뿐이었다. 해월국 사람들은 누구나 배와 친하지만 장시간 전선을 타고 이동하는 것은 별개의 문제라 이대로 가다가는 붙잡히기 전에 뱃멀미로 다 죽을 것 같았다.

그리고 지금 누구보다 고통받는 사람은 다름 아닌 이들을 통솔해야 할 황룡장 선무였다.

"하아...... 죽겠습니다."

선무는 부관의 부축을 받아 간신히 배에서 내릴 수 있었다.

"그러게 평소 술을 작작 마셨어야지."

이후는 건장한 선무가 축 늘어진 것을 보고 못마땅해했다.

"이게 술이랑 무슨 상관입니까?"

"숙취로 너부러졌을 때랑 별반 달라 보이지 않으니 말이다."

"다릅니다. 지금 폐하께서 이리저리 움직이시는 건지, 땅이 뒤집히는 건지, 얼마나 어지러운지 아십니까? 그야말로 하늘이 샛노랗게 보일 지경입니다."

억울함을 토로하는 선무 앞에 여경이 툭 튀어나와 끼어들었다.

"숙취나 멀미나 비슷합니다. 둘 다 위장과 비장에 무리가 가서 게워 내는 것이니까요."

"아니 왜......!"

묻지도 않았는데 끼어드나 따지려는데, 여경은 그런 선무를 무시하고 스윽 지나갔다.

이후는 그녀가 망태기를 메고 있는 것을 보고 물었다.

"어딜 가는가?"

"좀 살펴보고 오겠습니다."

여경은 가파른 암초를 조심조심 밟아 올라갔다.

이를 불안하게 지켜보던 이후가 그 뒤를 따르려 할 때였다. 선무는 죽어 가는 목소리로 그를 불러 세웠다.

"폐하."

"?"

"어쩌려고…… 이러십니까?"

"무슨 소리냐?"

"하필 의녀라니……. 이제 환궁은 포기하신 것입니까?"

"하필 의녀라? 무슨 소리냐?"

"하루 온종일 저 의녀 뒤만 졸졸 쫓아다니지 않으십니까."

"하루 종일 배 안에 함께 있는데 그럼 일부러 피해 다니란 말이냐?"

일부러 아닌 척하시는지, 정말 뜻을 몰라 이러시는지, 약이 오른 선무가 짜증을 냈다.

"지금은 배가 아니니, 여기 계십시오!"

황제의 눈초리가 싸늘해지는 것을 보고 아차 싶었지만, 이미 뱉은 말이었다.

"네놈이 이제 내가 폐주가 되었다고 막 나가기로 하였구나."

"그런 게 아니오라, 폐하께서 하도 이상하게 구시니 걱정이 되어 하는 소리 아닙니까!"

"나는 이런 것을 묻는 네놈이 더 이상하구나. 목숨을 구해 준 것으로 모자라 나로 인해 죽을 뻔한 은인이다. 함께 있는 동안 말 벗으로 지냈는데 이제 와서 거리를 두란 말이냐?"

"폐하께서 그리 정이 많고 도리를 아시는 분인 줄 미처 몰랐나이다. 어차피 백성들은 황제를 섬기는 것입니다. 그녀가 우연찮게 폐하를 구했다면, 그것을 감격해해야 하는 이는 폐하가 아니라 저 의녀입니다. 당연한 일이지요. 헌데, 폐하께서 너무 잘해 주시니,

337

의녀도 폐하를 전혀 어렵게 생각지 않고 있지 않습니까. 저한테 하는 것만 봐도 그렇지 않습니까."

선무의 말은 이후가 그녀에게 너무 과한 관심과 인정을 베푼다는 것이었다. 적당히 하지 않으면 남녀 간의 정으로밖에 볼 수 없지 않냐는 반문이기도 했다.

"네 말이 맞다. 허나, 지금 나는 황제가 아니다. 그녀를 처음 만났을 때 이미 황제가 아니었다. 그런데 나를 살려 준 이에게 황제 행세를 했어야 했느냐?"

"목숨 걸고 폐하를 따르는 우리를 보아서라도 이제부터는 그리 해 주시옵소서."

이후는 뒷짐을 지고 옆으로 돌아섰다.

"환궁하게 된다 해도 그녀만 좋다면 궁으로 데려갈 것이다."

선무는 펄쩍 뛰었다.

"궁으로 데려가신다고요? 폐하. 여인을 궁에 들이는 게 어떤 의미인 줄 아십니까? 설마 말벗을 삼겠다고 궁녀로 들이실 작정은 아니시지요? 화상을 입고 험하게 살아온 여인을 후궁으로 들일 생각은 더욱 없으시겠지요?"

"의녀로 들일 것이다."

"……."

그렇다. 의녀가 있었다. 그렇게까지 들이고 싶으시다면 굳이 막을 필요가 있겠나 싶었다. 생각해 보면 흉터가 심해 얼굴도 보일 수 없다는 여인을 마음에 두실 리가 없지 않은가.

'그래. 그저 재주와 심성을 아끼시는 거겠지.'

마음 한 켠에 찜찜한 구석이 남긴 했지만, 좋은 쪽으로 생각하기로 했다.

"뭐, 의녀라면……."

"지금은 이런 이야기를 나누는 것이 우습구나. 환궁은커녕 모두 죽게 생겼다. 더군다나 네놈이 멀미로 쓰러져 도주하는 것도 속도 가 나지 않아. 한심한 놈. 쯧쯧쯧."

"황제는 하늘이 내린다더니, 멀미도 안 하게 태어나셨나 봅니 다. 이 고통을 폐하께서도 느껴 보셔야……."

"시끄럽다. 이놈!"

두 사람이 티격태격하는 동안 여경은 돌섬 꼭대기에 있는 작은 숲으로 들어갔다. 어른 키만 한 쭉쭉 뻗은 해송만 찾아내 이리저 리 살폈다. 막 딴 솔잎이 두 개로 난 것을 확인하자 미소가 번졌 다.

'이거면 되겠다.'

원하는 것을 찾았으니 따끔한 솔잎에도 거칠 것이 없었다. 여경 의 망태기는 곧 솔잎으로 가득 차기 시작했다.

시간이 지나자 그나마 상태가 나아진 대원들은, 물고기를 잡고 소라며 게며 먹을 것을 찾아다녔다. 누가 보면 쫓기는 중이라고는 상상도 못 할 만큼 한가로운 풍경이었다.

"늦는군."

권태로운 듯한 이후의 어투에는 초조함이 배어 있었다.

"그리 오래되지 않았습니다. 약초꾼이라 이런 데 오면 뭐 특별 한 거라도 캘 수 있을 줄 아나 봅니다."

"……."

이후는 파도가 바위를 때리는 것을 한참이나 들여다보며 또 입을 다물었다.

며칠 바다를 누비는 동안 죽은 사여경을 떠올렸다. 외롭고 적막한 바다. 깊이를 알 수 없는 검은 바다 속에 그녀의 원혼이 떠돌고 있다고 생각하니 참으로 가여운 생각이 들었다. 그래서 자신이 지금 바다를 헤매는 것이 어쩌면 그녀의 뜻일지도 모르겠다는 실없는 생각마저 드는 것이다.

바위 위에 사여경이 슬픈 얼굴로 서 있는 것이 보였다. 그 모습은 곧 파도가 바위를 치며 하얀 포말이 일자 거품처럼 사라져 버렸다. 그리고 그 바위 위로 죽립을 쓴 의녀가 걸어 나오고 있었다. 검은 수렴으로 얼굴을 가린 의녀가 또 사여경의 모습과 겹쳐졌다. 저를 치료해 주던 그날처럼.

"저기 옵니다."

"선무."

"예?"

이후는 바위를 가볍게 넘어 다니는 의녀에서 눈을 떼지 않고 조용히 이야기를 시작했다.

"실은, 내가 말하지 않은 것이 하나 있다."

"예?"

"의녀 말이다. 네 말대로 내가 의녀에게 유독 신경을 쓰는 이유가 있다."

이후는 뒷말을 잇지 못했다. 의녀가 이쪽으로 오지 않고 대원들이 쉬고 있는 쪽으로 다가갔기 때문이다.

"씹으세요."

"?"

의녀는 다니면서 너부러진 대원들에게 솔잎을 건네주고 있었다. 솔잎을 씹으라는 말에 가뜩이나 정신이 혼미한 대원들은 멍청한 눈으로 솔잎과 의녀를 번갈아 봤다.

"뭐하십니까. 어서들 씹어서 삼키지 않고요."

"가뜩이나 속도 안 좋은데……. 씁쓸한 솔잎을 어찌 먹으란 말입니까?"

대원 한 명이 힘들게 목소리를 쥐어짜 내 투덜거렸다.

"속이 안 좋으니 먹으란 말입니다. 비장을 튼튼히 해야 멀미가 낫습니다. 솔잎은 위장에 좋을 뿐 아니라 피로 회복에도 좋으니, 멀미 날 때 먹으면 좋습니다."

"정말입니까?"

"예. 낫고 싶으면 어서……."

확신에 찬 의녀의 대답이 떨어지기도 전에 대원들은 솔잎을 한 움큼씩 쥐고 입에 넣기 시작했다. 그 모습을 확인한 의녀는 마지막으로 선무를 향해 다가오고 있었다.

"이유가 무엇입니까?"

선무는 의녀가 오기 전에 이야기를 마저 듣고 싶어 조심스럽게 물었다.

"그게…… 폐비 사여경을 본 줄 알았다."

"네? 어디서 말입니까?"

"아니. 의녀의 모습에서 말이다."

"죽은 폐비를 말입니까? 폐하께서 시신마저 찢어 놓은 그 폐비 말입니까? 헛것을 보았다는 말씀이시지요?"

"내가 잠시 헛것을 보았다 생각했는데, 목소리마저 비슷하더구나."

"목소리가 비슷한 사람은 한둘이 아닙니다. 그리고 제가 듣기에는 그리 비슷하지도 않고요."

기가 막힌 선무가 인상을 찌푸리고 있는데 의녀가 다가와 솔잎을 건넸다.

"장군님도 드세요."

"됐습니다. 솔잎 따위를 먹고 나을 것 같지 않습니다."

의녀가 폐비와 닮았다는 소리를 들은 직후다. 가뜩이나 의녀를 좋게 보지 않던 선무는 괜히 그녀에게 툴툴거렸다.

"속는 셈 치고 드세요. 생강을 구하면 더 좋겠지만 지금은 이게 최선입니다."

"······."

황제가 도끼눈을 뜨고 쳐다보고 있어서이기도 했지만, 멀미가 낫는다니 솔깃하기도 했다. 체면상 거절하려던 선무는 못 이기는 척 솔잎을 받아 열심히 씹었다.

솔잎을 씹은 대원들은 씁쓸한 입맛을 달래느라 침을 삼키고 있었다. 그러나 곧 싱그러운 솔잎향에 입안과 속이 개운해져서 표정들이 한결 편안해지고 있었다.

황제, 의녀와 더불어 멀미를 전혀 하지 않는 선무의 부관 추산이 다가왔다. 어부 출신인 추산은 얼굴이 곱상하고 체격이 호리호리했다. 까무잡잡한 피부색이 아니었다면 계집으로 봐도 될 정도였다.

다부지고 절도 있는 걸음걸이로 다가온 추산이 선무에게 담담하게 보고를 올렸다.

"물이 차오릅니다."

"그만 이동하자."

선무는 한결 나아진 표정으로 자리에서 일어났다. 다시 배를 탈 생각을 하니 끔찍했지만 한숨을 쉬는 대원들 앞에서 그런 내색은 하지 않았다. 그리고 의녀에게 들리지 않도록 황제에게 바짝 다가가 소곤거렸다.

"솔잎이 멀미에 좋은 것을 폐비가 알겠습니까?"

사경을 헤매는 동안 허상과 실체를 혼동할 때가 있으니, 그럴 수 있었다. 하지만 이제는 더 이상 죽은 폐비와 의녀를 동일시하지 말라는 뜻이었다.

그러나 이후의 눈빛은 착잡하게 가라앉았다.

'그러니 말이다. 그 아이가 그걸 알고 있을 것 같아서 이러는 게다.'

※

야심한 밤 황제의 침소는 환한 홍등으로 빛나고 있었다. 헌데 그 불빛은 진중한 황궁의 분위기와 어울리지 않았다. 철통같이 삼엄한 경계 속에서 창 안의 붉은 불꽃이 연신 위태롭고 요사스럽게 흔들리고 있었다.

"하아!"

끈적끈적한 여인의 숨결에 등불이 또다시 일렁였다. 머리를 풀지 않은 여인이 몸을 일으키자 백사 같은 그녀의 등허리 아래로 얇은 이불 한 장이 흘러내렸다.

"하아아! 하음……!"

마침내 땀에 젖은 붉은 입술에서 교성이 터져 나오고 그녀의 등이 뒤로 크게 젖혀졌다.

놀랍게도 고혹적인 나신의 여인은 황후 장화영이었다.

"하아아아……."

긴 한숨을 내쉬자, 욕정에 취한 그녀의 몽롱한 눈빛이 금세 음탕함으로 물들었다. 중의 머리를 한 구릿빛 사내가 요염하게 허리를 비트는 그녀를 보며 감탄했다.

"너는 참으로 요물이로다. 이런 때에도 변함이 없어."

한낱 중이란 자가 황후에게 하대를 하는 것도 있을 수 없는 일이었으나 이어지는 황후의 말은 더욱 기함할 만했다.

"이런 때가 어떤 때입니까? 폐하께서 마침내 보위에 오르신 이런 때를 말하십니까?"

장화영이 중머리를 한 이각을 폐하라고 부른 것이다.

"네 혓바닥이 여러 가지로 나를 기분 좋게 해 주는구나. 그러나 아직은 아니다. 아직은 우리가 맘 놓을 수 없단 말이다."

"맘 놓으십시오. 이후 따위 이제 와 돌아온들 누가 그를 황제로 원하겠습니까?"

"너는 진정 두렵지 않으냐? 대신들과 백성들이 너를 어찌 생각할지 말이다."

"제가 진짜 황제의 씨를 품었는데 무엇이 두렵단 말입니까?"

이각은 그제야 호탕하게 웃었다.

"하하하하! 요망한 것! 허나, 네 뱃속의 씨가 내 것이라는 너의 말을 정말 믿어도 되는지 모르겠다."

"이후의 아이라는 것이 더 믿기 힘들지요."

장화영은 간음을 저지른 것이 무에 자랑스럽다고 떳떳해했다.

"크크크. 그래서 내가 너를 좋아한다. 크크. 앞을 내다볼 줄 알아."

"저를 좋아하는 이유가 그것뿐입니까?"

몸을 꼬던 장화영이 막 그에게 입을 맞추려는 순간, 어찌 된 일인지 그가 그녀를 밀쳐 냈다.

"!"

"그리 볼 것 없다. 나의 아이를 위해서다. 오늘은 여기까지만 하자."

장화영은 뽀로통하게 입술을 내밀었다.

"이럴 줄 알았으면 아이를 가지지 않을 걸 그랬습니다. 저는 앞을 내다보는 대단한 계집이 아니랍니다. 당장 하룻밤 불을 끄는 것이 더 급한 계집이란 말입니다."

"하하하하. 그것도 맞다. 이후가 너를 감당하긴 힘들지! 하하하하."

장화영은 이후가 저를 사여경처럼 처참하게 버릴 것이라 확신했다. 그리되지 않기 위해 그를 유혹하려 했으나 뜻대로 되지 않을 뿐 아니라, 황제의 경계심만 더 키우는 꼴이 되고 말았다.

절망과 분노에 휩싸여 있던 그녀에게 만운사의 주지승으로 숨어 지내던 이각이 모든 것을 약속해 주었다. 처음 그의 정체를 알게 되었을 때 경악하면서도 그에게 마음을 내준 이유는 그녀의 욕망 때문이었다. 그리고 그는 이후와 달리 겉과 속이 뜨거운 사내였다. 그야말로 그녀가 원하는 것을 전부 이뤄 줄 수 있는 그런 자였던 것이다.

'나를 진정한 황후로 만들어 주지 않으신다면 황제를 바꿀 수밖에요.'

증오와 야욕만 남은 장화영에겐 제가 무슨 짓을 저질렀는지 일말의 죄책감도 두려움도 없는 듯했다.

새끼손가락을 세운 장화영의 노골적인 손길이 그의 가슴을 쓸어내리며 아래로 향했다.

"후훗. 감당은커녕 사내구실이나 제대로 할는지 모르지요."

침상 밖으로 웃음소리가 새어 나가는 것이 두렵지도 않은지, 그들은 깔깔거리며 서로의 몸을 희롱했다.

그렇게 또다시 열꽃이 피어오를 때였다.

"폐하, 조무기가 당도하였나이다……."

밖에서 탁우가 전갈을 해 왔다. 이각은 기다렸다는 듯이 벌떡 일어났다.

"뭐라? 어서 들라 해라!"

황제가 저를 밀치고 일어서자, 흥이 깨진 장화영은 겉옷만 주워 대강 몸을 가렸다.

곧 조무기가 침통한 표정으로 들어와 엎드렸다.

"폐하……. 황공하옵게도……."

"멍청한 놈."

조무기의 표정만으로도 답을 들은 이각은 화내지 않고 웃으며 욕을 했다.

그 욕을 들은 조무기는 바닥에 엎드려 한 마디도 못 하고 처분만을 기다렸다.

"조무기. 내가 어찌 살아났는지 너도 잘 알지 않느냐? 무려 칠 년이 넘는 시간 동안 바다를 배회하며 해적들의 무리에 섞여 살아 왔다. 지금 이후가 하는 짓이 우리가 했던 그 짓과 별반 다르지가 않아. 그런데도 네놈은 그것을 내다보지 못했다. 아니, 심지어 대장선을 도둑맞기까지 했지. 배를 내주고 도주하라고 길을 터 주었구나."

"……소장……. 입이 열 개라도 할 말이 없사옵니다."

"그래야지. 변명이라도 했다면 네놈 혀를 뽑아 버렸을 것이다."

"……."

이각은 빙긋이 웃으면서 잔인한 말을 뱉은 후 이번엔 탁우를 향해 날카로운 눈빛을 쏘아 댔다.

"아직도 못 찾았느냐?"

"예. 허나 너무 염려 마시옵소서. 궁 안에 있는 것은 확실하니, 반드시 찾아내겠사옵니다."

"앵무새처럼 같은 소리를 지껄인 것이 벌써 여러 날이다. 옥새가 발이 달리지 않았다면, 도대체 그것이 어디로 간단 말이냐!"

"……황공하옵니다."

의심이 많은 이후는 옥새를 한 곳에 두지 않았다. 게다가 자신이 출궁을 하게 되면 나량을 시켜 옥새를 숨겨 두곤 했는데, 지금 나량은 만운사에서 머리를 맞은 데다 칼에 베이기까지 해 의식불명인 상태였다. 옥새를 찾기 위해 뒤늦게 살렸기 망정이지, 그대로 두었다면 벌써 죽었을 것이다.

"하나같이 엉망이군. 환궁을 해서 내 자리를 찾았는데 내 뜻대로 돌아가는 일이 하나도 없구나! 하하하하!"

이후는 살아 있고, 황위에 오른 이각은 아직 옥새의 주인이 되지 못했다.

상황이 이렇듯 혼란스럽다 보니, 대신들은 이각의 편에 서기가 애매해졌다. 만에 하나 이후가 군을 이끌고 돌아온다면 궁에 남아 있는 이후의 군사들도 함께 들고 일어날 것이다. 지금이야 이각이 군권을 장악했지만 이후가 살아 돌아온다면 내전을 각오해야 했다. 그렇다면 자신들이 누구의 편에 섰는지가 내전 후 역모죄를 얻느냐 공신이 되느냐를 결정하게 되는 것이다.

"일이 이렇게 되고 보니 내가 장화영을 얻은 것이 참으로 다행이지 않으냐?"

그러자 장화영이 배시시 웃으며 이각에게 안겼다.

"폐하, 저는 폐하의 기대에 어긋나지 않을 것이옵니다."

옥새가 없지만 해월국 최고의 권세가인 승상 장예모가 있다. 신하들을 얻는 것은 이제 그들에게 맡기는 편이 빠를 거라 여겼다.

"탁우, 조무기에게 더 많은 장졸과 전선을 내려라. 바다를 비롯한 해월국 도처에 이후가 발 디딜 곳이 없도록 만들거라. 또한, 지금껏 이후가 해 왔던 해적소탕을 함께한다."

"예?"

"어차피 이제 해적들과의 연합을 이어 갈 필요가 없다. 그것들을 정리하다 보면 자연히 이후의 배도 정리가 될 테지. 시간을 주어선 안 된다. 지금 무리하더라도 모두 없애는 게 상책이다."

"예, 폐하. 명을 받들겠나이다."

자신 있는 조무기의 대답에 장화영은 이각의 가슴에 기대어 살기 어린 미소를 그렸다.

'폐주, 날 원망하지 마세요. 진짜 황제가 될 몸은 따로 있는 게지요. 그러게 제가 뭐라 했습니까. 저는 반드시 제 아들이 황위를 잇는 모습을 보아야겠습니다. 해서 저를 진짜 황후로 만들어 줄 사내가 아니면 황제로 인정할 수 없답니다.'

⊠

검푸른 바다 위로 금빛 달빛이 반짝거렸다. 이후의 배가 그 달빛을 가로지르며 계속해서 나아갔지만 부서진 달은 또 끊임없이 배를 밝혀 주었다.

낮 시간에 주로 숨어 지내다 보니 정작 전속력으로 배를 이동시켜야 하는 것은 밤이었다. 밤새 번갈아 가며 노를 저은 대원들의 피로가 이제는 한계에 다다랐다.

"이제 이각이 강수를 둘 것입니다. 전군을 동원해서라도 바다로 나와 우리를 잡으려 하겠지요."

이후와 선무는 지도를 들여다보며 앞으로의 일을 고심했다.

"육지로 돌아가는 것은 어떻겠느냐?"

"육지로 갈 수만 있다면 지금은 그곳이 더 안전할 수도 있습니다. 일단 대원들의 사기 충전을 위해서라도 육지로 갈 필요성은 있습니다. 다만 포구에 배를 대는 순간 잡히겠지요."

"흠……."

"한 가지 방법이 있습니다."

"무엇이냐?"

"상선으로 위장하는 것입니다."

"어떻게? 상선으로 위장을 하려고 해도 결국은 육지로 가서 정비를 해야 가능하다."

"바다에서도 할 수 있는 방법이 있습니다."

의미심장한 선무의 말을 이해한 이후가 의자에 털썩 등을 기대며 한심한 눈길을 던졌다.

"……자포자기한 건 내가 아니라 네놈이로구나."

"어쩔 수 없습니다. 그리고…… 갚으면 될 게 아닙니까?"

"황제더러 해적질을 하자는 장수는 네놈이 처음일 게다."

"지금은 폐주이시니……. 크흠. 아무튼 원래 황제라는 자리가 그렇습니다. 백성들의 것을 도둑질하는 자리가 아닙니까."

"내가 힘을 잃었다고 아주 못하는 소리가 없구나."

뱃멀미와 피로, 그리고 술이 없어 무척 예민해진 선무는 평소 불만이 많았던 황제를 거침없이 대하고 있었다.

"예, 예. 황위에 다시 오르시면 그때 이놈을 벌하시옵소서. 아무튼 지금은 이 방법밖에 없습니다. 여기 보시면 이 부근이 상단이 지나다니는 뱃길입니다."

"여기서 멀지 않군."

"이리로 들어가면 월곶입니다. 상선들이 많이 모이는 곳이라 경계가 삼엄하기도 하지만 또 그래서 허술한 곳이기도 합니다."

월곶은 하루에도 수십 척이 넘는 크고 작은 상선들이 드나드는 곳이다. 물건을 거래하는 곳에는 언제나 불법적인 일들이 행해지기 마련이고, 그렇기에 늘 관병들이 감시하고 있었다.

그런데 관병들의 검문이 길고 **빡빡**해지면 한시가 바쁜 상단들은 손해를 입게 된다. 시간도 시간이지만 털어서 안 나올 깨끗한 상단이 얼마나 되겠는가. 그래서 관병들에게 푼돈을 쥐여 주고 설렁설렁 넘어가는 일이 관행처럼 여겨지고 있었다.

"게다가 그곳은 이미 관병들이 지키고 있으니, 혼잡해서라도 군사들을 많이 보낼 수가 없겠구나."

"예. 또한 그들은 나라에서 주는 녹보다 상단에서 얻는 뇌물이 더 크기에 우리를 잡는 일은 뒷전일 가능성이 큽니다. 경계를 강화하면 상단의 불만이 커지니, 이는 관에서도 어쩔 수 없을 것입니다."

"씁쓸한 일이다만, 지금은 잘됐다고 봐야겠지. 일단…… 그리하자. 물론 그 해적질이라는 것이 사람을 상하게 해서는 안 될 것이다."

"예. 헌데…… 의녀는 월곶에 두고 갔으면 합니다."

"?"

"어차피 조무기가 그녀의 얼굴을 아는 것도 아니니, 전처럼 어디 틀어박혀 약초꾼으로 사는 것이 더 안전하지 않겠습니까. 절대 데려가기 싫어 그런 것은 아니고, 그 편이 더 안전하다 여겨지기에……."

이후는 가늘게 뜬 눈으로 선무를 추궁했다.

"나는 왜 네놈이 데려가기 싫어 억지를 부리는 것으로 들리는 것일까."

"뭐라 생각하셔도 좋으니, 이번엔 제 말대로 해 주십시오."

"너는 그녀가 일행의 짐이 될 거라 생각하는 모양이다만, 내 생각은 다르다. 당장 그녀가 없었다면 네놈이 지금 이렇게 지도를 펴 놓고 나와 독대할 정신이 있었겠느냐?"

"멀미는 이제 괜찮으니, 냉정하게 말하자면 더는 필요 없는 사람입니다."

"앞으로도 우리에게 의원은 필요하다."

"약초꾼이라지 않습니까."

그때 마침 선실 문을 똑똑 두드리며 의녀가 들어가도 되냐 물어 왔다.

"들어오시게."

"중요한 말씀 나누시는 데 죄송합니다."

"일단은 앉지."

선무는 황제를 아무 때나 찾는 것도, 앉으란다고 저보다 편히 앉는 의녀가 못마땅해서 불만 가득한 목소리로 물었다.

"무슨 일로 이 밤에 자지 않고 오셨습니까."

"무리한 부탁을 드리러 왔습니다."

"무리한 부탁이라니?"

"월곶이란 포구를 아십니까?"

"마침 우리도 월곶에 대해 이야기를 하던 참일세."

"그렇습니까. 혹, 그곳에 들를 생각이십니까?"

"그렇다만……."

의녀는 다행이라는 듯 안도의 한숨을 쉬더니 이같이 말했다.

"하오시면, 저는 이만 그곳에 내려 주십시오."

"!"

아쉬움이라고는 없는 말투였다.

불퉁하던 선무는 의기양양한 표정으로 이후를 바라보았다.

이후는 의녀를 따라 선실 밖으로 나왔다.

끼익거리는 노와 철썩거리는 파도 소리 외에는 적막한 바다 위였다. 썰렁한 바닷바람도 말없는 두 사람의 어색함을 날려 주지 못했다.

여경은 그가 무언가 할 말이 있는 듯 따라 나와 아무 말도 하지 않으니 바다만 바라보고 있기 민망했다.

"그럼…… 전 이만 들어가 보겠습니다."

"왜, 굳이 혼자 남으려 하는가?"

그제야 이후는 급히 입을 열었다.

"말씀드리지 않았습니까. 다시 말씀드리오리까? 저는 혼자가 좋습니다."

"상황이 변하지 않았는가. 그곳에 다시 돌아갈 수 없다."

"제게는 더 안 좋은 상황일 뿐입니다. 사내들만 득실거리는 곳에 있기가 불편합니다. 살던 곳으로 갈 수 없다면 또 다른 곳을 찾아볼 것입니다."

"의녀가 남녀를 구별하는가."

"그런 말로는 저를 설득하지 못하십니다. 전 의녀가 아니니까요. 또…… 폐하라니……. 대인의 신분이 범상치 않다 여겼으나 이 정도일 줄은 몰랐습니다. 이곳에는 제가 편히 대할 수 있는 사람이 한 사람도 없으니 어찌 더 있고 싶겠습니까."

빈약한 변명이었으나 틀린 말은 아니었다. 하지만 이후는 그녀의 말을 믿지 않았다.

"뜻밖이군. 여태 태연하더니."

"제가 표현을 잘 못하여 그런 것입니다. 내심 겁이 나서 견딜
수가 없으니 저를 내려 주시옵소서."

"지금은 나와 함께하니, 그대 하나는 내가 지켜 줄 수 있다. 허
나, 내 곁을 떠난다면 누가 그대를 지켜 줄 것 같은가? 적들의 손
에 그대가 붙잡히기라도 한다면……."

"저의 적이 아니옵니다."

"!"

여경은 아무리 말해도 그가 저를 놓아주려 하지 않자 냉정하고
분명하게 선을 그었다.

"무례를 용서하소서. 허나, 위기를 벗어났다지만, 폐하께서는
여전히 쫓기는 몸이십니다. 저를 지켜 주신다는 폐하의 진심은 믿
을 수 있사오나, 그런 약조는 함부로 하지 마시옵소서."

"……."

황제는 제 말이 진심인지 아닌지를 가늠하듯이 보이지도 않는
자신의 얼굴을 뚫어져라 바라보고 있었다.

「그대가 살고자 하면 그것이 이유가 되지 않겠는가? 마지막으
로 그대를 위해 한 가지쯤은 해 주고 싶다.」

그 약조를 믿고 바보처럼 죄를 시인하고 쫓겨난 저였다. 사여경
이 아니라 한낱 약초꾼에게는 어찌 그리 다정하신가. 지켜 준다는
설레는 말을 어찌 그리 잘 하시는가. 왜 저는 바보처럼 그 말을
또 그리 믿고 싶은가.

그와 함께하는 시간이 길어질수록 약초꾼은 그와 함께하고 싶

어 했고, 반대로 사여경의 불안은 짙어졌다.

만약 정체가 탄로 나기라도 한다면 저를 그토록 싫어하던 황제가 얼마나 경멸하고 또 얼마나 죽이고 싶어 할지, 그 싸늘한 눈빛을 다시 받아 낼 자신이 없었다. 이번엔 그를 속이기까지 했으니 원한을 품고 복수를 하려 했다는 의심을 받을 수도 있었다.

"지키지 못할 약조입니다. 폐하와 함께 다니는 것이 더 위험하니, 저는 이 배에서 내리고 싶습니다. 바다 한가운데서 적을 맞아 패한다면 무기를 휘두를 줄 모르는 제가 가장 먼저 죽게 될 것입니다. 저를 지키고 싶은 폐하의 뜻과 달리, 가장 먼저 저 차갑고 검은 바다 속에 내던져지겠지요. 죽더라도 바다는 싫습니다. 한없이 깊은 곳으로 가라앉겠지요. 공허하고 어둡고…… 발이 닿지 않는 곳. 아무도 손잡아 줄 수 없다는 절망……. 너무 무섭지 않습니까."

"……."

저도 모르게 중얼거린 뒷말이 너무 무거웠다. 말이 없는 황제의 반응을 눈치챈 여경은 제가 한 말이 얼마나 이상한지 깨닫고 흠칫했다.

"……그럴 것 같지 않사옵니까."

"……알았네. 그리하지."

다행히 황제는 바다 속을 어찌 그리 잘 아느냐 캐묻지 않았다.

안도한 여경은 더 이상 붙잡지 않고 돌아서는 황제의 등으로 서운한 눈길을 보냈다.

'네가 뭐라고 그런 소리까지 듣고 붙잡겠느냐. 이 자리에서 죽

이지 않은 것만으로도 다행이다. 생명의 은인이란 존재가 이렇게 큰 것이구나.'

생명의 은인. 그게 아니라면 아무것도 아니었을 게다. 약초꾼에게, 그것도 얼굴이 추하게 일그러진 계집에게 정을 줄 리가 없으니 말이다.

다음 날 이른 새벽 수평선 너머로 붉은 해가 떠오르고 있을 때였다.

"털기로 했다."

도열한 대원들 앞에서 선무는 마치 점심이나 먹으러 가자는 듯이 건성으로 말을 뱉었다.

"장군님, 먼지를 털자는 건 아니실 테고…… 해적질을 하자, 이 말씀이십니까."

부관 추산이 의아해하는 대원들을 대신해 물었다.

"폐하께서도 승낙하셨다. 상선으로 위장해 월곶으로 갈 것이다. 월곶에서 재정비를 한 뒤, 다시 바다로 갈지 육지에서 협조해 줄 아군을 찾을지 선택해야 한다."

아무래도 무리한 명령이었다. 황제와 함께 이들을 지켜보던 여경은 누군가 반기를 들면 어쩌나 조마조마한 마음으로 지켜보고 있었다.

저도 처음 그 얘기를 듣고 얼마나 놀랐던가. 해적을 소탕하던 황제가 해적질이라니, 누가 알까 두려웠다. 아니, 꼭 그런 게 아니더라도 백성을 위협하는 폐주로 남을 게 아닌가. 게다가 그렇게 월곶으로 간다 해도 앞날을 기약할 수 있는 것도 아니지 않는가.

허술하고 무모한 계획이었다.

"단, 절대로 한 사람도 해하는 일이 없어야 한다. 또한 훔친 물건들은 나중에라도 주인에게 돌려줄 수 있도록 해야 하니, 진짜 노략질이 아니다. 하는 척만 하라는 게다. 알아듣겠느냐?"

"예. 들었느냐? 다들 오늘은 해적이다!"

추산이 우렁찬 목소리로 외치자 대원들은 입을 모아 큰 소리로 대답했다.

"예!"

"!"

여경은 명령이 떨어지자마자 한 치의 동요도 없이 자신의 자리로 가는 대원들의 모습을 보고 무척이나 놀라고 있었다.

"다들 충성심이 대단한 자들인 모양입니다."

"충성심이 아니라, 어차피 갈 곳 없는 자들이라 그렇다네."

"?"

이후는 저를 바라보는 의녀의 눈빛을 볼 수 없지만 그녀가 궁금해한다는 것을 느낄 수 있었다.

"가족도 친구도 없는 외로운 자들일세. 여기 모인 자들은 서로에게 가족이자 벗이고 또 다른 제 모습이기도 하지."

"……사연이 있는 자들만을 모으셨군요."

"세상으로부터 완전히 버림받고 혼자라는 절망에 빠진 자들에게 살아갈 의지를 주는 것은 물질적인 도움도 온정도 아닐세. 그들이 있어야 할 자리를 찾아 주는 것이야말로 살아야 할 이유가 된다네."

여경은 저들을 이해할 수 있을 것 같았다. 있어야 할 곳을 몰라

357

스스로를 지운 채 살아왔던 제가 아닌가. 숙정이 저를 애틋하게 돌봐 주지 않았다면, 그녀의 어미가 늘 병들어 있지 않았다면, 저는 약초꾼으로 살아갈 생각을 하지 못했을 것이다.

"그래서 그대도 여기 남아 주었으면 했네. 의녀로서 이들과 함께해 주었으면 했네. 어차피 다들 비슷한 처지가 아닌가."

저와 저들을 동일시하는 황제의 동정이 여경의 가슴을 또 한 번 울컥하게 만들었다. 저 역시 그렇게 생각했지만 그가 그리 보는 것은 싫었다. 따갑고 뜨거운 무언가가 울컥하고 치밀어 올랐다.

"저는 저들과 다릅니다. 전 외롭지 않으니까요."

여경이 찬바람을 일으키며 선실로 들어가 버리자 이후는 씁쓸한 표정으로 그녀가 사라진 쪽만 바라보고 있었다.

"이럴 때 보면 말입니다. 폐하보다 저 의녀가 더 이성적으로 보입니다."

어느새 다가온 선무는 의녀를 두둔하며 황제를 탓했다.

"상처가 많은 사람이다. 사람을 믿지 못해서 잔뜩 날이 서 있지. 그런 건 이성적인 게 아니다. 불안해서 어쩔 줄 몰라 하는 게지."

그건 제 어릴 적 모습과 같았다. 그래서 이후는 그녀의 아픔을 어렴풋이 느낄 수 있었다.

"어쨌거나 의녀 말이 하나도 틀리지 않사옵니다. 어째서 의녀와 우리의 처지가 같습니까. 우리야 황룡대가 아니면 어차피 발붙일 곳이 없는 놈들이라지만, 의녀는 온 천지를 제집처럼 돌아다니며 약초를 캐지 않습니까. 애초에 한 곳에 정붙이고 머무르는 사람이 아닙니다."

"월곶에 도착하거든 의녀를 묶어라."

"예? 지금 뭐라 하셨습니까? 생명의 은인이라며 귀히 대접하실 때는 언제고 묶으라 하셨습니까?"

"절대 놓아줘선 안 되는 이유가 있다."

"그게 무엇입니까?"

"그녀 말이 내가 아주 무서운 자라더구나."

"제대로 보았습니다만, 그게 어째서 놓아주면 안 되는 이유가 됩니까?"

"나를 좋은 황제로 보지 않으니, 내게 있어선 역심을 품은 자가 아니더냐? 월곶에 도착하는 즉시 우리를 고변하지 않는다고 장담할 수 있느냐?"

선무는 황제가 억지를 부리고 있음을 알면서도 반박할 수가 없었다. 세상에 믿을 놈이 어디 있단 말인가. 게다가 그녀를 안 지 얼마나 되었다고.

"……그, 그렇긴 합니다만, 설마 그렇게까지 하겠습니까? 그래도 그간의 정이……."

"정이 있는 자가 먼저 떠나겠다고 하느냐? 여기 있으면 죽을 것 같으니 가겠다, 했다. 살기 위해 우리 모두를 죽일 수도 있음이지."

"진심으로 하시는 말씀이 아니지 않사옵니까. 정말로 그리 생각하시옵니까?"

이후는 대답하지 않았다. 차갑긴 하지만 의녀는 저 혼자 살겠다고 남을 위험에 빠트리는 그런 위인은 아니었다. 하지만 묶어서라도 붙잡아 두고 싶은 것을 어찌할까. 웬만해선 꺾이지 않는 고집이라 이대로 떠나 버릴까 애가 탔다.

"그런 식으로 붙잡아 둘 수 있는 여인이 아닌 듯싶습니다."

"나는…… 또다시 후회를 남기고 싶지 않을 뿐이다."

"예?"

이후는 어리둥절해하는 선무를 내버려두고 한참이나 골똘히 생각에 빠졌다.

'또다시 붙잡을 수 없는 곳으로 가 버리기 전에, 잡아 둬야 하니까.'

오후가 되자 한낮의 태양이 바다 위에서 이글거렸다.

"여기가 맞긴 한 게냐?"

달궈진 갑판 위에서 기다리기 지루해진 선무가 투덜거렸다.

아침부터 돌섬 뒤에 닻을 내리고 기다리고 있었지만 바다 위를 지나는 배가 한 척도 없었다. 게다가 여경이 준 솔잎이 멀미를 완전히 가라앉혀 주진 못했기 때문에 선무는 한시바삐 육지를 밟고 싶어 안달 난 상태였다.

이미 평복으로 갈아입고 병장기를 챙긴 대원들은 본래가 험악한 인상들이라 해적처럼 보이는 데는 무리가 없었다. 문제는 해적질을 할 상선이 보이지 않아 긴장감은 고사하고 따분해 죽겠다는 표정들이었다.

여기서 더 길을 좁혀 들어가면 확실히 상선이 많이 보일 테지만 그리되면 해적질을 하기에는 육지와 너무 가까운 거리였다.

"길은 맞습니다. 아마도 나라가 어수선하니, 상단의 거래도 뜸해진 모양입니다."

"이러다 하루가 가겠군."

선무는 어린 시절 뱃놀이 한 번 제대로 해 본 적 없는, 해월국의 사내치고는 바다와 친하지 않은 특이한 사내였다. 그런 선무가 뱃길이며 조류에 대해 잘 알 리가 없었으니, 대부분의 일은 선무의 부관인 추산이 하고 있는 터였다.

"진득하게 기다리십시오. 어차피 여기를 지나야 합니다. 설마 한 척도 없겠습니까."

추산의 아비는 어부였는데 추산을 데리고 고기잡이를 나갔다가 그만 해적에게 목숨을 잃고 말았다. 그때 가까스로 도망친 추산은 복수를 하겠다고 스스로 무관이 된 것이다. 어쩌다가 황룡장 선무의 눈에 드는 바람에 바다와는 인연이 없어졌지만 그래도 해적 소탕에 열을 올리며 누구보다 바다와 해전에 대해 열심히 공부해 왔다.

그랬던 추산이 지금은 해적질을 위해 바닷길을 살피고 있는 것이다. 마음이 심란할 법도 하건만 겉으로 보기에는 아무렇지 않은 듯이 바다만 응시하고 있었다.

그때였다. 추산이 씨익 웃어 보였다.

"보십시오. 저기 한 마리 낚은 듯합니다."

"뭐?"

갑판에 축 늘어져 있던 선무의 눈이 번쩍 뜨였다. 그와 동시에 추산이 큰 소리로 명령했다.

"전원 모두 위치로!"

추산의 말이 떨어지자마자 대원들은 각자의 자리로 돌아가 분주하게 움직였다. 돛이 펼쳐지고 격군의 노가 배를 틀었다.

소리를 들은 이후와 여경도 갑판으로 뛰쳐나왔다.

"상선이 확실한 게냐?"

"예, 폐하. 배도 꽤 큰 것 같습니다."

"이제 어찌하면 되느냐?"

"전속력으로 달려야지요."

배는 쏜살같이 나아갔다. 저 멀리 보이는 상선이 금세 가까워지는 듯했는데 부딪칠 것처럼 달려 나가고 있었다. 겁이 난 여경은 난간을 꼭 쥐고 침을 꼴깍 삼켰다.

"두 분은 안으로 들어가시지요."

추산이 들어가라 권하자 이후는 고개를 끄덕이며 난간을 붙든 여경의 손을 잡았다.

"!"

잔뜩 긴장하는 바람에 추산의 소리를 듣지 못한 여경은, 황제가 손을 잡자 정신이 번쩍 들었다.

"배가 부딪칠 것이니 들어가서 기다리는 게 좋겠네."

"배가 부딪친다고요? 그럼 가라앉지 않겠습니까!"

소스라치게 놀라는 여경의 목소리에 이후는 보일 듯 말 듯 한 미소를 머금었다.

당차게 굴더니 어쩔 수 없는 여인이로구나, 그런 생각이 들어서였다.

"설마 그러기야 하겠는가."

"설마가 아니라 부딪치면 배가 깨지는 것이 당연하지 않사옵니까."

362

이 와중에도 이후는 근심 가득한 의녀를 골려 주고 싶어졌다.

전선, 그것도 대장선이 상선과 부딪쳐 깨져서야 되겠는가. 게다가 돌격선이 아니고서야 무식하게 배를 들이받는 경우가 어디 있을까. 배를 붙인 후 도선해서 단병전을 하려는 것인데, 충격으로 배가 흔들리는 것은 피할 수 없기에 안으로 들어가라 한 것이었다. 그런 것을 알 리 없는 의녀에게 이후는 사뭇 진지한 표정으로 말했다.

"괜찮네. 그리된다면 우리가 탄 배만 가라앉지는 않을 테니."

"그런! 어서 배를 멈추라 하십시오."

"물론 내가 말하지 않아도 멈출 것이네. 다만, 거리를 맞추는 게 그리 쉽지 않다는 얘기지."

"뭐 하러 위험부담을 안고 그렇게까지 한단 말입니까!"

"월곶에 당도하지 못하면, 어차피 이대로 가다 보면 우리는 모두 죽을 것이니, 도박이라도 한번 해 봐야 죽어도 억울하지는 않겠지."

"!"

이후는 제 손안에서 떨고 있는 의녀의 손을 느끼고 결국 웃을 수밖에 없었다.

"왜? 바다에서 죽을까 그리 겁이 나는가. 차갑고 검은 바다 속에 홀로 가라앉을까 봐? 걱정 말게. 혼자 바다 속에서 허우적거릴 일은 없을 것이니. 이처럼 그대의 손을 잡아 줄 이가 많지 않은가."

여경은 어젯밤 제가 했던 말을 황제가 바꾸어 말하는 것을 듣고 나서야 그가 저를 괜히 겁주고 있었음을 알고 힘이 빠졌다.

"지금…… 저를 놀리시는 것이옵니까?"

"몰랐는가. 놀리는 중이었네."

여경은 아직도 제 손등에 포개져 있는 황제의 손을 보고는 스윽 제 손을 빼냈다.

"목숨을 가지고 농을 하시는 게 아닙니다."

의녀가 정색하자 이후는 순간 말문이 막히고 말았다.

"아니, 난……."

"저는 어제 진지하게 드린 말씀이었는데, 그것을 이리 조롱하실 줄은 몰랐습니다. 제가 바다를 두려워하는 게 폐하께는 그리 우스운 것이었나이까?"

"……."

화난 여경을 난감한 표정으로 쳐다보던 이후가 돌연 피식 웃음을 흘리며 말했다.

"그리 발끈하니 좋지 않은가."

"예?"

"쓸데없이 긴장하지 말고 들어가세."

이후가 먼저 선실을 향해 걸어갔다.

"……."

긴장을 풀어 주려고 부러 농을 하신 것일까. 화를 낸 것이 무색해지는 그의 태도에 여경은 멍하니 그 자리에 서 있었다.

그러자 이후는 돌아보지도 않고 여경이 들으란 듯이 말했다.

"배가 벌써 저만큼이나 가까워졌는데, 계속 그러고 있다 넘어지기라도 하면 정말로 바다에 빠질지도 모르지."

"그만 놀리십시오."

여경이 이후를 따라 선실로 들어가고 얼마 후, 상선은 이제 선원들의 얼굴을 확인할 만큼 가까워졌다.

갑자기 전선이 다가오자, 상선의 선원들은 까무러치게 놀라고 있었다. 고함을 치며 헐레벌떡 뛰어다니는 그들의 모습에 선무와 그의 대원들은 미안함을 느끼며 병장기를 추켜올렸다.

쿵.

어둠 속에서 배가 부딪치는 큰 소리와 함께, 쌓아 놓은 짐짝들이 우당탕탕 부딪치고 떨어졌다.

"아이쿠! 나리, 이게 무슨 소리랍니까?"

구석에 팔이 묶인 채 짐짝처럼 처박혀 있던 험악한 인상의 장한이 몸을 일으키며 외쳤다.

"그러게 말이다. 암초에 부딪친 것인가……."

마찬가지로 구석에 묶여 있던 젊은 선비가 무겁게 입을 열었다. 초췌한 모습이었으나 장한과 달리 매우 잘생긴 선비는 영민하게 눈을 빛내며 위에서 들리는 소리에 귀를 기울였다.

사람들이 분주하게 뛰어다니는 발걸음과 소란스러운 외침……. 그리고…….

"뭐죠? 배가 가라앉는 것 같지는 않은데……."

"쉿! 방금……. 그 소리……."

"예?"

"병장기가 부딪치는 소리가 들렸다."

"!"

그제야 장한도 숨죽이고 앉아 소리에 귀를 기울였다.

365

둘이서 가만히 들어 보니 금속성의 소리와 비명 소리가 점점 커지고 있었다.

"확실하구나!"

"아이고, 저들은 또 누구란 말입니까. 일이 왜 자꾸 이리 꼬인단 말입니까. 이러다가 정말로 죽겠습니다요."

"적의 적이면 동지가 될 테지. 가만히 기다려 보거라. 잘하면 살길이 열릴 것 같기도 하다. 누가 이길지 안 후에 죽을 것을 겁을 내야겠다."

선비가 자신들의 운명을 점치고 있을 때, 갑판 위는 아수라장이었다.

상선의 선원들이 기겁한 것보다 선무의 대원들이 더욱 놀랐다. 전선에서 건너편 상황을 지켜보던 선무와 추산은 입을 다물지 못했다.

"장군, 이게 어찌 된 일일까요?"

"글쎄다. 나도 이게 어찌 된 일인지……."

평범한 상선인 줄 알았거늘, 도선을 하자 이게 웬걸. 너도 나도 검과 도를 들고 덤벼 왔다. 겁만 주고 배를 빌리려 했던 애초의 계산과 달리 상선의 선원들이 죽기 살기로 달려들기 시작한 것이다.

당황한 선무의 대원들은 싸워야 할지 피해야 할지 몰라 눈치를 살피다가 오히려 공격을 당해 상처를 입기도 했다.

"폐하께 상황을 보고해야겠습니다."

"내가 보고할 테니, 너는 건너가 일단은 저들의 우두머리를 만나 보고 뭘 하는 작자인지 알아보는 게 좋겠다."

"예!"

대답과 동시에 추산은 쏜살같이 상선으로 몸을 날렸고 선무는 황제를 만나기 위해 선실로 향했다.

한편, 선실 안에 있던 이후와 여경은 배가 부딪치자 생각보다 강한 충격으로 인해 바닥에 쓰러지고 말았다.

"악!"

문제는 두 사람이 나란히 의자에 앉아 있다가 옆으로 넘어지면서 이후의 팔에 여경의 죽립이 벗겨져 나뒹굴게 된 것이다. 당황한 여경은 아픈 것도 잊고 얼굴을 감싸 쥐면서 벌떡 일어나 앉았다.

"끄응……."

이후는 아직 아물지 않은 상처가 바닥에 부딪친 탓에 얼굴을 잔뜩 찌푸리며 일어났다. 그러면서도 의녀는 어쩌고 있는지 돌아보며 물었다.

"괜찮은……."

"보지 마십시오!"

"아……."

죽립이 벗겨진 의녀가 다급하게 소리를 치는 것을 보고 이후는 황급히 고개를 돌렸다.

"보지 마십시오……."

"알았네."

어차피 양손으로 얼굴을 가린 그녀의 모습을 볼 수도 없는데 그녀를 안심시키느라 몸을 돌려주었다. 헌데 그의 눈에 바닥을 뒹굴고 있는 그녀의 죽립이 보였다.

여경은 들킬까 봐 불안해서 침착함을 잃고 쩔쩔맸다. 황제가 일어나는 인기척이 들리자 또 빽 소리를 질렀다.

"오지도 마십시오!"

"……."

황제는 대답이 없었고 뒤에서 뚜벅뚜벅 다가오는 걸음 소리만 들리자, 울먹거리며 다시 한 번 다급하게 외쳤다.

"나가 주십시오. 제발!"

푹.

"?"

울 것 같던 여경은 머리 위로 죽립이 푹 얹어지는 것을 느끼고 어리둥절해했다.

"절대 보지 않겠다 약조하지 않았는가. 뭘 그리 겁을 먹는지……."

"……."

"계속 그렇게 웅크리고 있을 셈인가. 내가 마치 겁탈이라도 할 것처럼 웅크리고 있으니 내 체면이 말이 아닐세."

여경은 서서히 얼굴에서 손을 뗐다. 늘 그렇듯이 검은 수렴이 제 얼굴을 가려 주고 있었다. 놀란 마음이 조금 진정되려던 찰나였다. 떨리는 손으로 죽립의 끈을 매려는데 한쪽 끈이 아무리 더듬어도 없었다.

"끈이 떨어진 모양이군."

이후는 여경을 대신해 선실을 훑으며 끈을 찾았다.

"여기 찾았네."

"아!"

여경이 천만다행이라 여기고 한숨을 쉬는데 다가온 황제가 한쪽 무릎을 세우고 그녀의 옆에 바짝 앉았다. 여경은 흠칫 놀랐으나 그를 피할 새도 없었다. 황제가 죽립에 끈을 묶어 주자 저 역시 태연한 척 가만히 있을 수밖에 없었기 때문이다.

가슴은 죽립이 벗겨졌을 때보다 더 세차게 뛰고 있었다. 이렇게 가까이 있으니 행여 수렴 안의 제 얼굴이 보일까 봐 조마조마해서일 뿐이리라. 여경은 그렇게 우기고 있었다.

"이제 됐네."

"가, 감사합니다……."

아무렇지 않은 척하고 싶었으나 모기만 한 목소리가 떨리기까지 했다.

"다친 데는 없는가?"

그제야 넘어졌을 때 부딪친 팔이 욱신거려 무심코 팔을 주물렀다.

"팔을 다친 겐가……."

"!"

그 모습을 본 이후 역시 사심 없이 여경의 팔에 손을 댔으나 여경은 몸을 사리며 그의 손길을 피했다.

"……괘, 괜찮습니다."

"그렇다면 다행일세."

짧은 순간이지만 어색함은 길었다.

두 사람 다 몸 둘 바를 몰라 할 때였다. 하필 이때 문이 벌컥 열리더니 선무가 황급히 뛰어 들어왔다.

"폐하!"

"!"

가까이 앉아 있던 두 사람은 누가 뭐랄 것도 없이 한 걸음씩 떨어졌다.

선무는 선실에 흐르는 묘한 분위기와 괜히 돌아앉은 두 사람을 향해 의심스러운 눈빛을 보냈다.

"두 분…… 왜 그러고 있습니까?"

이후는 애써 태연한 척 근엄한 목소리로 물었다.

"아무것도 아니다. 상황은 어찌 되었느냐?"

아무래도 황제의 태도가 꺼림칙했지만 지금은 그런 것을 따질 여유가 없었다.

"그것이 좋지 않습니다."

"?"

"평범한 상선이 아니었습니다. 상인인 척 위장을 하고 있으나, 선원들 대부분이 훈련이 잘된 무사들이었습니다."

"뭐라?"

보고를 받은 이후의 얼굴이 굳었다.

"어찌해야 할지……."

"일단 나가 보자."

일이 심상치 않음을 느낀 여경도 가만히 앉아 있을 수 없어 두 사람의 뒤를 따라 나갔다.

반대편 상선은 이미 아수라장이 되어 손쓸 수 없는 지경이 돼 있었다.

게다가 박도를 휘두르는 덩치 큰 장한에게 추산이 밀리고 있는 것이 보였다. 대화를 하러 갔던 추산이 당하고 있다면 이미 협상은 결렬된 것으로 보아야 했다.

"이런……. 아무래도 우리가 진짜 해적들을 만난 것 같군."

"아무래도 그런 듯하옵니다."

"예?"

혼자 알아듣지 못한 여경이 묻자 이후가 자세히 설명했다.

"검보다는 도나 다른 병장기들을 지닌 것을 보면 상단을 호위하는 무사들은 아니란 말일세. 아무래도 해적들이 약탈한 것을 팔기 위해 상선으로 위장한 것 같네."

그때였다. 장한이 넘어진 추산의 어깨 위로 박도를 내리찍으려하고 있었다. 선무는 재빨리 그쪽으로 몸을 날렸다.

"앗!"

여경은 아슬아슬한 광경에 눈을 감아 버렸다.

다행히 추산이 몸을 굴려 박도를 피하고, 때마침 등장한 선무가 장한의 가슴을 발로 차 넘어뜨렸다.

위기에서 벗어나는 것을 보았는데도 이후는 쓴웃음을 지으며 중얼거렸다.

"해적들의 실력이 이 정도라니. 전쟁이 길어질 만도 했군."

"그럼 이제 어찌합니까?"

"말로 하긴 틀렸고, 어찌 보면 더 잘된 일이지."

이후는 중얼거리며 손을 들어 올렸다. 그 신호를 본 선무가 고개를 끄덕이더니 부하들에게 공세를 펼칠 것을 명했다.

민간 상선을 공격할 수 없어 공격을 주춤하고 있던 황룡대의 대원들은 선무의 공격 명령에 조금 전과는 전혀 다른 빠르고 절도 있는 움직임을 보였다. 제비처럼 날아올라 거칠 것 없이 베고 찌르며 적진을 누비고 다니니, 당황한 적들은 파죽지세처럼 무너져 갔다.

상황은 얼마 지나지 않아 황룡대의 승리로 종결되었다.

추산을 공격하던 우두머리를 선무가 죽여 버렸기 때문이다. 그 외에도 반 이상이 죽거나 바다에 빠졌고, 얼마 안 남은 놈들도 몸이 성치 않은 상태였다.

남은 자들을 묶어 추궁한 결과, 예상대로 이들이 해적들인 것을 알아냈다. 허나 민간 상선을 공격하지 않아 잘되었다 해야 할지, 이쪽도 피해를 입었으니 잘못되었다 해야 할지 모를 일이었다.

이후와 선무가 사로잡은 자들의 처분에 대해 고심하고 있을 때였다.

"장군!"

상선을 조사하던 대원들이 선무를 부르며 다급히 달려왔다. 헌데 그들이 웬 두 사람을 묶어서 데려오는 게 아닌가.

"그자들은 또 어찌 된 것이냐?"

"짐칸에 묶여 있는 것을 데려왔습니다."

"묶여 있어? 해적들이 계집도 아닌 사내들을 왜 데리고 다닌단 말이냐? 노예상에게 넘기려던 것인가."

선무가 의아한 표정으로 두 사람을 훑었다. 한 사람은 인상이 험악해서 해적보다 더 해적 같았고 한 사람은 정반대로 매우 곱상하고 귀태가 흐르는 선비의 인상이었다. 헌데 이 선비가 두려워하기는커녕 예사롭지 않은 눈빛으로 황제를 빤히 쳐다보는 게 아닌가.

이후 역시 선비의 시선을 느끼고 마주 보았다. 두 사람은 한동 안 말없이 서로를 낱낱이 살폈다. 그러다 마침내 선비가 맥 빠지 는 목소리로 입을 열었다.

"이것 참……. 일이 어찌 이리되는지……."

"?"

선비의 말에 모두가 의아해했다. 해적들의 손아귀에서 벗어나자 마자 정체를 알 수 없는 병사들에게 사로잡혔는데, 두려워하는 것 이 아니라 난감해하는 말투가 아닌가.

이후는 그 선비의 태도가 재밌다는 듯이 말했다.

"일이 꼬이기는 우리도 마찬가지다만, 그대는 뭔가 알고 있는 듯 말하는군."

"아는 것도 있고 모르는 것도 있사옵니다."

"아는 것부터 말해 줄 수 있겠나?"

"제가 누구의 배에 탔는지는 알겠사온데, 대체 해월국의 황제는 누구이옵니까?"

"!"

대원들뿐만 아니라 사로잡힌 해적들도 크게 술렁거렸다.

선비는 이후가 황제인 것을 아는 투로 말하면서도, 지금은 황제 가 아니지 않냐 반문하고 있었다.

"나리! 화, 황제라니요?"

일행으로 보이는 험악한 장한 역시 선비의 말을 믿지 못하겠다 는 듯 눈이 휘둥그레져서 물었다. 생긴 것과 달리 어수룩한 말투 였다.

"어찌 알았는지도 궁금하네만, 그대의 정체가 더욱 궁금하군.

내가 폐주라 물을 자격이 안 되는가?"

"우선은 저것들부터 처리하심이 어떨지요? 저들이 저를 지금의 황제인 이각에게 데려가던 중이었나이다."

"!"

이 배가 이각과 관련 있는 배였다니 모두가 놀라 눈을 부릅떴다.

"대체 그대는 누구인가? 그대가 무엇이기에 이각이 그대를 데려가려 했는가?"

선비는 조금 전보다 더 공손하고 바른 자세로 한껏 목소리를 가다듬으며 대답했다.

"신은 상주국의 황제께서 보내신 사자로, 상주국의 간의대부 연길재라 하옵니다."

"!"

바다 건너 구하국을 가로질러 높은 산과 큰 강을 몇 개나 넘어야 나오는 상주국. 그토록 먼 나라이건만 연길재의 이름은 상주국의 황제 광운 다음으로 유명하지 않은가.

그런 그가 사신으로 왔다는 사실을 믿어야 할지, 그가 정말로 연길재인지, 사람들은 혼란스러운 눈빛을 주고받으며 황제의 명을 기다렸다.

"서로 나눌 말이 많겠군."

상선의 갑판 위를 황룡대의 대원들이 바삐 뛰어다녔다. 시신을 치우고 피를 닦느라 분주했기 때문이다. 그런데 그들 사이로 죽립을 쓴 여경이 마치 저승사자처럼 스윽 지나갔다. 벌써 여러 날 함께 지내 온 사이건만 이럴 때는 그녀의 검은 수렴이 영 적응이 안 되는 것이다.

"이보게, 이것 좀 안에 갖다 주게."

여경은 저를 보며 흠칫 놀라는 대원을 붙들고 소반을 내밀었다. 소반 위의 다관과 찻잔이라니, 지금 같은 판국에는 참으로 어울리지 않는 그림이었다.

쌉쌀한 차향이 코를 찌르자 대원은 황당한 얼굴로 제 손을 들어 보였다.

"지금 이 피 묻은 손으로 폐하께 차를 올리란 말씀입니까?"

"......"

여경이 생각해도 그건 아닌지라 주변을 둘러보는데 피를 뒤집어쓰지 않은 자가 없었다.

"그냥 의녀님이 가져다주십시오. 갑자기 왜 내외를 하십니까."

대원은 일부러 다른 사람도 들으라는 듯이 큰 소리로 말했고 여기저기서 킥킥거리는 소리가 들렸다. 황제와 제가 하도 붙어 다니는지라 이를 두고 대원들 사이에서도 말들이 많이 오고 갔던 모양이었다.

"그러지."

그런 게 아니라고 수줍어해 봐야 더욱 놀림감만 될 뿐이라, 여경은 아무 일도 아니라는 듯 짧고 퉁명스럽게 대답하고 돌아섰다.

그녀의 반응이 그러하니 대원들은 재미없다는 듯이 다시 제 일에 몰두했다.

연길재는 상주국의 태자 광운을 반란의 위기에서 구해내 지금의 황제의 자리에 올린 인물이었다. 젊은 나이에 간의대부라는 높은 관직을 맡은 것은 그보다 훨씬 전. 부친이 재상이라고는 하나, 능력만으로 그 자리에 오른 이였다.

"상주국의 황제께서는 구하국을 비롯하여 해월국과도 화친을 맺고 각국의 상단들이 자유롭게 교역을 하기를 청하셨사옵니다. 저는 그 뜻을 전하러 금뢰장 상단의 총관인, 여기 권사익과 함께 사신으로 오던 중이었습니다. 구하국에서 일을 잘 끝내고 해월국으로 향하는 배를 탔사온데, 타고 보니 사신단의 배가 아니었사옵니다."

"그렇다면, 배에 탔을 때부터 해적들의 손에 넘어갔단 말인가?"

"정확히 말하자면 이각의 해적들이었사옵니다."

"!"

길재는 해적들에게 붙잡혀 무려 육 개월이 넘는 시간을 이 섬 저 섬 끌려 다녀야 했었다. 이는 모두 이각이 계획적으로 벌인 일이었는데, 당시 구하국을 드나들던 이각은 연길재가 해월국에 온다는 이야기를 듣고 감히 한 나라의 사신을 납치한 것이다.

"이각이 자네를 인질로 삼아 상주국과 거래를 하는 어리석은 짓을 할 리는 없을 테고, 회유하려 했는가?"

"자신이 해월국의 황제가 될 수 있도록 상주국이 도와준다면 상주국에 그만한 대가를 줄 것이라 하였사옵니다."

"헌데, 왜 거절했는가? 상주국으로서는 이득이 아닌가?"

"그렇지 않사옵니다. 지금 상주국은 안정을 찾아가는 시기인지라 남의 나라 내전에 끼어들 여유가 없사옵니다. 또 그럴 여유가 있다 해도 스스로 황위를 찾지 못하고 남의 나라에 도움을 청하는 자를 어찌 믿을 수 있겠사옵니까. 분명 나중에는 상주국에게 내어 준 것보다 더 많은 것을 빼앗으려 하겠지요."

이후는 길재가 앞을 내다볼 뿐만 아니라 그 배포가 큰 것에 감탄했다.

"그렇군. 헌데 자네는 우리를 어찌 알아보았는가."

"이각이 저를 궁으로 불러들였사옵니다. 황룡장이 탈취한 대장 선과 폐주에 관한 이야기를 이미 전해 들었던 데다가, 병사들이 장군이라 부르는 자가 우두머리가 아니라면 그 위에 누가 있겠습니까."

대장선과 절도 있는 병사들을 보고 혹시나 했던 길재는 선무가 이후의 명을 기다리는 모습을 보고 확신했던 것이다.

이후가 그의 대답에 고개를 끄덕일 때였다.

"폐하, 들어가도 되겠사옵니까?"

길재는 여인의 목소리가 들려오자 의아한 눈으로 황제와 선무를 번갈아 보았다. 이런 곳에 어찌 여인이 함께하고 있느냐는 말 없는 물음이었다.

"아. 그것이 말하자면 좀 깁니다."

선무가 대신 답을 하는 동안 의녀가 다시 한 번 물었다.

"폐하, 중요한 말씀 중이시면 이것만 놓고 가겠나이다."

"아닐세. 들어오시게."

황제가 황룡장인 선무보다 더욱 말을 높여 주는지라 길재는 어떤 귀한 여인이 들어오는지 지켜보았다. 헌데, 문을 열고 들어온 여인은 천민이나 다름없는 허름한 복색에다가, 심지어 황제 앞에서 감히 시커멓게 얼굴을 가리고 있었다.

"제가 대화를 끊은 것은 아니옵니까."

"아닐세. 헌데 가지고 온 것이 차인가?"

"예. 짐칸에서 다친 대원들에게 줄 약재를 찾았사온데, 댓잎차가 나온지라……."

"반갑군. 내가 궁에서 즐겨 마시던 차일세."

"그렇사옵니까……."

황제가 좋아하는 것, 싫어하는 것. 여경이 왜 모를까. 술은 싫어하시지만 차는 좋아하셨다. 찻물을 음미하시는 것인지, 생각을 정리하는 것인지, 차를 마실 때면 그윽한 눈빛으로 오래 앉아 계시곤 했다.

그때만큼은 무척이나 편안한 얼굴인지라, 여경은 그 모습을 보는 것이 좋았더랬다.

또르르.

찻물이 떨어지는 소리가 어쩐지 구슬프게 들렸다.

늘 댓잎차를 준비해 놓고 언제든 그가 와 주길 기다렸다. 아무 말 없이 그저 찻물만 마시고 떠나셔도 좋았다. 그런데 저와는 차한 잔 마실 시간도 거의 내주지 않으셨다.

그런 것을 오늘에야 기쁜 마음으로 해 보는 것이다. 제 손으로 직접 달인 댓잎차를 처음이자 마지막으로 올려 보고 싶었다. 이제 저는 떠나야 할 사람이니 마지막으로 소원 하나는 풀어도 좋지 않겠는가.

"향이 괜찮군. 실은 그동안 계속 갈증이 났었네."

황제가 기쁜 듯이 찻잔을 들자 여경은 다른 이들에게 차를 따라 주는 것을 잊고 그 모습을 지켜보았다.

그의 입술이 찻잔에 닿고, 쪼르르 한 모금을 넘긴 후 찻잔을 내려놓는 것을.

"지금 내 처지에 꽤나 호사를 누리게 해 주는군."

"별말씀을요……."

무안해진 여경은 다관을 들어 선무와 길재의 찻잔에도 차를 따랐다.

"그럼 저는 이만……."

"그대도 함께 마시지 않고?"

"제가 뭐라고 이 자리에 함께하겠사옵니까. 게다가 나가 보아야 합니다. 부장께서 입은 상처가 보기보다 깊사옵니다."

선무는 제 부관인 추산의 상처가 깊다니 벌떡 일어났다.

"설마! 위험한 지경입니까?"

"아닙니다. 그건 아니니, 걱정 말고 말씀 나누십시오."

의녀가 허리를 숙이고 돌아서자 선무는 자신도 모르게 그녀에게 허리를 숙였다. 항상 의녀를 보내야 한다고 주장하던 선무가 부하들이 다치자 그녀의 필요성을 인정하고 만 것이다.

황제가 비웃음을 머금고 저를 쳐다보는데도 헛기침만 나왔다.

"흠! 묶어 놓겠습니다. 그리해 보지요."

"잘 생각했다."

이야기의 흐름을 헤아릴 수 없었던 길재는 고개를 갸웃거리며 누군가 설명해 주기만을 기다렸다.

얼마 후, 일행은 사로잡은 해적들의 무장을 전부 해제시키고 가까운 무인도에 버려두었다. 국법에 따라 처형하지 않고서야 항복

한 자들을 베어 버린다면 살육이나 다름없지 않은가. 그리고 그들은 섬을 떠나기 전에 대장선에 불을 놓아 해적들이 도주할 수 없도록 했다.

붉은 노을 속에서 위용이 넘치는 대장선이 지는 태양과 함께 활활 타올랐다.

상선으로 갈아탄 이후와 황룡대는 대장선이 아까운지 입맛을 다시며 구경했다.

"참으로 진풍경입니다."

여유로운 감탄사가 흘러나온 곳으로 모두의 시선이 쏠렸다.

이후의 곁에 선 연길재는 사람들의 따가운 눈총은 아랑곳하지 않고 연신 여행이라도 나온 듯이 감탄사를 내뱉었다.

"상주국은 포구가 단 두 곳밖에 되지 않아 이런 것은 참으로 보기 힘들지요."

"해월국에서도 대장선이 불타는 광경은 흔치 않습니다만?"

선무가 핀잔을 주어도 길재는 굴하지 않았다.

"그러니 장관이 아니겠습니까."

"자네는 우리가 저 배를 어떤 심정으로 버리는지 전혀 이해를 못 하는군."

이후가 한마디 하자 길재는 싱긋 웃으며 대답했다.

"살려고 버리신 게 아니옵니까? 금줄이 목을 조여 오면 금이라 해도 버려야 하는 것이지요."

듣고 보니 맞는 말이었다. 대장선은 바다에서 싸우기에 유리하나 저 배 한 척을 가지고 수천의 적을 맞이할 수는 없었다. 위장을 해서 숨어 다니기엔 상선이 제격이니 아까워할 필요가 없는 것이다.

"내가 자네와 손잡은 것이 득이 될 것 같군."

"왜 아니겠사옵니까. 상주국의 도움보다 저 하나가 나을 것입니다."

듣고 있던 선무는 길재의 **뻔뻔함**에 질려 버렸으나 이후는 그렇지 않았다.

출중한 머리와 다방면의 깊은 지식을 가졌으나 서생일 뿐, 검을 잡아 본 적도 없는 길재가 상주국을 일으켰다. 게다가 지난 몇 개월간 그가 해적들에게 전술을 알려 준 덕에 해적소탕에 큰 차질을 빚었다지 않았던가. 적이라면 곤란했을 그를 얻은 것은 큰 득이었다.

더군다나 이후는 이각처럼 상주국을 상대로 동맹을 맺고자 하는 것이 아니었다. 본래 길재가 가져온 상주국과의 화친 조건을 수락하는 것과는 별개의 문제였다. 길재를 이각에게서 구해 주었으니 빚은 없는 셈이었던 것이다.

"월곶에는 언제쯤 당도합니까?"

뒤에서 들려온 의녀의 담담한 목소리에 세 사람은 동시에 고개를 돌렸다. 그녀는 불타는 대장선을 보고도 별 감흥이 없어 보였다.

의녀의 필요성을 절실히 느낀 선무가 공손하게 대답했다.

"내일 아침이면 당도할 것입니다. 부하들을 치료하느라 지쳤을 것이니 들어가 쉬십시오."

"예. 그럼……."

의녀가 선실을 향해 멀어지자 이후는 혼잣말로 중얼거렸다.

"큰불로 화상을 입었다는 사람이 불보다 물을 무서워한다라……."

그 소리를 들은 길재는 여경의 뒷모습을 향해 남몰래 의미심장한 눈길을 던지고 있었다.

〈2권에서 계속〉

메뚜기
바람에
웃다

1판 1쇄 찍음 2014년 9월 30일
1판 1쇄 펴냄 2014년 10월 7일

지은이 | 류도하
펴낸이 | 정 필
펴낸곳 | 도서출판 **뿔미디어**

편집장 | 이재권
기획 · 편집 | 주종숙

출판등록 | 2002년 9월 11일 (제1081-1-132호)
주소 | 경기도 부천시 원미구 상동로 117번길 49(상동) 503호
전화 | 032)651-6513 / 팩스 032)651-6094
E-mail | scarlets2012@hanmail.net
블로그 | http://blog.naver.com/dahyangs
홈페이지 | http://bbulmedia.com

값 9,000원

ISBN 979-11-315-3646-9 04810
ISBN 979-11-315-3645-2 04810(세트)

도서출판 뿔미디어 홈페이지 OPEN!!

안녕하세요.
지금껏 저희 뿔미디어를 응원해 주신
독자님들의 성원에 힘입어
이번에 새롭게 홈페이지를 오픈하였습니다.

저희 뿔미디어는 홈페이지에서 독자님들께서
보다 빠른 출간 소식과 미리보기 등
알찬 내용을 제공하기 위해 많은 노력을 기울였습니다.
또한 독자님들에게 도서 할인, 이벤트 등
다양한 혜택을 제공하고자 합니다.

저희 뿔미디어 홈페이지 오픈을 계기로
한층 더 독자님들과 가까워질 수 있는 기회가 되었으면 합니

보다 많은 관심과 사랑 부탁드리며,
앞으로도 더 좋은 컨텐츠 제공에 힘쓰도록 하겠습니다.

감사합니다.

-도서출판 뿔미디어 올림-

www.bbulmedia.com